海外华文精品书系

徜徉于神秘的金字塔之间

阚维杭◎著

中国华侨出版社

·北京·

图书在版编目（CIP）数据

徜徉于神秘的金字塔之间 / 阙维杭著. —北京：
中国华侨出版社，2024.6
ISBN 978-7-5113-9053-0

Ⅰ.①徜…　Ⅱ.①阙…　Ⅲ.①游记—作品集—中国—
当代　Ⅳ.①I267.4

中国国家版本馆 CIP 数据核字（2023）第 161286 号

徜徉于神秘的金字塔之间

著　　者：阙维杭

责任编辑：桑梦娟

经　　销：新华书店

开　　本：710 毫米 × 1000 毫米　　1/16 开　　印张：20.25　　字数：240 千字

印　　刷：北京天正元印务有限公司

版　　次：2024 年 6 月第 1 版

印　　次：2024 年 6 月第 1 次印刷

书　　号：ISBN 978-7-5113-9053-0

定　　价：69.80 元

中国华侨出版社　　北京市朝阳区西坝河东里77号楼底商5号　　邮编：100028

编缉部：（010）64443056-8013　　传　真：（010）64439708

网　　址：www.oveaschin.com　　E-mail：oveaschin@sina.com

如发现印装质量问题，影响阅读，请与印刷厂联系调换。

序

阙维杭先生的新著《徜徉于神秘的金字塔之间》由中国华侨出版社出版，这是一件非常值得高兴的事情。我先睹为快，拜读了书稿，深感这是一本老少皆宜、雅俗共赏的好书，确实值得一读。

2013年，我出任中国驻旧金山大使衔总领事，由此结识维杭先生并与他成为好朋友。通过我穿针引线，维杭先生与中国廉洁文化第一刊《清风》杂志结缘。受杂志总编辑汪太理教授邀请，他协助设立了《清风》杂志美国旧金山联络处，同时也成了《清风》杂志的专栏作者。好几年定期供稿，几乎每期《清风》杂志都能读到他的专稿。2017年，由《清风》杂志牵头，举行"廉动全球——华人好家风"世界征文比赛，维杭先生和我都受邀担任评委会委员。《清风》杂志的一位记者当时这样描绘维杭先生："这位来自西子湖畔的文化人，在经历了近半个世纪的人生历练之后，给人的突出印象是冷静内敛，对外界感觉敏锐而富有判断。文字中的他，总是才情激荡、锐气逼人；生活中的他，却是如此沉郁敦厚，一身熏染的书卷气，典型的一个中国当代的儒生。"

阙维杭于20世纪90年代初赴美，此前曾先后任浙江教育报副主编、江南游报编辑部主任等职。作为知名报人，他先后担任美国侨报（美西版）新闻部主任、主编。作为海外新移民作家，他曾任美国华文文艺界协会副会长，现任全美中国作家联谊会常务副会长。他笔耕不辍，出版了《美利坚传真》《美国到底有多美》《这些年你没看见的美国》《今日美国：痛与变革》《美国神话：自由的代价》《世纪之吻》等多部有影响力的著作。

维杭先生以前的著作聚焦美国，为我们留下了美国社会一幅幅波澜壮阔的图画，也为他的创作立下了一个个步履坚实的界碑。他的新著《徜徉于神秘的金字塔之间》，从书名就可以看出，他的视角已从聚焦美国转向观察世界。维杭先生自己为新著的题记不乏诗意、激情与哲思："是文学的游记，笔触勾勒异域风情和旖旎山水的沧桑变迁；是文化的探寻，思绪缠绕远古文明和名人踪迹的点点滴滴；是旅行的心路历程，感悟自然、人文的牵系渗透……"

读阅维杭的新著，读者不知不觉间与他一起欣赏世界美景，品味各国风情。他的笔触，从地中海、波罗的海写到南美、东亚，从巴亚尔塔港的风情写到俄勒冈州的啤酒节，从里斯本的有轨电车写到奇妙的跨国之旅……真可谓是"世界风云收眼底，五洲精彩上心头"。

读阅维杭的新著，仿佛和作者一起，在追寻名人的足迹，在与名人对话。从海明威钟情的斗牛圣地，到斯坦贝克的故乡；从飘浮着普希金诗魂的皇村，到爱因斯坦的小屋……透过他生动细腻的描写，这些世界名人及其逗留地域曾经的精彩一一呈现在读者面前。

读阅维杭的新著，无异于在历史的大海中巡游。读《雅典卫城之叹》，我们叹息古希腊文明的精湛与遗憾；读《致敬航海家们》，我们触及世界航海史的奥妙；读《槟城记忆："华侨是革命之母"》，我们感悟到数百年来华侨在海外创业是多么地艰辛。

读阙维杭的新著，可感受他文字中理性与感性的双重魅力。评论家硕儒先生曾经对维杭以前关于美国的著述感叹道："归入文学？它极具新闻的敏锐快捷、准确犀利；归入新闻？它又有文学的灵动、激情与美伦美奂的色彩和韵致。"在我看来，《徜徉于神秘的金字塔之间》一书，完全可以说是"笔底波澜纸上风云"，其文采雍容悠远，讲究意境的营造，娓娓道来的韵味，给人以精致明晰、蕴积深厚的美感，展露出浓郁的文人气质。

维杭先生的新著是在遍访五洲四海的足迹上写成的，他巡游过的国家，许多地方我也去过。当然，我没去过的地方也不少。他的新著最吸引我的地方是对我去过的地方的描写，以及种种引发联想之处。新书的书名《徜徉于神秘的金字塔之间》，特别引起我的兴趣。2001 年，我前往埃及，担任中华人民共和国驻埃及大使馆的"二把手"，埃及也成为我外交生涯中第一个常驻的国家。我欣喜地发现，虽然维杭游历并描写的是美洲玛雅文化金字塔，但他描写金字塔的神秘、玄奥与古老，与我的感受完全一样。我也因此知悉了美洲金字塔与埃及金字塔的异同，尤其是墨西哥特奥蒂瓦坎遗址的三大金字塔与距离 7000 英里之外的埃及金字塔存在神奇的相似相关之处。其中特奥蒂瓦坎太阳金字塔与埃及吉萨胡夫大金字塔的基座周长都是 228 米（约 750 英尺），实在令人惊叹而匪夷所思。他的描写，凸显了他鲜明的写作风格，那就是：新闻人洞察的敏锐，思想者理性的透彻，再加上他散文家文学审美感性的飞扬。

最后，赋诗一首，为阙维杭新著《徜徉于神秘的金字塔之间》的出版倾情点赞，并作为序言的结尾：

七律贺阙维杭新著出版呈句

策马儒林耕砚忙，

芳华半纪傲沧桑。

三生事业如歌梦，

几许才情萦墨香。

谁道侨坛无俊秀？

君追旭日有华章。

登高更上昆仑顶，

灵隐金山一脉长！

袁南生

2023 年 6 月 3 日于北京和谐雅园

目　录

历史的回响 …………………………………… 123

邂逅大师 ……………………………………… 207

徜徉于神秘的金字塔之间

纵横地中海波罗的海

三到西班牙台阶

在罗马的一天 24 小时内，我去了三趟西班牙台阶。

几乎人人都知道，游罗马就是一趟人类文明历史与艺术的朝圣之旅，无数的古迹、城堡，无数的雕像、壁画，是岁月历久不衰的见证，是远古罗马帝国强盛的象征，是文艺复兴经典的膜拜……

若以此衡量罗马城内的西班牙台阶，似乎还有点儿隔膜，毕竟这景点的主体建筑诞生于 15 世纪之后，虽然差不多与文艺复兴时代同期，但比起 2000 年前古罗马帝国的文明遗址，那就不是隔了"几条街"的距离了。况且，西班牙台阶这个景点，即使在罗马各种令人眼花缭乱的著名景点排名榜里，也只能屈居 30 名之外。

可西班牙台阶就是那么让人非去不可，那么让人狂热着迷，终日人满为患。这实在是得益于它沾了浪漫主义色彩的光，一种"文艺朝圣"的虔诚——可以说是源自 1953 年那部黑白爱情电影《罗马假日》公映所掀起的热潮，接踵而至的人潮经久不息，一浪更比一浪高。

西班牙台阶其实是西班牙广场（Piazza di Spagna）的一部分，位于高居山丘的罗马圣三一教堂（Trinita dei Monta）之下的 137 级阶梯。教堂建筑系 1495 年查理八世命法国人建造，台阶则是 1725 年获得法国资助后修建的，迄今被称为"意大利人设计、法国人出资、英国人游览、如今被美国人占领"的一处罗马标志性建筑。阶梯特有的法国风格和阶梯下广场中央的船式喷水池（名曰"小舟的喷泉"，由巴洛克式建筑巨匠贝尼尼所设计），以及周围一些英国式咖啡馆等店铺，呈现浓郁的多元化欧式灵动风情。可罗马的这处建筑群为何冠以"西班牙"之名呢？据传是因为附近原是西班牙驻意大利大使馆的所在，而那一带在 17 世纪时还属于西班牙的领土范围。

如今的西班牙台阶闻名遐迩、风靡全球，慕名而来的各国游客，自然是拜电影《罗马假日》之赐。这儿不仅仅是《罗马假日》拍摄的外景地之一，更是影片男女主角——格利高里·派克饰演的美国记者乔和奥黛丽·赫本饰演的安妮公主——甜蜜约会的地点，赫本坐在台阶上惬意享受冰激凌的镜头，以及她和派克骑着"黄蜂"摩托车飞驰电掣般穿越罗马城的景象，迄今仍让多少影迷陶醉啊！

因此，造访西班牙台阶、山丘顶的教堂、广场上的喷泉，乃至周围的咖啡馆、礼品店，或许都是不容错过的逗留之处，但人们情有独钟的，还是赫本坐在台阶上吃冰激凌、与派克含情脉脉相互对视的那个浪漫场景。这真是文艺的无穷魅力，六十多年来引发越来越多的游客潮，从地球各个角落纷至沓来，川流不息，只为了重温、回味赫本曾经坐在台阶上的那一幕浪漫。

初冬的一天，我从附近另外一处知名景点许愿池（特雷维喷泉）绕到三一教堂之际，正逢傍晚时分，霞晖褪去，远近朦胧一片，居高临下俯瞰，西班牙台阶上和广场一派人潮簇拥的景象；步下台阶，回头想朝上拍照留个影，那就必须得让熙熙攘攘的各色人种游客与自己同框入镜了。再挤到下面那"小舟的喷泉"看看，却实在难以插足，除非做些不雅的肢体动作才可能挤进"小舟"边上。带着没能尽兴的遗憾，我暂且离开，再次前往一小时前刚刚到访过的特雷维喷泉方向，穿越夜幕下华灯初上的街景，再度观赏到灯光辉映之下水波粼粼的许愿池。这个罗马最大的 18 世纪巴洛克风格的喷泉周遭，依然是乌泱泱一片围观人群，众声喧哗。我终究还是凑不起这个热闹，又返回夜空下的西班牙台阶。还是从教堂下的平台凭栏远眺，但见远处灯火阑珊星星点点，俯瞰台阶之下，照旧是人潮汹涌，市声沸腾。广场对面那条名品街上，闪烁出一条长长的辉煌灯幕。原来是店家们迎接圣诞新年张挂在街道上空的天幕，全用玉色的粉色的灯泡编织，迤逦绵延远去。而这灯光的天幕之下，同样是一望无际的人潮……我依然不能接近那"小舟的喷泉"，更无法在台阶上寻觅一方空隙坐坐，流连良久，夜渐深了，就此折返旅舍。

翌日一早醒来，仿佛还有个心愿在叩击心房，我决意冒着霏霏细雨步行 20 分钟，单单再去造访清晨的西班牙台阶。大概时间尚早，小雨也未歇，到了那儿，果然游人比前一晚稀少多了，只有三三两两的游人。西班牙台阶顿觉开阔而格外气派，台阶中上部的两处平台及围栏造型美观优雅，空间舒展而又自成格局，两侧的弧形台阶连接起平台，上下台阶的平面和宽窄变化，宛若奇妙的曲线铺展出张弛有度的韵律。据悉以前平台上是可供宾客翩翩起舞的，难怪世人称建筑是凝固的音乐。我庆幸在这个难得人迹稀少的清晨，得以一窥西班牙台阶的全貌，欣赏体味到这座建筑的韵律之美。我缓缓地在台阶上下踱步，看那每级台阶的边缘已然被无数游人的脚步搓揉摩挲得极其光溜，与纹路斑驳的台阶石相映成趣，堪为岁月和游人共同缔造的"作品"了。置身于台阶这一环境，静静地回眸赫本与派克在《罗马假日》里的那一幕幕动人情景，也得以从容地绕着喷泉走了几圈，多看了几眼那雕塑精美的巴洛克风格小舟……

然而我这个清晨的造访主旨，除了弥补前两次未能尽兴之余，还是想再去了却一个"朝圣"的心愿——我踱步到台阶下右侧的那栋五层大楼之前，仔细端详那灰白色与橙色相间的大楼外观，二楼两个窗口间悬挂的一块红色招贴，醒目地标识出这里是"济慈·雪莱纪念馆"。上方的三位绅士头像，分别是英国浪漫主义诗人济慈、雪莱和拜伦啊！一层大门右侧的墙上还镶嵌着两块纪念馆的铜质铭牌。可惜当天纪念馆不开放，未能进去细看故居里的一切，内心却已多少有些"得来全不费工夫"的满足感了。到罗马之前我曾花了些工夫查资料做攻略，知悉西班牙台阶旁的这栋楼就是大诗人济慈的故居，是当年济慈和雪莱、拜伦等人常常聚会、品茗、谈艺、吟诵之所，由此心生来此察看一番的心愿。前一晚人潮汹涌摩肩接踵之际，几乎不能近前观看，此刻总算不虚此行了。

据传，身患肺结核的济慈（John Keats，1795 年 10 月 31 日—1821 年 2 月 23 日），1820 年 9 月遵医嘱赴意大利养病，他在画家朋友赛文的陪同下由伦敦乘船于 11 月抵达罗马，住在西班牙台阶旁的这栋楼里。济慈的肺结核病曾一度好转，但 12 月又大咯血，病情急剧恶化。1821 年 2 月 23 日他殁于此居所，年仅 26 岁。在这儿度过了生命中最后三个月左右光阴的济慈，给罗马乃至世界留下了永恒的文化遗产。济慈的临终居所后来曾一度要被拆掉，济慈·雪莱纪念协会得知消息后集资买下小楼，开辟为济慈·雪莱纪念馆。虽然事实上雪莱并不曾在此住过，但他和拜伦等都到过这儿探望济慈，三大浪漫主义诗人相聚一时的情景，令人追慕、怀念。

大概是英伦三岛冬季气候阴冷的缘故，19 世纪英国不少诗人、作家、艺术家纷纷到地中海沿岸的意大利一带享受阳光追求梦想。当时已经成为罗马市中心区域的西班牙台阶（广场）周围，曾经居住过很多英国、法国、德国的文人和艺术家，司汤达、巴尔扎克、瓦格纳、李斯特、勃朗宁等欧洲文豪和艺术家，都曾经是西班牙台阶这一带的居民，当年这儿储存和洋溢着何其丰富的文化艺术气韵啊！想象重病折磨下的济慈，尽管只能坐在窗台前观望西班牙台阶及"小舟的喷泉"，但也吟诵出了他生命最后岁月的诗意。或许那喷泉的流动之水赋予他灵感，他为自己写的墓志铭也充盈诗意与水结缘——"用水书写其姓名的人在此长眠。"济慈逝世后被葬在罗马新教公墓。一年后的1822年，雪莱意外死于船难。按雪莱生前的意愿他也被葬于罗马新教公墓，从此与济慈朝夕相伴。

我在济慈·雪莱纪念馆前冥想，在西班牙广场徜徉，寻梦般地感受当年那些欧洲文人骚客的足迹抑或气息，举目眺望济慈故居的窗户，遥想客厅内部的场景，仿佛定格为当年济慈、雪莱、拜伦等欢聚的画面，诗意盎然，温馨暖人……

旅行的终极目标或境界，一百个游人会有一百种向往。在我看来，旅行丰富了人生，旅行也是别样的人生，大可随心所欲走马观花看风景，却不能单单满足于浮光掠影到此一游。因着赫本经典形象与罗马浪漫爱情演绎而追捧西班牙台阶的游客，或许已经脱离了随意或被动观赏风景的层次，算得上是文艺范的"打卡"族。但若要论更纯粹的文艺或文化朝圣，或者说更多些韵致的文化、历史之旅，济慈·雪莱纪念馆这栋寻常楼宇，乃至西班牙广场周遭的建筑风物，蕴藏了更多的历史遗迹人文内涵，可寻访，可追忆，带给旅人隽永的回味……

（原稿曾刊于《北京晚报》副刊）

斑斓世界的诱惑

去意大利威尼斯旅游的人流几乎一年四季都如潮水般，一浪接着一浪拍打过去。威尼斯的各种景点太多太耀眼了，让全世界汹涌而去的旅客都目不暇接。因此，我搭乘地中海邮轮在水城威尼斯逗留的两天时光，也是极其紧凑繁忙，那么多闻名遐迩的名胜古迹，想要一一光顾根本不可能，想要抵御那些大声望大名气景点的诱惑似乎也不容易，这时自由行的好处就显示出来了，可以自我选择，可以用排除法优选，先去哪儿后去哪儿，去那些最想去而又可能避开最多人流的地方，开开眼界，领略意外惊喜，甚至寻觅个相对清静之处发发呆、晒晒太阳。

花半天时间去威尼斯的两个外岛畅游便成了我的选择，也获得了极其丰美愉悦的视觉享受。这两个外岛，就是俗称"玻璃岛"的穆拉诺岛（Murano）和俗称"彩色岛"的布拉诺岛（Burano）。相对于主岛区威尼斯古迹众多殿堂林立的厚重历史感宗教味，这两个外岛显现出难得的超然脱俗、空灵清新，前者的辉煌寄生于历史沧桑，专供游客瞻仰；后者的平民化更让人亲近，令人恍若置身于世外桃源，可以随心所欲地撒欢或窃喜。到访的游客尽管也络绎不绝，岛上的居民或店家则是一味地波澜不惊，从容自在、怡然自得地过自家的日子，即使是小商铺的主人也不会兜售吆喝要你非买不可。

在威尼斯马可波罗广场前的码头搭乘交通船（也称"水上巴

士"），大约 20 分钟就可抵达穆拉诺岛，一上岸跨三五步，就踏入一道深红色墙之内，是个有点儿岁月沧桑的玻璃作坊，随行一众游客被引入作坊内，似乎也是当地游览的"保留节目"吧。现场近距离观看匠人从熊熊烈焰跳跃的火炉中取出熔化了的玻璃原料，继而凭借一支长长的吹管，娴熟地吹拉腾挪一番，转眼间将那柔软的熔料弹制出一匹闪烁着幽蓝光芒的奔马，昂首飞蹄，栩栩如生，令人感到新鲜、好奇。众人对卖力的匠人挥洒一阵掌声与叫好声，再拥到陈列厅，欣赏那一个个大小橱窗里的各种玻璃制品，千姿百态的马、金鱼等动物，以及吊灯、杯子、挂件饰品，应有尽有，跻身于玻璃世界的感觉亦幻亦真，新鲜而奇特。

穆拉诺岛被称作玻璃岛真是名不虚传，历史上这里曾是欧洲的玻璃制造中心。沿着岛上内海湾水道铺展而成的小街上，游人比威尼斯少多了，空间感格外舒畅，随处可遇见各色各样的玻璃作坊工场，以及大大小小销售玻璃制品的店铺。也许各家玻璃作坊都不乏自家的独特配方或绝活儿，各家的玻璃制品也都同中有异，各有千秋，各种动物人物构造奇异，色彩艳丽夺目。我在一家小铺里看中一款热带鱼和一款小马的玻璃制品，在手上把玩片刻，便各买了几样放入背包里。继续逛街观景，看岛上河边桥旁建筑之间的各种大小玻璃雕塑，造型各有千秋，无不晶莹璀璨。边走边看，扑入眼里的仿佛都是异样风景，风情万种。在一个僻静的小巷里侧，一座规模如体操双杠架般的黄绿色搭配的玻璃大算盘令我驻足端详。古老东方的计算工具透过时空变迁演绎为艺术品，真是难得一见又别具一格的奇观。玻璃制作的匠心和审美，在历史渊源与文化品位中融为一体了。据悉，岛上的玻璃制造工艺秘不外传，意大利政府每年都会从穆拉诺岛订购一批各具特色的玻璃艺术品，当作馈赠来访外宾的专属礼品。而威尼斯主岛上形形色色的礼品店卖的玻璃艺术品，也几乎是来自穆拉诺岛上100多家玻璃作坊的制作，色彩斑斓，美不胜收，往往缠住了游人的脚步，堵塞了巷里巷外。

从玻璃岛搭乘交通船，又是20多分钟的光景，就到了游人口碑相传的"彩色岛"。船驶近岛时抬眼望去，那岸边的房子外观无不色彩亮丽夺目。出了码头走向岛内的街区，往几个不同方向眺望过去，都是片片色彩，浓妆淡抹，绚烂无比，悦目赏心。回想刚刚告别的玻璃岛，那儿的房子外墙大多也漆成各种色彩，视觉上已然相当艳丽，只是房舍密度不如彩色岛，纵横街道也不似彩色岛这般密集，因此面对彩色岛的视觉冲击就相当大，犹如置身于一个童话般的彩色天地之中，感到从未见识过的惊艳和体验。无论是踯躅于胡同小巷两侧的世纪老屋，还是漫步在岛内广场商铺楼宇之间，或是穿梭于中心商业街区的繁华市衢，那些或低矮的平房或两三层、三四层的楼宇外观，尽是那人工匠心涂抹的亮眼色彩，赤橙黄绿青蓝紫，一色又一色的彩色板块组合，既妙趣横生又和谐相间，浓得妍丽却不俗，淡得雅致又清爽。一栋屋是一种主色调，一排楼便形成了七彩图，洋洋洒洒，蔚为大观。徜徉在岛内狭窄的运河两岸，行走于小桥流水贯通的两侧街巷，近观远眺，尽是浓得化不开的色彩斑斓，也是舒心养眼的灿烂和煦。眼前的一切仿佛都入了画里，那房屋楼宇仿佛不再是房屋楼宇，而是大师油画、水彩画里面的一抹色彩、一种意象。正是夕阳西照，洒在一座座屋宇的色彩之上，夕晖落到水里，波光粼粼间映出那岸上的风采，更斑斓、更璀璨，也更朦胧。缤纷绚烂的房屋倒影憧憧，拱桥小舟之间波影恍惚，但见游人纷纷拿出手机、相机留影，捕捉这心旌摇曳的片刻，定格这令人心醉的斑斓世界。

彩色岛上的居民相传都是渔民的后代，但如今他们也不乏堪与玻璃岛居民媲美的绝活儿，当地的手工蕾丝、抽纱制品也都成了威尼斯的特色手工艺品。街头巷尾店铺里外触目皆是的漂亮蕾丝头巾衣饰，素雅而精致。与其说反衬了屋舍外观的鲜艳色彩，毋宁说与整个环境及各种景致相映成趣，使得这儿的色彩世界平添了淡泊和宁静；还有那家家户户窗台上门檐下的几盆鲜花、一束枝条，亦增添这世界的生动灵气。

相传小岛的地方政府规定，本岛居民每年都要漆一次房子的外墙，不过我宁愿相信那是当地居民们自发自觉的约定俗成。他们心甘情愿地年年更新自家房屋的油漆色彩，借此得以最大限度地发挥想象力和艺术天赋，用色大胆而洒脱，构图奇绝且大方，把小巧玲珑的自家房屋外墙开辟创造出形形色色的斑斓世界。在变化万端造型各异的屋舍楼宇间，透过他们各自看似随意率性却又恰到好处的写意和装饰，那种种充盈生活情趣艺术审美的独特空间就这么诞生了，成长了。岛外波涛阵阵，舟楫频频往来，岸上阳光明媚，屋舍妍丽耀目，这个鲜艳的彩色岛，犹如有人形容的那样，就像是上帝打翻了一个巨大的调色盘，把这儿的房屋、街衢、河巷都点染成了色彩斑斓，也把游人的心染成了斑斓世界。

玻璃岛上宛如晶莹琉璃的那些玻璃工艺品，多姿多彩，已然构成了外乡人从未见识过的色彩斑斓；彩色岛上一栋栋一排排涂抹成七彩的童话世界，又是更其浓郁更其绚烂的色彩斑斓。畅游这两个异国小岛，我分别倚靠在两座岛上的小石桥头歇息，凝思眺望，不舍离去。我分明挡不住这斑斓世界的诱惑，却只想留住这满眼色彩斑斓里的静默遐思……

（4/3/2022 修订）

蜂蜜色染瓦莱塔

——马耳他纪行

　　站在徐徐驶入港湾的邮轮甲板上凭栏眺望，我看到对岸近在咫尺的瓦莱塔（Valletta）一片米黄色，伟岸的城堡、城墙，沿海的各式建筑和街墙，市区耸起的巴拉克建筑穹顶，几乎是清一色的米黄色，仿佛透出历史的沧桑味，却难以引发我悦目赏心的感觉。下了船，坐上红色的随上随下观光巴士绕着城市外围转了一大圈，除了碧蓝的海水，偶遇鲜少的绿色植物点缀路旁，其余所见的建筑、景观，仍然几乎都像蒙上了米黄色的外套，看多了有点儿视觉疲劳，甚至乏味、失望。

　　这就是位于地中海十字路口、素有"地中海心脏"之称的马耳他共和国（Republic of Malta）首都瓦莱塔吗？是被联合国教科文组织列为世界遗产的古城吗？是 2018 年遴选为"欧洲文化之都"的名城吗？这个袖珍型国度、弹丸之地的"世界最小首都"，莫非就是以大片大片扑面而来的米黄色闻名遐迩吗？

　　怀着一丝疑惑几丝不甘，我迈步踏在瓦莱塔市区的砖瓦地上，走过那条不是很宽的主街——共和国街（Republic Street），咖啡店、酒吧、咖啡酒吧迤逦排开，游人食客们喜欢坐在沿街露天吧桌旁，吃喝已非重点，悠闲地环顾左右才是一大享乐；欣赏街头艺人在那些建筑古迹前的音乐表演，似乎有了些许点燃岁月与艺术的共鸣。

漫步于狭窄而又高低起伏的薄荷街（Old Mint Street），古色古香错落有致的三四层建筑分列路旁，因为有底层各家店铺不同色彩的旗号悬挂其间，又有上层不同造型的阳台、窗棂显露白色、蓝色、绿色等各色色彩，加之人行道上络绎不绝的路人身着各色服装，原本米黄色的一排排老屋就被点染出养眼的斑斓绚烂。路的半边一侧停满了小汽车，使得这街道更狭窄了。伫立街头眺望，突然下坠般的小道通向海边，转身再看，匍匐延伸上升的街道置顶云天，煞是壮观。

走过圣乔治广场（ST. GEORGE'S SQUARE），走过公众广场（REPUBLIC SQUARE），好似触摸到了瓦莱塔城跳动的心脏，周围环绕着古朴的街道，岛国特色的酒吧和咖啡厅或意大利风味餐馆，维多利亚女王雕像迎送着人来人往，一派鲜活气息。马耳他国家图书馆（National Library of Malta），拥有地球村最大冷兵器和盔甲收藏量的军事博物馆（Palace of Armoury），无不是巨石修砌构造。建筑本身与馆藏都是这个袖珍岛国的非凡遗产，令人仰慕。那一色的米黄色看在眼里，居然有了恢宏、壮丽的感觉。

不经意间又遇见了瓦莱塔城最美丽的巴洛克式建筑——卡斯蒂利亚宫（AUBERGE DE CASTILLE）。18世纪末19世纪初，这座宫殿先后成为法国军队和英国军队的总部，后来曾经作为马耳他、利比亚和塞浦路斯的军事总部。自1972年迄今，它终于实至名归地成为马耳他总理府。宽广的三层建筑外观庄重，外墙和各层窗户精雕细刻般的精美，十多级台阶直达正门，没有门卫，内廷也不对外开放。大门两侧摆放了各一门铸铁火炮，炮口对着前方的海湾，仿佛定格了一幅历史画面。卡斯蒂利亚宫是瓦莱塔城最高点，大港湾

（Grand Harbour）的壮美景色一览无余。而我注意到卡斯蒂利亚宫的外观虽然还是瓦莱塔招牌式的米黄色，却透出了一层层赭色，显得尊贵而悦目。

凸显了艺术和绘画精粹的圣约翰教堂（ST. JOHN'S CO-CATHEDRAL）也是一座巴洛克式建筑的典范，即使置于顶尖巴洛克建筑云集的欧洲也毫不逊色。教堂的门厅和钟楼气派非凡，外观敦实庄重，照例还是用米黄色岩石修砌。据说这是马耳他独特的岩石，还有一种称为"蜂蜜色"的好听说法。这等就地取材因地制宜的建筑营造源远流长，身为"地中海心脏"、历来即为兵家必争之地的马耳他岛，本身就是一块巨无霸式的岩石。其质地细腻透水性强的特异建材取之不尽用之不竭，长久以来形成了独特的石材建筑特色。早在1565年"马耳他大围攻"战役时，马耳他遭逢奥斯曼帝国舰队攻击，当地骑士团坚守奋战不退，在援军到来后终于获胜。骑士团团长瓦莱特决定建立一座骑士之都，建成后命名为"瓦莱塔"。还在战略高地希波拉斯山修筑了一条3公里长的城池作为军事要塞，海岛防御近乎无懈可击。俱往矣，450多个春秋逝去，瓦莱塔城的"蜂蜜色"岩石建筑愈益出彩，不惧风吹日晒，无畏火烧海水腐蚀，历经岁月风雨悠久而弥坚。被誉为"蜂蜜色"的米黄色岩石建筑在欧洲独树一帜，透出沉稳踏实的历史本色，透出浓郁挺拔的骑士精神。无处不在的骑士元素散布、浸透在城市的街头巷尾角角落落，令人感叹、令人怀旧。

穿越了瓦莱塔城网格式的狭窄起伏街道，到处能随意邂逅欧洲顶级的艺术品、教堂和宫殿。如此众多精致的巴洛克式建筑，如此蕴含文化和历史的古迹胜景，云集在这座"蜂蜜色"石头砌成的小城，触目而动心，静谧而怀旧，却透出了难以言说的超凡脱俗之绝美。我不禁要质疑瓦莱塔"世界最小首都"的称谓。请问，世界上还有哪座长约 1 公里、纵深仅 600 米，面积仅仅约 0.8 平方公里的小城，具备如此丰厚深沉的内涵！

当我返回海滨一带浏览大港口的景观，无疑又添了更大的惊喜。瓦莱塔这个"世界最小首都"，却拥有最壮美的港湾，在濒海的巴拉卡花园（Barrakka Gardens）上下盘桓浏览，漫步在两排米黄色（蜂蜜色）石体半圆顶拱门圈护的廊厅之间，陶醉于庭院修葺之精美，花团锦簇，植被葱茏，俯瞰海滨的炮台上座座黑黝黝的火炮矗立，昭示着昨天和今天的变迁，昭示了城市和平与美景的纽带。海滨另一侧可见到十多级台阶拱卫、六根方石柱顶起浑厚圆冠的"第二次世界大战纪念钟楼"，巨大的铜钟悬挂圆冠顶之下，不时可撞击出叩人心扉启迪历史的钟声。二战期间，纳粹德国和法西斯意大利试图夺取大英帝国控制的瓦莱塔城和海军基地，重兵围困马耳他，恶战不能幸免。绕行钟楼，回眸岁月，顿感该钟楼为纪念在二战中丧生的马耳他人而永久屹立在海滨的意义，恒远而历久弥新。

从钟楼上回望海湾，我们搭乘的"挪威人"邮轮和公主号等其他几艘邮轮如巨型彩色城堡般停泊其间，给蜂蜜色主调的瓦莱塔城增添了丰富色彩，也裹挟了阵阵域外的活力。据悉，瓦莱塔码头每年接待的邮轮游客超过 100 万人次，马耳他的邮轮旅游收入占国内生产总值的 23%。这个面积区区 316 平方公里，总人口 50 万的岛国，有三分之一的马耳他人直接从事旅游业。邮轮消费为当地经济带来每年近 1 亿美元的收益。"蜂蜜色"的瓦莱塔的历史名胜，以及其跃居全球前三大潜水胜地、拥有"三蓝"（蓝洞、蓝窗、蓝潟湖）著名海洋景观的无穷魅力，吸引全球各地游客纷至沓来。

眺望海湾对岸，依然是几乎清一色浑厚绵远又错落有致的蜂蜜色建筑群，但那儿已然超越瓦莱塔城的辖区了，而是瓦莱塔的三座姐妹城（Three Cities）——维托里奥萨（Vittoriosa）、科斯皮库亚（Cospicua）和森格里亚（Senglea）。三姐妹城堪称马耳他的历史摇篮，自公元前 10 至公元前 8 世纪发端的腓尼基、迦太基时代即为马耳他的重要港口，也是从罗德岛移居马耳他的圣约翰骑士团最初的"家园"。三姐妹城的要塞、堡垒、宫殿、教堂的历史甚至抛下瓦莱塔多个世纪。三大城中最古老的城市维托里奥萨寓意"胜利之城"，旧称"比尔古（Birgu）"，曾为马耳他首都，地理位置极具战略性，也是骑士团在马耳他大围攻中抵挡奥斯曼帝国大军进攻的决战沙场。岛上现在开放公众游览的圣安吉洛城堡（Fort St. Angelo）是马耳他群岛军事遗产的精华。坐落于岛上的前皇家海军面包店（Royal Naval Bakery，建于 1840 年）旧址的马耳他海事博物馆（Malta Maritime Museum）收藏 2 万余件文物，浓缩了马耳他海军史的发展轨迹。

再回到巴拉卡花园浏览，依然为那两排巨大拱门勾连成的拱廊之美兔养眼而折服，为此观景平台既能眺望瓦莱塔城、又能俯瞰大港口远眺三姐妹城的绝佳视野而心醉，美景若梦，重叠出翩翩飞翔的历史幻影，令人追怀、令人迷恋。旅游指南上说，这儿最初是某位意大利骑士的私人花园，战时被纳入城市防御体系，如今开辟为城市花园，是瓦莱塔最佳观景点。花园与城防体系的结合，真是历史赋予巴拉卡花园最大化的价值啊！

黄昏时分，心有不舍地走下巴拉卡花园，通过瓦莱塔最古老的大门——维多利亚城门（VICTORIA GATE）走向海滨走回码头。始建于 16 世纪末的维多利亚城门历经第二次世界大战纳粹的狂轰滥炸，又经过恢复改建，依然守护存留了她的美丽气质和庄重品位。这是瓦莱塔献给维多利亚女王的城门，也是那"蜂蜜色"的马耳他石灰石建造，大门上方镶嵌了马耳他徽章和大英帝国的标识，伟岸壮观中透出了些许皇家的尊严。城门正在进一步维修之中，一侧竖立着一块广告牌，上面的说明意为这是一个由欧盟出资维修的项目。

原来马耳他既是英联邦成员国，也是欧盟成员国，还是申根区国、欧元区国家。如此"四位一体"的国家全球鲜少，"地中海心脏"之谓凸显了它独特的地理位置。"欧洲后花园"的美誉则建立于它厚重的历史地位与绚烂丰富的美景资源之上。难怪英国王室一直视马耳他为全球最佳御用度假胜地之一。2022年秋辞世的英女王伊丽莎白二世，更是与马耳他结下毕生的不解之缘。1947年她与菲利普亲王新婚度蜜月，就是在马耳他群岛流连忘返。婚后，身为海军军官的菲利普驻扎马耳他，当时还是公主的伊丽莎白陪伴其左右，俩人闲暇时手挽手散步的亲密情影，成为当地居民和游客津津乐道的一道新风景。两人后来还曾多次因国事访问或者王室度假盘桓马耳他，有媒体戏称这儿宛若英国女王的第二个"家"。此言不虚，直到2007年，女王与菲利普亲王庆祝60年钻石婚姻，再度重返瓦莱塔，缅怀婚姻走过的岁月并重温在马耳他度过的难忘时光，可见马耳他在女王心目中无可替代的特殊含义。2015年，女王和亲王又一次故地重游，无忧无虑地徜徉岛国，犹如回家般自如轻松。女王追忆描述自己历年在马耳他悠游自在的蜜月时光、度假生涯，在丁利（Dingli）休憩野餐胜过宫廷夜宴，让人回味；在斯利马（Sliema）的海湾礁石间穿梭游泳，岂是皇家后庭游泳池可享受到的乐趣与刺激；在瓦莱塔城小理发店打理头发，甚至开着莫里斯小轿车四处兜风……无拘无束地放飞自我，这一切都让她无比留恋、久久憧憬。我想，马耳他、瓦莱特对于女王伊丽莎白二世又岂止是另外一个"家"，那是她和菲利普一生爱情童话开始的地方，是她和他幸福的开端并且终其一生都赋予幸福感的圣域，也是她骨子里怀想尽可能过一种闲适生活、自在平民日子的寄托啊。

马耳他不仅仅是女王及英国王室及贵族们心仪的度假胜地，也是全球众多体育界、娱乐界明星心向往之的休闲乐园。英国球星贝克·汉姆曾经多次去马耳他度假，不论赛季有多忙，他几乎都会留出空隙去马耳他享受悠闲时光。他的自传曾经披露：他爱马耳他，马耳他给他留下了许多美好的记忆……贝克·汉姆曾经效力的曼联俱乐部与马耳他结盟已久，全球最早的曼联球迷俱乐部就设在马耳他，众多曼联球员也常年钟情马耳他，以此为度假胜地。温和的海岛气候使得马耳他全年都适合度假旅行，球员们在漫长赛季之后渴望放松身心的休闲地，几乎都首选马耳他温和的海岛气候及卓越的风景资源。当然，好莱坞的那些名导演又怎能放过马耳他及瓦莱塔、三姐妹城等岛屿、城郭天然去雕饰般的摄影圣地，令人着迷的海岛风情、别具一格的地貌风物、丰富多彩的生物种群，且有那已发掘并待发掘的古代沉船遗址，"三蓝"之处无敌的风景，成为《基督山伯爵》《特洛伊》《权力的游戏》《角斗士》等热门大片的取景地、拍摄处，也让斯皮尔伯格、雷德利·斯科特、盖·里奇等著名导演的声望更隆。马耳他、瓦莱塔也因而又获得了"地中海的好莱坞"之誉。

…………

清澈而幽蓝的海水，旖旎幻美的洞穴礁石地貌，静谧而富含内蕴的座座古老建筑，井字形交错的街巷风情……夕阳西下，环顾瓦莱塔城与海湾的种种风貌，城市"蜂蜜色"的建筑在晚霞披挂下竟然展露出鎏金般的艳丽，摄人心魄。地中海的海水更加碧蓝幽深，在海岸间出没的无数舟楫，勾画出千姿百态碧波荡漾之水痕，衬托古老的瓦莱特城愈益静谧、厚重、巍峨……当我返回邮轮登上高层甲板，再度眺望这披金流彩般由蜂蜜色点染且幻化为金黄色的城堡、钟楼、绵延的建筑物乃至整座瓦莱塔城，我感到丝丝迷幻，心底漾起了一种神圣的感觉——"蜂蜜色"染瓦莱塔，纵然你是如此变幻莫测，但你留给我金色的印象和徽记，你的历史、你的文化、你的城郭、你的每一条街巷，都在我的心海画出一道道金色的折痕……

（10/4/2022）

宫殿之城　废墟之美

好像是马克·吐温说过："旅行是消除无知和仇恨的最好方法。"世人大多未能亲见或未闻其详世界上太多的人与事，对历史的隔膜会加深无知乃至愚昧，而一般人对古今中外的帝皇也常常爱恨交加，这样的情感成分部分源于希冀探索皇族逸事隐秘的平民意识，其实多半还源于无知。

在地中海独具魅力的国度克罗地亚（Croatia）的旅行，让我想起马克·吐温的这句话并且深以为然。具体而言，是一座城一座宫殿的流连忘返，让我在领略乃至叹为观止这座城这座宫殿的历史美感之际，也对一个皇朝一位皇帝加深了了解，反过来又对这座城这座宫殿的独特之美更加欣赏和迷恋。

这座城就是亚得里亚海东岸的克罗地亚历史名城斯普利特（Split），这座宫殿就是罗马皇帝戴克里先的夏宫（Diocletian's Palace）。事实上，斯普利特老城就是以戴克里先宫为核心建立发展起来的，是一座宫殿奠定了基石的城市。当初，这一座宫殿就是一座城。这座城郭也便是一座宫殿，相辅相成，蔚为大观，凝固了一段罗马史迹，演绎昭示出一位帝皇传奇。

我搭乘的邮轮在 2017 年仲秋时节的一天早上抵达斯普利特码头，已经有另外四五艘都如"海上城市"般的巨无霸邮轮停泊在那儿了，可见这座城也是个邮轮旅游的大港口。这些邮轮及其他各种白色的中小型游艇簇拥在斯普利特海湾，它们承载了多少游客涌向这宫殿之城、城的宫殿啊！

　　紧随熙熙攘攘的人流沿着热闹非凡的码头区涌向海滨大道，涌向古城，最重要的旅游目标无疑是那座已有 1700 多年历史的戴克里先宫殿（Diocletian's Palace）。穿过市声鼎沸的街区和那一长溜的由无数白帐篷搭建起的贸易市场，还没有走到尽头，就赫然见到左侧灰垩色的巨大城门洞开。严格地说，这是一座破损的城门，两旁连接的城墙也露出残缺的石块，甚至也可以说是一座废墟。它两端的城墙延伸开去，依然留存着昔日的威武高大，事实上那一溜帐篷市场就是傍着城墙舒展延伸成片的。来自地球村的各色人等在贩卖各色手工艺品、小古玩或者刺绣、衣服的摊贩前讨价还价，昔日皇家禁区内的这一幕恍若天天上演的市井生活风俗图，令人感到历史变迁之巨、时空变幻之玄。

　　拾级跨过这座东城门，但见城内的建筑也多为巨石巨柱的废墟，却又不乏相当完整的宏大格局甚至美感，摄人心魄。残留的高高钟楼据称是亚德里亚海沿岸最古老的钟楼，巨大花岗岩石柱撑起的长廊不失当年的气派与辉煌，中庭的殿院好似宽阔的广场，游动的人流和成排坐在古老殿堂石阶上的游客，构成一幅幅动静结合的画图。有打扮成古罗马将士的两位年轻人，全身披挂，手握利剑长矛，吸引着游人相继与之合影。背景自然是一片宫殿废墟之上的残垣断壁，恍惚之间很有穿越感，而游客想要依傍要留念的，似乎也就是那残缺的历史和废墟之美。

　　斯普利特历史上曾经是古罗马帝国的重要都城，也因当时罗马皇帝戴克里先（Diocletian'，生于公元约 245 年，卒于 313 年。拉丁文全名 Gaius Aurelius Valerius Diocletianus，原名为狄奥克莱斯

Diocles）而著称于世。草根士兵出身的戴克里先四十岁时坐上罗马皇帝的宝座，一生不乏传奇色彩。他先是升迁成为皇帝卡鲁斯（carus）的骑兵指挥官，继而在与卡鲁斯皇帝的亲生儿子抗争中获胜，于公元 284 年 11 月 20 日被罗马军队拥戴为执政官（皇帝）登上大位。公元 285 年春，当另一位皇帝卡里努斯被刺杀后，他成为罗马帝国唯一的皇帝，并正式更名为戴克里先（Diocletian'），直至 305 年 5 月 1 日，在位 21 年。退休后戴克里先回到故乡 spalato 附近的斯普利特，居住在这座提前十年开始建造的宫殿内养老。

戴克里先皇帝登基后没有陶然自乐、安于现状，他接手时的帝国充满各种动荡。他很快就推动了改变罗马帝国历史的巨大变革，堪称历史上东、西罗马帝国和四帝共同统治形式的始作俑者。四帝共治制结束了罗马帝国的"第三世纪危机"（235—284 年，罗马帝国自公元 235 年起到戴克里先登上皇位的半世纪左右期间极端动荡，皇室内部杀戮成风，20 余位皇帝平均在位不到三年），成为罗马帝国后期的主要政体，罗马帝国得以延续了对境内各地区数个世纪的统治。通过军事流血方式夺权的戴克里先意识到，帝国乱局的主因是国家疆域太大，仅靠一位皇帝难以管治，也难以抵御外敌的侵略。自公元 284 年起他开始推行前所未有的一系列政体改革，其中最重要的就是把独夫统治改为四帝共治，即将帝国分为东、西两部分，各设一位皇帝（"奥古斯都"）主政，再设一位副帝（"恺撒"）辅政，并且规定皇帝在位满二十年即退位，由"恺撒"继任。这个四帝共治的统治形式结束了帝国长期内乱，政局渐渐趋稳，却也为日后罗马帝国的永久分裂埋下了伏笔。

戴克里先宫这座在意大利境外唯一的罗马帝国宫殿，约公元 295 年（一说 293 年）起开工建造，公元 305 年建成，占地近 4 公顷（3

万多平方米），既是一座宏大壮观的海滨城堡，也是一座豪华绮丽的乡间别墅。大概戴克里先见惯了帝国权斗的腥风血雨，他在位时亲自设计并督造自己退隐后回归故里的这座宫殿居所，兼具城堡式宫殿和军事要塞的功能，最大限度融合安全性、舒适性为一体，确保驻军卫队攻防有术。地上建筑为城堡的格式，地下则有地道、寝宫，如迷宫般足以绕晕外人。这座宫殿气派恢宏，不输罗马的皇宫，宫殿平面呈长方形，南北长 215 米，东西较南北长 34 米，宫墙厚 2.1米；前临亚得里亚海，南高 22 米，北高 18 米。共计 16 座塔楼和 4座宫门，城门分东西南北，也各称为金银铜铁。宫殿中心有两条 11米宽的拱廊大道，宫殿前部为寝宫，沿海拱廊长 160 米，宽 7.3 米。踱步长廊，极目瞭望，海天合一，景观迷人。1979 年，戴克里先宫遗址被列为联合国世界文化遗产目录。

造访戴克里先宫，我来回进出东门好几回，从中庭左侧的钟楼一段登上城墙，折到南端，倚墙眺望，远处的海湾景致尽收眼底，城墙间院落散布，建筑精美，即使岁月流逝或砖石残缺，仍流淌出那种古罗马城堡的威严气韵和厚实庄严格调，令人肃然起敬。再折回中庭，由阶梯下面的小门步入地宫，眼前展现出另外一个世界，虽然灯光晦暗，依稀也觉得相当宽广，步道两侧如今都布置成一个个小商铺，经营各种首饰、纪念品，等等。这处被称为"戴克里先地窖"的"地下宫"，据悉是整座戴克里先宫殿保存最为完整的部分，早先主要充当地下仓库和监狱。"地下宫"东侧是皇帝的陵寝，瞻仰需另收费，安静肃穆之极。

出北侧的宫门，传说这儿是当年皇帝外出的主要通道，城墙外面的绿色植被相当茂盛，隔条大道再步上十几级台阶便是今天城市的街道。台阶路口矗立着一座巨大的黑色雕像，原先以为是戴克里先皇帝或者与之相关的人物雕像，查阅游览指南才知道，那是 10 世纪斯拉夫的宗教领袖宁斯基主教（Gregory Of Nin Statue）的铜雕像，由雕塑家伊万·梅什特罗维奇于 1929 年创作。据说宁斯基主教当年敢于挑战罗马教皇，传道做弥撒也摈弃拉丁语（文），而用斯拉夫语（文），被视为克罗地亚的民族英雄，故而有此荣耀立在皇宫门前。据说触摸这座主教雕像的脚可以带来好运，果然有不少游人瞻仰拍照，顺便俯身摸几下这位古人雕像的脚趾。那铜雕像的脚趾已然被无数游人的手摸得金黄铮亮。

再折入北门，穿越宫殿城墙内的纵横道路，一会儿往西，一会儿向南，仿佛在弯弯曲曲迷宫一般的巷子胡同间穿梭，在一座座拱门和广场间漫步。那石板石砖铺成的路面，石块石柱堆砌成的屋子，随处都是当年皇宫的遗迹，随处都有中世纪罗马风格的画风。而漫步于人民广场（克罗地亚文：Narodni Trg）无异置身于古城的心脏区域，那露天酒吧咖啡座，那拱门下小弄堂拐角的窗户口，都可以坐下来品一口香浓的咖啡或一杯鸡尾酒，当然也品味了这座城、这座宫殿的光阴。那一家家售卖各种纪念品和时装的店铺，依凭迷人古建筑散发出丝丝优雅的气息，会聚了接踵而至的人流，其拥堵热闹景象，直追威尼斯。

西门那儿也有一座古色古香的钟楼，城门外是一片商业区，还有博物馆大剧院等可观赏的去处。而往南穿过细窄的巷道和门廊，会让在宫殿内行走尤其是在地宫里穿行稍久的游人感到豁然开朗。那是临海的海滨大道，背靠古城墙的各色店铺、酒店一字儿排开，白色的帐篷，彩色的市招，湛蓝的海面，高大的棕榈树摇曳生姿，在地中海艳丽的暖阳照耀下，显得那么明媚，那么赏心悦目。这处海滨大道似乎给斯普利特这座古老的城市平添了现代化色彩，在古老的宫墙遗迹外描摹出现实生活的多姿多彩。

　　沐浴亚得里亚海滨和煦的阳光，在紧挨戴克里先宫的古城最繁华的海滨大道街椅上小憩片刻，流动的人群进进出出于古色古香的城墙城门，伴杂着繁复的各种异国口音，构成了一幅立体的风俗画，风情万种。以戴克里先宫为核心而发展的斯普利特城，历史上曾隶属于罗马、奥地利、南斯拉夫等不同政权，迄今形成了一座建筑融合历史、别具风采的欧洲城市。其古迹、宫殿使斯普利特这座城市被誉为克罗地亚最美丽的城市之一的历史名城、疗养和游览胜地。风靡全球的美国中世纪奇幻史诗剧情电视连续剧《权力的游戏》剧组把这座宫殿、这座城市选为外景拍摄地之一，也绝非偶然。

　　眺望亚得里亚海碧波荡漾，沐浴海风吹拂，看那海鸥凌波翔天，帆船划艇点点远去，何其惬意。我回望那经历了一千七百多年岁月洗涤的古城墙，记忆的映像叠印出刚刚在旧皇宫内行走所见的一切画面，历史的厚重感充盈内心。这座城这座宫殿从此就走入了我的心底，也由此见识到了罗马帝国的一段重要历史，见识到一位来自草根阶层有担当、懂进退的罗马皇帝。戴克里先虽然是蛮勇行伍出身，却不乏政治和生活智慧，他开创了罗马帝国的统治新格局，也是历史上首个自愿退位的皇帝。公元305年戴克里先主动让贤，退位后一直隐居在斯普利特的戴克里先宫。数年后帝国政局又起动荡，一些罗马议员前来戴克里先宫晋见先皇，请求他复出重登皇位。退位的皇帝其时正醉心于闲暇的时空之间，淡然地在养老的宫殿内开辟园地栽种卷心菜，便断然拒绝了议员们的请求。他因此也成为唯一没在血腥的权斗中死于非命，而能回归故里颐养天年的罗马皇帝。尽管戴克里先在位时迫害基督徒的劣迹为史家所针砭，但戴克里先能够在血腥帝国风云中坐稳皇帝宝座二十年后遵守承诺主动让贤退位，这种不乏现代进步意识的心态难能可贵，在罗马帝国史乃至世界史上都注定写下了绝妙的一笔。如此精彩的历史篇章或许通过史料的审读也可能获取，却肯定及不上亲临斯普利特城、游走于戴克里先宫之间的感受深刻和贴切。这一座宫殿之城，这一座城的宫殿，仿佛谱写了非凡的历史乐章。一座宫殿奠定了城市的基石，一座城市承载了宫殿的传奇，远古的辉煌纵然逝去，残垣断壁的废墟依然呈现出不寻常的隽永之美，魅力无穷地吸引地球村各个角落的村民纷至沓来。

（2/9/2023 修订）

迷情科孚岛

拜邮轮遨游地中海之便，那年 9 月的一个早上停泊在科孚岛（Corfu），踏足岸上的所见所闻远古而新鲜，一下子就被这个希腊的小岛迷住了。

科孚岛（Corfu）位于希腊爱奥尼亚海（Ionian sea），地处地中海的一个海湾，但科孚这个名字却是英国人取的，沿袭至今。希腊语称其为克基拉岛 [Κέρκυρα（Kerkyra）]。在希腊传说中，仙女克基拉与海神波塞冬相爱，被波塞冬带到了科孚岛，并以她的名字"克基拉"命名。科孚岛似乎没有以蓝白色浪漫著称的希腊圣托里尼岛、米科诺斯岛那般闻名遐迩，然而它的历史内涵远远领先那些徒有蓝白色屋顶外貌的岛屿。每年从海上和空中到访科孚岛的外国游客无数，尤以英国和欧美游客最多，他们大多数乃是被一种深深的情结牵引。因为这儿是英国女王伊丽莎白二世的丈夫菲利普亲王（爱丁堡公爵，原为希腊王子）的出生地，还是早年奥匈帝国伊丽莎白皇后的茜茜公主挚爱的岛屿。1861 年，应英国总督亨利·斯托克斯爵士之邀，茜茜公主首次踏上科孚岛便一见倾心，希望在俯瞰海湾的山坡林间修筑一座行宫，方便日后到访居停。茜茜公主的这一梦想直到 1889 年才终于成真，一座美轮美奂的宫殿修建落成，并以她最钟爱的古希腊神话英雄阿喀琉斯的名字命名（The Achillion Palace）。茜茜公主曾说："我想要一座有柱廊和悬空花园且不被人窥视的宫殿——一座配得上阿喀琉斯的宫殿，他鄙视凡人，连神都不怕。"阿喀琉斯宫从此成为茜茜公主避暑的夏宫及寻求心灵慰藉的疗养殿堂。

历史上科孚岛曾先后被雅典、罗马、威尼斯、法国、英国等统治，沧桑蝶变，到处都留下了风格多元的优雅古朴建筑，与令人惊叹的海岛风光相映成趣，显现一种沉潜融合低调淡然的美丽。

当代邮轮到访的自然是科孚岛的首府科孚城（Corfu city），从港口搭车到老城不足 10 分钟，在中心区域斯皮亚纳达广场（Esplanade Square）下车，立马沉浸在不同国家风格变幻、交集的世界之中，恍惚徜徉于一座多元化的城市建筑博物馆，不由得你不醉心、叹息。斯皮亚纳达广场是法国占领时期按照法式花园设计的，所有的喷泉、花坛、树木和各种雕塑被赋予艺术性编排，法国风范犹存。当天我们抵达之际，正巧看到广场上在举行一个小型的阅兵仪式，仪仗队在声声号令下变换队列，一副一丝不苟的古典皇家派头。广场周围的林荫道间，色彩鲜艳的马车和观光小火车静静地排列着，等待那游客蜂拥而至的时刻。

来不及造访茜茜公主的阿喀琉斯宫，也无意寻觅爱丁堡公爵的出生地，但我们的足迹依然浸透了科孚岛的魅力，几处盘桓之处印象颇佳。最难忘的是那座四面环水、靠船坞小栈道连接陆地的袖珍修道院（Blacherna），修道院及其所在的卡罗尼（Kanoni）早已是科孚岛地标性的景致。它的右侧海上是一条长长的跑道，堪称科孚岛的袖珍型国际机场。无论是坐在袖珍修道院墙外的石凳上观望跑道上俯冲下降或者腾空起飞的飞机，还是攀上数十级台阶回到悬崖边咖啡馆的露台上，凭栏近距离俯瞰咫尺之下每隔几分钟就频繁起降的飞机，都是前所未有的观感体验。在水岸，感觉飞机在一条跑道上起降距离水面只在毫厘之间，不得不赞叹那些飞行员的高超技巧；

在露台，俯瞰飞机冲刺或徐徐起降，更是惊心动魄又赏心悦目的画面。遥想当年，是哪位决策者作出了在紧挨悬崖的海上填堤，筑一条飞机起降跑道的规划？又是怎样睿智的设计师设计构建了如此一条狭长的海上跑道？置身于蔚蓝色的海洋和郁郁葱葱的悬崖大背景下，大概全世界都找不出第二座如此美丽而小巧魔幻的机场了。

回到老城区，无拘无束地自由闲逛，走在中世纪鹅卵石铺砌的迷宫般的狭窄街巷，走过一栋栋或雄伟或幽深或典雅的各式建筑，那高耸的哥特式尖塔和古朴的石墙，还有那数不尽的手工艺品店、冰激凌店、珠宝店、礼品店，无不洋溢着别致的地中海风情。各种售卖橄榄油、蜂蜜和奶酪等科孚岛出产的特色产品的店铺，顾客盈门。史料称科孚岛上遍植 400 多万棵橄榄树，超过 500 年光阴的橄榄树也不在少数，当地小作坊自产的优质橄榄油闻名世界，全球大约 3% 的橄榄油出自科孚岛。

老城区不远的海岸，坐落着粗犷雄伟的城堡——旧堡（Old Fortress），系 15 世纪威尼斯人承袭古老的拜占庭防御高地体系修建，城堡内曾经容纳监狱、教堂和军事医院（如今被改造成音乐学院）。19 世纪初英国人接手改造，城堡被一道护城河与陆地隔开，进入古堡须经河上可以活动升降的吊桥。城堡中当年英国人建造的军营，现在变身为科孚公共图书馆。攀缘旧堡那古希腊神庙般建筑的角角落落，穿越岁月的迷雾，一窥历史的真容。登顶最高处，俯瞰科孚城和爱奥尼亚海湾之间的岛屿和大陆，静静地躺在高天澄海之间，恍惚身处一个清澈纯净的世界，不舍得离去了。

离斯皮亚纳达广场更近的新堡，经翻新后如今承接绘画、摄影、雕塑等艺术性展览和音乐会演出，成为古老科孚城的艺术中心，供居民和游客浏览、休闲。回溯 1576—1645 年建成的新堡，它在"二战"时期曾经是为流离失所的难民提供住所的一处庇护地。

在新堡附近海岸边上的各式宫殿式建筑间浏览，惊诧于它们的恢宏、旖旎和庭院花卉的漂亮。不经意间，在一座宫殿建筑的回廊间一座门边看到一个标志，竟然是亚洲艺术博物馆，不禁惊喜莫名。想象这座地中海岸的希腊岛屿，与亚洲相隔万水千山，当地族群中亚裔面孔鲜见，何以会有这么一座堂皇的亚洲艺术博物馆？经查阅资料得知，这座于 1819 年由英国爵士托马斯·梅特兰委托所建的新古典主义风格圣迈克尔和圣乔治王宫（Palace of St Michael & St George），开放式庭院，雕像遍布，原为英国高级专员公署和英国总督公馆。其后，包括科孚岛所在的爱奥尼亚群岛与希腊联盟，这座宫殿成为希腊王室的夏宫。

1927 年，宫殿中开始设立亚洲艺术博物馆，迄今也是希腊唯一收藏亚洲艺术品的博物馆。博物馆发起人是出生于科孚岛、热衷收集东方艺术品的希腊外交官格雷戈里奥·马诺斯，他为博物馆捐赠了超过 10000 件中国、日本不同时期的艺术品。我不能不叹息，希腊真是一个充分尊重个人意志的国度，一位外交官依据自我爱好而发出梦幻般的倡议，居然就顺理成章地成为现实。遥远东方的诸多文物得以在古希腊的国土之上收藏、布展，堪称历史上两大文明的惺惺相惜了！岁月延续到 20 世纪 70 年代，随着更多人不断捐赠，这座欧洲难得一见的亚洲艺术博物馆馆藏艺术品日益增多，包括来自印度、巴基斯坦、泰国、尼泊尔、韩国等地的文物，都在馆内有一席之地。遗憾时间仓促，未能进馆参观，但还是溜达到这座宫殿的庭院匆匆漫步一圈，又向宫殿前庭阔达的环形廊柱行深深的注目礼，内心充盈了对异国天涯这座亚洲艺术博物馆及其创立者深深的敬意。

　　恋恋不舍地告别科孚城，眼里心中满是伟岸城堡和辉煌宫殿的恢宏影像，满是蔚蓝色海洋与墨绿色山峦簇拥的醒目景致，满是地中海温煦阳光和古朴老城的闲情逸致，还有虽然身处希腊宝岛却恍若回荡于不同世界不同岁月的迷情依恋……

（5/15/2022）

克罗地亚狂想曲

那个秋日一早，借助"挪威人－精灵"（Norwegian Spirit）号邮轮穿越地中海的夜行昼停，抵达了世界文化遗产所在的克罗地亚共和国杜布罗夫尼克城（Dubrovnik）码头。搭巴士直达雄伟古朴的古老城墙门前，随着熙熙攘攘的游人涌向跨桥，涌入那文艺复兴样式的派勒城门（Pile Gate），迎面便见到一座硕大的圆顶两层喷泉，周围聚满了看客，众声嘈杂，喷喷之音不绝于耳。喷泉的左侧是攀登城墙的入口之一。这座建于 15 世纪的大欧诺佛喷泉（Large Onofrio Fountain），虽然遭遇 1667 年的大地震受损严重，其浮雕底座和残留的 16 个面具雕塑装饰的出水口依然凸显了难以描摹的精美工艺。数百年光阴逝去，喷泉周围总是吸引一拨又一拨游人，天天勾勒出人景合一、韵味无穷的一幅幅风俗画。置身于这幅异国风俗画中，我不禁遐想联翩，这座古城将会予以我怎样的惊奇呢？我更渴望漫步触碰古城的每一块砖石每一条脉络……

自大欧诺佛喷泉向古城内纵深延伸的石板路平坦而有质感，各种青砖灰墙大理石建筑在路旁迤逦排列，无不透露出中世纪的巴洛克意蕴或拜占庭风韵乃至哥特式格调，仿佛诉说着这座始建于 7 世纪的古城的种种传奇。无论是珍藏极多珍宝古画的罗马天主教教堂、耶稣会教堂的西班牙式大台阶、拥有巴洛克回廊和世界第三古老药房的方济各教堂修道院，还是全城制高点——钟楼的修长身影，或者是大地震幸存的斯蓬扎宫（Sponza Palace），以及本身就是精美艺术品又是城市自由和独立象征的奥兰多石柱（Orlando Column）……都是不容错失的古城标志式风物。沿街摆着桌椅、竖起凉伞的大小酒吧和咖啡馆、冰激凌店铺鳞次栉比，宾客满座，市声回荡，生发出勃勃生机与活力。这一切构成了古今两道风景线，交错相融，任人玩味，引人遐思迷恋。

沿着石板路的史特拉敦大道到底再拐几个弯，豁然开朗，迎面有一处蹲伏着几尊小炮的平台，凭栏远眺那一隅幽深海湾，蓝天碧波，白帆飘逸，快艇腾跃，动静相宜，景致格外养眼。继而徒步沿城墙根上行，转岔道后再前行数十米就到了苏拉德山缆车站，搭乘缆车几分钟到达山顶，迈向那矗立高大十字架的平台俯瞰全城，360度美景尽收眼底。远望碧澄湛蓝的大海，近观浑厚壮实的古城堡，看那密集成片的橘红色房顶俨然是橘红色波浪起伏，蔚为大观，令人心醉……置身此景此情，我领悟到史料上提及众多文人墨客对杜布罗夫尼克的赞誉诚非妄言虚语——英国剧作家萧伯纳1929年首次探访杜布罗夫尼克后写道："如果你想看到天堂到底是什么样子，那么去杜布罗夫尼克吧！"更早的赞颂还有大诗人拜伦的"亚得里亚海明珠"之叹……如此看来，风靡全球的美国中世纪奇幻史诗剧情电视连续剧《权力的游戏》剧组屡屡把杜布罗夫尼克选为外景拍摄地之一，大概正是看中了挥洒中世纪无穷魅力的当地古堡古城墙，与剧情背景设置于虚构的维斯特洛七王国及厄斯索斯大陆风情相吻合吧。我庆幸自己有缘在如此曼妙的"天堂"逗留，体验自然和人文的契合之美，咀嚼生活和生命交响真谛。

乘坐缆车又速览了一通山海风光，下山后踱步到另一侧的城门口小巷购票登上城墙，触目所及又是另一番景象。大约3米宽的城墙步道逶迤绵长，沿着不同坡度蜿蜒上下，城内一派灰白墙橘红色瓦的景物油画般扑面而来，移步换景，目不暇接。远眺海天一色，宁静致远，心旷神怡。随意靠在哪一段城墙边歇脚，面朝大海的无敌海景都一览无余。夕晖洒在海面上，波光粼粼，动静之间，亦幻亦真。再回望古城墙内的建筑群，那一派橘红色瓦的波浪也被夕阳镀上一层金色，辉煌闪烁，美得令人心旌摇曳。而近处一小楼宇天台上，不知是城内居民还是租了古城民居的一男一女两青年正躺在椅上，一旁小圆桌上摆着啤酒、咖啡，何其逍遥自在。游走于城墙上的旅人纷纷向他俩行注目礼，而他俩旁若无人般坦然自若，神情轻松，依然故我闭目养神，偶或窃窃私语。大概在他俩眼里，我们这一拨拨从四面八方赶来匆匆逛古城登城墙的外邦人也怪怪的吧。正所谓人看风景，而你也被那风景中人当景看呢。

位于海湾一侧也即老城西城门外的 Lovrijenac 堡垒（Fort Lovrijenac），高出海面一大截，雄浑巍峨，是杜布罗夫尼克人抵御外族侵略的门户。出入堡垒的游客都可瞧见城门上用拉丁文写着一句著名的格言："任何珠宝也换不来自由。"（或译作"自由胜过黄金"）俨然是杜布罗夫尼克人民十几个世纪历史的精神象征。

走下古城墙，情不自禁想要到城内再逛一圈，重重市声、人气鼎沸之中，耳畔忽然飘来一阵熟悉而又缥缈如幻的旋律，我驻足凝听，呵！是我当初一听就着迷的 21 世纪新兴名曲《克罗地亚狂想曲》（Croatian Rhapsody）的旋律。那是由克罗地亚作曲家 Tonci Huljic 谱曲，克罗地亚天才型钢琴家马克西姆·姆尔维察（Maksim Mrvica）演奏的乐曲，节奏明快流畅，旋律亢奋激昂，描述了饱受战争创伤后的残垣断壁，夕阳倒映在血泪和尘埃之中的痛心场景，恰如 1991 年克罗地亚遭遇战火肆虐的写照。这首仅仅 3 分多钟时长的曲子，我在几年前接触之后就想一听再听，如今在古城内聆听到这首曲子，真是分外亲切，胸中荡漾起共鸣的心声，那行云流水般的乐曲和弦好听到了极致，倾诉着战后新生的克罗地亚的盼望，浸透了一股特殊的民族情感，泛起淡淡的伤感和自强不息……

马克西姆 1975 年生于克罗地亚的亚德里亚海岸小镇 ibenik，9 岁学钢琴，3 年后就和交响乐团合作演奏著名奥地利作曲家海顿的 C 大调钢琴协奏曲。1991 年战争爆发，马克西姆被困在地窖 8 天之久，解困之后马上练琴，很快就在硝烟战火中举行了演奏音乐会。回顾这段经历，马克西姆说，看到电影《战地琴人》会觉得很感伤："我们的小镇到处都是枪弹，但是你不能停滞不前——你必须生存下去。钢琴就是我的唯一。"这个信念激励、牵系着他在枪林弹雨的日子里不停地穿梭于琴键上，走出了艰辛而非凡的音乐之路。

此时此地，在马克西姆的祖国，在与他家乡同样遭遇战火炮击摧残的杜布罗夫尼克古城内徜徉徘徊，聆听《克罗地亚狂想曲》那激越动人的旋律，回望周围众多已然分辨不出战火摧残痕迹的古建筑，和游人共同构成的当下和平生活歌舞升平画面，眼前却叠现出围城时期炮火弥漫，到处残垣断壁的场景，还有那些穿越在硝烟炮声中的克罗地亚民众，那些不屈的平民、战士、诗人、钢琴家的身影……这是属于一个非凡时代和非凡国度的音乐，这是穿越古今通达未来的旋律，这是浓聚了一个国家几座城郭历史变迁的缩影，呵！克罗地亚，呵！杜布罗夫尼克，你的美丽如画如诗，是那么令人刻骨铭心，你的魅力隽永常在，是如此牵魂系魄！宛如《克罗地亚狂想曲》的旋律激起的历史波澜，牵系多少家国恩仇，承载几多时代浪潮，声声不息，历历在目……

（11/28/2019 二稿，3/21/2022 修订，原稿曾刊于《北京晚报》副刊。）

塔林之美

　　塔林（Tallinn）是波罗的海三国之一的爱沙尼亚首都，在我搭乘的邮轮停靠塔林，经历五六个小时紧凑观光之后，感觉这个城市的中文名字真是形神兼备，意味隽永。

　　5 月是波罗的海沿岸最美的季节，邮轮停靠塔林码头之际，在甲板上已然望见不远处的塔林城郭杂色斑斓，各种不同形状、高度、色彩的塔尖林立，"塔林"之名正由此而来。在码头搭乘班车驶向老城，第一个停站点在高坡之上的托姆比亚城堡（Toompea Castle），下车望见城堡临街处白底粉红色三层楼宇，传说这原是当年城堡的兵营，如今成为爱沙尼亚议会厅了，看上去很难与古老的城堡联系起来，绕道侧面才能看到城堡的旧貌。后面紧紧挨着那高高的赫尔曼塔（Herman Tower），据悉始建于 14 世纪中期，高达百米的塔顶上飘扬着蓝白色的爱沙尼亚国旗。议会厅对面是座巍峨的东正教教堂——亚历山大·涅夫斯基主教堂（Aleksander Nevski Cathedral），是塔林最大和最高的东正教堂，周身被不同色块的墙饰包裹起来，屋顶耸立着几个溜溜圆浑的黑色"洋葱头"穹顶，显露出早年俄罗斯统治的痕迹。

　　沿着脚下鹅卵石铺就的道路走向尽头，是极目天宇的一个露天观景台，紧傍着托姆比亚城堡，凭栏俯瞰，怎是一个惊艳了得！但见眼帘视野之内，远处海天一色的蔚蓝海岸线，衬托这一派橙红色的楼宇瓦顶高低起伏，恍若橙红色的波涛拍浪，令人陶醉。那些庄重的城堡、典雅的房舍、人字形斜坡或三角形屋顶，都掩映在这一派辉煌而炫目的橙红色波涛之下，数十个高耸凸起的城堡之塔顶、角楼、瞭望塔，尖尖的、圆圆的、宝塔形、宝盖形的，凝聚起这幅橙红色波涛宏图的焦点。那些鹤立鸡群般拱起的金色或黑色的"洋葱头"，尤其引人注目，让我情不自禁地感叹：呵！Tallinn，你果真是迷人的塔之林！

那一派橙红色的塔之林，勾勒出了塔林古城风物的精髓，却又不仅仅予人外貌表象的观感，更不乏震撼人心的冲击力。橙红色的波涛，以及点缀其上的金色、黑色，仿佛是生活与命运赋予爱沙尼亚人的特质，抑或说是爱沙尼亚人感悟生命的色彩，是他们热爱生活多姿多彩的象征。

离开观景台，迈下有铁栏杆护卫的石阶梯，盘旋而下是塔林老城。走进那一派橙红色波涛的深处，我踩踏在小巷洁净的鹅卵石街上，蜿蜒曲折，静谧安宁，沉浸于恍若童话般的意境。穿越灰色城墙的拱门，穿越橙红色瓦顶下的白墙蓝壁，无论是哥特式风格的教堂，还是巴洛克风格的豪宅，想到那些绚丽多彩又质朴纯然的古老建筑都是 13 世纪以来留存的瑰宝，其间历经了多次战火和变故，不免感慨，心存敬畏。多样化造型的各式拱门、厚重的门户、精致的窗棂、铜制的街灯、那些建筑物墙上的铭牌或悬挂的招牌，还有那些民居或店铺门口图腾般的雕饰，无不诉说着岁月的沧桑，流淌出历史的印痕。

不愧是欧洲保存最完好的中世纪风貌和格调的城市，坐落于波罗的海之滨的塔林，纯净亮丽而又古朴淡雅，穿行于老城迷宫般的街巷，漫步在市政大楼前广场，仰望那峻峭的八面棱体塔楼，周围是各式咖啡店餐饮店酒吧的室外座席宾客云集，市声嘈杂却不喧哗。各种陶器、琥珀及其他手工艺品摊位被游人簇拥，还有身披爱沙尼亚民族服装的塔林人载歌载舞，或者驾驭一辆古色古香的马车载着游客，优哉游哉地绕城一圈……而在拐角处另一条僻静的小巷，飘忽起一波波奇异且悦耳的乐声，闻声走近那座古建筑的大门一侧，一位坐在自制音箱上的当地青年乐手，正用双手轮番击打搁置在双腿上的乐器，而那乐器竟然像一个翻转的铁锅，锅底周遭排列开一个个凹凸的小圆圈，他左侧及前面地上也分别叠着一摞叫不出名字的"铁锅"乐器。聆听他拍打出的乐声舒缓而轻盈，金属般的音质间融合了些许铿锵和沉稳，一如乐手身姿神态的自信淡定。

　　同伴们先回码头上邮轮去了，我则游兴未减，看时间尚宽裕，就独自又从港口对面不远的步行街入口再进老城去逛一遍。扑面相迎的是一溜溜花团锦簇，街边的花铺鳞次栉比，一直延伸到造型别致的城墙拱门，那具悄然立于一旁的幽灵铸铁雕像，宛如和古城门一起为老城注入远古、神秘的元素，吸引游人驻足观望。继续沿着鹅卵石小道穿入老城曲里拐弯的深处，不经意间就走过一座13世纪的教堂，或是一座古老的驿站，它们静静伫立，沐浴着中世纪的时光。走出一个巷口，豁然开阔，景象繁华，原来又到了一处广场，地面全由小块石砖铺成，周遭围着四五层高的一排排红瓦白墙或彩色墙的小楼。一辆由两匹棕色洋马牵引的马车停在路边，有游人围观询价或拍照，我细看那"马夫"是一对俊男美女，都已下了驾辕，笑容可掬地招呼游人，也任人拍照，并不像有的旅游景点收费不误。我在广场漫步徜徉，开始喜欢这儿的烟火气、热闹劲。如果问我，比起刚才鹅卵石小径纵横的静谧街巷，更喜欢哪个呢？我会答都喜欢！这便是塔林的魅力，是这座中世纪小城吸引我的特质，不乏市井人烟的弥漫，又有灵修幻境般的幽静清闲。

塔林之美自然还有其他不少看点，我想要领略的还有它的古城墙。踱步折回老城的西北侧边际，抬眼就望到那连绵成片浑然一体的城墙城堡，浑厚的灰色墙体有十几米高，有一段更高达数十米，好似镶嵌在那石灰岩丘陵的脊背之上，分布了四座间距排列有序的浑圆城楼，半腰高出城墙顶着金黄色的尖尖宝塔，壮观而漂亮。这些修建于13世纪的城墙，迄今保留完整，长约2公里，高大厚实的城墙体系包含了功能齐全的防御塔楼，是中世纪远近闻名的防御工事。历史上塔林的地理位置相当重要，是连接中、东欧和南、北欧的交通要冲，有"欧洲的十字路口"之誉，各国列强都欲染指。石头城堡就是13世纪初占领爱沙尼亚的丹麦十字军所建造，被称为"丹麦城堡"。塔林（Tallinn）之名即由爱沙尼亚语的"丹麦堡垒"（taani linnus）演变组成。

丹麦人之后，德意志十字军、瑞典人、俄罗斯人都曾相继占领过塔林，甚至1918年宣布独立的爱沙尼亚共和国，在二战后也无奈成为苏联的一个加盟共和国。直到1991年爱沙尼亚再次宣布独立，终于再次拥有主权，并且厉行改革，加盟欧盟，很快迈上经济富足、科技进步的道路。如今，那些古色古香的城墙城堡，一边依然是护佑塔林老城的屏障，一边是自由伸展的绿地、新区，这个功能与其当初的职能大相径庭，却因为特色鲜明保存完整，成为全世界旅游者纷纷打卡的热门景点。我想，那么多游客慕名而来塔林，不只是为了向这座被联合国教科文组织列为世界文化遗产的城市顶礼膜拜，更多的是渴望在岁月的洗礼下，亲身体验一把硕果仅存的中世纪欧洲风情。毕竟，小小的爱沙尼亚和塔林，历经了天灾焚烧、强权掠夺、战祸洗劫，却依然能够傲视欧洲，只因为塔林不仅留存了中世纪的历史、建筑、文化，还有爱沙尼亚人的开朗、乐观、热情、欢歌……我相信，塔林之美，不单单是那些美轮美奂的塔尖穹顶之林与幽静街巷的建筑之美，还有那不忘历史，又富有生活品位的人文之美……

（1/5-6/2022 初稿，3/25 修订）

徜徉于神秘的金字塔之间

北欧山水人文情

西贝柳斯的赫尔辛基

西贝柳斯是谁？恕我孤陋寡闻且又来不及做功课，直到踏足芬兰首都赫尔辛基的土地之际，我对西贝柳斯还一无所知。当天先去了赫尔辛基市中心名胜——气宇轩昂的乳白色赫尔辛基大教堂及议会广场，又想再去另一个不乏名气的景观地——岩石教堂，那位中年出租车司机却推荐我们不妨先去另外一个更有意思的景点。他驾车把我们带到了滨海的一座公园前，指着里面笑笑说："这个更值得看。岩石教堂就在附近不远，待会儿自己走去便能看到。"说完，他一骑绝尘而去了。

这是我旅途中从未碰到过的情境，不过多欣赏一处景观总归不是坏事，何况我一向奉行随遇而安的旅行"哲学"，也就安步当车，迈进了公园。到底是北欧啊，纵然已是春末夏初的 5 月中旬，马路对面近在咫尺的海岸那端吹来的海风依然寒气凛凛，且因为当时没有日光照耀，天空之下不免晦暗肃杀，偶或想到了清人诗句："寒日惨无光，朔风何凛厉。"所幸眼前出现一大片茂林绿茵，青松翠柏间还点缀着丛丛花团锦簇，养眼的风景抵消了气氛之冷峻瘆人，心情好了许多，便向那不远处突兀醒目的景点移步。走近看却是一处独特新颖风格前卫的雕塑，系由数百根长短不一的银白色不锈钢管参差不齐地排列组合悬挂空中，造型远看近瞧各不同，换个角度观察就可能会有感观差异。或是如茂密森林连绵纵横，或是像一架巨型管风琴等待乐手去操控，或又如中国传统乐器排箫那般结合一体。我环绕并凝视这尊巨大的雕塑，想象它被赋予不同角色的魅力，奇妙的是，一阵海风吹来，那一排排高低错落的钢管间因气流穿越竟然会散发出阵阵风的号音，仿佛无数摇晃的风铃奏响，又犹如排箫吹出旖旎的旋律，时而低鸣沉郁，时而激越高亢，回荡耳畔，感觉神奇非凡，好一座别出心裁的雕塑啊！

从公园里片言只字的介绍文字，以及赶紧从手机下载相关信息才知晓，原来这儿正是纪念芬兰音乐家西贝柳斯的公园——西贝柳斯公园（Sibelius Park）。西贝柳斯（Jean Sibelius，1865—1957）被誉为"芬兰民族之魂""芬兰音乐之父"。那尊森林般造型抑或形似管风琴的雕塑，就是西贝柳斯纪念碑（Sibeilius Monument），由芬兰女雕塑家希尔图宁积多年心血倾情打造，并于 1967 年为纪念西贝柳斯逝世十周年而完成的献礼。这座犹如凝固音乐般的纪念碑又名"音乐激情"，设计别致，总共排列了 600 根钢管，并由雕塑家希尔图宁亲手焊接而成，意象超现实而又现代气息浓郁，象征了伟大的芬兰民族音乐家西贝柳斯一生的非凡音乐创造和传奇。

在这座纪念碑雕像附近的淡赤色岩石上，镶嵌着一个巨大的金属头像，那就是音乐大师西贝柳斯本尊像，乍一看，面部表情有点儿神似"乐圣"贝多芬。他头像脑后两旁、下颚一侧分布三块抽象造型的金属片，恍若天际飘近的云朵。但见大师嘴唇紧抿，凝思冥想，目光深邃，犹如置身于大自然沉浸在无限的音乐灵感之中……

我缓步游走于纪念碑雕像及公园林间周遭，听风声琴声又一度响起，内心被唤醒，仿佛西贝柳斯还活着，不禁叹息那位出租车司机必定是西贝柳斯的超级粉丝，又是位当仁不让的编外导游，自作主张把我带到了赫尔辛基的这一名胜景点，让我与"芬兰音乐之父"

有了不期而遇的邂逅。当我离开西贝柳斯公园，继续在赫尔辛基市区的角角落落漫步时，我似乎不再需要另一个目的地，街头不时飘忽而起的管弦音乐，我都以为是西贝柳斯的创作，就像是从那由600根钢管组合的雕塑乐器中发出……

当我搜索更多西贝柳斯和芬兰的相关资料后，我对赫尔辛基西贝柳斯公园的那座意象多元独具个性的"管风琴雕塑"平添了亲切感和参与感。如果说那是座森林，西贝柳斯就是从芬兰郁郁葱葱的森林里走出的音乐精灵；如果说那是架管风琴，正与音乐家毕生创作重心是管弦乐作品息息相关。芬兰严峻的酷寒气候，特殊的地理位置和历史赋予西贝柳斯别样的乐感。恰如有论者指出，西贝柳斯善于利用管乐器营造出阴郁、幽森的气息，同时也善于达臻恢宏、壮观的音乐效果。此也与芬兰五分之二国土位于北极圈内，多冰雪多湖泊而又森林广袤的自然景观不谋而合，堪称北欧独特金属（音乐）文化的诠释。对大自然的强烈融入感，无疑激发了西贝柳斯的创造力，他曾自白道："对我而言，大自然是真正的书中之书。"

西贝柳斯的出生地海门林纳（Hämeenlinna），距赫尔辛基不足100公里。那儿的自然保护区奥兰卡森林（Aulanko），是童年西贝柳斯林中探险、滑雪，湖畔垂钓、嬉戏的天堂，也是他音乐灵感的启蒙渊源。成名后的西贝柳斯为了躲避城市的喧嚣，寻觅更宁静的创作环境而定居在赫尔辛基近郊耶尔文佩的阿伊诺拉别墅。这间濒临杜苏拉湖畔的幽静小屋被他称为"我的神殿"，屋旁的小小花园和周围的山水堪为他创作灵感的源泉。心醉神往的春天峻岭、清澈耀眼的夏日湖泊、激流湍急的秋季峡谷、银装素裹的隆冬森林……几乎都能在西贝柳斯的管弦乐里捕捉到。他那些诸如"白桦""云杉""雨滴"等以自然景物命名的音乐作品，其中的大自然元素浸透始末，犹如移栽了森林、湖泊、云雨等大自然精华为音符，行云流水，沁人心脾。

当然，富含北欧风情的独特风格，汲取大自然特异芬芳与质朴纯然的营养，才华横溢的西贝柳斯最著名的作品为七部交响曲以及《芬兰颂》《忧郁圆舞曲》等力作，使他成为芬兰有史以来迄今最受推崇、知名度最高的作曲家，也是20世纪全球最伟大的交响乐作曲家之一。

1899年，34岁的西贝柳斯创作了著名的交响诗《芬兰颂》。这首世界名曲的诞生，是作曲家呼应芬兰人民反抗沙俄严酷统治、民族独立运动高涨年代，讴歌芬兰独特的自然风物和不乏传奇历史色彩的美丽祖国。同年11月，爱国人士在赫尔辛基大剧院里演出图画剧《芬兰的觉醒》，全剧由西贝柳斯配乐，终曲就是《芬兰颂》（Finlandia，Op.26）。《芬兰颂》的创作及其在芬兰社会产生风起云涌般效果，注定了西贝柳斯的音乐为芬兰民族独立发挥了推波助澜的作用。芬兰独立后，《芬兰颂》也被誉为"第二国歌"。

今天，在世界无数管弦乐曲集锦中，《芬兰颂》是最经典的曲目之一。《芬兰颂》的演奏录音版本多达数十种，许多指挥大师都录制过这首名曲，其中包括卡拉扬指挥的柏林爱乐乐团版。我听过卡拉扬指挥的这个版本唱片，也搜集到芬兰国家广播乐团、维也纳爱乐乐团（祖宾梅塔指挥）、波士顿交响乐团、俄罗斯大剧院管弦乐团（西本智实指挥）等演奏的几个版本音频，指挥各有擅长，演奏无不令人心潮澎湃。9分钟左右的《芬兰颂》全曲演奏一气呵成，最开头的铜管乐前奏旋律就击人心扉。沉郁、咆哮间旋即转圜到号角音响，终至尾声凯旋之音回荡，波澜起伏，气势磅礴，爱国激情风云激荡贯穿直到曲终。聆听这曲《芬兰颂》，是动人心魄的音乐体验，作品融会贯通了大自然质朴雄浑之美与民族精神升华之魂。

《芬兰颂》以及西贝柳斯七部交响曲其实在中国也不陌生，有识者将《芬兰颂》与《保卫黄河》相提并论，称之为芬兰版的《保卫黄河》。奇妙的是，20世纪20年代中国流行的歌曲《打倒列强》，其中往返重复的一小段耳熟能详的曲调，好像是《芬兰颂》中一节短促旋律的翻版，足见西贝柳斯音乐传播之广影响之深远，也印证了音乐无国界。2015年，为纪念西贝柳斯诞生150周年，一系列音乐会在中国各地举行，包括3月14日，由芬兰著名指挥家奥斯莫·万斯卡指挥、广州交响乐团演奏的音乐会在广州星海音乐厅举行；来自芬兰的拉赫蒂交响乐团于5月7日起先后在中国北京、上海、哈尔滨、杭州巡演；4—6月，中国爱乐乐团相继在北京中山音乐堂举行多场纪念音乐会；稍早前的1月，厦门爱乐乐团在当地音乐岛·爱乐厅举行了"纪念西贝柳斯诞辰150周年"交响音乐会；而在2021年3月25日，由中国乐派交响乐团（胡咏言指挥）的西贝柳斯交响乐作品音乐会于中国音乐学院国音堂音乐厅举行，大获西贝柳斯及古典音乐爱好者的欢迎。此外，始于1965年、五年一届的西贝柳斯国际小提琴比赛，也有胡坤、陈佳峰等中国青年小提琴手先后获奖。

感恩数年前在赫尔辛基的一天，让我领略了西贝柳斯的风采，被引入他缔造的辉煌音乐殿堂，熟悉了《芬兰颂》等乐曲的旋律，至今仍叩击心扉。难忘那天走出西贝柳斯公园又在赫尔辛基漫无目的地晃荡，纵然刚刚脱离对西贝柳斯的茫然无知，触目所及北国海岸及全球最幸福国度的城市风光，心底却已飘荡起与之相吻合的旋律，寒风虽然凛冽，浑身则渐趋暖和，内心格外温馨。甚至街头驶来有轨电车的叮当声，都犹如动听的音乐忽远忽近，拨动心弦，更别提街道两旁楼宇、商场内流荡出来的乐曲，飘进耳里就不知不觉地感动，步履也轻快起来……呵，这是西贝柳斯的故乡，赫尔辛基乃至全芬兰的水水山山哺育了他的音乐细胞，西贝柳斯及其不朽的音乐作品属于赫尔辛基和芬兰。赫尔辛基则由于西贝柳斯的音乐成为北欧金属文化的重镇，令全球金属乐迷瞩目。聆听、欣赏西贝柳斯的《芬兰颂》及其他作品，透过那些冷峻而铿锵的旋律才能更好地欣赏、了解迷人的赫尔辛基和芬兰。这是西贝柳斯的赫尔辛基和芬兰啊！

（3/25/2022）

卑尔根一日

从阴雨绵绵的哥本哈根飞往卑尔根，迎来了明媚的阳光，步出机场的甬道看到窗外不远处的山坡黑石壁上显现出"Bergen"（卑尔根）的黄色城市英文字标，内心忽然涌起感慨——是什么神秘的力量，使得卑尔根成为我们这次北欧之行的挪威入境首个城市？接下来又将会在这个陌生的城市和国度遇到什么故事呢？

老实说，约莫两小时前告别繁忙的哥本哈根机场，眼下卑尔根机场冷清得让人有点儿意外，不过这点儿略微失落的心绪在登上开往市中心的轻轨列车时顷刻间一扫而光。熙熙攘攘的旅客挤满了车厢，周围都洋溢起阵阵欢声笑语，问及站在身旁的一位中学生模样的小伙子，白净而有点儿稚嫩的高中生用流利的英语介绍说，今天是我们国家的全民节日，是宪法日，全国各地都放假。哦！我们赶得这么巧，今天是 2019 年 5 月 17 日，挪威宪法日。每年的这一天，挪威人视同国庆节，以各种庆典仪式和欢聚活动，尽情狂欢。难怪这位有点儿腼腆的中学生和他的伙伴都是一身西装，神清气爽。再瞧车厢远近的俊男靓女，无不身着盛装神采飞扬，他们都要到市中心去参加各式各样的庆祝活动。沿途见到无数的红白蓝旗帜随风飘扬，那是挪威的国旗。列车每停靠一站，都见到穿着庄重而鲜艳民族服装的男男女女们上上下下，或穿过月台迤逦而去……置身于这一幕幕游动的欢快图景，我的心绪很快被"宪法日"的节日气氛感染，期待着到市中心去观赏、体验节日的欢愉。

1814 年 5 月 17 日，挪威宪法签署，宣告挪威脱离丹麦 400 年统治，成为独立国家。同年 8 月，挪威因战败而与瑞典"联合"，挪威国王由瑞典国王兼任。尽管最初就有学生及其他阶层的人们自发庆祝这一个日子，但在 1820—1829 年，卡尔三世·约翰国王禁止人们举行相关庆祝活动。国王认为宪法日是表达对瑞典控制挪威主权的不满。1829 年，挪威首都克里斯蒂安尼亚大广场曾因此爆发骚动，世称"广场战役"，国王态度随之软化，允许庆祝活动。1833 年，挪威诗人亨利克·韦格兰德（Henrik Wergeland）就此公开演说，从此，5 月 17 日正式成了挪威的国庆日，庆祝活动年复一年蔚成风气，人民为之尽情狂欢。1945 年 5 月 8 日二战结束，5 月 17 日的宪法日庆典也被赋予了新的意义。看看史料上 1945 年的宪法日庆典的黑白老照片，标语文字是："死亡的纳粹主义 / 人民的自由 / 向自由的挪威致敬！"

在挪威，那首宪法日庆典歌曲唱道："Norge i rødt，hvitt og blått"（挪威沉浸在红白蓝的海洋中）。红白蓝正是宪法日当天遍布全挪威各地的主题色，无论是大城小镇还是街头巷尾，店铺橱窗，家家户户，里里外外，红白蓝的三色旗几乎飘扬在每一个角落。红白蓝的配色也几乎会洒落在每一个角落，甚至蛋糕、冰激凌也都制成了红白蓝三色。

这是一个全民的节日。一早，人们都会先享用自家的"5 月 17 日特色早餐"，通常与朋友和邻居一起分享新鲜的面包、炒蛋、熏鲑鱼、香槟。各地举行儿童游行活动也逐渐演变为庆祝仪式，孩子们在游行乐队的带领下穿过居住的社区。高中毕业生即 russ 也会举行属于他们自己的游行。游行队伍里有巴士、大篷车以及大音量的音响设备；游行途中他们会分发自己的名片，即 russekort，上面会写有个人信息以及一些笑话。

这一天，男女老少都会穿上挪威传统服装"bunads"。bunads 有数百种不同款式，颜色、样式各不相同。从挪威人穿着的 bunads 上就可以看出他们的祖先来自何方。从我在列车上遇见、沿途看见，及后来在市中心不同欢庆景点遇见的挪威人，几乎都是身着漂亮、典雅的传统节庆服装"bunads"，尤其是那些身材修长、活泼可爱的姑娘，她们的"bunads"更是又庄重又亮丽。穿在她们身上的"bunads"，像连衣长裙那样，但比普通的连衣裙多些花边或装饰。一般家庭的女孩，在成年礼仪式上都会收到她们梦寐以求的礼物——量身制作的传统服装"bunads"。这种传统服装用料讲究，做工精细，款式多样，很多由手工缝制，价格不菲。后来私下问及当地人，称"bunads"的做工贵到上千甚至数千美元。因为一年中除了生日、婚礼或重要家庭庆典穿戴之外，宪法日这个最隆重又热闹的国定假日，就是挪威人几乎人人穿戴"bunads"欢聚的一天，因此是挪威人最看重的礼仪服饰。

列车抵达市中心，大半乘客下车了，我们预订的酒店就在车站后面一个街头，入住酒店稍事休整后，就急不可耐地出门了。几乎不需要地图或者问询，只管朝着人流最多的方向涌去，仅仅穿越几个街口，眼前是豁然开朗的空间秀美的湖畔花园，湖滨草坪间处处花团锦簇。湖中的一处大喷泉喷出的水柱形成水幕，循环洒落湖面，激起点点涟漪……缓缓环湖漫步，移步皆是风景，远近风光各异，远处山峦也是丛丛翠绿间点缀出片片白色、橙色、红色、蓝色等诸般色块，那是一栋栋建在山坡之间的别墅，人工建筑融汇大自然竟是如此美妙，与浸入湖面的倒影相映成趣，令人叹为观止！那被唤作"弗罗伊恩山"的山峦，五彩别墅无数，鲜花般点缀于绿色植被之间，已然凸显出人工建筑融合于大自然的和谐之美，又有缆车通往山顶，俯瞰卑尔根全城也是另一幅心旷神怡的画图。可惜我们此行时间仓促，留下几丝未尽兴的遗憾，也给未来再访卑尔根留一个理由、一个心愿。

漫步湖畔之间，遇到了七八位身穿传统节庆服装"bunads"的少女，都是满面笑容、天真灿烂的高中生，正在湖畔拍照。其间有姑娘间走近的我们可否替她们拍个合照，我欣然从命，为她们拍下数张倩影，又询问她们，可否让我们几位外国游客和她们一起合影？姑娘们连声道好，于是我们两对夫妇相继和卑尔根的姑娘留下了同框合影，皆大欢喜，挥手道别，又往景色迷人的别处欣欣然而去。

这个不算大的天然湖，看上去近似长四边形，不知何故名叫"八角湖（Smålungere）"，让我想起西藏拉萨的"八角街"，却是截然不同的风情。初夏的阳光下，八角湖温婉如玉，湖面不时掠过低飞的天鹅或鸥鸟，像游人的笑声一样刺破这恬淡、优雅的湖光山影，却难以惊动那一对对在湖畔基座石块上的情侣。他们或默然依偎，或窃窃私语，在这一年一度的国定节假日相聚，该是最难忘的约会了。含情脉脉的八角湖给予多少情侣低眉浅笑或一见钟情的境遇啊！

湖畔一侧的广场上人声鼎沸，和着扩音器里传来的乐声，这是市区庆典活动的中心区域之一。临时搭起的露天戏台，周遭穿梭不息的人流，缤纷绚烂的鲜花丛丛，昭示着当晚这儿的狂欢会达到高潮……

千年古城卑尔根三面环山，坐落于7座山峰之中，一面临海，周围有7个峡湾，风光旖旎，仿佛呵护着这颗挪威漫长海岸线上的珍珠。卑尔根也是出了名的"雨城",有"欧洲西雅图"的别称,坊间流传关于卑尔根的笑话说,有游客问当地一男孩下雨天何时会停歇。男孩答道:"不知道呢,我才 12 岁。"据说卑尔根一年中 300 天在下雨,只有 60 天会出太阳,还剩下 5 天在下雪。因此在卑尔根能碰到晴天是件稀罕事,而我们此行不仅遇上了挪威宪法日,又碰上大晴日,真是天佑挪威,也让我们沾了节日的光。据称卑尔根被誉为"挪威迷人的眼泪",不知是说它的多雨晶莹呢,还是雨中的风情万种?

此行入境挪威先到卑尔根,本意和行程计划主要是从此地开启闻名天下的峡湾游,却不料先被卑尔根的迷人景观风情震住了。卑尔根也是挪威的旧都,早在在十二三世纪就是一国首都,也是当时挪威最重要的城市。今天,由古风渺然的市中心车站到八角湖一带,再穿越数个街口往码头一带走去,就体验到相当有味道的卑尔根老城风情了。以怀旧的心情穿越老城区,仿佛漫步于现代化都市中的一座古建筑博物馆。那些尖顶的楼宇、中世纪风格的教堂、多个竖立在街头的青铜雕像,还有那磨光了的石子、地砖铺设的街巷……无不牵引我们走向老城的北端尽头,风帆猎猎、桅杆林立的海湾码头。

我们先是被那硕大而嘈杂的集市及人流挡住,便放缓脚步浏览这以鱼市为主的各色摊位,放眼望去,几长排的集市颇为壮观,各种新鲜或冰冻的海产鱼虾类,还有烹饪过的熟制品应有尽有。各种鳕鱼、三文鱼、龙虾、北极虾、螃蟹、帝王蟹、石蟹钳,还有那鱼汤、熏鱼、腌咸鱼、炸鱼饼,气味和色彩都很诱人。不同摊主的吆喝声此起彼伏,有些摊位任由顾客品尝试吃,满意了就随意买些带走……临到港湾边缘,挤满了停泊着的大大小小的游艇帆船,上面都聚满了人群，和在岸上的露天餐饮桌前的人群一样，他们畅饮啤酒，品味各色鱼肉，大快朵颐，而更重要的是难得在这样阳光普照下的节日里亲友团聚。

卑尔根的鱼市历史悠久，与古老的码头共生共长，是当地的标志之一，吸引多少市民和游客流连忘返。而当我的眼光瞄向海湾右侧，就更觉惊艳和啧啧称奇，那是一溜五颜六色的人字形屋顶排屋，以三层的木结构建筑为主，据悉为18世纪初期所建。看那悦目赏心的红、黄、白、蓝等不同色彩木屋，顿时有相当眼熟的感觉，细细回神品味，原来这色彩斑斓的排屋群，与我数天前在丹麦首都哥本哈根的新港所见，几乎是神韵贴切，一样的美不胜收，又各有千秋。原来这就是布吕根（Bryggen）区域，那些古风盎然的木屋都是在1702年一场大火后重建的建筑群，风格接近火灾前木屋群的中世纪风格，如今都成了顾客盈门的各类咖啡馆、酒吧、风味小餐馆。周围还有些货仓之类的房屋，是卑尔根最古老的建筑。散落在附近街巷的老房子，也无不布满岁月风霜。据说那儿可以寻访到挪威知名剧作家霍尔堡、作曲家格里格等艺术家的故居。这一片被称作布吕根（Bryggen）的旧城区，1979年被联合国教科文组织列为世界文化遗产，成为卑尔根这座古都、今日挪威第二大城市的亮丽名片。

充盈活力的布吕根码头（Bryggen，在挪威语中就是"码头"之意），又被称作"德国码头"，乃是卑尔根早年即因为盛产干鳕鱼而成为"汉莎同盟"时期的重要贸易中心，也是汉莎同盟在挪威的唯一据点。汉莎（Hansa）同盟是指13—15世纪以德国北部一批城市（城邦）组成的商业和政治同盟。汉莎（Hansa）听上去很耳熟，原是德语"会馆"的意思。汉莎同盟得益于众多富商贵族加入，财力和武器装备称雄一时，曾经击败丹麦，成为波罗的海之贸易霸主。

今日德国的国家航空公司——汉莎航空即以此命名。

几小时的随意观光，我兴致勃勃意犹未尽，却也走乏了，买了些鱼制品，沿着老城区的古老小街左转右折，不一会儿就回到了下榻的酒店。看时间已然近晚间9点了，窗外天色依然亮若白昼，又起兴想再去逛逛，便独自离开酒店，沿着两侧古建筑的街巷走去，途中依然碰到簇簇人流，几乎都从不同的方向、街口涌向布吕根（Bryggen）。码头一带依然热闹非凡，人声依然鼎沸，那一排尖顶彩色屋的街边人流不断，熙熙攘攘。大约10时光景，远边天色渐渐暗淡下来，周围华灯初上，映照那天空也似橙色般朦胧。倏忽之间，鼓乐齐鸣，原来紧挨着彩色排屋且傍着海滨的街上行走起游行的队伍。这是既有组织又可自发参与的节日游行，在仪仗队的前导下缓缓行进，游行者和两旁观赏民众无不群情激昂，欢乐节庆掀起一个高潮。

我随后又到海滨两侧的街头各逛了两个来回，海湾里停泊的游艇也亮起了或明或暗的灯光，依然有欢聚的人群在延续着他们的节日"派对"，想必非通宵狂欢不能尽兴了。彩色屋群街的尽头是又一个热闹之所，显然是为节日而设置的巨大游乐设施摩天轮通体灯火辉煌，大获年轻人的青睐，还在兴冲冲排队等候登上摩天轮到空中转悠转悠。走到另一侧岸边，眺望对岸的摩天轮闪烁发光，与那一排彩色屋群构成璀璨的夜景，点亮卑尔根古都不夜城的辉煌，百看不厌，令人心旌摇曳。

有悠悠千年历史的卑尔根，曾是维京海盗（Viking）盘踞的老巢，1299年前一直是挪威的首都，整个中世纪时代在斯堪的纳维亚半岛统领风骚数百年。维京人身兼航海家、探险家，既是国际贸易的践行者，也是横霸一方的海盗。如今，徜徉于古今风韵交融的文化古都、海港城市卑尔根的大街小巷，遇见的挪威人都是那么笑容可掬，那么彬彬有礼。他们是幸福感爆满的谦谦君子，当年海盗的后代是怎样"进化"到今天令地球村人人艳羡的文明呢？历经维京时代和汉莎同盟时期的皇皇岁月，卑尔根乃至整个挪威又沐浴了怎样的世纪洗礼，完成了迈进现代化的蜕变？我怀着在卑尔根短暂时光捕捉到的美好印象，也陷入深深的思索之中。

沐浴不息的灯火与夜色，我回望那排古木屋的璀璨晶莹，踏着石砖路走回酒店，明天一早就要离开了，心底默默地说："卑尔根，让我惊艳的古都，我还会再来！"

（9/29/2020，8/10/2021 修订）

奥斯陆，"愤怒的男孩"及其他

5月的奥斯陆（Oslo）气候宜人，漫步在市中心那段漂亮的卡尔·约翰大道（Karl Johans gate）步行街，街中央或两侧各摆设了一溜溜长排的花坛，巧夺天工般把这街道装点得花团锦簇，悦目赏心。沿街是典雅、古朴的百年建筑，国会大厦、国家剧院等次第排开。绿茵繁花相迎的街心花园，大小喷泉、雕塑让人目不暇接。众多酒吧、咖啡店延伸到街边，好一派悠闲的午后时光。

我在古朴典雅的国家剧院前驻足、流连，被大门前两尊高大的青铜雕像吸引。左侧雕像是"现代戏剧之父"易卜生（Henrik Ibsen，1828—1906年），深邃沉郁的眼神予人印象深刻；右侧雕像是比昂逊（Bjornstjerne Bjornson，1832—1910年），也以剧作家名世，还是挪威国歌的词作者。他俩同为挪威的骄傲，也是一生竞争的对手。当然，尽管比昂逊头顶1903年诺贝尔文学奖桂冠，他在世界范围的知名度依然不及易卜生。在世界演剧史上，易卜生的剧作被演出的数量仅次于莎士比亚，早已成为挪威一张著名的"文化名片"。大街另一侧的奥斯陆大饭店也是当地知名的百年建筑。一楼的咖啡馆弥漫出诱人的醇厚香甜味，还有悠悠的时光痕迹，那是易卜生生前十多年间几乎每天中午必去进餐、与友人聊天的地方，迄今还保留着易卜生当年固定的座位，甚至他喜欢的菜单。

奥斯陆的众多咖啡馆和酒吧的窗户，几乎就是连绵不断的文化橱窗，在这移步换景的卡尔·约翰大道两侧咖啡馆乃至礼品店等商铺，也不时能与易卜生的肖像相遇。我后来留意到挪威航空公司飞机尾翼上巨大的喷漆肖像也是易卜生，使人切切实实感到易卜生在奥斯陆的影响力真是无所不在。

蹀步到坡度起伏的卡尔·约翰大道尽头，望见前方高地广场之上的挪威王宫——一座鹅黄色的巨型长方形建筑，比之欧洲其他一些王国宫殿的金碧辉煌，自有娴静端庄、气度非凡的魅力。踏上十多级台阶迎面见到一尊高高的雕像，正是骑在骏马上全身戎装的卡尔·约翰国王，傲视前方睥睨一世。奇特的是这位挪威国王却是19世纪初华丽变身的前法兰西帝国元帅。站在雕像前回望脚下繁华热闹的卡尔·约翰大道，想到不会挪威语也不学挪威语的法国元帅成为挪威人拥戴的国王，我相信历史有多么诡谲奇异，与此映照的艺术也就可能有多么离经叛道却又能深谙民风。

这一路沿途浏览，初识了易卜生、卡尔·约翰国王等名人雕像，还有诸多各式造型的人物雕塑甚或玩偶雕塑，给予我不期而遇的种种惊喜。而我期许已久、当天下午要拜访的终极目标是那尊闻名遐迩的雕塑"愤怒的男孩"，那个世界最大的雕塑公园——维格兰雕塑公园。"愤怒的男孩"早就通过各种画册照片相熟了。有朋友提醒我，去奥斯陆一定要去看看"愤怒的男孩"，还有其他我想象不到的各种雕像。

穿越王宫后的花园、树林，再往西北方向穿行几个街口，走过一处四五层楼的精致高尚住宅区和一座竖起高高塔尖的教堂，马路对面就看到一排宽广的大门，那便是维格兰雕塑公园的正门了。这是由花岗岩和镂空几何图案的锻铁构件连接而成的五扇联排大门。各扇门的上方还竖起三到五个方形锻铁灯笼，整座门就是件很别致美观的雕塑作品。进了公园触目可见桥梁、喷泉和各种雕塑群延伸前去，还能眺望到远处高耸如华表般一柱擎天的巨型雕塑。

　　绕过一片芳草地和一排高耸的密密树林，就迈上了一座宽阔的花岗岩石桥，两侧桥栏上都间隔、对称竖立着一尊尊青铜雕像。我想首先寻到名气响亮的"愤怒的男孩"，要在这桥梁两侧共58尊雕塑中很快发现他并不容易，因为在这些全是真人大小的雕像群里，孩童的形体相对小得多。走近一群围观的游客，一看果然都在观赏那尊三四岁模样的男孩雕像，倘若没有两个台阶的铜座衬托，他恐怕会更不起眼（其他的成人雕像都仅有一级底座）。近瞧这"愤怒的男孩"，体形壮硕，龇牙咧嘴，怒目而视，双臂张开且下垂，双拳紧攥，右脚顿足，号啕大哭，仿佛在父母那儿闹了别扭而大发脾气，又或者是受了别的窝囊气，忍不住要发泄出来。那眼神、那动作，犹如喷薄出全身每一个细胞的愤怒之火，形态、表情生动传神而极富感染力，令人莞尔，忍俊不禁，难怪征服了全球无数游客的心。"愤怒的男孩"名声在外，也勾起了一众宵小之徒的歹心，据传1992年以来，这座雕塑曾被盗数次，所幸都被警方查寻归还。仔细看男孩的足部，还能发现被锯过又被衔接上的痕迹。雕像也曾被歹徒泼上红油漆，那是多么煞风景。此刻，"愤怒的男孩"任凭来来往往的观众围睹，照旧怒目圆睁，攥拳跺脚，手足等部位早被游客抚摸得露出金灿灿的色彩，在北欧初夏的阳光下越发铮亮……

　　看了"愤怒的男孩"，再从容地欣赏这座"生命之桥"上的其他雕像，依然抑制不住发自内心的惊讶、叹息。一组组雕像塑造出了形态各异千姿百态的男女群像，呈现出强烈的动感，奔放的激情，粗犷的造型，逼真的细节。那些自得其乐的男女，那些父母与子女，情侣、朋友等等组合，生气盎然，喜怒哀乐融汇其间。看着天真无邪的孩童、专注奔跑的青年、舞姿曼妙的少女，还有那些舐犊情深、母爱无边、父爱如山的画面，无不倾洒出人间的脉脉深情，彰显了生命诚可贵、真情且珍惜的意境。

走出"生命之桥"，来到一个数十米见方的喷泉池周围逗留，池中央拱起的一座巨石圆台之上，是六位壮士奋力托举着一个巨型铜盆，哗哗作响的清水自巨盆喷流而下，形成水帘和水幕流动不止的上下景观，遮蔽了六位壮士，也笼罩了巨石圆台。大盆上端的边缘正好栖息着几只精灵般的白鸽，振翅戏水。喷泉池四角，分布着各有五组树丛造型并上下缠绕、形态迥异的男女老少青铜雕塑，那些从根部竖起的树枝与人体纠结契合，宛若人体骨骼般也有了生命。整座喷泉池其实是合二为一的一组雕塑——"生命之泉"和"生命之树"。直观印象相当清晰，寓意奏响生命不同阶段的乐章，生命之水长流，生命之树常青。喷泉池四周的护栏壁上，还分别雕刻了十五幅动态人体浮雕，好似一组立体连环画供人翻阅，一一捕捉那些从童年、青年到壮年、老年的男男女女的万千神态，也可心领神会人世间的斑驳繁复。

此时此刻，我迈上宽阔的几十级台阶，接近那座高高的平台。迎面是一扇镂空的锻铁屏障，其实是两幅铁画的组合。画框内各有三位男子且行且低语，线条简洁明快生动，神态逼真跃然画外，原来冷漠的铁条也会有生命的温度。绕过铁画，望见几十级台阶之上的平台中央耸立着一根挺拔巍峨的白色花岗岩圆柱，这便是著名的"生命之柱"。仰望这直径 3.5 米、高 17 米的"生命之柱"，顿生尊崇之感，就近绕柱细看，心灵无比震撼。只见高高的石柱上下爬满了男女老幼的形体（据资料介绍共有 121 个人体）。他们互相挤压或搀扶、互相缠绕又挣扎，头脚紧挨、毫无空隙，这是一幅多么惊心动魄的景象啊！他们无论已然夭折抑或奄奄一息，无论形体枯萎还是身躯丰满，无论绝望还是心怀憧憬，都是拼命向上攀缘的姿态，都有勉力盘旋上升的渴望，仿佛最高点才是生命要抵达的境界，才是人类最终要抵达的天堂。而这攀缘的过程则充斥多少倾轧排挤、钩心斗角，昭示人生的道路艰辛曲折，通向天堂也仅是危途一条，途中若遇上一丝一点儿的安抚慰藉，便尤为难能可贵了。

"生命之柱"周边台阶，分布着36尊花岗岩人体雕像，展现男女老幼不同人际关系之间的种种情感场景，无不凸显爱的旨意。幼童的无邪天真、少男少女无牵无挂的游乐、情人缠绵如胶似漆、夫妻恩爱相敬如宾，还有父子父女、母子母女、兄弟姐妹等等多元化挚爱亲情……那些无言的石雕用传神的身躯动作、面部表情和眼神，顷刻间感染多少人。一座座雕像映衬了人生不同长度的生命历程，诉说着无数你我他的故事，令人触景生情。旁边正好有几位少女看得"入戏"，对着雕像动作竞相模仿，时而手舞足蹈，时而拥吻雕像乃至泪目涟涟。

离开"生命之柱"的基座，不远处石阶高台之上是环形雕塑"生命之轮"，是四位成年人与一对孩子共同构成的一个圆环状雕像，象征着生命的轮回，生生不息。杂技般叠罗汉似的肢体造型，亲密无间地环绕成一个花圈般的圆形，看在每一位游客的眼里，感触深切！

我转身往回走，内心的感慨难以言表。走过那些刚刚端详过的一组组雕像，依然是看不够啊。事实上也不是一个下午甚至一整天能够看全的。我的目光缓缓地再度掠过那些生动的雕像，渐渐地扫向靠大门南侧鲜花丛中竖起的一尊雕像，花岗岩基座上刻着两行字：gustav vigeland/1869—1943。上面是一位身穿长大衣双手握铁榔头和钢钎的中年绅士，那就是雕塑家古斯塔夫·维格兰的塑像，正是这座无与伦比的世界最大雕塑公园的设计者、创造者！这尊维格兰雕像由大师的学生们创作（一说是雕塑家自己设计制作），目光刚毅远视前方……

距离维格兰雕像不远的维格兰博物馆，原是维格兰生前的工作室和住宅，是一栋色调鲜明风格讲究、带有钟楼的新古典主义建筑。博物馆内收藏了众多维格兰捐赠的艺术资料和实物，包括 1600 件雕塑、模型、12000 幅素描、400 幅木刻版画，数千件笔记簿、信件、摄影作品和约莫 5000 册书籍，等等。这是多么丰富浩瀚的珍贵馆藏啊，堪为艺术家毕生艺术构思和创作历程之集大成宝库。展出的"生命之泉""生命之柱"群雕的石膏模型尤其引人注目。博物馆简介说明"生命之柱"群雕共耗费了维格兰整整 14 年心血，仅仅那根有 121 个人体浮雕的柱子就花了维格兰 10 个月光阴。他先在工作室用泥土不断琢磨、完善初稿设计，再浇铸成石膏模型；其后在他亲自监工指导下，三名石匠助理历经 14 年才加工完成。我被一幅维格兰的照片吸引，照片中雕塑家上身赤膊，穿一条背带工作裤，站在一座花岗岩人体雕像前，目光坦然，嘴唇紧抿，仿佛在工作后的片刻休憩中，仍没有停止艺术创作的沉思。

维格兰想要为自己祖国创造奇迹的梦想由来已久。他出生于乡村，是木匠的儿子，15 岁丧父后挑起家庭重担，凭借对绘画、雕刻艺术的痴迷与苦研巧思，逐渐自学成才，20 岁就在国家艺术馆展出自己的雕塑作品。因缘际会，维格兰早年曾经游历法国、意大利、丹麦、德国等国，相继在哥本哈根比森工作室、巴黎罗丹工作室和文艺复兴时期的佛罗伦萨工作室研习过，对文艺复兴时期艺术情有独钟。他回国后接手第一个公共工程是恢复尼达罗斯大教堂，声誉渐起。维格兰也获邀为易卜生等文化名人创作塑像，还设计了诺贝尔和平奖奖章。早在 1907 年，维格兰就应奥斯陆官方之邀为佛罗戈纳公园（Frogner park）创作了喷泉雕塑，这也构成了他想要在公园内创造出庞大雕塑群的契机。1914 年，维格兰的构思酝酿渐趋成熟，一个雄心勃勃的计划呼之欲出。他渴望以自己的雕塑作品创建一个户外公园的创意亟待付诸实践。到了 1919 年，维格兰的工作室兼住宅面临被奥斯陆城市建筑规划列为拆除建筑的命运，维格兰看准这是一个转机，主动与市议会交涉，提出以自己全部雕塑作品所有权换取新工作室和大片空地的申请，并且喊出了"给我一块绿地，还你一个奇迹"的豪言壮语。历经多次谈判，双方于 1921 年签约，政府慷慨划拨整片佛罗戈纳公园，由挪威建筑师 Lorentz Harboe 在公园旁设计一座新工作室兼住宅，给予维格兰施展才华与抱负的广袤空间。维格兰偕妻子于 1924 年迁居新居，直到 1943 年去世，近二十年间几乎每天都沉浸于忘我设计、创作的状态。他自己和妻子都充当过雕像创作的模特儿，他要将自己全身心创作的雕塑作品与园区融为一体。维格兰的艺术执着和创作恒心果然化为奇迹，成就了今天举世闻名的雕塑公园——在这座占地 50 公顷的佛罗戈纳公园里，在大片树林、草坪、花丛、溪流、桥梁之间，遍布了 192 座裸体雕塑，共 650 个人物雕像，包括维格兰 1906—1943 年倾心创作的几乎全部人体雕像，分别放置于公园主轴线区域的特定位置。那些石雕、铜雕、铁雕人物个个栩栩如生，与公园内的自然、园艺景观互为映衬，恰到好处，每天 24 小时全天候迎接来自世界各地的游客。其中"愤怒的男孩""拥抱巨型蜥蜴的女人""与飞行婴儿搏斗的裸体男人"等雕塑作品，自 20 世纪 40 年代起公开展出后便一鸣惊人，被媒体惊呼为"世界上最奇特的雕像"，公园也就自然而然地被称作

"维格兰公园"（Vigeland Park）、"人生旅途公园"。挪威首都奥斯陆从此增添了一座巧夺天工般的地标，当之无愧地被世人誉为"雕塑之城"。

今天，当游人漫步在维格兰雕塑公园，徜徉于众多千姿百态的人体雕像与喷泉、桥梁、溪流、花坛、草坪、丛林之间，陶醉在大自然的返璞归真与雕塑艺术的至善至美之间，无不惊叹置身于一个前所未有的奇幻境地！无不赞叹艺术家维格兰的宏图大志与出神入化的技艺！最令人不可思议的是，如此众多的人体雕像从设计到创作，几乎都是由艺术家独自一人完成的。所有这些由铜、铁或花岗岩制作的雕像，从设计到制作耗费了维格兰数十年心血和精力。公园间的草木花卉、园林庭院的整体布局，也由维格兰倾心设计。只有那些庞然大物如"生命之柱""生命之泉"，需要维格兰的少数几位学生和助手一起打磨、浇注、凿刻。数十年如一日，维格兰孜孜不倦地钟情于雕塑构思、创作，光是给各种雕塑作品预做模型，就要用掉不知多少吨陶泥，最终使用的花岗岩、青铜锻铁，又何止数百上千吨真材实料！我惊叹维格兰的件件艺术杰作之完美独特，更叹息艺术家经年累月坚韧不拔的毅力和意志。

我再度回到"生命之桥"，依依不舍地向那一尊尊真人般大小的雕像告别，轻轻抚摸几位男童女孩的脚丫，凝视那些壮男少妇、耆英老妪的身躯和神态，诧异于这些全然裸体的人像，竟然毫无任何色情、猥琐、淫秽的意味，反而释放出生命无邪的种种旨趣和人体健康美、形态美、线条美、动态美、静态美等诸般美感。环顾周围观赏雕像的游客，他们或全神贯注偶或议论赞叹，或一脸怡然轻松或肃然起敬，丝毫没有任何亵渎之感，有的只是领略人体之美、人生百态的满足感，还有关乎人生之旅生命过程的感悟。据说曾经有好事者请医生鉴赏这些雕像，专科医生也不免叹息道：维格兰塑造的数百具神态各异的雕像，每一块骨头、每一块肌肉都合乎人体的准确部位。维格兰早年游学多国时，接触、搜集了大量以古希腊神话和圣经为主题的雕塑、浮雕草图，意识到"雕塑应该更精确严密"。在巴黎罗丹工作室研习时，维格兰受罗丹人体雕塑作品影响至深，如何逼真地展现人体形态美、线条美，如何细腻地处理男女形体，成为他人体雕像创作的重大挑战。用赤裸裸的人体表现人类的生与死，表现生命的奔放或衰竭，在他看来是不受任何束缚又可淋漓尽致发挥想象力创造力的最佳方式。维格兰相信任何服饰包装皆限制了个人的身份，而他唯愿自己的雕塑作品在去除无足轻重的身外之物后，观众（游客）能够面对人体揣摩、体验到来自内心深处的共鸣，能够透过身躯、表情、动作展现的爱恨情仇、美善丑陋，去领悟灵魂深处的最高境界。在他的这些裸体群雕面前，每一个观者都可以做出个性化的解读，这也正是艺术家作品的魅力所在。况且裸体象征了人的本真，赤条条来到世上，最终赤条条回归大自然，这是每个人无论富贵贫贱、无论高雅低俗都一视同仁和无所逃遁的归宿。回溯当年，维格兰的裸体人像艺术及整座裸体塑像公园的设想，意识超前，惊世骇俗，竟能被 20 世纪初的挪威政府包容接纳，并为雕塑家配备必要的生活费用及助手，提供雕塑所需要的材料，只为回报维格兰将所有作品留存给公园奉献给国家的承诺。天才横溢的艺术家一诺千金，当政者不乏前瞻性的乐观其成，他们携手谱写了千古罕见的城市建设和艺术创造历史篇章！成为迄今令人感慨万千的人间美事！

　　雕塑是城市凝固的乐章，是人类文明的鲜活印记。黄昏时分，华灯初上，我依依不舍地告别维格兰雕塑公园，走回鲜花簇拥、精美建筑云集的卡尔·约翰大道，走向海湾之滨的奥斯陆市政厅广场一带。沿途不断遇见形形色色的雕塑，人物动物、抽象具象应有尽有，令人感叹奥斯陆真是一座无所不有的"雕塑之城"。而维格兰雕塑公园无疑是城市凝固乐章中浓缩的精华，堪称 20 世纪上半叶北欧奥斯陆的立体风情乐章。那数百个人体雕像形象地诠释了艺术大师超凡脱俗的创意创造，那些以"生命之桥""生命之泉""生命之柱""生命之环"为不同曲目的群雕，首尾相连，层层递进，协同奏起了生命华章的交响乐。凭借毫不遮蔽的人体与鬼斧神工般的技艺，这一组群雕交响乐展现人类之性情世俗之风情，彰显人类生命的细微与博大，引领每一位游客畅游人生之旅，翱翔于生命之途，看透人生变幻，洞察生命本质，懂得敬畏谦卑，学会珍惜当下。

沉湎在跨越时空的无尽感悟之际，回味穿行于那些雕塑间的阵阵震撼，我遗憾仅有仓促的半天加一个晚上逗留奥斯陆，但我庆幸遇见并且拥抱了这座城市令人叹为观止的精粹。我在奥斯陆非同凡响的城市乐章旋律中徘徊，心里说，再见了，奥斯陆！再见了，维格兰雕塑公园！我还会再来！

（12/12/2021 初稿 8/31/2022 修订）

"跳上跳下"的哥本哈根

——寻访安徒生遗迹及其他

时在风光明媚的 5 月，草长莺飞，生机勃勃，下榻哥本哈根的民居紧挨着运河，看到那些载着游客、以透明有机玻璃制成顶棚的机动游船轻快地劈波前行，便勾住我这外乡客的魂魄，安顿好行李急急出门去享受那旭阳微熏的时光，去见识这个既陌生又仿佛熟悉的童话之都。

为了浏览尽可能多的景点，我们几个旅伴采用了当地也是欧美国家极其普及又便捷的"跳上跳下（pop-on，pop-off）"观光巴士当作一天的交通工具。这种车身被漆成以艳丽的红色为主色调并装饰黄绿色等图案的双层巴士，本身就如城市的一道亮丽风景，醒目且诱人。车次频繁密集，每到一站游客皆可随意跳上跳下，方便之极，"跳上跳下"之间就得以亲近、拥抱哥本哈根，真是惬意轻松。游客凭票获附送一个小耳机，在每个座位上都有插口插入，按自己需要的音量和语种接听导游解说，刹那间调到了汉语的频道又会生出几分惊奇，开始游走大半个哥本哈根城，在"跳上跳下"之际触摸这个现代与古典共融、现实偕童话并存的都市。

走马观花穿梭童话之都

起初，全程坐完这趟巴士之旅，是心无旁骛地跟车浏览，是走马观花式地穿梭童话之都，随着巴士的车程把沿线所经过的景点及周围风貌一一摄入眼底，国王广场、市政厅广场、趣伏里公园、海滨、码头区、吉菲昂喷泉、克里斯蒂安堡宫、阿美琳堡宫、罗森堡宫……那些古老的、宏阔的、秀美的、庄重的、奇幻的建筑、雕像与景致，韵致迥异，各具风采，一个多小时的匆匆掠影，已然惊艳。开始第二趟车程时，便选择性地在一些景点下车，零距离端详、观摩感兴趣的目标，譬如大名鼎鼎的小美人鱼雕塑，它竖立于海滨濒临水面的岩石之上，却是低于路面的，坐在旅游巴士上并不能直接看到。这回到长堤公园（Langelinie）才能近到小美人鱼身旁。乍见之下，内心有点儿小小的失望，见到这闻名遐迩世人皆知的小美人鱼居然如此渺小，不免显得几许黯然。拍照的游人照例络绎不绝，小美人鱼身边几乎难得有空隙，好不容易就近去细察这人身人面鱼尾的青铜雕像，从头部到鱼尾鳍通身闪烁着青铜金属的光芒。端详它美丽而又含蓄的神情，想当年安徒生笔下的小美人鱼，被丹麦雕塑家爱华德·埃里森（Edvard Eridsen）雕塑成像，自1913年面世以来，全世界游人到访哥本哈根必定要对它瞻仰一番——微微低垂的脸，默默侧坐独守在哥本哈根的海湾入口处，几分恬静，几分娴雅，还有几分忧伤，几分思虑，给予游人无限的想象与爱怜……

之后我们去了阿美琳堡宫，在宫前的广场观赏、漫步，等来了卫兵换岗仪式，看那些戴着绒绒的黑色高帽、身着黑色制服的卫兵，或佩剑或持枪，沿袭几百年前的皇宫礼仪，庄重中不失诙谐，带给无数观礼的现代游客恍若穿越时光隧道的感觉，新奇而刺激，好像在童话世界里打了一个来回。据说皇家卫队的装饰设计来自安徒生童话《坚定的锡兵》中锡兵的形象。

安徒生透过趣伏里增添灵感

闹市区的趣伏里主题乐园（Tivoli）也是观光巴士路过之处，对面就是中央车站，人来人往的本来就够繁忙，这处古风盎然的童话世界就更吸引世人的眼球了。坐在巴士的上层车窗眺望，能看到乐园内高耸的云霄飞车，那是世界上最早的仍在运行的木质过山车（Mountain Track，1914 年建于瑞典马尔默），还能隐隐约约看到繁花似锦、草木葱茏的园林景象。

建于 1843 年、占地约 85000 平方米的趣伏里乐园（Tivoli），是全球现存第二古老的主题公园（仅次于卡拉姆堡附近的巴肯游乐场 Dyrehavs bakken，位于哥本哈根以北 10 公里处的灵比—托拜克自治市，建于 1583 年），欧洲各国游客从 19 世纪中叶起就争相到趣伏里乐园打卡，探索、觅取并享受寻欢作乐的人生初始源泉和童话的奥秘。趣伏里乐园自诞生以来不断融合各种艺术风格，配置新颖奇幻的各种娱乐设施，被赋予了浓郁的童话与魔幻风格。据说，童话大师安徒生曾从趣伏里乐园的节目和构造中寻获过不少灵感，绚烂绽放的烟花之夜也让他与无数游客一起如醉如痴。他的经典童话《夜莺》故事雏形，就是受到趣伏里乐园夜晚绚丽灯火的感染而生发出佳构妙思。安徒生不断地从趣伏里乐园获取灵感，也源源不断地回馈到趣伏里乐园 32 场童话故事中。因此，无论是孩童还是成人游客，在这儿几乎都能够遇见诸多安徒生童话人物形象和元素，而获取意外的惊喜。

乘坐"跳上跳下"巴士第二度绕城观光之际，我在趣伏里乐园这一站下车，驻足遥望宽阔大马路对面的乐园大门及围墙，又穿过马路在乐园门口和周遭游走围观，门口两侧各立了一尊红衣鼓乐手的塑像，令人联想起安徒生的童话《坚定的锡兵》。据悉，依据这锡兵形象设计的趣伏里仪仗队就是乐园的一块亮丽招牌。成立于 1844 年的仪仗队，迄今保留当年的规模，由 89 位 9~16 岁的男孩组成，包括指挥和鼓号手方阵，两匹小马牵拉的金马车，车上的年轻"王子"与"公主"们头顶黑色高皮帽，上身披红色制服，下身穿白色裤子，和丹麦皇家卫队的服装十分相似。仪仗队入选年龄限制严格，须经过仪仗队音乐学校考试，并花费相当长的课余时间接受训练。每个开园日，趣伏里仪仗队都要精彩亮相，成为游客们追捧的对象。

因无暇入园亲身体验，唯透过园内传出的欢笑声和触目所及的有限景观，配以乐园的游玩指南展开自己的想象。感到丹麦人真是天生有童趣，不仅创建了世界上历史最悠久的两座游乐园，还拥有万世不朽的童话大师安徒生。

趣伏里建园初始，就开始打造一系列梦幻般的经典项目，包括剧场、音乐台、餐厅、咖啡馆、花圃等都是东方式的外国建筑，把相隔万里的不同神秘国度联系起来。1874 年，乐园内就有了中国式的哑剧剧场，还有建于 1909 年的中国塔等异域景观。2006 年，趣伏里乐园高 80 米的旋转木马火星之旅项目开幕，这是世界上最高的旋转木马。

说起世界上的主题乐园，大多数人必定会想到迪士尼乐园，其米老鼠、唐老鸭等卡通造型更是无人不晓，花样翻新的游乐设施老少咸宜。不过，迪士尼乐园在趣伏里主题乐园（Tivoli）面前，论及历史渊源与童话意趣，就只能甘拜下风了。据悉，美国娱乐大亨沃特·迪士尼曾多次到访哥本哈根趣伏里。今天迪士斯尼乐园中的一些景观和童话人物，乃至仪仗队游行、烟火表演等例行节目，几乎都借鉴、移植了"趣伏里经验"。因此，说趣伏里乐园是美国迪士尼乐园鼻祖，或也不为过。尽管今天的迪士尼乐园更如巨无霸似的主题乐园闻名遐迩，但趣伏里乐园更古老、更传统，也更天真淳朴的风格，依然独树一帜，吸引着海内外无数童心未泯的游客。

迷人的新港

大概是不同线路安排的区别，我搭乘的这趟"跳上跳下"观光巴士，没有在新港停留。而据旅游网站 Tripadvisor 披露，新港在哥本哈根 391 个旅游景点中排名第一，如此顶级的景点怎么能错过呢？所幸北欧初夏的天气昼长夜短，用过晚餐之后，天光依然大亮，便兴冲冲结伴往这心仪的景点走去。从住地漫步穿过几个街区，离新国王广场不远，不到 20 分钟就走进了新港。踏足于架设在新港运河上的步行桥，扑入眼帘的是两岸鲜艳夺目的各色建筑，尖尖的拱顶，色彩各异功能不一的那排排房屋，犹如童话世界般奇幻、华丽，在夕阳辉映下，洒入运河一片片波光粼粼的倒影，与那一排排停泊的各种游船小艇的桅杆交相重叠相映成趣。莫大的惊喜和快感冲击我的心房，驻足桥上左顾右盼，用手机对准远近各异的风景拍个不停，奇异艳丽的景观，张张都可制成明信片啊！

新港（Nyhavn）不愧是哥本哈根人气最旺的景点之一，既是流动的运河，也是活力无限的码头。这一侧岸边色彩炫丽层次丰富的漂亮小屋鳞次栉比，那是一座座酒吧、啤酒屋、餐馆，桌椅从屋内排到了路边，占满了小街的大半，市井喧哗声里透露出那些游客、消费者乃至经营者的惬意、舒畅与豪爽。传说新港自 17 世纪以来一直是南来北往的全球各地海员光顾流连忘返之地，他们借助这儿的迷人风光和美味啤酒餐饮，洗尽一身疲乏，他们本身也成为一道道风景，给哥本哈根烙下了独特的新港印记。

对面一侧岸边就没有那么热闹了，甚至鲜有路人，相比隔河道街市的喧闹显得格外宁静，但那联排的屋宇也是色彩斑斓，建筑架构更高大些，望过去就像是旅舍、公寓甚或仓库之类的建筑。我缓步走向那一侧的街头，抬眼瞧那一栋栋黄色、朱红色、褐色的建筑，因为事先做了游览攻略，知道这里曾经是安徒生早年居住过的寓所。我逐一看到了新港 18 号、20 号及 67 号的门牌，这些都曾经是安徒生居住过的寓所，传说他创作的《打火匣》《小克劳斯和大克劳斯》《豌豆公主》等童话故事，就是他最早在新港 20 号的寓所内完成的，那是 1834 年至 1838 年；而新港 67 号是安徒生居住长达约 18 年之久的寓所（1848—1865 年），他喜欢这间寓所多半因为能够晒到太阳；而在 1873—1875 年，已经驰名天下的童话大师安徒生又迁居回新港，在 18 号寓所里度过了其生命的最后几年光阴。

我在这些联排屋前逗留、踟蹰良久，尽管它们早已成为今人的私宅，门窗紧锁，外面也没有竖立安徒生的雕像，空气里却仿佛飘逸出丝丝童话般的气息……我仿佛看到大师在屋内伏案写作的景象，看到他偶或倚窗望着对面新港繁华街市微笑抑或沉思。究竟是安徒生从新港美轮美奂的瑰丽画面中汲取到童话创作的养分，还是安徒生的创作继续赋予新港迷人而神秘的色彩？

在新港这几个门牌号码的公寓前缓缓踱步，我感觉比在市政厅临街的安徒生铜像边上合个影，更能触摸到大师的灵魂，嗅到他的童话气息……历史上哥本哈根多灾多难，瘟疫、战争屡屡带给它几多创伤。18 世纪的瘟疫导致全城三分之一居民死亡，1728 年和 1795 年大火焚毁大半城市建筑，1807 年英国舰队悍然炮击哥本哈根，毁损厉害。新港的这几栋房舍还能保留至今，真是万幸！而安徒生长期蜗居于曾经遭受天灾人祸蹂躏的城市的一隅，却能创作出赋予人类丰富想象美好感受的童话，岂止是"富贵不能淫，贫贱不能移，威武不能屈"的大丈夫，实在是上天派遣的天使，给予灾难深重的人们一线光明、一丝慰藉。

漫步踱向这侧街道的尽头，就接近了繁华酒吧街的交集处，其实那儿就是个袖珍广场，摩肩接踵的人群来来往往，个个脸上洋溢着愉悦的笑意。我想，无论来自哪儿的异国他乡旅人，无论你曾经有过或者还残留几许生活的烦恼，置身于新港这块小小天地，就必定会被哥本哈根人也即北欧人的无忧无虑感染，就会抛却一切的不悦和愁丝。这真是一处奇妙的风水宝地，一个浸透了童话精髓的奇异国度。包括丹麦在内的北欧五国，连续多年名列全球幸福感最强国家排行榜前茅，真是实至名归啊！

一座巨型的铁锚由一根粗壮的木头斜撑着，宛若一个横卧的十字架屹立在广场上，给这欢愉的新港平添了肃穆庄重的氛围。据悉这座铁锚取自其1872年起曾经伴随服役的护卫舰菲英岛号（Funen），1951年移到新港广场，替代原先的木质十字架纪念碑。作为二战同盟国的一员，1945年5月5日重获自由的丹麦，每年这一天都举行官方仪式悼念死者。新港的这一处纪念碑，则以不乏历史传奇的铁锚，融入新港欢愉和谐的独特风貌里，带给世人何等贴心的慰藉与安宁。

有300多年历史的新港运河，不啻是哥本哈根的怀古圣地，犹如丹麦人常说的那样："不到新港，不识哥本哈根。"那些和运河历史共生共长的新港沿岸的房屋群，虽然凭借鹅黄、天蓝、浅绿、朱红等多样化的色彩交错纷杂，勾勒出一幅幅童话世界的璀璨画图，让人百看不厌，常看常新，仿佛要向大师安徒生致敬。而那些楼宇中300多年前的砖块、木梁，井然有序地继续发挥功用。酒吧、啤酒屋里里外外都坐满了悠闲的人，品味着美酒佳肴。酒吧、餐馆的拐角和沿街住宅的窗台，几乎缀满了各色鲜花。窄窄的运河河道上，不时有轻盈快捷的观光游艇穿梭而过，船上的游客与岸上的人群相互喝彩，欢呼声、笑声不绝于耳……这一个个情景，宛若灵动有趣的一幅幅动态图，勾连出一长卷意境邈远的新港风俗画。

告别了铁锚纪念碑，步入那酒吧、啤酒屋、餐馆和鲜花、人流簇拥着的街市，我再度细细体察这点染了童话色彩和情趣的新港，俯瞰桅杆耸立、快艇游弋的运河。呵！这是涌动着欢快与笑声的色彩新港，这是折射出历史和当代精粹的生命新港，这是流泻着生活碧波的鲜活运河。天幕渐渐暗下来，华灯初上，新港的彩色屋群越发灿烂晶莹，运河的波光涟漪更加不可捉摸。我在这恍然如神秘的天光与色彩中游走、徜徉，感觉融入了画境之中，融入了新港运河—哥本哈根—丹麦那奇妙童话世界的市井风俗画之中……

（4/25/2021 修订）

徜徉于神秘的金字塔之间

城市与休闲

搭乘叮当有轨电车游走里斯本

深秋季节抵达里斯本，蒙蒙细雨中找到下榻的帝国酒店，大堂尽头就是一幅巨大的老式有轨电车黑白照片，车头上标有醒目的 28 数字……这正是我旅行前搜索里斯本观光资源信息所获得印象极深的那个城市标记。

很多观光指南和录像都毫不吝惜地赞美里斯本的有轨电车，尤其是 28 路电车，那黄色或红色的木结构电车车厢，在弯曲狭窄、高低落差的街巷里扭动、穿行，那是一幅怎样扣人心弦的风景啊！

顾不上休息，寄存了行李，就冒雨赶往老城区，要去赴一场 28 路电车的约会。到了位于那个广场的起点站一看却吓了一跳，排队的长龙估计不等上 10 辆电车根本没戏。我只好先在附近溜达溜达，一溜达就到了几条街外的圣胡斯塔升降机（Elevador de Santa Justa）。看这黑黝黝的庞然大物高耸云天，登梯也要自台阶往下方排队，既来之则安之。我在排队过程中发现了圣胡斯塔升降机的铭牌，记载该电梯自 1902 年建造，至今已然度过悠悠 120 年的岁月。整个铸铁结构的升降电梯粗犷而不失优雅，镂空雕花的体形则凸显了更多美感，似乎还有几分巴黎埃菲尔铁塔的影子。原来埃菲尔铁塔的设计师 Gustave Eiffel 正是圣胡斯塔升降梯设计师 Raoul Mesnier de Ponsard 的老师。

电梯升空快速而平稳，电梯四周都安置了高高的铁网，通过网格可以一窥底下城市的风景，最让人悦目赏心的是对面海岸的房舍都遮蔽在橘红色的瓦顶之下，错落有致。另一面可以看到里斯本最美丽广场之一的罗西奥广场（Rossio）。尽管广场上的喷泉雕塑隐隐约约，但那呈现波光粼粼的黑白色块造型的地面极富动感。走过一道延伸的天桥，此时天空开始放晴，橘红色瓦的海洋和街市更加迷人。

再回到28路电车起点站，排队的长龙似乎短了些，我继续耐着性子等候，看这小小的一世纪前遗存的木制电车车厢，坐不上20个人就满了，可游人们就是要品尝一下这百十年前的滋味，挤在局促的空间摇摇晃晃地体验里斯本街道的风土人情。所幸等到空车上去，坐上了右侧的临窗座位，随着女司机扳动驾驶杆（是的，不是现代汽车的圆形方向盘）和清脆的铃声叮当响起，我的这趟里斯本有轨电车怀旧之旅终于启程了。

实在叹服当年电车制造与线路的设计，竟然都是沿着最狭窄高低错落的街巷驶行，我庆幸选准了右侧的座位，一伸手几乎可触摸到房舍的墙壁、小店铺的橱窗，甚或还有那些行人的肩膀……几乎每一条街巷都展现出不一样的风情，古朴的，幽深的。那些色彩斑斓的房屋墙面，那些有趣的彩色涂鸦，都恰到好处地凸显了里斯本的斑驳历史。几乎每一次转弯，都呈现出惊心动魄的险情，眼看就要剐蹭到停泊在街旁的轿车，看似老派的木制电车车厢却能灵活地拐到空阔地带，不得不叹服司机的操纵本领，居然能够在匍匐了上百年的蜿蜒轨道上，凭借那简陋的操纵杆，时而大幅度转弯，时而竟然鬼使神差般地转换了轨道；时而电车循着高坡的轨道快速呼啸而降，仿佛要飞快地落到下方海岸，让乘客们在大呼小叫中过了一把瘾……驶过风格迥异的外观似堡垒的罗马式大教堂、圣安东尼奥教堂，驶过宽阔的国会大厦，驶过悬崖上的楼宇和海滨的观景台，我都舍不得下车，只因为这28路电车沿线的风光民俗古今叠影，光怪陆离，不忍遗漏。

创立于1872年的里斯本电车公司，最初用"马拉的电车"开拓一条条线路，仿佛注定为城市树立古老交通的典范。木制的有轨电车车厢外观圆润小巧，内部简约，两旁临窗各以一排座位为主，给中间的走廊留下适当的空间。外部油漆成黄色或红色，远看宛若一个汽车玩具，实际上启动起来灵活机动，穿街走巷攀高溜坡操纵自如。历经一个多世纪的岁月，里斯本的有轨木制电车已然成了城市的骄傲，风头盖过所有的新式电车、汽车。难怪无论要排多长多久的队，无论车厢内空间多么狭小逼仄，还是有那么多游人要竞相搭乘一段28路电车，只为了体验那种在摇摇晃晃、忽高忽低、又窄又险中穿越城市的奇特感觉。难怪里斯本也流行一句话：假如你到了里斯本而没有坐过28路电车，那就不算到过里斯本。

20世纪中期，因应经济升腾城市扩建之需，许多欧洲国家开始放弃有轨电车，发展地铁等交通工具，里斯本却保留了5条有轨电车线路和58辆古老的有轨电车，如今看来不得不赞叹里斯本城市管理者前瞻性的远见卓识。里里外外完全木制的电车自然也是环保的典范，在全球各国想方设法摈弃废气、消除污染的当下，俨然成了令人艳羡的香饽饽。以28路电车为代表的这5条有轨电车线路的各个站点，基本上覆盖了里斯本主要观光景点，成为来自世界各地游客游览里斯本、触摸里斯本的最佳方式。搭乘环保的老式有轨电车，体验城市怀旧的感觉，这是何等和谐美好的感受啊！

传说里斯本是"七丘之城"，它的城区就搭建在七座高低起伏的小山丘之上。那些古老庄严别致典雅的各式教堂、宫殿、剧院、车站、楼宇，大部分是依山而筑，赋予里斯本城市风貌的层层叠叠与斑驳参差。

搭乘 28 路有轨电车的次日，我兴味不减，又搭乘了一趟 12 路有轨电车，在与 28 路同一个广场的起点站上车。这是一条半小时的环线观光线路，其中部分路段与 28 路重合。同样的木制车厢，同样的晃晃荡荡、忽高忽低，同样的吱吱呀呀、叮叮当当。我依然在右侧的座位上凭窗而坐，依然不时想伸出手去触碰一下街边房屋的窗棂，去嗅闻一下临街房舍窗台上的繁花之香，与偶遇的紧贴街边行走或观望的旅人拍一下掌。随着一座座古老的殿宇、教堂匆匆掠过，蜿蜒起伏的轨道伸展向海岸、山丘，伸展向城市的一个个角落，我把里斯本的历史和今天的风景都揽在怀里，揽在心头……

（11/24/2022）

蛋挞飘香里斯本

在里斯本闹市区高耸的圣胡斯塔升降机（Elevador de Santa Justa）旁，那家点心店橱窗里摆放着一个个黄里透焦、貌似蛋黄的点心，诱惑我抵达里斯本后第一次品尝到葡式经典点心——蛋挞，焦黄嫩滑，蛋皮酥脆，奶香浓郁，入口即化，回味无穷……这口味、这香气，伴随了我随后逗留里斯本的每一天。几乎每条街上都有数家制作售卖蛋挞的店铺，有的店家更是让做蛋挞的师傅在临窗的台面上操作，只见师傅用手在一个个小小圆锡盆里涂抹上一层蛋挞皮，然后灌满蛋挞液，几十个上百个摆满整个大烤盘时，就放入烤箱等待出炉，开炉后奶香四溢……甚至下榻的旅舍酒店，无论高端还是低廉，供应的早餐各种点心里，也必有香甜不腻的蛋挞。

蛋挞飘香大街小巷，就如叮当叮当的老式电车铃声飘忽在窄道陡坡那样，实在是里斯本的两大特色，味觉的，听觉的，视觉的，一一化为城市的印象、岁月的记忆。那天跟团一日游，大巴载我们一车外乡客穿越那座横跨塔霍河（Tagus River）、酷似旧金山金门大桥的425橙红色大桥，缓缓沿着仿佛海滨其实是河滨大道行驶，不一会儿停靠在一座宽体大教堂旁树荫下。导游告知说，这就是里斯本著名的热罗尼姆斯（Jeronimos）修道院。传说葡萄牙蛋挞最初就是这家已有500多年历史的修道院修女们不经意间发明的。19世纪初，修女们用蛋清浆洗衣服，久而久之积攒下的蛋黄怎么办呢，总不能一扔了之，太浪费，暴殄天物啊！修女们后来凭自己的口味和想象力，用牛奶或者炼乳、焦糖等原料，与蛋黄液搅拌，制成了奶香味四溢的蛋挞液，并烘焙烤制出可口酥脆的蛋挞，从此奶香飘逸、焦黄诱人的蛋挞成了修女们须臾不离的果腹佳品，还出售多余部分给附近居民。1820年自由革命爆发，修道院被迫关闭，为求生存，修女们继续在修道院旁边一座甘蔗精炼厂开设点心店铺，制作并且销售蛋挞，且一直沿袭传统的以蛋黄液为主的古老"秘方"，并由主糕点师亲手在密室调制。该技术和食谱在当年被称为"秘密房间"（secret room），流传至今，成为葡萄牙最经典的食品之一。另外，葡萄牙一些酒厂也使用蛋白过滤诸如兰姆酒等酒类，因此会剩下大量的蛋黄，给蛋挞等甜点制作提供源源不绝的原料。

如今，与热罗尼姆斯修道院一街之隔有一家百年老店贝伦饼店（Casa Pasteis de Belem），每天食客盈门，都是冲着那里卖的蛋挞而去的。因为店址位于当时的贝伦市、如今的里斯本贝伦区（Belém），所以卖的蛋挞就叫作贝伦挞（"贝伦酥饼"，Pasteis de Belem），事实上已经成为一个专用的蛋挞商标了，即使是贝伦地区其他饼店制作的蛋挞，也不能冠名"Pasteis de Belem"。贝伦饼店的蛋挞配方迄今依然秘不外传，被誉为葡萄牙蛋挞的鼻祖，最正宗的蛋挞。

我循迹找到贝伦饼店，三层楼的建筑，一层店面上方蓝底白字店招格外醒目，果然名声在外，人头攒动，排队的长龙拐到了大街转弯，之前听闻这家饼店的蛋挞几乎无时无刻不需要排队的传闻果然不虚，且堂吃、外卖分别是不同的门窗排队。我在这家前店后厂的饼店前排了大约10分钟队，进店门透过柜台眺望里面店堂的一角，蓝色青花瓷砖铺墙，别致的壁灯，还有个小巧的拱门，让你仿佛身处19世纪的传统老店。服务的店员不少，递送蛋挞或其他点心从后厨到店堂进进出出，一派繁忙景象。轮到我了，先买两个蛋挞尝尝，1.2欧元一个，店员一丝不苟地包装好，精致的白底蓝色小纸盒印有店名，还按例附送了两小包作料，分别是糖粉、肉桂粉，真是周到贴心。据说，在蛋挞上撒点糖粉、肉桂粉，再配上一杯黑咖啡，是葡萄牙人最经典的下午茶点心了。趁热咬几口热乎乎的蛋挞，蛋挞皮超薄酥脆，甜度不高，奶香诱人，嫩滑可口，入口即化，那口味真不是一般旅舍餐厅甚至其他饼店烹制的蛋挞可相提并论的。

出门看到排队人群里有人朝路面围观，挤上去一看，原来路面地砖上铺排着黑白相间的马赛克字样"Pastéis de Belém 1837"，仿佛自豪地宣告着本地、本店的悠久历史、高光岁月。据传此店铺最初是座甘蔗精炼厂，后来与修道院修女们合作制作和销售甜点，衍化成了一家风味独到的蛋挞专营店。算起来，这家饼店迄今已有185岁了。看看一直熙熙攘攘的排队长龙，来自世界各地的游客和当地居民对贝伦蛋挞的偏爱绝对要让里斯本其他任何一家饼店嫉妒羡慕恨了。据称，这家店每天的蛋挞销售量至少上万个，最多时5万多个，甚至还有说7万多个的。晚上在酒店看到这家老店的黑白老照片，其中一张是内厨锅台上排列了直径半米左右的三大锅蛋挞液，分别有多位厨娘在使劲搅拌，足见蛋挞的制作量、销售量一直居高不下。

作为葡萄牙的经典美食，蛋挞广泛流传于葡萄牙与葡萄牙语圈国家，在有大量葡萄牙移民的国家及地区，如美国、加拿大、卢森堡、法国，甚至巴西也广受欢迎。中国的澳门由于经历葡萄牙殖民时期，最先引入葡式蛋挞，随后蛋挞便逐一征服了新加坡、柬埔寨、马来西亚和中国等地居民的舌尖，几乎风行全亚洲。虽然有的地区、店家做了些改良，但最正宗、口感最好的还是要推里斯本的蛋挞。

尤其是贝伦塔附近、隔街相望热罗尼姆斯修道院的贝伦饼店（Casa Pasteis de Belem）新鲜出炉的蛋挞，蛋黄量足，奶油香甜，表层焦黄，酥皮柔而甜脆，实在是货真价实的上品点心。难怪这家百年老店每天每时都排长队，不能怪食客们嘴太馋，只能怪这蛋挞的精致美味不能不让人蜂拥而至。

蛋挞作为代表葡萄牙的甜点，曾经参加过主题为"欧洲咖啡馆"等国际文化、美食活动，丝毫不逊于其他各国推出的大餐。2009 年，英国《卫报》列出了"世界上 50 种最好吃食物"排行榜，葡萄牙蛋挞名列其中。

告别里斯本的那天早上，我在机场礼品店看到眼熟的白底蓝色长纸盒，正是百年贝伦蛋挞饼店出品的蛋挞，赶紧买下一盒。嗅嗅那透着蛋奶香味的蛋挞盒，我恍然又漫步在里斯本大街小巷，闻到了那远近飘香、奶味浓郁的蛋挞香味……

（1/2//2023）

坎昆的休闲及猎奇

——高尔夫球车环岛游及越野吉普颠簸行

　　墨西哥坎昆（Cancun）是北美洲最知名的度假胜地之一，蔚蓝色加勒比海一望无际，银白色的细沙滩缠绵柔软，"7 字头"海滨酒店区高档度假村争奇斗艳，足够让游客沉溺享受不愿归去。除却酒店区的休闲、日光浴，西北方向的小镇 Rio lagartos 可观赏粉红湖和一群群的火烈鸟，西行纵深处的奇琴伊察或南下图伦各不到两小时车程，有地球村知名而壮丽的玛雅文明金字塔遗址等候您考察……当然还有浮潜、观鲸、海钓、滑索等诱人的项目供您选择，一星期或十来天的假期恐怕都玩不过来。

　　2021 年 8 月末，正值疫情防控期间。儿子 Simon 贴心地安排了与我"两个男子汉"的坎昆八日游。其中一半游程均避开了那些热门景点，在小城巴亚多利德（Valladolid）近郊一座私家小庄园休憩三夜，得以体验当地民众的悠闲生活。庄园内地势天然，构建淳朴，动物园物种丰富，且有不少珍奇动物。去奇琴伊察中途的天坑幽深莫测，可游泳戏水兼遥望洞天遐想。而另外拨出两个整天，分别开启一轻松怡然一刺激惊险的活动：前者是轻松畅游女人岛，后者是原始森林越野吉普颠簸驾驶。如果女人岛尚属坎昆附近比较知名的旅游目的地，那么原始森林游是全仗着 Simon 网上搜索发现的项目，历经艰险驾驶尽兴之后，才觉得是与众不同的另类玩法，毕生难忘。

去女人岛很方便，坎昆酒店区和市区有多个码头运营渡轮。平均一小时一班，现代化摩登造型的渡轮很宽敞，20分钟就抵达女人岛码头（来回渡轮费不菲，合20多美元）。码头一条街极其热闹繁华，海滨浴场和各种餐饮店酒吧鳞次栉比。街道上行驶的多为高尔夫球车（Golf Cart），人人兴高采烈，驾驶这电瓶高尔夫球车穿街走巷，再窄的路都可一晃而越。我们先漫步那些街巷，繁忙的、安静的，各种店铺都在向游客招手。我们在一家僻静并且花草环绕的餐饮店吃午餐，一碟鸡块、玉米、米饭等配上多种调料，佐以鲜榨果汁，也可口清爽，比之"全包"的酒店度假村自助餐，似更有墨西哥风味。餐毕我们就去一家巷尾的租车店租了辆高尔夫球车，先是Simon驾驶，穿过城中心，沿着海滨大道一路狂奔，开始环岛一圈游。沿途都是迷人的风景，别样的海滨风光、面朝大海的别墅都分外迷人。

拐进弯道深处的海滨，那是一处海龟养殖场，室外多个大池养育了各种大小的海龟，上下前后游弋，憨态令人捧腹。室内还有些标本、资料画板，普及、介绍海龟的品类、繁殖史料，俨然一座袖珍型海龟博物馆。虽然略显简陋，对匆匆到此一游的旅人，在常识和知识的学习、补充方面却很有助益。

女人岛（Isla Mujeres）的得名，据说是因为早年的殖民者西班牙人在岛上发现了多座玛雅女神像。我们驾驶高尔夫球车到了一个伸向大海深处的半岛处，明显聚集了不少车和人。原来这儿就有一座玛雅女神像，浅赭色的上半身裸体坐像，女神脖子上、耳朵上分别戴着绿色的玉项链和硕大的耳环，捧着一条大青鱼，头上顶着一只不知名的绿鸟，冷峻的脸庞，张开没有眼珠的眼睛，非常异类的雕像。走过女神像不远，一块巨石上匍匐着一只硕大的青灰色蜥蜴，昂首翘看，威风凛凛，是比女神像更高猛的一尊雕像。我在墨西哥、伯利兹、危地马拉多处玛雅文明遗址都看到过不少大小不一的绿色或灰色蜥蜴。蜥蜴似乎与玛雅文明息息相关，存留了些许玛雅文明的气息。

我站在箭头般伸展向大海的悬崖高处眺望，海天一色、海阔天空的感觉逼真而贴近，这是大自然的魅力，是鬼斧神工般的造景艺术！

轮到我驾驶高尔夫球车了，操纵电瓶车貌似简单，但在高低起伏的一段海滨大道上疾驰，不时需依据各种状况调整，也是不小的考验。加之还要情不自禁地多看几眼沿途美景，心旷神怡之际也难免有一丝丝胆战心惊。返回市区，在大街小巷穿梭，看两侧彩色的围墙、楼宇一闪而过，似乎比驾驶汽车更惬意、更刺激。

女人岛的名字似乎容易吸引游人蜂拥而来。环游女人岛，看不尽的海滨风景，热闹的、幽静的，裹起那高尔夫球车的阵阵旋风，比在任何高尔夫球场挥杆都更畅快、更潇洒。

虽然坎昆附近也有探险主题乐园，但是人工打造的模拟景观及体验终究与真正的大自然丛林大相径庭。我们在傍晚驱车离开坎昆，大约行驶一个半小时车程，夜幕中抵达了一个名为 Solferino 的小镇。漆黑一团中看到公路左侧的广场还有灯光，一个路边烧烤摊的"热狗"吸引了不少人。翌日早晨，找到那家提供原始森林探险项目的旅行社，等到 10 点左右，一位敦实的导游给我们即将启用的四驱敞篷吉普车准备了瓶装水，引领我们出发，开启了一场名为"大自然心脏"的探险之旅。该旅行社广告上的用词就是"大自然呼唤你"（Nature is Calling you）。

导游先驾车驶向丛林深处，Simon 和我一辆车紧随在后。十多分钟后但见林茂树密，弯弯曲曲的泥路呈现一道道深深的沟壑，路形复杂，崎岖难行。吉普的两侧车轮需得紧紧贴着拱起的地飞驰，隔一段路就是坑坑洼洼，溅起哗哗的泥浆。纵然戴着安全帽、系紧了安全带，也不免摇摇晃晃前仰后翻。经过几分钟的适应，Simon 操纵这辆马力强劲突突作响的座驾已然得心应手，有惊无险地驶过无数的弯道沟壑。我俩都情不自禁地呼道：真是刺激！是啊，这是我们常居城市的驾车者前所未有的自驾体验，也绝非普通的 SUV 可以媲美，在这丛林深处奔驰，在那刻意挖掘的沟沟壑壑间腾跃挪闪，如同耍杂技般锤炼车技也锤炼意志。想起前一日在女人岛上驾驶高尔夫球车环游，相比之下，那简直就像儿童玩具了。

穿越丛林尽头，来到一处原生自然沼泽湖泊之畔，舍重车就轻舟，在长满荷花的湖里漂荡，是在一场激烈的飞驰突奔后的最佳休憩。荡舟到湖中小平台，静寂无声，空气芳香，仿佛置身于大自然心脏深处，足可忘却尘世一切烦恼。

休息一阵，荡舟靠岸，我尝试操纵越野吉普驶向丛林深处，自然不如年轻的 Simon 那般掌控自如。我紧握方向盘，脚踩离合器，追随导游的车子，驶过道道沟壑，车体歪歪斜斜的，重心忽前忽后，奋力越过那些坎坎坷坷，我心底依然冒出一个字：爽！沿途又看见三匹高头大马旁若无人般徐徐而行，少顷才折入林间隐去。途中到了一处玛雅古迹地歇息，有一玛雅老妇在树木搭建的棚内火盆现煎玉米饼，品尝了一二。导游介绍称，曾经有一个德国旅行团在此歇息，一位德国男士连吃了十多个玉米饼。据说这位玛雅老妇已在当地生活几十年，迄今只会玛雅语，很少到镇上，如今也宁愿在林间小棚屋内生活。

　　回程中途，在一露天森林博物馆停留，攀登上高高的塔顶（树木、钢架构建）平台，极目眺望，茂密丛林皆在眼底，导游按不同方向一一指点：那儿是刚刚荡舟的沼泽湖，那儿是小镇的所在，那儿的远方就是坎昆……

　　返回营地前，在一硕大的弧形游泳池畅游、歇息，洗去一身汗水和泥浆，完全放松了。泳池畔覆盖深色茅草顶的休息厅兼淋浴间也极宽敞，想不到这个丛林项目的内容如此丰富多彩。导游介绍说，这个原始森林探险项目开业近 10 年，大约累计接待了来自全球各地游客 4000 余名。可惜疫情两年来几乎阻隔了人流，少了客源，所幸疫情正在退去，相信未来到这"大自然心脏"历险的游客仍然会源源不断。我和 Simon 庆幸尝试了这趟探险之旅，我们越野丛林间、荡舟沼泽湖，该是此生难得的体验。

　　告别丛林，告别小镇，我们驱车回到坎昆，回到"7 字头"酒店区。在此行最后两天的休闲中，依然不时回味起丛林驾驶吉普奔驰的刺激，还有女人岛小儿科般的高尔夫球车环游的乐趣……

（4/6/2022）

明星私奔绯闻染指海滨山城

——巴亚尔塔港风情录

　　疫情连绵到第三年，外出旅游依然是奢侈的梦想，年初看到网上有资料介绍，墨西哥巴亚尔塔港（Puerto Vallarta，Mexico）是个不错的海滨旅游城市和退休地，就动心要去看看，来一趟突破疫情禁锢说走就走的旅行，放飞心情，慰劳自己。

　　去年8月也曾尝试在疫情下去过坎昆（Cancun），那是早就名闻遐迩的旅游度假胜地，号称"北美富人的后花园"，但此趟巴亚尔塔港之旅让我体验到比坎昆更浪漫的海滨风情、更绚烂的山城美景、更平民化的吃住行消费，感觉这更是"美国人的后花园"。如果说，坎昆那"7字头"的度假区云集了各种高档酒店奢侈享受，却与市区的平民生活相隔无缘，那么巴亚尔塔港的海滨生活则是融入老城风情的亲密接触，毫无隔阂，贴切而舒适。何况从我所在的加州硅谷启程，直达航程仅仅3小时余，比之需要转机飞坎昆缩短了一半时间。

　　搭乘阿拉斯加航空公司的航班，我们于当地时间下午3时半抵达巴亚尔塔港国际机场，出关顺利，机场外比坎昆还热闹，各种巴士、出租车云集。我们到街边传呼UBER车，十多分钟就抵达预订的度假村酒店。入住四楼的房间，有小阳台，能俯瞰庭院下的游泳池，众多男女老少度假客在水池嬉戏。不远处海滨小艇逐浪，风景如画。因为是"全包"（All Inclusive）规格，除了全天候享受酒店三个游泳池及酒吧、海滩沙滩椅、伞及饮料等服务之外，用餐都在酒店，食品丰盛且取用方便。

晚餐后即到沙滩上走走，海风吹拂，略感凉意，浪涛阵阵，涛声之余却更觉静寂。远眺海湾尽头的城市风景线光影憧憧，回望酒店建筑区灯火辉煌，泳池泛光，椰林婆娑。

次日上午选择徒步往老城走去，零距离感受这座度假胜地的魅力。Puerto Vallarta，从发音来看，似应叫作瓦拉塔港，Puerto 在西班牙文中即港口之意，中文通译为巴亚尔塔港，或许更上口、字面看上去也漂亮些吧。这是墨西哥中西部的一个主要港口，从地图上看，就靠近加利福尼亚湾（Gulf of California）。有多条国际线路的邮轮将巴亚尔塔港设为旅游目的地港口。我在那儿的几天，就见到过停泊在港口的嘉年华邮轮，载来上千游客到本地观光，可以享受浮潜、滑水等水上运动、观鲸观海豚以及去丛林展开生态冒险，如高空滑索、绳降、远足、骑马、山地自行车、四驱吉普越野等活动。

2 月初的天气温度在二十六七摄氏度，据说这是当地的常温，阳光洒在身上也不觉酷热，更不会灼伤皮肤。我把徒步观光兼作健行锻炼，两全其美。沿着布满棕榈树浓荫的宽阔大道前去，路过众多星级酒店、度假村，透过那些楼宇间的空隙，靠海的那边是晶莹闪亮的白色沙滩和蓝色的波涛。行走中不知不觉发现大道变窄了，脚下是鹅卵石铺就的步行街，左侧是一串店面，各种餐馆、酒吧、咖啡店、礼品店，摆在街上的餐饮桌椅位已然宾客如云。少顷，道路又变宽了，连接到右侧蓝色的大海，俨然是一条平整宽阔的海滨大道，顷刻见到海滨一尊青铜雕像，仿佛一条长长的蜥蜴呈弧形跃向空中，又或像螺旋盘旋上升。它的上面依傍、匍匐着三个人形。这尊被命名为"千禧"（The Millennia）的雕塑，据称如雕塑家马西斯利迪策的寓意，象征时间消逝，从生活的起源祈盼未来的和平。

这儿便是名为马莱孔（malecon）的热闹海滨街区，"千禧"雕塑可视为海滨长廊的开端，继续漫步，接踵而至的是各种各样造型奇特的雕塑，令人不得不暂时忽略身旁其他各式餐饮美食、时尚购物等诱惑。接下来看到了一对光头造型的情侣坐在高高长凳上冥想的青铜雕塑，名为"怀旧"，很能激发观赏者的遐想。又看到一尊站立在黑曜石上的圆滚大肚男子仰首欲吃自己手上的食物，造型奇特，表情怪异，这座雕塑取名为"微妙的石食者"。没走几步，又遇见一对墨西哥舞者雕像，女舞者身穿白底镶红黄蓝边的裙子翩翩起舞，裙子卷起了螺旋状，动感十足。还有美人鱼和渔夫的雕像、海豚雕像的喷泉、疑似外星人造型的一组群雕，无不令人驻足观赏、遐思。再走下去就有更多游人簇拥、照相了，那是以 Puerto Vallarta 这十几个字母组成的彩色招贴，中间竖立着一尊"小海马"的雕像，堪称当地著名的标志之一。用彩色字母牌排列成一座标志，几乎是墨西哥很多城市乃至美洲众多国家城市的惯例。巴亚尔塔港这座标志中的"小海马"雕像独树一帜，虽然还有其他海马雕像散布在海滨及城市角落，但这座小男孩骑在海马上挥手的雕像最出名，那是雕塑设计家拉斐尔·萨马利巴（Rafael Zamarripa）的作品之一。

附近就是引人注目的四拱门雕塑（Los Arcos）了，它立于海滨与半圆形露天剧场之间，也是马莱孔街区最亮丽的景观和休憩区。据传，这座连体的四拱门是从附近一座西班牙老殖民农庄迁居此处，碧海蓝天化作它的天然屏障，寥廓畅达。透过四拱门眺望海湾，移步换景，海滨与远处的度假酒店群，近处的游人，犹如摄入镜框的一个个美景幻象。转过去背朝海滨从四拱门望向城市，那是老城最经典的景致。小广场上的树丛、雕像、游人，烘托起稍远处那顶皇冠似的教堂巴洛克式穹顶——这是又一个巴亚尔塔港城市著名地标瓜达卢佩圣母教堂（Iglesia de NuestraSeñorade Guadalupe）的塔顶。虽说是19世纪墨西哥皇后卡洛塔的皇冠复制品，顶端的那颗宝珠也是镀金的，精致而华贵，在阳光下熠熠生辉。挺拔的朱红色钟楼之上，戴着由面朝八方的八位天使雕像举起高耸向天的皇冠，极具庄严、崇高之相。瓜达卢佩圣母教堂如鹤立鸡群般碾压周围的低矮建筑群而格外显眼，也是巴亚尔塔港明信片及各种纪念品都不可或缺的打卡景点。仰望皇冠之际，恰巧响起了教堂钟声，正午12点，平添了几分神秘感。而在黄昏时分，拱门这儿该是观赏日落的最佳地点，看那橙色的日落霞辉涂抹遍地，多么令人心醉。晚间，露天剧场的音乐歌舞奏响了海滨长廊夜生活的序曲，多少游人沉浸在欢娱之中流连忘返。

这一带也是老城"浪漫区"（Romantic Zone）的所在，周围汇集了众多艺廊、酒吧、礼品店以及各种街头小吃、冰激凌店。在画廊艺廊里有足够丰富的画可供选择，那些出自墨西哥画家的画风色彩热烈浓郁。海滨一带还有其他各式青铜雕塑，以及玛雅金字塔造型的沙雕，还有在沙滩岩石间用各种大小鹅卵石堆砌而成的平衡石。纯朴的墨西哥民间艺人展示他们原始而高超的手艺。也看到化装成雕塑的艺人，站立在真正的雕塑旁纹丝不动，走近细瞧才可辨认那会说话的眼珠。继续沿海滨走去，踏足沙滩与各式酒店、餐馆、酒吧之间的小路，走过拱桥，走过扬起一扇风帆造型的游艇小舢板码头，密密麻麻的度假村没有尽头似的铺展而去。沙滩上布满了五颜六色的遮阳伞，空中飘曳着一个硕大的彩色降落伞，上面是一位穿着救生衣的游客，正被海水里的一艘摩托艇牵引升空，来一趟海滨高空滑翔之旅，真够刺激！

折回内侧老城的街区，依然是鹅卵石的街巷，两侧屋舍的上端连接悬挂起一片片彩旗，迎风招展。不远处的山峦间布满白色的各种大小楼宇，有酒店、别墅，也有公寓。大概正如城市介绍资料介绍的，巴亚尔塔港早在 2010 年就被美国新闻网评为"墨西哥最佳度假地"，也被美国退休人员协会授予"世界最佳退休地"称号。那些依山傍水的别墅、公寓，正是不知多少美洲人选择这儿退休栖息的归宿。传说当地退休定居的美国人、加拿大人已有 5 万之多，也吸引越来越多的游客年复一年地来这儿度假。事实上，半个世纪以来，也有不少美国、墨西哥的作家、艺术家乔迁新家到巴亚尔塔港，视这儿为自己创作灵感的来源和生活的避风港。

翌日，我再去老城，选择搭公交车来回，不论多长距离多少停靠站，单程车票仅 10 个披索（相当于 0.5 美元），方便而实惠。再度浏览了海滨长廊，远眺山上楼宇栋栋交错纵横，那些美丽奇异的雕像、那片充满活力的沙滩、那些缤纷璀璨的鹅卵石街巷、那些蕴藏了多少传奇画满壁画的老房子……仅仅是漫步其间就恍若融入它的文化、它的历史，平添了些许访古与怀旧的情愫。在这无敌海景与鹅卵石街巷、彩色屋宇相互定格的时光里，在这层峦叠翠的丛林风光与白沙碧波的海天一色辉映中，在街头艺人酒吧老板的闲扯话痨里，我断断续续地听闻了那个年代的浪漫故事，大名鼎鼎的明星伊丽莎白·泰勒（Elizabeth Taylor）和理查德·伯顿（Richard Burton，也译为李察·波顿），一位是当年好莱坞身价最高的票房巨星，一位是好莱坞常青树、世界头号美人。本来明星的故事就是坊间、媒体竞相追逐的话题，何况是泰勒、伯顿那样的好莱坞大腕儿！

1964 年，一部名为《鬣蜥之夜》（*The Night of the Iguana*）的好莱坞电影在巴亚尔塔港港口一带拍摄，导演约翰·休斯顿（John Huston），男主演伯顿，两位女主演艾娃·加德纳和黛博拉·克尔也很有名气，不过轰动巴亚尔塔港的却并非这两位明星，而是抢了她俩风头的伊丽莎白·泰勒。泰勒到《鬣蜥之夜》拍摄现场探班，探的是伯顿，确切地说，泰勒与伯顿私奔于巴亚尔塔港，活生生地抢了两位电影女主角的风头。20 世纪最惊世骇俗的爱情和绯闻就这样毫无遮拦地流传在太平洋海岸妩媚的墨西哥巴亚尔塔港湾，流向好莱坞，流向全世界。

泰勒与伯顿的私情始于一年前电影《埃及艳后》（*Cleopatra*）的摄影棚内，他和她的第一个屏幕之吻持久而缠绵，从此一发而不可收。这对各自都有家庭的明星一见钟情，私奔到海外这块世外桃源，演绎出一段轰轰烈烈的爱情传奇。《鬣蜥之夜》拍摄期间，伯顿买下巴亚尔塔港一座山中别墅 Casa Kimberley 送给 32 岁的泰勒作为生日礼物，很快又买下对面有游泳池的宅子，并在两栋楼宇之间架起了一座威尼斯"叹息桥"似的天桥。这座"爱的拱桥"从此也成为巴亚尔塔港的一道新风景。泰勒和伯顿享受这儿乡野般宁静生活的自由自在，这儿一度成为他们躲避媒体狗仔队与影迷的隐私地。伯顿成为泰勒的第五、第六任丈夫，直到 1975 年，历经离婚、复婚再离婚的折腾，两人天各一方。烟酒成瘾、风流成性的伯顿于 1984 年因肝硬化并脑出血在瑞士去世，年仅 58 岁。那以后，爱发脾气的泰勒一度独居于巴亚尔塔港的"爱之巢"别墅里，直到 1990 年才脱手离开。

巴亚尔塔港人和"爱之巢"别墅的新主人，当然不会放任流失两大明星的价值。"爱之巢"别墅经修缮后化身为一座令人神往的精品旅馆 Casa Kimberly（请注意，比原名少了一个 e 字母），毕竟谁都希冀能够在"玉婆"和伯顿生前的"爱之巢"里度过弥漫罗曼蒂克氛围的一夜。庭院前那座伯顿与泰勒的雕像，俩人深情凝视爱意绵绵，注定让客居"爱之巢"的游客深切沉溺于美丽海滨的梦之旅。

　　巴亚尔塔港的传奇故事，必定还有其他种种，譬如瓜达卢佩圣母教堂的来历及建造，为什么这样一所海滨小城会出现与墨西哥城被罗马教皇认定为天主教三大奇迹教堂之一同名的教堂建筑？譬如海滨长廊那些千姿百态雕像的诞生，它们释放出来的生命密码为何与巴亚尔塔港的浪涌海啸一样变化多端又永恒深远？……似乎再伟大、再神秘的传奇都不敌泰勒与伯顿的明星效应，为巴亚尔塔港披上了更脍炙人口的浪漫色彩，为这座度假城市的山山水水添加了梦幻与猎奇的因素。

　　不能不承认，巴亚尔塔港从最初的籍籍无名崛起为一座吸引世界目光的度假胜地，除了其本身得天独厚的自然风光资源，也得益于好莱坞电影《鬣蜥之夜》的拍摄以及两位巨星的私奔并且一度定居此地，甚至为协商美墨两国位于得克萨斯州的 Rio Grande 河岸领土争议，时任美国总统尼克松与墨西哥总统 Gustavo Diaz Ordaz 在1970 年也选择在巴亚尔塔港举行双边会谈。或许当地美妙的风光、和谐宜人的环境更适合类似的协商。从那之后，巴亚尔塔港海滨如长廊似的耸立起一栋栋酒店楼宇，吸引无数北美人来此度假，享受海滨日光浴、丛林冒险之余，重温当年好莱坞明星遗留在此地的星光点点……

　　当然，对于今天巴亚尔塔港接踵而至的游客与居民而言，明星过往的传奇与逸闻不失为茶余饭后休憩的谈资。面对日光月影下的海滨长廊美幻风姿，追溯那一座座奇特雕像的前世今生，享受当下愉悦而浪漫的生活，内心的陶醉与迷恋无疑更真切、更持久。况且，有了长期被疫情禁足的无奈与苦闷，拥有巴亚尔塔港这般放松惬意的度假生活，就更加令人珍惜了。

（3/31/2022 初稿，7/11/2022 修订）

奇妙的跨国之旅

1.5 欧元车资就能够跨国旅行？没错，如此便捷又浪漫的跨国之旅，会是在地球的哪里呢？排除意大利罗马的城中之国梵蒂冈，会出现在地球村哪一个奇妙的角落呢？

为了这趟跨国之旅，我们结束了在法国巴黎的五天观光之后，即搭乘漂亮、舒适的列车驶向蔚蓝海岸地区的尼斯（Nice）。这个位于地中海沿岸的法国南部城市，是法国仅次于巴黎的第二大旅游胜地，全欧洲最具魅力的黄金海岸度假地。我们在天使湾的海滩边休憩，看海，遐思，这儿的海滩铺满颗粒粗犷又圆润的小小鹅卵石，海水碧蓝澄净。漫步鲜花点缀街头巷尾和窗户阳台的老城区，仿佛呼吸到那遥远而尚未逝去的中世纪气息。登上城堡山，在不同角度的观景处俯瞰尼斯城、天使湾，让人忘记一切烦恼……

当然，把尼斯选作此次欧洲旅行法国的最后一站，是有的放矢的选择，周密计划链中的一环，终极目标还是要体验一趟 1.5 欧元车资的跨国之旅。

是的，到了尼斯就不能错过近在咫尺的另一个国度——摩纳哥，从尼斯出境游的近水楼台就是摩纳哥。这天早晨，我们就近在尼斯最热闹的大街搭乘城市轻轨车到码头，在那儿搭乘 100 号巴士，上车在司机身旁的收费机里塞入 3 欧元（俩人），就坐到大巴中部右侧的靠窗位置。大巴沿着海岸线前行，沿途掠过各种亮眼的风景，海滩、栈桥、别墅、花坛，目不暇接。大约半小时后，穿过一个隧道，车停下了，这就已经从法国跨到摩洛哥的第一站了。下车沿右侧的阶梯步道上山，可抵达城堡般的王宫。因为下雨了，我们就先到左侧的商场避雨，并享用一顿三明治早餐，同样是以欧元计价。商场室内是各种熟食、快餐店、咖啡馆、酒吧，还有火腿专卖店，室外是农贸市场，各种蔬菜、水果、鲜花，很有生活气息。

雨下得小了，我们朝海湾走去，不一会儿就看到耸立着转马、摩天轮等各种游乐设施的海滨一条街，类似美国加州圣塔克鲁兹的海滨游乐场，红红绿绿的一排，都还没开张。绕过那儿继续往竖起无数桅杆的港湾走去，绕过一个露天游泳池，就见到了那座名声不小的摩纳哥王室汽车博物馆。门面虽不起眼，但里面珍藏的上百辆各个年代汽车，包括近代的保时捷928、兰博基尼等珍稀品牌，犹如世界早期轿车发展史的一个缩影。这些车各有非凡的来历，分别出自欧洲、美洲最老牌、最著名的汽车制造商。有些厂商早已消逝而成为汽车制造史的里程碑，有6辆汽车归属摩纳哥亲王兰尼埃三世（Rainier Ⅲ，1923年5月31日—2005年4月6日）名下。博物馆内也能见到100多年前的马车、蒸汽车，还有20世纪30年代到21世纪初所有一级方程式汽车大赛（F1）摩纳哥站海报、赛车及赛车手照片，足以满足大众与F1赛车迷的好奇心。

可想而知，摩纳哥王室汽车博物馆能够囊括历来F1摩纳哥站海报、赛车及赛车手照片，正是摩纳哥与世界汽车拉力赛、F1一级方程式锦标赛渊源深远的一项"福利"。过去半个多世纪以来，摩纳哥汽车大奖赛都是一个世所瞩目的历史性赛站，各种赛车在摩洛哥著名的蒙特卡洛的街道上咆哮疾驶，对赛车手的考验在F1赛道中无疑是最具挑战性的赛道之一。

对于如我们一般的普通观光客而言，蒙特卡洛当然也是一个不无奥秘的旅游目的地。离开汽车博物馆，再走几步，我们就踏步在拐向蒙特卡洛的海滨大道上了。天也开始放晴，右侧宾馆、别墅群下方蔚蓝色的波涛拍岸，引得我们不时在几个观景处逗留、眺望，左侧的一排排楼宇造型现代而新奇，凸显出亮丽、清新、摩登的城市景观。

摩纳哥公国（英语：The Principality of Monaco，法语：La Principauté de Monaco），又称摩纳哥亲王国，位于法国南部的袖珍城邦国家，除了紧贴地中海的南部海岸线之外，全境北、西、东三面皆被法国环绕，面积仅 2.08 平方千米，比纽约中央公园或北京颐和园面积还小，是全球第二小的国家（略大于梵蒂冈），其中五分之一的国土面积还是靠填海而成，随之也建成了两个泊满游艇的海港——丰维埃耶港和赫库勒港，也即我们刚刚路过、此刻漫步在海滨大道上望见的风景。

摩纳哥国土面积太小，尼斯蔚蓝海岸国际机场就仿佛是摩纳哥最便捷的专用机场，从尼斯机场搭乘 110 路大巴车 45 钟即可抵达摩纳哥，最后一站停留蒙特卡洛大赌场。

说到蒙特卡洛（Monte-Carlo），因为它身为赌城的名气太响亮，很多人以为它是摩纳哥的主要城市，甚至是首都，其实都是谬误。摩纳哥作为世界上面积最小的国家之一，全国只有一个市镇，即摩纳哥市。摩纳哥市与摩纳哥公国在地理上没有区别。摩纳哥市如今划分为 10 个区（Ward），蒙特卡洛是其中的一个区。当然，摩纳哥国即是城，城即是国，城中划区，区间皆是城区，蒙特卡洛好比"功高震主"，抢了摩洛哥市的风头也可理解了。

海滨大道的坡度缓缓升高，不一会儿就看到对面宽敞的市区大街街口，折进去就都是蒙特卡洛的地盘了。漫步于精品店云集的街头，各大奢侈品牌几乎应有尽有，任何人都能感受到国际时尚奢华之都的气息，而我对触目所见的大街小巷布满法式浪漫或意式风情的建筑颇感兴趣，它们无不透出中世纪的沧桑，也点染出现代的精致。又想到这儿的街道竟然在 F1 摩纳哥站或摩纳哥大奖赛时化为飙车的赛道，在如此奢华的都市及海滨把街道布局为赛道，想想都够刺激了。据悉以蒙特卡洛街区为主的赛道全长 3.34 千米，是所有 F1 赛道中最短一条，也是 F1 比赛中最具挑战性、最危险的赛道，难怪有人将摩纳哥大奖赛称为 F1 "王冠上的明珠"。还有人比喻道："开 F1 赛车在蒙特卡洛赛道比赛，就好像在客厅开直升机一样困难……"当代最伟大的 F1 车手之一的舒马赫（Michael Schumacher）深有体会地说："这是一条一点儿错误都不能有的赛道。……对赛车的调校必须十分小心，以应付赛道的每一种特点。我的经验是稳定性在摩纳哥是最为重要的一个方面。"从最慢的弯角到时速 260 千米穿越过的高速弯道，从城区的曲折街角到海岸风光明艳的滨海大道，蒙特卡洛赛道与街道融为一体，部分赛段环绕海岸，躬逢比赛日，一室难求的城区酒店窗户、阳台上人头簇簇，俯瞰窗下飞驰在崎岖赛道上的赛车，眺望蔚蓝大海的无敌海景，是何等地豪迈又浪漫啊！

先前看到几处指路牌导向蒙特卡洛大赌场，却不急于赶去，下意识里仿佛要留在最后踏访，不知不觉间置身于一片绿洲之中，这是一处风格特征鲜明的日式园林，裹在四周的街区和楼宇之中，显得悠然静谧，清幽娴雅。想不到弹丸之地的蒙特卡洛还有这样一块静谧的绿茵。养眼的葱郁植物修剪出不同的造型，素洁的小花点缀不同空间，水光潋滟的小小池塘，溅起水花的微型瀑布无不体现出东方造园艺术的匠心，养眼而怡人，恬静而清雅。

不经意间，步入了一块不小的广场，有大面积绿茵，地面拱起一个硕大的漂亮水晶球。水晶球正对着的那栋建筑就是传奇的蒙特卡洛大赌场。看上去只有二层楼的蒙特卡洛大赌场，却是那般伟岸甚至威严，这座由设计过巴黎歌剧院的法国建筑师查尔斯·加尼埃设计的建筑于 1878 年落成，巴洛克式的风格，迄今依旧保留着将近 150 年前的风貌，犹如精致版的巴黎歌剧院，光是外观就宛如王宫般富丽堂皇。曾经在很多照片、电影里看到过这家赌场，最知名的便是"007"系列电影，英国超级间谍詹姆斯·邦德喜欢光顾的《皇家赌场》，以及《黄金眼》等场景，无不勾勒出蒙特卡洛大赌场的气派和神秘。

迈上台阶，门旁两位门卫很有礼仪性地摆出"请"的手势。时在午前，赌场内的各种赌局赌具玩法要在下午两点开始，参观则不限，里边人迹寥寥，正好可从容观赏一下，领略一下亲临其境的感觉。一进门的长方形大厅给人金碧辉煌的亮眼感觉，光可鉴人的大理石地面，铺设着黑色圆圈和白色星条组合的图案，神秘而别致；高高的天庭上方中端是透明的玻璃，华贵的玛瑙立柱环绕四周，据悉这样精雕细刻的玛瑙石柱多达 28 根。四周自天庭垂下十数条彩色矩形挂幔，不知是应时庆贺什么，给古典瑰丽的大厅装点出几分光怪陆离的现代色彩。右侧是一个休息厅，沙发、茶几等家具质地名贵，工艺讲究，有三扇拱门似的落地窗排列，隔离出厅堂的进深，并且可依稀窥见窗外的风景。与之组合的咖啡馆形成了一个奢华的沙龙，是休闲品茗与精致生活的完美结合。

左侧最底部的几根玛瑙石柱隔开的深处就是赌场，约略可见老虎机、轮盘机静候在那儿，等待人机厮杀金钱游戏的高光时刻到来。我继续在大厅内盘桓，看到一侧立着一尊真人般大小的蒙眼女子黑色雕像，她的双手在后腰处托着一个巨大的宛若烟斗或是火铳似的器物，这雕像和物件不知是什么寓意？在另一侧我看到了两幅巨幅照片，原来是曾经多次扮演詹姆斯·邦德的罗杰·摩尔（Roger Moore）的肖像照，是他生前替欧米茄（OMEGA）手表做的广告。

赌场建筑的位置绝佳，后面有一个舒展的大露台，沐浴海风，俯瞰海景，抬眼可眺望到法国乃至意大利边境城镇的风光。赌场的外观看起来仅有两层楼，但内里乾坤令人叹为观止。毗连的蒙特卡洛歌剧院，似乎给赌场之外增添了文化的符号，那是由法国设计卡尼尔宫（Palais Garnier）的同一位建筑师策划的建筑杰作，因此被命名为"Salle Garnier"（卡尼尔厅）。卡尼尔厅的海滨立面采用了与巴黎歌剧院相似的色彩，精致的主歌剧厅以绛红色和金色打造，装饰典雅，光彩熠熠。四墙满是浮雕和壁画，共有524个座位，是"美丽年代"风格的代表。1879年1月25日，歌剧院由法国著名演员莎拉·伯恩哈特（Sarah Bernhardt）揭幕，之后每年都上演各种剧目，诸如圣桑（Saint-Saëns，1835—1921年）的作品《海伦娜》（*Hélène*），普契尼（Giacomo Puccini，1858—1924年）的歌剧《La rondine》等都在这儿上演过，留下世纪乐坛的回响。经过2003—2004年的重新装修之后，蒙特卡洛歌剧院于2005年11月19日重新开业，还在这里举行了阿尔贝二世的加冕仪式，可见歌剧院的在摩纳哥人心目中的重要意义。

再踱步回到前厅，步出大门，赌场前的广场水晶球处依然人头簇簇，西侧一边的巴黎大酒店（Hotel de Paris）极气派地挺立在那儿。大堂里金碧辉煌的镀金装饰，多根大理石罗马柱子托起层层相连的拱券，撑起美丽的玻璃穹顶，连维多利亚女王也赞叹不已。其建筑风格与蒙特卡洛大赌场、歌剧院一脉相承，都诠释了19世纪后半叶法国"美好年代"建筑风格，也是由查尔斯·加尼埃设计，比大赌场更早，在1863年就已建成，传说里面有全球酒店最大的酒窖，藏有60多万瓶名酒，专供摩纳哥金融财团SBM集团旗下的所有豪华酒店、餐厅、酒吧以及赌场顾客享用。一些年代早于1930年的空酒瓶，也成为酒店宝贵的财富之一，供人观赏、品鉴。

另一侧的巴黎咖啡馆露天茶座坐满宾客，谈笑风生间看尽周遭百态。看这一带驶来又驶去的高端名车，也是在蒙特卡洛的一大享受。

以蒙特卡洛大赌场为代表的赌城摩纳哥，与拉斯维加斯、澳门并称世界三大赌城，尽管蒙特卡洛大赌场的建筑规模不及后两者，但蒙特卡洛居高临下的贵族风范，注定是富豪王公们挥金如土的销金窟，是全球暴发户喜好光顾寻欢作乐的包房。

说起来，摩纳哥的豪奢富贵闻名于世，也要拜蒙特卡洛大赌场所赐，而著名导演兼演员埃里希·冯·施特罗海姆（Eric von Stroheim）则是重要媒介。1922年，施特罗海姆为了在自己的电影《情场现形记》（Foolish Wives）里传神地呈现出奢华而炫目的氛围，在好莱坞环球影城按实物比例复制构建了一座蒙特卡洛大赌场，电影上映后大获全球影迷青睐，并在美国和西方掀起了一股迷恋摩纳哥－蒙特卡洛的新潮流。

告别蒙特卡洛大赌场，告别蒙特卡洛，又回到了时尚的海滨大道，我们走向城堡山上的摩纳哥王宫。在原军事要塞基础上改建的王宫位于老城山顶凸出的岬角之上，由修建很好的公路蜿蜒而上，途经几栋古朴而典雅的建筑，是政府的议会厅、法院大厦等。这儿作为老城区一部分，由于政府办公机构的存在，显示出了摩纳哥首都中心的地位。我们安步当车漫步过去，恍如行走于中世纪街巷的感觉，不一会儿豁然开朗，眼前是视野极宽广的广场。尽头的灰色城堡建筑正是摩纳哥王宫，在地中海湾下午的阳光下静静地展现出8个多世纪前的风采。建于13世纪的王宫主建筑过去就是具有防御性能的城堡，最早即为由热那亚人建于1215年的军事要塞，直到17世纪以前还履行着军事用途的职责。左右两侧的城垛口依旧保留原状，分别设有乌黑的铁铸大炮。右侧的瞭望台此刻尽是游人的乐园，男女老幼围着一门门火炮观察、嬉戏，边上一排石墙上的一个个雉堞和有射击孔功能的垛口，也成了俯瞰山下远眺海湾的小小"观景台"。无数桅杆耸起的座座游艇，在港湾里等待下一次扬帆出海，远处的外港港口则有两艘巨大的邮轮，如十多层高楼稳稳栖息在港口，风景美得确实当得起"地中海最美丽的港湾"之美誉。游走于王宫的山坡，随意俯瞰那阿尔卑斯山脉伸入地中海的悬崖，看到层层叠叠的房屋建筑掩映绿丛之中，才体察到为什么摩纳哥老城（Monaco-Ville）拥有"悬崖顶上的首都"的美誉。

从广场迈向王宫的正门，见仅有一位穿着军队仪仗队制服的卫兵肩扛着枪在站岗，少顷这位年轻的卫兵开始正步走操练，在30米左右的距离两端来来回回，吸引了游客围聚观看。广场靠近王宫城墙之间的几处方位，也排列着古老的大炮和黝黑的炮弹，仿佛依然守卫着昔日的城堡，坐看日月云舒云卷、静观天地花开花落。

当天王宫未对外开放，有点儿遗憾。据悉，摩纳哥王宫现在分两部分使用，一半是王室官邸和办公场所，另一半是博物馆。王宫内保存了13世纪以来的相关历史文件和16世纪以来的货币，还收藏了大量的古代名画。据悉，与外观的古朴低调相比，王宫及其博物馆内部的装潢和各种家具摆设、雕像、壁画、毯饰布置自有王室的尊贵和讲究，收藏的藏品包括大量16—19世纪艺术大师的杰出作品。宫内对外开放的景点包括荣誉庭、赫库勒艺廊、镜廊、红厅及约克公爵厅、黄厅及路易十五世厅、王位厅等无不充满金碧辉煌的皇家之气。

告别王宫循原路返回，我在城墙与小路交接处看到一块广告牌，上面的照片说明是摩纳哥亲王兰尼埃三世与王妃的合影。此王妃就是 20 世纪 50 年代的好莱坞影后，集美貌、才华与名气于一身的格蕾丝·凯利（Grace Patricia Kelly，1929 年 11 月 12 日—1982 年 9 月 14 日）。生于美国费城的格蕾丝演艺生涯虽然仅有短暂的六年，1999 年仍被美国电影学会评为百年来最伟大的女演员第 13 位。

格蕾丝 1954 年因饰演《乡下姑娘》（The Country Girl）一片摘得第 26 届奥斯卡影后桂冠，随后应邀出席戛纳电影节，法国《巴黎竞赛》杂志特意安排格蕾丝与摩纳哥大公（亲王）兰尼埃三世见面，拍摄"当好莱坞影后遇到现实的王子"的选题，风靡一时。不久，向影后求婚的兰尼埃三世如愿以偿抱得美人归，成就了一段世纪姻缘佳话，也使得这段摩纳哥式的当代童话故事风靡全球。格蕾丝 1956 年 4 月 18 日嫁给兰尼埃三世，这场"世纪婚礼"吸引全球超过 3000 万人通过电视观看实况转播，超过 1500 名各国记者涌入这个当时人口仅仅 2 万多的小国，也使昔日默默无闻的地中海公国成为地球村的焦点。婚礼在摩纳哥王宫和大教堂举办，而大赌场一侧的"巴黎大酒店"则是婚宴举办场所，迄今酒店还拥有一个以王妃名字命名的房间。

1982 年，52 岁的王妃驾车出游时不幸在海滨公路急拐弯处冲出了悬崖，一代女神香消玉殒。后来没有再婚的兰尼埃三世在葬礼上悲痛不已，感慨不已地说："作为妻子和母亲，她都做到了完美。"格蕾丝的遗体葬于摩纳哥圣尼古拉大教堂。为纪念她而特建的格蕾丝王妃玫瑰园设在摩纳哥公国的峰威区，园内遍植 4500 多株玫瑰。

看到广告牌上面王妃与兰尼埃三世的照片，想起刚刚在王宫广场对面的礼品店翻阅过的王室照片，其中不乏格蕾丝王妃与兰尼埃三世的合影，以及她和孩子们一起骑自行车、踏青的黑白照片，呈现出一种居家过日子的氛围，她的优雅笑容恍若眼前，迄今仍然是无数人难以忘怀的历史瞬间。她不仅仅是一个嫁入王室的王妃，更是打造王室平民风气、提升王室世界声誉的天使。在世时被国民、王室尊崇，逝世后依然被视为王室的骄傲，她可以说是继蒙特卡洛大赌场之后赋予摩纳哥亮相全世界的一张更耀眼夺目且不会褪色的名片。事实上，也正是好莱坞影后格蕾丝变身摩纳哥王妃之后，所有渴望寻找梦幻而浪漫场景的电影导演们都相继把摩纳哥当作重要取景地，兼具奢华与优雅的摩纳哥国家品牌形象也持续在全世界范围内深入人心。

值得一提的是，格蕾丝王妃与兰尼埃三世的出生于 1958 年的儿子，正是现在摩纳哥君主亲王阿尔贝二世，他与有前南非泳坛"美人鱼"之称的夏琳·维斯托克的婚礼在 2011 年 7 月 2 日在摩纳哥王宫广场举行，也是一场全球瞩目、风光直追当年父母新婚时的"世纪婚礼"。

告别摩纳哥之际，我庆幸自己的体力还足以应付大半天的徒步观光，能够悠闲地浏览这个悬崖上的传奇之国，品味它幽静与繁华并存的独特美感。曾获诺贝尔文学奖提名的法国女作家科莱特（法语：Sidonie Gabrielle Colette，1873—1954 年）说过："摩纳哥的疆界是一朵朵美丽的鲜花。"真是啊，它区区 4 公里多长的沿海区域，宛若"长在峭壁上"的海滨花园，七彩缤纷，斑斓夺目，叹为观止。而无论从海上还是陆地，在忘情游览这个蕞尔小国之际，一不小心就会越过它的国境线。这也是它的迷人之处，是旅人们凭借 1.5 欧元车资就能轻松便捷地展开一场跨国之旅的梦幻般的享受，去一趟便一辈子都难忘。

（1/13/2023）

品味悠闲之雅趣醉心之温馨

——俄勒冈啤酒节记盛

波特兰城郊外那几乎横贯整个俄勒冈州北部的哥伦比亚河，成了俄勒冈州与华盛顿州之间的天然屏障，上天赋予了美国西部这两个州美丽的风情、丰饶的物产，还有那闲适的人生。

属于哥伦比亚河支流的威廉姆特河，犹如一条玉带环绕波特兰市并蜿蜒穿越市区，赋予波特兰这座美国西部城市别样的灵气。那几座相隔不远跨越河滨的大桥各具不同时期的历史风采，衬托起这座城市的底蕴、飘逸与活力。

那个盛夏的一个周末，我搭乘的汽车从威廉姆特河上的一座大桥驶入波特兰城区，但见河畔架起一长溜白帐篷，鼎沸的鼓乐声和浪潮汹涌般的欢闹气氛，传递给游人一个信息：此地正上演一出人间大戏，人人都是主角。

啤酒成为当天城市的聚焦，成为人们快乐的源泉。原来这是波特兰市乃至俄勒冈州年度盛事之一，一年一度的俄勒冈啤酒节（Oregon Brewers Festival，也称酿酒节）登场了。这个星期六正是高潮迭起的时刻。

那个夏季，在波特兰市中心汤姆麦考海滨公园举行的第 23 届俄勒冈啤酒节（Oregon Brewers Festival，7 月 22 日—25 日），是一个全美历史最悠久的啤酒酿造商和啤酒爱好者们喜爱的节日。来自全国各地 80 多个酿造商展示了他们各自用不同工艺、原料酿造的啤酒。7 万余名来自全球各地的啤酒爱好者和游客在为期 4 天的啤酒节参加游行、早午餐交流和品尝各色啤酒，狂欢至夜。据悉，波特兰自 19 世纪 80 年代以来手工啤酒业一直很兴旺，波特兰的啤酒酿造厂曾经多达 60 家，啤酒酿造资本的投入居全美之冠，盛产各种不同种类的美酒。波特兰也是美国小型酿酒厂（microbrew）的历史发祥地。当地的酿造师是名副其实的酿造巧匠和名师，他们用大麦、啤酒花以及俄勒冈清澈纯净的自然水源等本土材料酿造手工啤酒。波特兰人以拥有世界啤酒城市之称而自豪，啤酒节就是一个可以趁机畅饮当地酿造啤酒的好时机。

我于星期六下午进入啤酒节活动现场，顿时被人山人海般的热潮冲击感染，身不由己地被不同方向的人潮裹挟，尽情去分享那人潮与啤酒、音乐共同酿造的欢乐。

啤酒节现场临街一侧搭建了巨大的露天舞台，乐队和歌手轮番演奏演唱流行歌曲，激发众多端着啤酒杯的游客闻乐起舞，大家都融入啤酒与音乐浑然一体的氛围之中。

现场指示牌显示啤酒节酿造商、啤酒爱好者的活动区域，两端分别架起硕大的白顶帐篷。虽然成年人都可以自由出入，但需要按不同价格（10~50 美元）购买一个品酒"套票"，包括有啤酒节 LOGO 的杯子、代币和啤酒节指南介绍册子。

排队买"套票"的游客队伍一直像长龙般延续。买到杯子和代币的游客又去派发各色酒的摊位前排队，一个代币（1 美元）可以品尝四分之一杯啤酒，斟满一杯啤酒需要四个代币。男女老少、各种肤色的游客按自己的需求选择。尽管排队有点儿辛苦，但人们还是乐此不疲，兴趣盎然。

现场观察以白人、拉丁裔人士居多，在这个啤酒的世界早没有族裔的藩篱，只有品酒的雅兴与乐趣。

为了品尝不同厂商的啤酒，需要排不同的队伍，黄色啤酒、黑色啤酒、生啤、熟啤，都在每个人的杯子里升腾起诱人的泡沫，看一眼就沁人心脾。产自全美各地的近百种啤酒应有尽有，其实谁都很难品尝遍，但人们就是愿意亲近这清香的酒味，乐此不疲。大家一边排队，一边说笑，陌生人之间互相问安；间或有人大吼一声，便会有成百上千人呼应，颇具气势。这种绝无恶意的吼叫与呼应，也许是来自啤酒的酒精作用，也许是人们欢快心情的释放。

在紧贴啤酒节现场的威廉姆特河边，那些玩杂耍的街头艺人也不甘寂寞，沾了啤酒节的人气之光，耍球、玩鞭、唱歌、跳舞都格外卖力，不亦乐乎。有市民、游客自组的乐队，围在一起演奏助兴，自娱也娱人，怡然自得。

走近一端的大帐篷内，那真是大得出奇，差不多半个田径场面积的帐篷内排满了桌椅，杯盘狼藉，坐满了品酒客，认识的或不相识的，坐下来，碰个杯，就是朋友了。不论在哪个角落，只要有人高呼一声，便有无数人齐声应和，举杯畅饮，仿佛铺天盖地都弥漫着清香诱人的啤酒味，溢满欢快的激情。

分散在不同区域的摊位展示各种与啤酒节有关的纪念品、酒杯、书籍，以及各色小吃，那也是很多游客挡不住的诱惑，时不时就有一拨拨人光顾。

啤酒节现场的一隅，还贴了大幅美国地图和世界地图，让游客们依据自己来自何方而分别用彩色别针戳在上面。花花绿绿的别针布满了两幅地图，仿佛绘上了无数个性分明的色块，彰显出到俄勒冈啤酒节一游的游客来自四面八方、五洲四海，大家共享欢快热闹。

在啤酒节庆品啤酒，还没品上几种啤酒，就已有些微醺的感觉了。其实并非那清淡低度的啤酒喝多了会有醉意，而是在那样无拘无束的啤酒节现场，酒不醉人人自醉，是愉悦的心醉，是醉心的温馨……

品酒，其实也是品人生。与上万民众同品各色啤酒，尽享悠闲生活之趣，那是何等难得的人生阅历！

（8/2019 修订）

南洋忆，最忆是槟城

从旧金山到硅谷的凉夏天气，转换到热带气候的南洋，是这个8月的全新体验。自新加坡过境马来西亚，直飞到北端的槟榔屿——槟城，已是下午四时许，似乎还没有感受到暑热。

从机场驶往槟城乔治敦的沿途，椰树飘逸中的海滨风光，绿茵铺展间的红瓦白墙，还有那些新型工业区的整洁厂房库区，一一掠过，既是异域风情，又依稀是梦中家园，新鲜感与似曾相识的熟悉感交融无间。

傍晚乘车在老城区内转悠，处处是带着历史痕迹与中文标识的老屋，还有那令人暖心的骑楼，狭窄的街道，幽深的小巷，爬满青藤的墙角，绝不单调的各色店铺、廊柱，点缀着色彩斑斓、生意盎然的热带鲜花，静谧古朴而又生机勃勃，予人怀旧与寻幽的念想，也激起内心深处想访遍这座小城的欲望。

之后的三天，尽管还来不及访遍槟榔屿的大街小巷、角角落落，但各种惊喜扑面而来，令人叹为观止。沐浴在暖风微醺、艳阳高照的海滨，或是踯躅于细雨霏霏、凉风习习的街区，我惊诧这座袖珍型的中西合璧城市汇聚了如此瑰丽旖旎的多元文化，也感叹这个堪为地球上规模最大的"唐人街"珍藏了何等丰饶深邃的中华传统！

仅仅是"槟榔屿"这个别称，也让人产生无限的遐想，涵盖几许历史风光和人文情怀。"槟榔屿"是六百多年前郑和下西洋航海图上明亮的印记，"槟榔屿"三个字成为迄今中国以外唯一仍沿用中文标注航海图的地点。"槟榔屿"也是二百多年前英国船长莱特眼中的域外宝地，居然舍得用船炮轰撒金子，散落在那滨海的滩涂，只为吸引更多土著、移民共同开发，成为远东最早的贸易中心。

古炮台的城墙依偎在妩媚的海岸线旁，当年的军营早已归于平和宁静。市政厅大厦、圣乔治教堂与龙山堂、韩江家庙共同融入街市，欧式洋房偕画栋雕梁相得益彰。大伯公庙与姓氏桥群落遥遥相对，微波细浪间演绎了几代华人移民的生活印记。观音亭、印度庙、清真寺、锡克庙、泰国庙、缅甸庙共存于和谐大道，华语、英语、印度语、马来语此起彼伏在耳畔回响。世遗区内街道曲里拐弯裁出别样风韵，苔痕斑驳的沧桑老屋汇聚了全马来西亚三分之一战前建筑，宛若"十九世纪建筑博物馆"般蔚为大观。爱情巷的壁画、触目可见的街头铁画，透出别样的浪漫风情幽默韵味。处处飘香令人食指大动的美食街市，叻沙、肉骨茶、榴梿、椰汁、白咖啡，种种风味凸显南洋食文化特色，催人闻香下马。扎了耀目鲜花的脚踏三轮车穿梭过市，乐不可支的旅人与车子一起化为城市的景观……

我的视角还扫向那些需要细细琢磨的"城市名片"——那些历史与现实水乳交融般的人文印记，那些民族与家国情怀共同维系的精神寄托，那些文化与传统创造发展的时代片段。槟城——槟榔屿呵，你不刻意洗去岁月的痕迹铅华，竟然是那么内涵丰富气质惊人，随便一座老屋都蕴藏一个故事，任意一处墙垣片瓦都掩埋着一段史实。

这里是"清末怪杰""国学骑士"辜鸿铭的故乡，其父是华侨，母亲是葡萄牙籍。他"生在南洋，学在西洋，婚在东洋，仕在北洋"。他学贯中西，狂放好辩，讽时骂世，"金脸罩、铁嘴皮"，以讽刺幽默做利器，横扫歧视中华的洋人、假洋鬼子；他特立独行，堪为传统文化的代表，也印证了槟榔屿的地灵人杰。

这里也是红顶商人、"东方的洛克菲勒"、张裕葡萄酒创始人张弼士的钟爱之地。张弼士任清政府驻新加坡总领事，兼辖槟城、马六甲及附近英国殖民地事务之时，在槟城建造了一座硕大的蓝屋为宅邸。这座蓝宝石般的苏州园林风格豪宅典雅别致，虽然历经上百载风雨浸染乃至战火洗礼，依然完好无损，是迄今东南亚保留最完整的名人故居园林。整个园林飞檐雕栏，彩陶装饰，阳台上那中国彩色瓷碗碎片拼花的墙壁，苏格兰进口彩色玻璃镶嵌的窗户，英国小片马赛克铺就的地砖，如飞机翅膀般磨成弧形的百叶窗，处处匠心独具别出心裁。而由蓝花汁提炼加工后的宝蓝色浆汁颜料涂于外墙墙身，风貌迥异，色彩殊绝，耀眼夺目。曾经，这座蓝宝石般的屋宇亮相法国电影《情证今生》（Indochine）中，惊艳四方。

这里还是孙中山为革命造势、筹款到处奔波四海为家五度莅临之所，庭院深深深几许，"庇能会议"多隐秘，全仗小巷蜿蜒老屋可藏身。这里见证了辛亥革命先驱和本地华侨惺惺相惜、无私奉献的情谊，成就了同盟会南洋大本营运筹帷幄的功能，见证了黄花岗起义的惨烈与武昌起义的胜利，也发出了孙中山"华侨是革命之母"慷慨激昂的感叹！

这里还是郁达夫放逐南洋肆意游走的梦幻之乡，"三宿槟城恋有余"。遥想这位性情中人的槟城游踪，叹息郁达夫在槟城对岸的苏门答腊度过生命里最后的时光，翻出他的《槟城杂感》来吟咏："故园归去已无家，传舍名留炎海涯。一夜乡愁消未得，隔窗听唱后庭花。"这首七绝诗取古诗意境，自成一格，身处异国思乡忧国而彻夜难眠的情怀跃然笔尖。此诗题序道："抵槟城后，见有饭店名'杭州'者，乡思萦怀，夜不成寐，窗外舞乐不绝。用谢枋得《武夷山中》

诗韵，吟成一绝。"谢枋得为南宋诗人，因领兵抗击元军，有"文天祥第二"之誉。郁达夫步谢诗也不无因时势境遇的共鸣，其实意境内涵也与唐代杜牧《泊秦淮》相契合。

郁达夫的《槟城三宿记》开篇写道："快哉此游！槟榔屿实在是名不虚传的东方花县。人家或称作花园，我却以为花县两字来得适当。盖四季的花木苍葱，而且依山带水，气候温和，住在槟城，'绝似河阳县里居'也。""回想起半年来，退出武汉，漫游湘西赣北，复转长沙，再至福州而住下。其后忽得胡氏兆祥招来南洋之电，匆促买舟，偷渡厦门海角，由香港而星洲，由星洲而槟屿，间关几万里，阅时五十日，风尘仆仆，魂梦摇摇，忽而到这沉静、安闲、整齐、舒适的小岛来一住，真像是在做梦。"

文中记叙了作者在槟城第二天与当地一群士女同登升旗山的情景，还在山顶茶室喝茶间起好了两首打油诗的腹稿，其一道："好山多半被云遮，北望中原路正赊，高处旗升风日淡，南天冬尽见秋花。"文章的末段又写道："夜半挑灯，起来记此一段游踪；明天再玩一天，再宿一宵，就须附车南下，去做剪刀浆糊，油墨朱笔的消费人。欢娱苦短，来日方长，'三宿槟城恋有余'——这一句自作的歪诗，我将在车厢里念着，报馆办事房里念着，甚至于每日清早的便所里念着，直到我末日的来时为止。"

"三宿槟城恋有余"，郁达夫毁家去国流亡南洋，因胡氏兄弟召唤去新加坡帮助编辑《星洲日报》副刊，适逢新年及祝贺槟城《星槟日报》创刊，始有逗留槟榔屿三天之行。这篇文章也刊于1939年1月4日的《星槟日报》，槟城留下了郁达夫的墨宝，堪为他晚期的游记力作。文内虽然也有些许远离故国的愁绪，但开篇与结尾对槟城风情的不吝赞誉，和逗留槟城的愉悦心情及怀念则是兴之所至，毫无掩饰了。

后世有论者评郁达夫的游记充满"颓废的情调"，导游般历数景点来龙去脉，却只有"那古井不波死水微澜一般的心境"。此论或许不虚，但比照这篇《槟城三宿记》却不合，虽然字里行间还流露出少许凄迷之情，但总体上是由于槟城之游而引发的欢快与对未来南洋生活的期许向往。尤其是开篇与结尾两段，又是欢呼"快哉此游"慨叹"东方花县"之美之安闲舒适，又是寄望"欢娱苦短，来日方长，'三宿槟城恋有余'"，那种久违的舒心轻松和闲适逸致之情溢于言表。而这一切都是拜槟城的山山水水、风物人情之赐，都是受这物华天宝的美丽槟榔屿的魅力感染。

"三宿槟城恋有余"，我叹息自己行将告别槟城之际的感受与此诗所表达的情绪何其相似乃尔。虽然我此次在槟城比当年达夫先生还多盘桓了一日，也登临了他曾经到过的升旗山，却依然与太多可流连的地方失之交臂，期许着不远的未来自己还会再度莅临槟城。

槟城呵，当我与你初识之后就再也难以割舍，当我造访过吉隆坡、马六甲等城市之后也便加深了对你的怀念。传奇般发展的城市多元格局，你被纳入世遗区的文化古迹弥漫出来的昔日气息，与你牵连相关的每一个人每一段故事，都让我感到那般亲切。

这里还是大马乃至全世界羽坛一哥李宗伟出生的地方，那些天恰逢里约奥运"李林世纪大战"扣人心弦，我感受到多少大马人心中的寄托和荣耀；也是邓丽君演唱的歌曲《槟城艳》，"绿野景致艳雅，椰树影衬住那海角如画"；也是李安导演电影《色戒》，周润发、朱迪·福斯特主演电影《安娜与国王》的取景拍摄演绎地。"侨生（"峇峇娘惹"）博物馆"正门与内景，莱特街头的旧关仔角钟楼与叶祖意大厦之间的旧式街景，无不让人触目生情浮想联翩，市政厅、码头和打铜仔街、龙山堂等建筑景观是何等熠熠生辉，颇具华洋风采……

我真想再次亲近乔治敦里姐弟骑车等的街头壁画，溜达于那些鲜花夺目美食飘香的街市；真想到那已经辟为旅舍的蓝屋去留宿一宵，体味 19 世纪华丽精美的庭阁楼宇的南洋风情；我也想循着那些电影景致的轨迹感受槟榔屿的昔日浪漫，或者寻觅先驱者的足印追忆革命岁月的壮怀激烈；我想在邓丽君《槟城艳》的歌声旋律中去小城各处随意漫步，期盼再访到孙中山、郁达夫、辜鸿铭、康有为、徐悲鸿等名人的遗迹……

堪称"世界旅行家"的英国文豪毛姆，从 1916 年开始南太平洋的旅行，在东南亚、中国、印度等地都留下了他的身影和观感，对于槟榔屿这颗"印度洋的绿宝石"，他给予了惊人的评价："如果你没有去过槟城，就等于没有来到这个世界。"啊！是什么样的槟城风光、世情民俗让他发出如此赞美？是什么样的槟榔屿风土人情值得旅行者用自己的脚去继续丈量一番？

此时此刻，我在中秋之夜的西子湖畔遥想思索，心底却不期而然地涌出一些隽永的诗句，我只想套用唐代诗人白居易的诗句诵吟出自己的心声："南洋忆，最忆是槟城。"

（初稿于 2016 年中秋，原稿曾刊发于《香港文学》2017 年 5 月号）

雨中，上野的樱花

细雨霏霏的 3 月下旬，我到东京的次日早上漫步于上野公园的湖畔，触目所见都是那盛开的粉红、粉白色的簇簇樱花挂满枝头，在细细密密的雨丝雨帘间成为当之无愧的主角。手执一柄雨伞也挡不住轻风斜雨，仿佛都被柔美的樱花雨裹挟，视觉、触觉是那么甘美，乃至味觉都感受到淡淡的甘甜……

121 年前，一位 21 岁的中国（清朝）留学生周树人负笈东瀛，逗留东京两年离开弘文学院去仙台继续求学，时隔 20 余年后回忆道："东京也无非是这样，上野的樱花烂漫的时节，望去确也像绯红的轻云。"（1926 年《藤野先生》）如诗如画，似梦似幻，那意境牵系了百年来多少国人的憧憬，到东京去，到上野去，欣赏的岂仅仅是烂漫樱花，还能寻觅旷世文豪鲁迅青年时代的足迹和心境。且透过那简洁而传神的描写体验亲临由传统习俗衍化至今、民众踊跃参与的"花见"（日语：花见／はなみ Hanami），也即赏花的盛景。

上野公园迄今已经 150 岁了（1873 年建立），位于武藏野高原尽端的台地上，古时称"上野之山"，曾是德川家灵庙、宽永寺等皇家寺庙的所在，明治维新时期，上野山被皇室赠予东京市政府，从此成为对公众开放的美景公园。还曾举办过多届"劝业博览会"等大型活动，日益成为江户一带名闻遐迩的人气赏玩之地。每当春季樱花盛开时节，上野更是人潮汹涌的赏樱胜地。尽管樱花的花季很短，所谓"樱花7日"之叹，即从樱花绽放到凋零，仅得7天花期。好在上野公园遍植各种樱花1300多株，花期交叉不一，次第绽放。每年3月15日至4月15日是日本官方定的"樱花节（祭）"，每逢这一时节，上野公园和东京新宿御苑乃至全国其他赏樱胜地，便都洋溢着"樱花祭"的隆重和热闹气氛。

上野公园环湖一带范围不算大，周边被高低不一的楼宇勾勒出城市天际线，却也不感到突兀、局促，妙在360度的风景足可徐徐观之。眼下最令人瞩目的当然是一览无余又层层叠叠望不尽樱花的轻云和海洋。这湖名叫"不忍池"，看来很早以前是个天然池塘，据悉"不忍池"也有个别名唤作"西湖"，和我家乡杭州西湖同名。池内衍生着一大片莲叶，想象夏天那一片湖面必会出现"接天莲叶无穷碧，映日荷花别样红"的画面了，想到那也正是杭州西湖的美景之一，便觉得亲切。远处的湖面不时闪动鹅、鸭、鹈鹕等野禽的身影。而一处靠堤的湖面上，停泊着数十艘红色、黄色、白色的小划艇，若不是眼下细雨不息的缘故，倘若大晴天惠风和畅、旭阳白云之下，湖面那一艘艘彩色划艇还不都被大人小孩、情侣们争相荡舟划开去了呢！

走入那一段数百米长的逶迤小堤，路径两边的樱花树枝、花丛几乎相交结合如帐篷般舒展开去。一路望去，粉红、粉白的繁密樱花就像巨伞般张开在游人的头顶，几乎不需要撑伞也极少会有雨水滴下，这就宛然似形象而壮观的"樱花隧道"，令人激赏讶异，流连忘返。这一条"樱花隧道"的堤岸路，让我不由得想起杭州西湖的白堤、苏堤，且西湖那儿则可形容为"桃柳隧道"，春季光阴大好时节，西湖白堤、苏堤上的绯红粉嫩桃花陆续绽放，与碧绿的垂杨柳枝交织成"间株杨柳间株桃"的春日西湖经典画卷。只不过上野这儿袖珍得多，仿佛是小号的白堤、苏堤，但在堤上漫步、张望、赏花的惬意却很相似。

春雨绵绵不绝，上野公园湖畔满眼的樱花越发可爱、美幻，和霏霏雨水融合，微风掠过，惊起些微涟漪，如散落樱花雨，亦如飘洒樱花雪，令人陶醉而不觉得丝毫凉意。正如鲁迅先生所描摹的樱花"像绯红的轻云"，也是浓得化不开的一片。数次走近那些高大粗壮的樱花树干，黑黝黝的枝丫凸起些浑厚敦实的树瘤，宛若天然的根雕。在宽永寺、清水堂附近的一片樱花林间，我还瞧见一株仅剩树干枝丫的樱花树，如一具雕像般挺立，树干遒劲，造型别致，让人过目不忘。

樱花算得上是日本的"国花"，不过据日本著作《樱大鉴》记载，樱花原产于中国喜马拉雅山脉，经人工栽培后逐步传入长江流域、西南地区及台湾省。唐朝时期，樱花随着茶道、剑道、建筑文化等一并被日本使者带回东瀛。传说上野公园最初的第一棵樱花树是 17 世纪由德川幕府的第三代将军德川家光种植的，迄今仍如老神在在。一般樱花树的树龄其实不长，五六十年居多，400 余岁的樱花称得上高龄了，当然日本其他赏花胜地还有罕见的上千岁乃至 2000 岁的樱花。上野公园的樱花种类多达 60 多种，半数以上是被誉为"樱花中的明星"——"染井吉野"。据悉诞生于江户时代（1603—1868 年）中期到末期的染井村（现东京都丰岛区驹込），系园艺匠人利用扦插和嫁接培养而成，明治时代以后获广泛推广种植。"染井吉野"花开无叶，花期同步，粉红色的花朵尽显淡雅温润，又不失雍容华丽，花语是"纯洁"和"优秀的美人"。或许是杂交的缘故，"染井吉野"寿命相对较短，在 60 年左右。由此想来，我在上野公园湖畔"樱花隧道"所见的名品樱花"染井吉野"，或许多半还不是鲁迅先生早年欣赏到的花树本尊，先生浏览到的"像绯红的轻云"般的樱花，多数应是今日"染井吉野"的前辈吧！自然，也必有当年生长迄今硕果犹存的，譬如那些树干粗壮、树瘤黑黝黝似雕塑的樱花树，至少在百岁高龄以上了。

正是"花见"时节，日本传统风俗视樱花盛开为风调雨顺五谷丰登的好兆头，人们喜好合家出动欢聚在樱花树下，放歌，畅饮，享受生活的浪漫。"樱花隧道"前的一段路旁布满各种摊位，旗幡飘飘，市声起伏，售卖的大多是串烧、天妇罗、寿司、糯米团子之类的小吃。我越过国立西洋美术馆、动物园等门庭，来到附近的广场，尽管雨下得更大了，但广场上临时支搭起来的数十家食品摊位，阵仗更壮阔，应景的食品还有樱花茶、樱花糕点等，生意好得很。人们遗憾不能如晴天般在樱花树下的草坪上席地而坐，铺开各种丰盛的食物和清酒、啤酒，一边赏花一边痛饮，近旁的星巴克咖啡馆便一位难求了。店家自制的樱花蛋糕、樱花冰激凌、樱花果冻等是最应时令的食品很受欢迎，不少游客乐得在那儿躲雨暂栖身，品尝小吃，喝喝咖啡，权当作雨中"花见"活动的室内一环了。

虽然鲁迅先生对东京的回忆、记载寥寥，位于上野公园内的东京国立博物馆（鲁迅当年名为"帝国博物馆"）、国立西洋美术馆、上野动物园等建筑与景观，早在19世纪就存立了（但那建筑外观如许新颖现代，或许是当代再度构建？）。当年鲁迅先生逛上野公园时不知是否路过或者参观过？但我笃信注重考察历史遗迹的鲁迅先生，想必不会错过被称为"史迹和文化遗产的宝库"的上野公园内的宽永寺、德川家灵庙、东昭宫、清水堂及西乡隆盛铜像等历史文化遗迹，更何况这春色满园皆绯红，轻云朵朵飘不歇。上野的樱花数百年来新陈代谢，生生不息，樱花烂漫绽放昭示生命的丰盛、生活的美好。樱花的转瞬即谢又警示了生活的无常易逝，哪怕片刻的留存也弥足珍贵。樱花之美，不仅在于花蕾怒放花瓣飞舞"花吹雪"，即使花瓣凋零散落乃至落英缤纷的景况，又何尝不是另类的美！鲁迅先生一定知晓樱花在日本人心目中的地位，也更洞悉樱花与生命、美景的辩证关系，恰如日本平安时代初期的贵族、歌人在原业平（825—880 年）所歌咏："若无樱花常开，人间春色不再。"当年鲁迅踯躅于不忍池畔，满眼樱花烂漫，却知晓韶华易逝美景不常留，难免触景生情几许伤感，加之去意已决，要去仙台展开新的人生之旅，故有"东京也无非是这样"的叹息。但鲁迅纵然离开东京、离开了日本，很多年后还是满怀感情地描摹出上野樱花的倾城倾国之美，堪为传颂樱花和上野的名句，让国人尤其心向往之。

或是临近清明时节雨纷纷的当口，逛上野的半日雨终未歇过，我的脚步也没歇过，我不叹息未曾在霞辉映照时的樱花树下斜躺小憩，也不艳羡人说那"夜樱"魅影憧憧的妖艳绮丽，雨中的上野樱花，是烂漫绽放之际的娇柔惹人怜惜，是"过尽韶华不可添"的恰到好处。抑或，那烂漫的绯红的轻云间，依然飘浮着曾经激荡起鲁迅先生当年赏花之际思绪飞扬的情愫……

（5/25/2023）

徜徉于神秘的金字塔之间

历史的回响

仰望两千年岁月的图书馆

当我踏足在这奶白色大理石块铺就的大路上，或行走在那交错纵横同样是大理石块铺就的街巷小径，触目皆是一望无际又近在咫尺的高高圆柱、拱门、房梁、廊柱、雕像、城堡——我仿佛穿行于大理石锻造的时光隧道，感触到公元前的风云激荡……无论是通衢大道还是逼仄小径上的大理石块不乏斑斑痕迹，甚或留下裂缝折印，那些圆柱、拱门、房梁、廊柱、雕像、城堡上也都或歪斜或折裂，或干脆就是一片片残垣断壁，可它们就是一段互为联结的鲜活历史，诉说着两千年以来的沧桑变迁，映射出两千年以来的幻影实景……

我踏足的这片土地、这座城池，就是曾经的古典时期最重要的希腊城市、今属土耳其的一个著名旅游点——以弗所。位于加斯他河注入爱琴海的河口，最初可追溯到来自希腊半岛的移民于公元前10世纪在此地建立起城邦，是建于小亚细亚地区的最大都会城市。当年是富甲四方的海洋文明贸易城郭，甚至一度被称为罗马早期文明的中心。

是的，这片远古土地上的大理石路径和大理石建筑、雕塑等都已有三千年以上的历史了。确切地说，这儿是一片大理石的废墟，却远非世俗想象的那般不堪入目，而是在历史的余晖下熠熠闪光，呈现出远古文明的惊世骄傲，甚或还有睥睨一切的底气。

踏足在这大理石大道小路上，穿梭于数不清的大理石圆柱、廊柱、院落乃至残缺的雕像、破损的墙基，我看到了昔日的辉煌、远古的荣耀，纵然没落了、衰败了，却仍然站立在世纪文明的高度，仍然带给世人惊诧无穷的遐想。那座古希腊神话中女神阿尔忒弥斯的神庙（Temple of Artemis）废墟，即使仅剩下孤零零一根石柱子——还是今人用十多个圆石墩垒起的柱子，以作纪念的标记——却依然当之无愧地被誉为古代世界七大奇迹之一。这是世界上第一座完全用大理石建造的寺院，宏伟而壮丽，据传是由吕底亚王国国王克里萨斯（Croesus of Lydia）于公元前 550 年开始兴建，既是宗教崇拜的圣殿，也是当时显要的社会中心。这座神庙竖起了古希腊神庙建筑的最高标杆，建筑规模之宏大超越了雅典的帕特农神庙。遗憾的是，历经洪水、纵火等天灾人祸众多劫难，阿尔忒弥斯神庙重建后又被哥特人付之一炬，留下一片废墟、一根石柱，静寂地引来无数过客唏嘘叹息、伫立深思。

沿着石柱林立的宽阔大理石甬道前行，置身于沿途迤逦数公里鳞次栉比的废墟场景，可以感受到当年繁华富丽的万千气象，也足以仰视以弗所站立在世界文明的高度。那些仅仅发掘出来大约 5%的城郭废墟建筑——神庙、祭坛、雕像、廊柱、市集、店铺、广场、喷泉、官邸、豪宅、浴室、公厕、下水道……不必说它们的规模，纵然只遗留下一个架子、一座地基，只剩下颓垣败墙片石断瓦，也是难以超越的人类文明，那雕刻功夫之圆润舒展精妙绝伦，令人叹为观止。传说是当年"精品店"云集的街市，镶嵌在大理石地面的马赛克装饰图案，或是富翁豪宅大厅地面、墙壁上的马赛克图案，历经两三千年风雨侵蚀，斑斑驳驳之间依稀可辨原本的美艳奢华。以弗所古城内有多间浴池，传说当年无论贫贱人人都可享用公共浴池，一洗尘埃防止疾病传播。达官贵人们尽管自家就有浴室，也喜欢到公共浴室泡澡，当作自得其乐的一种社交方式。有一座浴室遗址依稀可辨当年浴池的宽敞而奢华，周围墙上有精美壁画雕塑，导览文字说明，中心是一个 30 米长的椭圆形池子，以蒸汽加热。而那座呈直角形沿墙分布两排十几个大理石坐便器的公厕，按照人体工程学模拟雕刻一个个圆洞而成的坐便器，无疑迄今也是先进的。大理石坐便器板下是石块砌成的流水沟渠，水流冲刷不止，堪为世界上冲水马桶的鼻祖。以弗所人真是人类浴室、厕所文明的创始者、践行者。

走到一条坡道的尽头，是一座以古希腊神话中大力士赫拉克勒斯（Herakles）命名的石雕大门，其实就是饰以赫拉克勒斯浮雕的门柱。赫拉克勒斯是权力和力量之神，用他拱卫政要枢纽区域，真是极好的象征。最妙的是赫拉克勒斯浮雕门柱前，有一块希腊神话"胜利女神"奈基（古希腊语：Νίκη，拉丁字母转写：Nike，意为"胜利"）的长直角形浮雕像，神态飘逸，摇摇欲飞，女神右手拿着棕榈叶，左手举起月桂花冠，长长的裙裾随风飘扬……那片棕榈叶和裙裾飘扬的意象乃至女神浮雕独特的整体造型，想必会启迪天下人无限的想象。据悉，全球著名体育运动品牌 NIKE 的商标图案（LOGO），其灵感就来自胜利女神浮雕，透过这标志尽显体育竞技获胜的寓意。

步入一头始自古海港出口的海港大道，折近那一头以弗所古城遗址中恢宏壮观的大剧院，不免想到不久前造访过的罗马古角斗场，虽然不及罗马的那座古角斗场高大浑圆；但这座始建于公元前 3 世纪的环形大剧院，其南部的座席依傍山势而建，北侧的座席被高高的拱形廊柱圈住，直径 154 米，高 38 米，可容纳观众 2 万多名。即使放眼当今世界，哪儿有如此庞大的剧院？在以弗所古城遗址中，大剧院是相对修复存世较为完整的一座古建筑，妙的是游人可以毫无阻挡地进入每一梯级的座席。我坐在中间偏上的席位上，抚摸身旁这两千多年前打磨构筑的大理石座位，心底不禁生起沧海桑田世事多变之感。高低四处远望，我发现从底部舞台前的座席开始，分为三大石台阶，每阶约22排，总共即65排，一排比一排地向后倾斜，这般设计想必改善平衡了几乎所有层次座席观众的视听效果，加之偎依山峦，面向大海，别一番磅礴气势。传说这座融合古代希腊和罗马建筑风格的大剧院，当年常常轮番举行各种仪式庆典和演剧，也是角斗士厮杀搏斗的战场。我在这古老大剧院的环形座席间时而坐时而站，想象当年庆典盛会的热闹，角斗的激烈，眼前仿佛飘荡起一脉世纪风云人间烟雨。

自然，吸引最多游人，也让我驻足时间最长沉思良久的以弗所古迹，还是那座令人一见倾心的牌坊似的古建筑遗址。这座古建筑遗址就在古城的中心位置。漫步于奶白色的大理石街道，穿行于那些喷泉、园石柱、凯旋门、豪宅之类建筑的废墟之间，远远地就能望见大道尽头凹陷低洼上竖起一面瑰丽的"牌楼"，宛若明艳版的澳门大三巴，抑或像罗马宫殿内的一面高墙，在初夏爱琴海天际的日光照耀下闪烁出橙红色的光芒——那就是建于公元135年的塞尔苏斯图书馆（The Celsus Library）。

走近"牌楼"，仰望这硕果仅存的远古图书馆（藏书楼）遗址的框架，一排八级大理石阶梯拱起的平台地基之上，竖立起上下两层共16根巨大复合型罗马式石柱，气势非凡，雕琢图案繁复精细，隔出了底层七个入口通道。立柱背后的墙体则分隔出三座大门，并分布了上下各四个壁龛。下层四个壁龛中还有四尊女神雕像，分别是象征智慧（索菲亚）、知识（Episteme）、智力（Ennoia）和美德

（Arete）的女神。虽然其中两尊女神雕像的头部折损，但四尊雕像整体看无不神态端庄，气质高雅，衣裙飘逸，极富动感，美感十足。两层楼的墙体和楣梁棱角分明，布满了豪华的装饰、精美的雕花。图书馆结构采取双层墙设计，两层间距宽达一米，可以有效防范极端气温和潮气对书籍的侵蚀。内外壁之间上下也都分隔出几十个壁龛或空腔，据资料介绍是用以珍藏书卷的。那样的材质和设计有益于当年书写——羊皮纸或纸莎草——的保存，免受霉变和虫害。

塞尔苏斯图书馆占地 1000 多平方米，位置也处于其他多栋建筑物之间，整体高达 17 米，相当于如今普通建筑的五六层楼高，令人仰视。穿过高大圆石柱子拱卫的"牌楼"，进入内部的环境，虽然只剩下高墙残壁，却因为原先设计的厅堂高挑，光线透过二楼的窗口如瀑布般倾泻而下，还是感受到当年图书馆通体建筑的阔达、高耸，这不得不归功于建筑设计的巧妙和宏大规模效应。

塞尔苏斯图书馆的原址是罗马亚细亚行省总督尤利乌斯·塞尔苏斯的陵墓。总督之子安奎拉·塞尔苏斯继任后，为纪念喜爱并且珍藏书籍的父亲，于公元 110 年开始在陵墓上修建这座精妙绝伦的图书馆，后由安奎拉·塞尔苏斯的继任者在公元 135 年完工。鼎盛时期，塞尔苏斯图书馆的藏书达到 12000~15000 卷，是拜占庭时代世界三大图书馆之一。希腊人、罗马人都把收集到的图书藏于馆内。当时世界第一的亚历山大图书馆因毁于大火而无法计数，位居第二的帕加马图书馆据悉有 20 万卷藏书，今亦无存，不过当年雄踞老大老二席位的图书馆皆已不见踪影，唯有这塞尔苏斯图书馆的废墟得到发掘和部分修复。2000 年前的希腊、罗马，统治者或富豪多以珍藏图书为雅事，客观上为后世留下了珍贵典藏。以弗所的这座图书馆也更多具备藏书楼的功能，它以及以大剧院为首的多家戏院，可以说正是古代希腊、罗马文化文明熏陶的产物。

里里外外参观了一通图书馆遗址，我又回到那座气派、典雅的大"牌楼"前面，仰望这设计奇崛、匠艺精湛、灵气四射、美感逼人的远古图书馆遗址，几乎忘却了这是一片废墟之上的建筑，它分明是人类文明历经岁月洗礼后的宏大展示，是书卷文化和建筑艺术的高度融合，是羊皮纸、纸莎草与大理石共同写就的历史记忆。那一根根圆石柱，那一个个壁龛、一个个空腔，那一座座女神雕像，分明储存着鲜活的生命。它们挺立着，敞开着，舞动着，诉说着一段鲜活的历史。

公元262年发生的一场地震及其引发的火灾，无情地肆虐了塞尔苏斯图书馆的躯体，它的胸腔心脏部分及珍藏悉数毁损，仅剩下它骨骼的一部分——"牌楼"孤傲地挺立。传说当年安奎拉·塞尔苏斯兴建图书馆还留下25000枚罗马金币，供维护图书馆和购置新书籍之用，可憾天灾人祸世事无常，塞尔苏斯图书馆于今只剩下一片废墟和一面宫墙似的"牌楼"，但正是这座立于废墟之上的"牌楼"造型，因设计的优雅、构造的气势、雕塑的精美而征服了地球村的无数村民，那种难以言喻的美感沁人心脾，过目难忘。这个图书馆至善至美的独特"门脸"影像，化作当今土耳其20里拉纸币上的漂亮图案，以另一种方式传播、弘扬开去。

站在以弗所古城的废墟之上，仰望这美丽耀目的"牌楼"，仰望这两千年前的塞尔苏斯图书馆残存的肢体，我的眼眶渐渐湿润，心潮起伏思绪万千。我知晓自己没有资格与远古的文明对话，只能默默地仰望，仰望，情不自禁地为这幅几乎定格了两千年的画像默默陶醉、陶醉！也想虔诚地为塞尔苏斯图书馆遗址祈祷，并且想呼唤奥地利的考古学家，感谢你们在1910年修复图书馆的遗址，但你们在建功立业之际，为何又将众多属于塞尔苏斯图书馆的浮雕、雕像、立柱、头饰等超级文物艺术品据为己有，运送回维也纳国家博物馆，却忍心让塞尔苏斯图书馆体无完肤般仅剩一点儿骨架？甚至连那四座女神像的本尊也被移去，只留下了复制品。归来吧！那些真迹，那些雕像的本尊，那些沾染了古以弗所气息的立柱、石砖、雕饰……给人世间的顶尖瑰宝——塞尔苏斯图书馆一个相对完整也更完美的躯体吧，还以弗所古城更真实更原始的面貌吧！就如公元前5世纪的哲学家、以弗所古城居民赫拉克利特所说："一切都在流动，一切都在变化。"让这儿的流动更接近原始的质朴，让一切变化都朝向美好的方向。

（3/7/2022 初稿，11/26/2022 修订）

梦幻佩纳宫

它是宫殿中造型最奇特的城堡，它是城堡中色彩最斑斓的宫殿，虽然体量比德国巴伐利亚新天鹅城堡、西班牙马德里皇宫等欧洲各大城堡、宫殿小得多，但在色彩的丰富艳丽、造型的奇崛浪漫等诸多元素比较之下，屹立于葡萄牙首都里斯本郊外辛特拉（Sintra）悬崖顶上的佩纳宫（葡萄牙语：Palácio Nacional da Pena）绝对更胜一筹。

建造于 180 多年前的佩纳宫，最顶层的塔楼（钟楼）四角耸起火箭般的圆筒，各种圆的方的菱角的弧形的几何图形搭建成形，橘红色、金黄色、紫色、灰色、褐色诸多色块涂抹合成的宫殿城堡、城墙、城门乃至精巧的吊桥……汇聚了哥特式、文艺复兴式、摩尔式、曼努埃尔式等多种建筑风格，无论远看近瞧都像极了一座童话般的乐园城堡。我甚至怀疑迪士尼乐园的诸多造型设计和色块拼搭的灵感，就是以"拿来主义"的态度借鉴了欧洲这座最美宫殿。

2022 年深秋的一个午后，我从里斯本搭乘 40 分钟火车抵达辛特拉，随即搭乘 434 路公交车穿过小镇，攀越峰回路转、蜿蜒崎岖的山陵公路，抵达佩纳宫所在山峰之下。透过茂密的丛林或疏朗的天际仰望，我隐隐约约望见了峰顶那座好似多彩色块涂抹凝聚而成的佩纳宫。这座像神话般的城堡吸引了众多各地游客的眼球。踏着小石块堆积铺设的小路，这里曲径通幽，小池塘、观景亭，还有那隐藏着纤细植物乃至小动物的洞穴，青苔覆盖的石围栏，都被簇拥、掩映在各种花卉和草本植被之中。辛特拉山区环境及气候实在得天独厚，诸多本土品种和来自他乡异国的花草树木在此共生繁殖。据说这得益于智慧且鉴赏品位不俗的费尔南多二世国王，当年他亲力亲为督造了后来举世闻名的佩纳宫，又精心呵护周边区域的植被，引进了众多异域缤纷各异的稀有花卉树木品种，与土生土长的橡树、榛树、冬青、月桂、黄杨、金松等植物相得益彰互补共生。也许，在宫殿及公园设计者、建造者的心目中，接受奇花异卉的养眼和大自然风物的熏陶之后，造型奇特的佩纳宫才会产生与众不同的惊艳。

游人太多，显得宫殿相对太小，需要按批次排队进宫参观。在古树参天的坡道延伸到佩纳宫外墙下等候的时分，忍不住再次把收藏在手机里的游览指南打开，重温一遍佩纳宫的历史，平添了几分讶异，更添了几许神往。

辛特拉独特而温和的区域气候，使得其自早年摩尔人占领时期以来，一直是王公贵族的夏季避暑胜地。他们在不缺大量花岗岩的辛特拉山区大兴土木，各种奢华的宫殿、花园点缀在巍峨的峰峦、丘陵之间，云雾缭绕的大自然，糅合了精妙绝伦的楼宇、城堡等人文景观，使辛特拉变幻为一个精灵萌动的童话世界。当19世纪中期费尔南多二世在早年毁损的修道院废墟上重建了一座集多元化建筑元素于一身的亮丽城堡，更多不同风格的建筑相继在周边纷纷效仿兴建。辛特拉成为一个宫殿之都、花园之都，成为19世纪第一块云集欧洲浪漫主义建筑的土地，也因此成为欧洲第一个被联合国教科文组织列为文化景观的地区。

作为葡萄牙国王的夏宫，佩纳宫的横空出世，不能不归功于19

世纪葡萄牙女王玛丽亚二世的丈夫费尔南多二世。基于欧洲各国王室多为联姻的传统，出生于奥地利的费尔南多王子，是比利时国王利奥波德一世和肯特公爵夫人维多利亚公主（英国维多利亚女王之母）的侄子，是英国维多利亚女王的丈夫阿尔伯特亲王的堂弟，墨西哥皇后夏洛特的堂兄，其弟奥古斯特系保加利亚沙皇斐迪南一世之父。他入赘葡萄牙皇室却不恋权势，按照葡萄牙法律，费尔南多因妻子不久后继位成为葡萄牙女王，他也因此获得国王的名分，但他却更寄情于山水田园和浪漫生活，俩人感情甚笃，共生育七子四女。在女王 1853 年逝世后他立即放弃王位，辅佐儿子为新国王，后来又纡尊降贵娶了歌剧演员埃莉泽亨斯勒为妻。费尔南多二世精通七国语言，自小深受德国浪漫主义风格熏陶，颇具艺术修养与现代自由主义思想，擅长蚀刻、陶器、彩绘玻璃和水彩画等，被誉为"19 世纪葡萄牙最有文化的人"。钟情于辛特拉的优越自然环境，费尔南多二世买下了前修道院遗址所在的大片区域，意图打造一所他和女王玛丽亚二世的爱巢。他授命德国建筑师冯埃施韦格主持佩纳宫的设计、建造，自己也为之倾注了后半生心血。佩纳宫的施工从 1840 年开始，1847 年基本完成主体建筑，但直到 1885 年才完全竣工，正是费迪南德逝世的那年。因为建造佩纳宫不在于炫耀王权的威严，而只是向爱妻表达爱意，佩纳宫的设计与修建、装饰也就充满了浪漫主义等多元风格和梦幻般的视觉效果。搭配构思新奇的宫门、围墙、塔楼、门廊、小径、吊桥，在整体宫殿的氛围下也洋溢出家居的度假村氛围。佩纳宫不像新天鹅堡只有单纯的哥特式风格，而是兼具哥特式、文艺复兴式、摩尔式、曼努埃尔式等多种建筑风格，整座宫殿没有欧洲多数宫殿庞然大物般的威逼感，宛若乐高积木搭配拼合的一座乐园般的迷宫，加之外墙的不同颜色组合，溢出种种童趣，更吸引眼球。

穿过庭院，触目可见左右侧的宫殿、箭楼、院墙被不同的橘红色、金黄色、青紫色、褐色涂抹，宛若进入夸张而动感的乐园城堡。左侧以圆柱圆顶为主的几何形组合成佩纳宫最高的建筑群，橘红色金黄色相间，有宽阔的十多级台阶方便上下；右侧外形是方形圆形组合的城堡，黄色系为主调；中间的主楼为青紫色、乳白色马赛克装饰。两端塔楼拱门之上凸显出精致的圆形窗户。窗台下面一具希腊海神浮雕坐像引人注目，那坐在海螺壳里的海神面目狰狞，头顶盘根错节的葡萄藤，守护神般地注视着眼前的一切动静。他就是古希腊神话中海之信使特里同（Triton），标配的海螺壳是他的号角，当他用力吹响海螺时，凶神恶煞的咆哮令人震惊恐惧，佩纳宫的魔幻元素就这样从神话形象蔓延开去。

迈过圆润的石子路，迈进横躺着的小小吊桥，也就迈进了那座犹如布满狼牙棒凸点立面的内宫门，沿着清真寺风情的弧顶弯道前行，各种不同风格、色彩的造型与宫殿布局一一展现，梦幻之谜新奇之感始终伴随着参观的进程。数十米见方的中庭铺设青色白色间隔的马赛克，中央置放着一座盆景，其托盘也是一个巨大的珍珠蚌壳造型，十足的伊斯兰风格。中庭被四周两层纹样精美的围栏、立柱和窗格圈着，装点了不会褪色的彩釉瓷砖。从某一个角度仰头，可以望到高处红色塔楼的塔身一角直通穹苍，深邃高远而妙不可言。

参观王宫内的各个房间，犹如参观一座皇室的博物馆，从小小的王子卧室、书房到大小适中的女王、国王卧室，尽管远远不似罗浮宫、温莎堡等超级宫殿的房间高挑、宽敞、豪华，但所有的家具、摆设和墙壁、立柱上的雕像，无不精雕细琢，处处体现了费尔南多二世的艺术构思和匠心。不同房间、厅堂装点的彩绘玻璃继承了如巴黎圣母院等建筑玻璃窗的风格，鲜艳夺目，画风庄重，具有很美的视觉效果，在阳光照射下呈现出五彩缤纷的灿烂光影，美丽通透。

在女王的洗手间，一座特制的瓷浴缸格外精巧，周边镶了金边花纹，相传玛丽亚二世对香水过敏，费尔南多二世亲自为她设计了这个"世界第一浴缸"。另外一间洗手间的白色浴缸，一头竖起了与浴缸同样材质及颜色的半圆形挡板，站着可淋浴，躺下可泡澡，这样合二为一的设计，是世界上最早使用现代浴缸的浴室。走过一个桌椅齐全布置精良的餐厅，最可人的是那扇落地窗，揽尽了宫殿雄踞悬崖之下的山川风光，秀色可餐啊。宫殿内最大的厅 Great Hall 则有不下百平方米的面积，偌大的长方形大厅，天花板高悬，四壁装饰华丽而独树一帜，尤其是四角各一尊真人大小的黑人雕像，就像威严尽职的卫士，守护着王宫的中枢。还有一些房间陈列着来自东方的精美瓷器、红木家具和象牙镂空雕塔，甚至还有做工精细的黄金立柜和翡翠玉立柜，等等，足见主人收藏的品位。而临末参观的宫内超大厨房，交叉的弧形拱顶、简洁的布局依然透露出皇室御厨房的痕迹，墙上、锅台、架子和中岛台上挂着、摆着各种大大小小的黄铜锅、壶等餐具。那些铜器餐具上铭刻着佩纳宫的标记和加冕符号。还有诸如鲤鱼、猪崽等各种动物造型的模具，俏皮可爱……如此宽敞大气的厨房和设备齐全的厨具餐具，能想象出当年宫殿里的人气十足、一片沸腾。

在夕晖下的各个庭院、城堡上下浏览，才发觉佩纳宫其实也不小，只是相对那些庞然大物般的宫殿而言，它纵然只是个"小字辈"，却是小中见大，包罗万象，深不可测。况且人家毕竟只是皇室的一处离宫，而且是国王献给女王的爱巢，小一点儿无伤大雅，关键是里外叠加触目皆是的浪漫情愫无与伦比，即便那被人戏称为

"番茄炒鸡蛋"的外墙色彩，对比强烈甚或突兀，却是那么鲜明大胆又讨人欢喜。整座宫殿依傍在高高山顶悬崖之上错落有致，一些宫墙、城堡的肌体都与天然巨石墩紧密连接合为一体，使得佩纳宫的奇崛诡异、浪漫可人因为大自然的烘托而浑然天成，显得更加博大恢宏。在不同造型、色块的院墙、塔楼间轮换观赏、比照，仿佛会产生不同造型的时空移植感，会联想到当年设计者建造者的奇思妙构与温馨爱心。那金黄色的一排半圆顶拱门围栏，营造出佩纳宫庭院的一道别致风景线，每一格廊柱就是一个充盈美丽风光的画框，凭栏远眺，那是无敌的大西洋风景，那是郁郁葱葱的辛特拉谷地。或者，在宫殿的另一侧眺望不远处的摩尔人城堡，一条始建于7世纪的袖珍版陡峭"长城"在峻岭峰脊间逶迤起伏；抑或，在"女王露台"的小桌旁稍坐片刻，小酌一杯下午茶，欣赏那耸立一角闪烁金黄色的"洋葱头"观景亭，或者俯瞰宫殿下的茂密丛林，无不是匆匆行旅间最奢侈的享受啊！

辛特拉是欧洲大陆最西侧的一方山谷小镇，佩纳宫则是濒临大西洋最近的悬崖城堡。佩纳宫的建造把辛特拉的环境魅力元素发挥到极致，也成为辛特拉镇一个唯美建筑典范，吸引葡萄牙乃至国外的贵胄富豪纷至沓来，竞相仿照佩纳宫的风格建造各自的宫殿宅邸。辛特拉也由此渐渐成为独步欧洲建筑史的一座宫殿之城、花园之城。

不过辛特拉乃至全欧洲其他所有建成的宫殿、城堡，哪怕风情万种魅力超群，却没有一座宫殿的建筑风格比得上佩纳宫的多元妩媚，更没有一座城堡的色彩能够超越佩纳宫的辉映璀璨。徜徉于佩纳宫的宫墙、庭院之间，观摩宫内上下几层的大大小小房间厅堂，恍若浏览一座内涵丰富的建筑博物馆，仿佛打开了一卷建筑风格教科书——演变自罗马式建筑的哥特式建筑风格，外形高耸瘦削，以尖塔高耸、尖形拱门、尖肋拱顶、修长的束柱及绘有圣经故事的花窗玻璃为流行元素，风靡了中世纪高峰及末期的欧洲。巴黎圣母院的尖塔是哥特式的代表，意大利米兰大教堂、德国科隆大教堂、英国伦敦威斯敏斯特大教堂都是哥特式建筑的佼佼者。德国新天鹅堡也遍布哥特式建筑细节，常年位列欧洲十佳最美城堡排行榜前茅。而所有这些哥特式建筑的元素和风格，在佩纳宫也显得很突出、鲜明，顶部那四座火箭筒般仰天发射的塔楼（钟楼）聚焦了哥特式建筑的风格优势，实用性和观赏性并重，意趣非凡。佩纳宫还分布、组合了其他诸如浓缩了文艺复兴式、摩尔式、曼努埃尔式等各种风格的建筑。在公元 14 世纪，随着意大利文艺复兴而诞生的文艺复兴建筑风格，讲究秩序和比例，严谨的立面和平面构图，恢复"自然"，追求对称，以圆形、正方形等几何图形为主，继承发展了"柱式"系统。意大利佛罗伦萨大教堂、梵蒂冈圣彼得大教堂、法国卢浮宫、凡尔赛宫是文艺复兴建筑风格的典范，这类建筑风格影子在佩纳宫也随处可以捕捉到。至于摩尔式建筑，由于摩尔人（安达卢西亚人）于 8 世纪到 15 世纪基本主宰了北非和部分葡萄牙、西班牙地区，当地的摩尔式建筑是欧洲其他地区绝无仅有的存在。佩纳宫的庭院和瓷砖装饰、马蹄形拱门、圆顶等多处建筑布局和细节，无不强化了整座宫殿的摩尔式建筑风格的特色元素。

至于曼努埃尔风格，就更是葡萄牙的"专利"了，该名称即源自 15 世纪末到 16 世纪初执政葡萄牙的曼努埃尔一世。作为曾经世界海洋霸主的产物，葡萄牙华美绝伦气势磅礴的建筑是大航海时代辉煌的象征之一。扭转造型的圆柱、国王纹章和雕饰精细又繁复的窗框，充分运用大自然图像，如在石头上镶嵌贝壳、锚等，也是曼努埃尔风格建筑的特色。里斯本的贝伦塔、杰罗尼摩斯修道院等是最经典的曼努埃尔式（Manueline）建筑，而佩纳宫宫墙面壁上精美的窗棂，把航船绳索当作花纹装饰的门，以及不同角落点缀的鳄鱼等装饰，皆恰到好处地展现了曼努埃尔风格的精华神韵。回过头再看看佩纳宫的海神浮雕，那些蚌壳的底座、海船缰绳连同鳄鱼等装饰、雕塑，细节精美，内涵丰富，无不展示了大航海时代帝国的风范。

正是基于如此多元化、予人强烈心灵震撼的建筑风格及视觉效果的大胆用色，天马行空般的浪漫主义城堡——佩纳宫成为葡萄牙七大奇迹之一，成为"欧洲最美的城堡之一"。在 2015 年布鲁塞尔旅游组织公布的欧洲最美城堡排行榜上，佩纳宫更力压群芳，荣膺冠军。1995 年，涵盖佩纳宫在内的辛特拉被联合国教科文组织列为世界文化遗产，它身为"建筑风格博物馆""世界建筑博览园"的声名天下皆知，堪为浪漫主义唯美童话之城的声名也誉满全球。追溯历史回眸岁月，推动建造佩纳宫的费尔南多二世厥功至伟，他不仅委托熟谙莱茵河流域古堡、宫殿的德国建筑师冯埃施韦格男爵设计、修建佩纳宫，甚至亲自设计了宫殿主墙面的窗户，要求建筑群要融入中世纪风格及伊斯兰风格，具体到一定要有飞拱等造型细节。玛丽亚二世则亲自挑选各种配饰、家具等。与此同时，收藏了世界各种家具、瓷器、绘画和玻璃器皿的佩纳宫，也成了费尔南多二世"尝试艺术创作的实验室"。

难怪德国作曲家理查德·施特劳斯在游览佩纳宫殿及花园后写道："今天是我一生中最快乐的一天，我领略了今生最美丽的景致。这是真正的 Klingsor 花园。坐落于至高之处的正是圣杯城堡。"丹麦童话大师安徒生 1866 年造访了佩纳宫，称这座不可思议的童话宫殿所在的辛特拉环境"自然与艺术相得益彰"，完全被迷住了。英国诗人拜伦曾经把辛特拉当作自己度假、写作的世外桃源，当他于 1809 年抵达葡萄牙里斯本郊外的辛特拉时，还没有建造的佩纳宫原址上是一家古老残旧的修道院。但辛特拉小镇的迷人魅力及其寂然静美的深壑幽谷环境让诗人深深折服，让他发出声声赞叹："哦，辛特拉，你这旖旎绝美的伊甸园，依偎在迷宫一样的五彩山峦之中……"

呵！蕴含天地广宇间的稀世之宝佩纳宫，彰显出人间福地辛特拉的灵气，令人过目难忘，纵然离别了也难以忘怀……

（12/1/2022）

那一抹摄人心魄的"庞贝红"

从那个"竞技场广场"入口进入庞贝古城遗址，右侧纵深处即暗色墙垣铺展而耸起的圆形竞技场（Anfiteatro），是建于公元前70年、比罗马斗兽场更早建成的大型竞技场，黝黑的围墙排列着数十座半圆顶拱门，攀缘斜坡阶梯而上，俯瞰这座迄今地球上最古老、可容纳2万观众的圆形竞技场，视野开阔，犹如当今奥林匹克规格的球场，纵然场内杂草丛生，略显衰败，却依然呈现出伟岸、博大的气魄。

沿着高低不平的石板路向左侧拐去，那是几乎一望无际的棋盘式的纵横路径，巷道星罗棋布，圈起了一排排房舍、一座座庭院。虽然已是废墟一片，但是残留的雕像、喷泉、鱼池、花园依稀可见。绝大多数房舍已然上无片瓦，直面苍天，却依旧气派恢宏！庞贝古城遗址总面积约66万平方米，已向公众开放其中三分之一约22万平方米的区域。石板路笔直延伸，断墙残壁层层叠叠，走进一个院落就像踏足一座难以回旋脱身的迷宫。地上色彩绚烂的马赛克铺就的各种图案，墙上内容繁杂的壁画，足以令人眼花缭乱，以为误入了古罗马某位伯爵王公的府邸。而一旁的说明标牌告诉你，这或者只是当年一座大型别墅建筑群的一隅；或是某一处酒吧、温泉浴池，各种相应的设施、水渠系统的痕迹依稀可见——是的，这正是不可思议的庞贝，2000 多年前就规划、构筑了近乎完美的社会生态系统，饮水和排水系统纵贯四面八方，道路交通四通八达，各式楼宇设施齐全，宫殿教堂金碧辉煌，社交娱乐场所应有尽有……庞贝的浴池尤其成为庞贝人不可或缺的去处，火山地热形成的温泉连接到城市各处别墅和公共浴场，排列成行的大理石圆柱和造价不菲的大理石浴盆，几乎是大型豪华浴场的标配。除了中央浴场、斯塔比安浴场、论坛浴场等大型公共浴场外，还有 20 余家规模不一的公共浴室，以及众多私家浴室。蒸气浴、热水房（火盆或锅炉加热）、凉水浴及休闲室、更衣室、按摩室、美容室及通风设备等一应俱全，汇聚成完善的"健康水疗中心"体系，使得庞贝人趋之若鹜，尽情享受丰俭由之的温泉沐浴。这种休闲享乐兼具社交的爱好渗入庞贝人的骨髓里，不可一日轻忽。朱自清早年游历庞贝古城后写了《滂卑故城》（滂卑是当时庞贝的另一译名）道："滂卑人是会享福的，他们的浴场造得很好，冷热浴蒸气浴都有；场中存衣柜，每个浴客一个，他们可以舒舒服服地放心洗澡去。场宽阔高大，墙上和圆顶上满是画……"想象那些空间与时间：在周遭大小油灯的聚光照耀下，浴池里水波荡漾，圆顶天花板和四壁墙上的壁画被映射出诱人的光泽，那些神话传奇抑或风俗民情，让享受沐浴的人们飘飘欲仙……

庞贝城在公元前发达崛起的因素，无疑与其所处的区位优势息息相关，位于令人心旷神怡的欧洲最美海岸——阿玛菲海岸线（Amalfi）和肥沃的火山土壤之间，拥抱大海，紧邻亚壁古道贸易路线的便捷与战略重要性显而易见。数千年前维苏威火山喷发积淀的矿物质滋润了这片土地，土壤肥沃，气候宜人，一年三熟的农作物催生发达的农业，兴盛起葡萄栽培与葡萄酒酿制等农业经济产业。丰饶的葡萄园、橄榄园和其他蔬果园地一望无际，富裕的港口城市生机勃勃充满诱惑，已然成为当年罗马人追求休闲享乐的海滨度假胜地。当然，成也火山，败也火山，被一些专家误认为"死火山"的维苏威火山沉睡休眠了1500年之后突然苏醒复活，1000多摄氏度高温的火山岩浆横扫、摧残了幻美浪漫的海滨。大片大片的绿色橄榄园、紫色葡萄园在顷刻之间被吞噬了。庞贝城一切建筑、设施及其一切奢华毁于一旦。20000余居民更丧失了逃亡求生的可能，不得不在恐惧的绝望里张皇失措地栽倒在呼啸而至的烈焰岩浆之中，深埋于冷却后又凝固封盖的火山熔岩之中……

行走在不时显现车辙印痕的石板路（很多路段铺设的是花岗岩或大理石）上，掠过两旁房舍废墟墙壁上的近乎涂鸦般的简易壁画，一条路的尽头豁然开朗，我来到了硕大壮观的庞贝论坛广场——这座城市中心当之无愧的政治、宗教和商业中心。尽管是一片既空旷又不无各种拱门、石柱、雕像点缀的废墟，当年非凡宏阔的骨架仍然让人捉摸不定、难以描摹。回眸旧时光阴，看那残缺破碎的院落地基和折断损伤的大块基石，看那依然屹立横陈于广场之上成排院墙和洁白色大理石圆柱，足以令人叹息当年阿波罗神庙、朱庇特神庙曾经的辉煌。众多壮观的遗迹建筑散落在广场的周围，巨大的圆柱底座是曾经的法院与商业交易场所——方形会堂。规模宏大的斗兽场、大教堂、大会堂、大剧场、大商场、体育馆等建筑，用当代的眼光看，依然不失为鸿篇巨制式的典范。市政中心的北端不远处，是供奉古罗马神话宙斯、朱诺和米涅尔瓦三位大神雕像的宙斯神殿，可以望见神殿背后的维苏威火山，巍峨且静默……

一座人口20000多、面积不算大的城镇，居然拥有如许规模的市政设施、宗教堂馆、文体会所、商贸集市，实在令人叹为观止！更不必说那些鳞次栉比的商铺店家，制作、销售面包、烙饼、肉类、奶酪、橄榄油、鱼子酱等各色店铺，还有制衣店、洗衣店及打磨铁铜金银器具和玻璃陶器的各种作坊。酒吧上百家，浴室几十座，甚至风月场所也不下30家，难怪被称为酒色之都，令多少人蜂拥而至，只为做一回庞贝人。不仅仅罗马贵族们在庞贝城郊外建起一座座奢华的庄园，许多平民商人也视庞贝城为休闲胜地、赚钱高地乐而忘归。今天，徜徉在如此非凡的城市建筑里，来自世界各地的游人或许可以展开充分想象的翅膀，却很难描绘出当年庞贝人的生活、社交、商贸、娱乐蓝图……而当年朱自清的一点观感是："从来酒色连文，滂卑（庞贝）人在酒上也是极放纵的。只看到处是酒店，人家里多有藏酒的地窖子便知道了。滂卑的酒店有些像杭州绍兴一带的，酒垆与柜台都在门口，里面没有多少地方；来者大约都是喝'柜台酒'的。现在还可以见许多残破的酒垆和大大小小的酒瓮；人家地窖里堆着的酒瓮也不少。"庞贝古城遗址出土的一只银杯上刻着一句话："尽情享受生活吧，明天是捉摸不定的。"也许正是耽于酒色、崇尚享乐第一的庞贝人的灵魂写照。

庞贝的城墙也依旧称职地守护着这座历经岁月沧桑和火山岩浆肆虐的古城，更令人称绝又迷茫心醉的是，古城城墙墙体呈现的暗红色还是那么顽强地释放出沉郁的光泽，如同城里那无数建筑墙壁上、天花板上的壁画里夺目的暗红色，迄今仍然成为无数游客和考古学家关心的世纪话题。

我惊叹近2000年前那场火山喷发，吞噬了整座庞贝城，却没有摧毁那座巨型竞技场、露天剧场等建筑，甚至没有抹掉那无数被摧毁了的楼宇墙上天庭的壁画，一抹抹暗红的色彩顽强地继续绽放……

勾人魂魄的壁画，让人叹为观止：躺在巨大海螺壳中的女神维纳斯，骑着海豚的丘比特，浑身挂满葡萄的"酒神"狄俄尼索斯和他母亲塞墨勒……你能从壁画里，看到传奇英雄阿喀琉斯、摔跤的潘和厄洛斯、半人半神的赫拉克勒斯等诸多古希腊神话人物，看到脱胎于《荷马史诗》的激烈战争画面……自然，也不乏映照城市况味的社会风情画，画面色彩斑斓，明暗色调反差强烈，但作为主色调的一抹抹暗红色却是那么沉郁静滞甚至摄人心魄，令人久久不忍离去。那一抹抹从壁画里凸显出来的暗红色（不少壁画的整面底色都是暗红色），就是被誉为"庞贝红"而遐迩闻名的色彩，不仅仅是庞贝和意大利南部其他城市建筑装饰特色，也成了那个时代罗马建筑的象征。贵族府邸、平民宅第、会所剧院的壁画，无处不呈现这特制的"庞贝红"，历经岁月磨砺和火山岩浆洗礼，披上历史的光泽，迄今依旧纯净明晰。

据考证，庞贝壁画颜料的媒介物是石灰，更有经过精心处理过的辰砂，用以黏合包含蛋黄、蛋白、乳浆等有机物构成的颜料。而在颜料里加入了10~15微米的特殊晶体作为闪光颗粒，色彩更为沉稳并呈现红赭色，世所瞩目的"庞贝红"应运而生，再经过净化、研磨，并且以三维的手法展现艺术刻画。完成壁画后，还有一道不可或缺的打蜡磨光的工艺，壁画的色彩也因此更加明艳并增加了持久性。"庞贝红"凸显了古罗马高超的颜料制作技术，风靡庞贝的壁画与建筑，迄今仍堪为经典。

有一幅壁画上刻着一句铭文："没有任何东西可以永恒。"这是一句怎么诠释都不过分的箴言啊！不过，庞贝壁画的"庞贝红"也许是一个例外的存在，或许将永恒存在，耀眼于世间。公元79年8月24日，维苏威火山的爆发令当年仅次于罗马的城垣——庞贝——瞬间定格于1000摄氏度之上的高温及随之冷却凝固的火山灰里，往昔的荣耀、富足连同骄奢、淫逸统统葬身火海，这是来自上天对庞贝人纵欲、贪婪、暴食、傲慢等诸般罪孽的惩罚吗？但那些残垣断壁间的壁画，那一抹抹暗红色的"庞贝红"却还能突破火山灰凝固坚硬的壁垒，逃脱近两千年光阴的腐蚀，依旧栩栩如生，是人间奇迹还是天造神迹呢？

（9/17/2022）

雅典卫城之叹

雄踞于城市一隅山巅之上的雅典卫城（Acropolis of Athens），三面皆悬崖绝壁，或嶙峋突兀，或陡峭难攀。从西面曲折蜿蜒的林荫小径向雅典卫城（Acropolis of Athens）进发，眺望这整块平顶岩石构成的高高城池——"高丘上的城邦"，让人产生一种朝圣的感觉，仿佛迈入历史的时空，沉浸于岁月沧桑之中。

接近宏阔伟岸的卫城山门（Propylaea），人潮汹涌，惊叹声声，抬望眼，一片废墟台阶之上，粗犷又精巧的一根根花岗岩大立柱，撑起了山门及左右侧殿廊的门面。正中的五大门柱（原为六根）与两侧及内外侧面的多根立柱，凸显了古往今来的威严与气势，令人肃然。纵然脚下和视野之内尽是一派断壁残垣，内心依然升腾起莫大的崇仰。2500年前的建筑文明史就从这些残破的台阶、不同式样的白色立柱展开了。

卫城最初的主要功能是用于御敌，居高临下，易守难攻；后相继增建多座宗教、祭祀建筑，堪称集军事、宗教和庆典等功能于一体的综合建筑群。作为欧洲文明诞生地之一、古希腊文明的标志和希腊人心中的圣地，卫城也是欧洲最古老的古典文明遗迹。数千百年以来，由于战争、地震的破坏及气候等综合因素影响，导致卫城以石灰石和大理石为主要材料的建筑群主体已残缺不全，唯有山门等处建筑遗留的几根石柱子还顽强地屹立不倒。

　　迈过山门，就被右侧百米开外的巍峨建筑震惊到了，那是周边数十根巨型花岗岩立柱支撑起的矩形单层建筑——原来这就是卫城最负盛名的帕特农神庙（Parthenon Temple），举世闻名的古代世界七大奇观之一。这座耸立于基督教诞生前 430 年的巨型建筑，其实是西方最早的原始宗教庙宇，眼下还在修复之中，现场甚至还有起重机及部分脚手架，从施工图及复原的神庙图等资料看，帕特农神庙长 70 米、宽 31 米，四周环绕 48 根高 10 余米、直径 2 米的多利安式列柱，造型俊美优雅，气势恢宏，闪耀出古代希腊人建筑的辉煌。

　　位于卫城最高处的帕特农神庙看上去体量巨大沉稳，令人惋惜的是，这座 48 根花岗岩石柱环绕的古建筑，如今只架构出一座空空如也的神庙，其中多根石柱只剩下半截，周围的废墟之间堆满了修复待用的石块石柱，神庙内地面上也尽是沙砾碎石，仿佛有一派凄怆之气缠绕在这无与伦比的古代奇观之间，让人心生嗟叹！

　　绕行帕特农神庙一圈后，我惆怅地漫步于空旷卫城硕果仅存的其他几座建筑之间。以古希腊神话中智慧、技艺与战争女神雅典娜命名的雅典娜胜利神庙（Temple of Athena Nike），是座具有爱奥尼亚式列柱的优美神殿，传说雅典市民为了使胜利永驻，竟然砍削掉胜利女神的双翼，雅典娜胜利神庙于是有了一个别名——无翼胜利女神殿。眼前的这座神殿，如今只剩下几根 11 米高的圆柱孤寂地伫立于荒凉的平台上。史料称，今日残存的卫城遗址全是拜侵占、战乱及混乱变迁所赐的恶果。早在公元 2 世纪，罗马人就开始掠夺神庙里的雕像当作战利品。在公元 4、5 世纪，这座原始神庙被改造成基督教堂，大量浮雕装饰以及神像被移除或遭毁坏，那黄金和象牙打造的 38 英尺高的雅典娜神像也不翼而飞。1460 年，奥斯曼帝国占领希腊大陆，帕特农神庙又被改造成土耳其人的清真寺。1687 年，神庙被充作土耳其军队的火药库，又在一场爆炸中严重损毁，沦为废墟，神殿内的雕像仅一半幸存。1835 年，在战争废墟里收罗了无数残破大理石碎片的考古学家们，在幸存的地基上拼凑修复起这一神庙遗址。

早在公元前 6 世纪就存在，供奉月神与狩猎女神的阿尔忒弥斯神庙（Artemis Brauronia），如今也只剩下稀落的残垣断壁，连曾经竖立的十根多利安派式圆柱也荡然无存，更遑论神殿之内曾供奉的阿尔忒弥斯雕像了。

位于帕特农神殿对面的伊瑞克提翁神庙（Erechtheion Temple），集雅典娜与海神波塞冬两座神室合一的优雅复合造型，建于公元前 395 年，直到公元前 406 年才建成。殿内曾有一座雅典娜木雕像早已"不翼而飞"，在神殿南侧廊台能看到六尊女像列柱（Caryatids），但那只是文物复制品而已。

我踟蹰在卫城的一片废墟之间，徜徉于那几座空留下立柱和破墙断壁的神庙之间，被那曾经辉煌迄今也仍然恢宏气派的古建筑震撼，但回荡于卫城上下空间的历史感简直令人窒息。在不可思议的古代文明面前，我无法伸展想象的翅膀，难以描绘远古时代人类的超凡智慧与杰出工艺，唯有痛惜地一声声发问：那些辉煌建筑里原有的雕像、浮雕等举世无双的艺术瑰宝到哪儿去了？！

是的，伊瑞克提翁神庙被替代的复制品女像列柱的真身在哪儿呢？也许您能够在卫城山下的卫城博物馆寻觅到她的几具真身，却不够完整，其余的女像列柱真身藏在哪儿了呢？雅典娜胜利神庙内原有的无翼胜利女神雕像和浮雕呢？帕特农神庙被世人尊为古希腊艺术巅峰的大理石雕塑呢？……文物流失，建筑破损，除了战乱和雅典历经数百年殖民统治的毫无章法，1833 年希腊建国之初到 150

年前，破败的卫城还曾变身为贫民棚户区，住户纷纷盘桓在神庙废墟之间，捡拾石块和雕塑回去盖房子；来自欧洲各国的旅游者也顺手带走看得上眼的雕像雕版。如今除了卫城博物馆千辛万苦收集、保存了部分卫城建筑群的艺术品之外，更多的卫城艺术品去哪儿了呢？

直到造访卫城三年后的 2022 年孟秋季节，当我逗留英国伦敦，特意腾出一天参观大英博物馆，看到了数不尽数的希腊古文物，答案才开始明晰起来。

大英博物馆（British Museum，又名不列颠博物馆）是世界上规模最大的博物馆之一，藏品浩瀚博广，共收藏世界各地许多文物和图书珍品 800 多万件，覆盖了地球七大洲文明和人类 200 万年历史，藏品之丰富、种类之繁多世所罕见。1759 年 1 月 15 日起正式对公众开放，展出的仅是其藏品的 1%，其中必看的十大镇馆之宝中的亮点就包括帕特农神庙大理石（Parthenon Marbles）。在那硕大的两个展厅里，都是从卫城漂洋过海移来的帕特农神庙珍宝，其中不仅有拼接完好的三角门楣，上面的人物形象和浮雕圆润细腻，还有浅浮雕分布两翼。展厅的四面墙全部是奶白色的大理石浮雕和雕像，正是古希腊时期雕塑家菲狄亚斯及其助手创作的一组大理石雕像，其中包括酒神狄俄尼索斯（Dionysos）雕像在内的不同神话人物、动物雕像，也有镌刻于大片大理石上的各种浮雕，引人驻足欣赏，叹息声声。据说帕特农神庙修建时墙壁四周拥有长达 160 米的大理石浮雕，殿内还有各种雕像，如今，那些浮雕、雕像早已四分五裂散布在世界各地，希腊卫城博物馆仅仅拥有拼凑起来大约 60 米长的浮雕。据悉大英博物馆珍藏并展出的古希腊雕像约占帕特农神庙所有残存文物的 30%，其余极少部分储藏在巴黎的卢浮宫和罗马的梵蒂冈博物馆，甚至从哥本哈根到斯特拉斯堡的博物馆里都能看到来自帕特农神庙的文物。

这些帕特农神庙大理石是如何历经跨国旅行降临英国伦敦，最后落户大英博物馆的呢？ 18 世纪末至 19 世纪中期盛行的浪漫主义思潮掀起了欧洲的考古热。1799 年，英国驻奥斯曼帝国大使、埃尔金家族的第七代传人托马斯·埃尔金勋爵（Lord Elgin）——他被形容成是一位迷恋古典艺术到近乎变态的人——他参观雅典时，对帕特农神庙的文物青睐有加，在与奥斯曼帝国皇帝签约获准后，从 1801 年 7 月底开始，埃尔金勋爵雇用了几百个意大利工匠，耗费几年工夫，用锯子和炸药粗野地拆卸肢解了神庙大门和殿堂顶部、三角墙上的几组大理石雕刻，并将这批包括 19 个浮雕、15 块墙面、56 块中楣、1 座女性雕像、13 个大理石雕头部雕像以及其他碎件在内的古文物，于 1803 年任满回国时装船运回英国，剩余部分直到 1812 年才运完，总共花费约 7 万英镑。文物在伦敦一亮相便轰动四方，成为世人相传的"埃尔金的大理石"。

7 万英镑在 19 世纪初绝对是笔巨款，埃尔金勋爵原本意在用这些大理石雕刻装饰自己位于苏格兰的庄园，但几年后他染上了重疾，又遭遇婚变，负债累累面临破产的埃尔金不得不忍痛割爱，无奈之下他动员国家收购这批大理石。1816 年，英国政府用 35000 英镑买下这些价值不可估量的文物（如此看来埃尔金还是大亏本了），并将它们永久性移交给大英博物馆，这就是为什么迄今大英博物馆也将这些大理石浮雕称为"埃尔金大理石雕塑"。

我在展厅里久久瞻望这些大理石浮雕和雕像，惊叹 2500 多年前的艺术家和工匠竟然有如此鬼斧神工般的技艺，眼前恍惚间浮现了只剩下石柱石梁整个一空架子的卫城帕特农神庙，时空转圜穿梭，不禁唏嘘。感谢大英博物馆的周到服务，打开随身语音导览器开关，耳畔响起了标准的汉语解说："你身处的这个长方形展厅，是一间专门为了陈列博物馆中最重要、又最具争议性的一组古典雕塑——'埃尔金大理石雕塑'而设置的。这组雕塑由埃尔金勋爵于 1801 年自雅典帕特农神庙中取下……那时的希腊属于奥斯曼帝国，埃尔金勋爵则是英国驻土耳其伊斯坦布尔的大使。他巧妙地谈妥了对帕特农神庙菲狄亚斯雕塑的收购……这组大理石雕塑被带往伦敦，大雕塑家安东尼奥·卡诺瓦被传召前往鉴定及进行可能需要的修复，然而雕塑家拒绝将失落的部分补全，表示：'这不是大理石，这是血肉！'"

汉语导览继续解说道："雅典最大神庙的外墙装饰，均出自菲狄亚斯的工坊，制造时间约为公元前 5 世纪末期，风格非常和谐统一。在大英博物馆里，你会在两个展厅中看到完全重装好的三角门楣，上面有圆润的人物形象和高浮雕，两翼连接着浅浮雕……在这个不容置疑的古典艺术杰作里，雅典雕塑大师菲狄亚斯创造了全新的塑造神像方式与神话语言。如你所见，三角门楣的形状，使得雕塑家不得不让人物形象越靠近边角位置就越压缩。尽管受此限制，菲狄亚斯还是成功进行了非常丰富多彩的构图，让大型雕塑可以展现出'奥林匹斯'的自然与健壮柔和的裸体，成为古典艺术语言的典范，值得在阳光下仔细欣赏。"

菲狄亚斯是古希腊最伟大的雕刻家，代表作还有宙斯巨像、雅典娜神像等。身处"古希腊建筑艺术皇冠上的明珠"——"埃尔金大理石雕塑"展厅，聆听这几分钟的解说，真是让我等事先功课做得不足的参观者大为获益，初步知悉了这批大理石文物的出处、概貌和艺术、文物价值。我也注意到，解说词用"最具争议性"来作为这组展品的定位之一。事实上，大英博物馆镇馆之宝的"埃尔金大理石雕塑"早在英国与希腊外交史上划下了深深的伤痕。鉴于珍贵的文物价值与国家尊严，希腊朝野一直纷争不息。事关这些石雕的归属与收藏，希腊人和英国人已经唇枪舌剑了一百多年。希腊当局坚忍地不断要求英国归还这批珍贵雕像，然而历届英国政府一直推诿，最后把决定权扔给了大英博物馆。大英博物馆则始终声称雕塑是埃尔金勋爵当年通过"合法途径"获得的，它们"是每个人的共同遗产的一部分"，让这批雕像在此展出会让参观者对西方文明更加了解，甚至认为希腊不具备收藏、展出这批文物的设施。尽管联合国和多数国家都比较偏向希腊收回大理石雕像，但目前国际上仍然缺乏一部关于强制流失文物归还祖籍国的法规。

在这个大理石雕刻展厅浏览良久，我不禁想象设若这就是在希腊卫城帕特农神庙遗址上，那是一幅怎么样的场景？阳光透过神庙硕果仅存的门廊及三角墙照耀下来，透过 48 根石柱间的空隙挥洒进来，灿烂辉煌，就连废墟地上的沙砾都闪闪发光。只是那些雕像、那些石刻呢？那些被尊为"古希腊建筑艺术皇冠上的明珠"遗失、飘零到何方了呢？！

古罗马历史学家普鲁塔克在描述卫城建筑时说："大厦巍然耸立，宏伟卓越，轮廓秀丽，无与伦比……"沧桑巨变，今天，整个卫城山顶上依稀还能看出当初模样的建筑遗迹，也就仅余帕特农神庙、入口"山门"及宫殿还有伊瑞克提翁神庙了。当年曾经傲立千年的女神雅典娜巨型铜像早已不翼而飞（传闻被运到了东罗马帝国首都君士坦丁堡并最终在那里毁坏），卫城上其他各种建筑和雕塑也都烟消云散般湮灭。

很多年来，一直到新建的雅典卫城博物馆于 2009 年启用迄今，为保护卫城脆弱濒危的遗迹，希腊当局都没有停止修复遗址上主要建筑的工程，伴随卫城博物馆的落成启用，雅典政府颁布了雅典卫城文物保护法令，除了将所有遗存的雕像等文物迁移至卫城博物馆，同时委派雅典卫城修复服务局（YSMA）展开定期修复。一批官方认定的考古学家、建筑师、工程师、制图员、大理石泥瓦匠和工人，他们的身影在阳光下的门廊、三角墙及石柱间跃动，成为守护、复建珍贵历史遗迹的一道风景线。

由于修复进程繁复、修复时间漫长、修复毁损构架极难、维护成本极高，加之包括帕特农神庙在内的古建筑长年累月被脚手架覆盖，影响无数游客前往寻访"古代七大世界奇迹"之一的观瞻，从民间到当局内都渐次发出了不如翻新重建的声音，认为重建更容易达成恢复卫城部分建筑原始面貌的目的，也节省大量时间和开销。

然而，重建还是修复，对"古代七大世界奇迹"之一的帕特农神庙等卫城古建筑而言，究竟还是治标不治本，假若修复完好也是一处有缺陷有隐患的古迹遗址，即使全部重建完美再现原貌，说到底也只是"假古董"。况且，面对如今残存少数石柱、三角墙等原始构件的帕特农神庙，在一些瞻仰者或学者心目中，已是何等不堪！譬如著名希腊史学家安东尼思·莱寇斯（Antonis Liakos）指出：雅典的伊瑞克提翁神庙本是土耳其后宫，帕特农神殿本是土耳其清真寺，"但来自国外的'希腊考古学'充当了造梦机"，这些中东风格的古建筑遂被包装成独特的希腊风格经典。中国学者何新直言雅典卫城和帕特农神庙是 19 世纪炮制的"假古董"——建筑年龄不超过 200 年，如刚出炉一般，却被伪造包装成 2000 多年前的历史遗存。因为游客不会被告知真相——"人们在这里所看到的这一切，实际上并不是古代雅典卫城的真实遗存，而全部都是 19—20 世纪这 100 年间在西方的文化造伪运动中重建的假古董。"何新甚至质疑，古代历史中雅典是否真有一座规模宏伟的神庙建筑，也是可疑的，因为传说并非原始可信的史料。在奥斯曼帝国统治时期，雅典由穆斯林统治，当时这里没有所谓的雅典卫城和神庙，存在的只是一片乱石的废墟。他认为，1833 年希腊摆脱奥斯曼帝国的统治建立有史以来第一个希腊王国后，由英国人援助，开始在这里进行大规模重建。那些巨型廊柱其实都是近、现代建筑师的仿古杰作，而不是传说中的神庙原貌。因此，他强调的结论是："现在游客所见的卫城建筑和宏伟的神庙柱廊，如同不列颠的巨石阵，并不是古代文明的真实原始遗存物，而是历经 19 世纪以来多次重建、改建的可疑的复制品，是吸引旅游者的假古董。"

《斯坦福大学考古百科》"帕特农神庙之修复"（Restoration Work on the Parthenon）曾记载：第一次修复工作始于 1894 年由 Balanos 设计指导进行；第二次修复始于 1984 年，由雅典卫城古物保护委员会指导进行，修复工作直至今天仍在继续。其标注特别点明：实际上，所谓修复，就是在废墟上的重建。例如今天旅游者进入"雅典卫城"第一眼所看到的雄伟的柱廊，原本并不存在，都是由 Balanos 指导"重建和修复"的，其蓝图则来自设计者的想象。

英国《每日电讯报》曾经发起"眼见不为实"的著名建筑票选活动——"它看上去似真的，但它确实是真的吗？"（It looks authentic but is it real？）其中帕特农神庙位居第六，系"多次重建之物"；埃尔金石雕名列第七，"由于日久腐蚀以及野蛮清理而褪色走样"。关于大英博物馆"野蛮清理"帕特农神庙事件，也是有"典故"的。由于早年伦敦雾霾污染严重，20 世纪上半叶甚至波及大英博物馆室内文物藏品，当时有几天不得不闭馆。大英博物馆建成这么多年，日积月累，文物长期受伦敦污染的困扰。1936 年，20 世纪最大的艺术品经销商——杜威恩勋爵（Lord Duveen）掏钱赞助建立"杜威恩展厅"存放帕特农神庙石雕，又因其讨厌雕塑原有的深颜色而更喜欢洁白的感觉，他雇用的工头自作主张用粗糙的工具清理雕塑表面，毁损不堪入目，遭到业界抨击。

不过，从埃尔金勋爵1801年开始获准在卫城遗址现场拆卸帕特农神庙石雕的历史看，卫城古建筑并不至于如何新所说的仅仅是19世纪才诞生的"假古董"，其历经的岁月沧桑即使只是始于清真寺年代，也不止500年光阴了。这不是我看重的文物要点，重要的是，如今只空余48根石柱（其中多数当然是重建之物）及单边门廊的帕特农神庙，纵然看上去依旧气象万千，庄严肃穆得令人起敬，乃至顶礼膜拜，但是没有了原先殿堂内和四壁的雕像、浮雕等稀世真品，它的文物古董价值究竟为几何呢？再设问，是如今屹立于卫城废墟上的帕特农神庙空架子更有文物特质、考古价值呢，还是珍藏于卫城博物馆、大英博物馆以及世界各地的帕特农神庙石雕、三角墙——哪怕残缺不全——更具备文物特质、考古价值呢？

呵！在雅典卫城的废墟，在帕特农神庙的石柱之间，我震撼并叹息，震撼那逝去却似依然屹立的辉煌与壮美，叹息它仿佛家徒四壁般空有一副皮囊（架子），任人触摸膜拜抑或质疑……在大英博物馆，在凡尔赛宫，我更加深感震撼，震撼那旷世绝代的文物之美和不可估量的考古价值，叹息它们背井离乡远离了生根的土壤……

（12/23/2022）

徜徉于神秘的金字塔之间
——行走中美洲三国

    2016 年仲春，全家人有机会一起游历中美洲三国——也就是墨西哥、伯利兹和危地马拉——开启一趟神秘的玛雅文明之旅。第一站是玛雅文化的发祥地墨西哥。首先我们在墨西哥城接受有关玛雅文化的启蒙教育——参观墨西哥国家人类学博物馆（Mexico National Museum of Anthropology）。这座据称在墨西哥城 400 多个景点排名第一的博物馆，是拉丁美洲最大最著名的人类学专门性博物馆，其建筑融印第安民族传统风格与现代艺术为一体，基本结构宛似一个硕大的长方形四合院，风格简约而庄重。博物馆门口是一座用整块大石雕成的"雨神"，进门院内见到一根图腾大铜柱，柱上有一个巨大蘑菇顶盖，自上而下循环向四周喷洒清水，恰如"雨泉"倾盆。博物馆内的收藏和展品凸显了博大精深的印第安人文明遗存，展出的人类学、墨西哥文化起源以及欧洲人来此之前墨西哥各族居民文化和生活的实物，系统介绍特奥蒂瓦坎、托尔特卡、墨西卡、瓦哈卡、墨西哥湾、玛雅、北部和西部八种墨西哥印第安文化，堪称 4000 年来古印第安各族人民文化遗产的缩影。

墨西哥国家人类学博物馆的历史文化熏陶

我们特别留意盘桓了该馆的玛雅展厅，依据中美洲历史大事记，玛雅文明排在奥尔梅克文明和阿兹特克文明之间。玛雅文明（Maya Civilization）以印第安玛雅人得名，是中部美洲印第安古文明的杰出代表，是世界著名的古代文明之一。玛雅人（Maya peoples）是古代印第安人的一支，是美洲唯一留下文字记录的民族。公元前约2500年就已定居今墨西哥尤卡坦半岛及南部山区、危地马拉、伯利兹以及位于中南美洲走廊的萨尔瓦多和洪都拉斯的部分地区，疆域面积约52.26万平方公里，人口约有200万，系蒙古人种美洲支。玛雅文明植根于中美洲的热带丛林之中，于大量雨水、河流和沼泽汇集的荆棘遍布森林茂密的自然生态区孕育、生长，发展成美洲三大古文明中最为显耀也最为神秘的一支，也是唯一诞生于热带丛林而非大河流域的文明。现已考古发现的数千处古代玛雅遗址，大多数都分布在墨西哥南部的尤卡坦半岛和伯利兹和危地马拉三处。当16世纪西班牙人踏上这片大陆时，曾一度创造远古辉煌奇迹的这一人类分支却已然消失了。当然，还有更多的玛雅遗址可能被埋藏在该地区茂密的热带森林之下，这一点在我们随后的旅行途中所见不虚。

玛雅文明的起源和消失在人类史上迄今还是一个谜。带有神秘色彩的玛雅人起源于何地，迄今众说纷纭，难有定论。有说是来自某个国家的移民，或说是"失落的部族"后裔，甚至说是外星人的后代，凡此种种都成为考古历史上的谜团。至于玛雅文明的消亡，各种解释包括外族入侵、内战、饥饿、贸易路线被切断，甚至是被严重的气候变化即数十年干旱所摧毁，等等。曾经辉煌的玛雅古代文明为什么忽然消失？创造了这个伟大文明的玛雅人的子孙为什么又陷入落后的状态？这是许多科学家长期以来孜孜不倦地试图揭开的奥秘，他们一批又一批沿着往昔玛雅人的踪迹，穿过莽莽山林，深入蒂卡尔、科潘等当年的玛雅古城址考察，试图揭开被岁月尘封历尽沧桑的谜底。

璀璨耀眼的玛雅文化，曾与中国、埃及、印度和希腊的古代文明相辉映，点亮了人类及历史长河的天空。玛雅人发明的 20 进位法数学体系，被称为"人类最伟大的智慧成就"；他们精密的太阳历法比欧洲人稍后使用的凯撒历要正确得多；他们建造过 100 多座城市和众多巍峨的金字塔以及寺院，采用拱形建筑术（梯形金字塔、宫殿、拱门等），精美的雕刻艺术也令后世文明景仰。

玛雅馆和阿兹特克馆是墨西哥人类学博物馆一楼最为重要的两个展厅，展品集中凸显了这两大印第安文明的精粹，如彩绘人像锅、彩绘陶锅、美洲虎翁、玉米神像香炉、笑面人像、人面纹香炉、雨神像瓮等大量藏品，无一不是玛雅文明遗留下来的珍品；而重达 24 吨的太阳石，则象征了阿兹特克的昔日辉煌。

流连忘返于墨西哥国家人类学博物馆的玛雅馆，是我们接触玛雅文明前不可或缺的启蒙之旅。目睹那些精雕细刻造型丰富的石碑石雕、形式多样结构复杂的各种神殿、盛名远播的库库尔岗石像、绚丽多彩的波南巴克壁画以及各种尺寸形状的陶俑和陶器、按照实体大小复原的帕兰凯王墓，其中墓盖深雕的精美，翡翠面具及饰物的豪华，令人难以相信古代玛雅人的高度发达文明与各种工艺水准之精湛，也切切实实让我们感悟到远古历史和文化的熏陶。

造访"众神之城"金字塔群

实地寻访玛雅文明古迹之前，参观人类学博物馆的次日，我们先领略了一处几乎与玛雅文明同时存在的古迹地特奥蒂瓦坎 San Juan Teotihuacan（特奥蒂瓦坎这个名称据悉是后世的阿兹特克人所起，在印第安人纳瓦特语中意即"众神降临的地方"、"创造太阳和月亮神的地方"，特奥蒂瓦坎因此被尊为"众神之城"），这无异于造访玛雅文明遗迹前的又一次文化预习。当天从墨西哥城北的长途汽车站，购买 47 比索的车票坐大巴班车行驶约 1 小时，抵达距离墨西哥城约 50 公里的北郊这一考古保护区，便是曾经起始于公元前 200 年、据悉在公元 750 年时消亡的古代印第安文明遗址。步入园区大门，顿觉面积甚广，空旷寥廓。据资料介绍，整个特奥蒂瓦坎遗迹占地 36 平方公里（又称周遭面积共约 83 平方公里），以南北向长约 2.5 公里的"亡灵大道"（纳瓦特语：Micaohtli）为主轴，分布了三座硕大的金字塔，分别是大道最北端的月亮金字塔、中段东侧的太阳金字塔、与太阳金字塔遥遥相对的羽蛇神金字塔。

玛雅文明与特奥蒂瓦坎、奥尔梅克、米斯特克（Mixtecs）、阿兹特克等邻近的文化存在多样的交流。玛雅文明与特奥蒂瓦坎文明几乎是在不同区域同时兴起与发展的人类文明，玛雅文明与特奥蒂瓦坎互相融汇互为影响是不言而喻的。特奥蒂瓦坎文明比玛雅文明要衰落早得多，却深深影响了玛雅文明。在玛雅文明的前古典时期，势力不小的玛雅人社区也存在于特奥蒂瓦坎城内。

墨西哥旅游界流传一句话：到墨西哥而没有到过特奥蒂瓦坎，就等于没来过墨西哥。与来自欧洲、亚洲、美国的各国游客一样，我们先攀登最接近特奥蒂瓦坎入口、在三大金字塔中最小却似乎最峻峭的一座金字塔——羽蛇神金字塔，绝对是愉悦和惊诧的经历。走近羽蛇神金字塔，塔前一侧还有工人在发掘业已露出轮廓的古建筑遗址，看上去像是古代人群居的村落。与众所周知的埃及金字塔都是尖顶不同，特奥蒂瓦坎的金字塔皆为阶梯形，上端是平顶，这与后来所见的各国玛雅文明遗址的金字塔相同。

羽蛇神金字塔那层层阶梯皆由一块块巨石叠建而成，难以想象当年的特奥蒂瓦坎人是如何全凭手工建成如此庞大的建筑。登临塔顶眺望四周极其邈远，远处的太阳金字塔和月亮金字塔以及其他古建筑群落分布在侧，气象非凡。我们绕行塔顶，又折到塔后，发觉还紧紧挨着一座类似庙宇的建筑，石块铺成的墙体上镶嵌着海螺贝壳以及各种雕塑、彩绘，造型与色彩依稀可辨。想见这金字塔群落原是古代人祭祀的圣殿，异于埃及金字塔为墓葬的功能。待到要下塔时，我们才惊觉如此陡峭的阶梯（大约是 70 度吧）难以正常迈步下行，只好小心翼翼地侧身扶着一道道阶梯逐级而下，颇有些步步惊心的感觉。

我们在园区漫步，所见或是荒芜的原野，数米高甚至两三丈高的巨型仙人掌遍布广袤的坡道与沙地；或是初露雏形等待发掘的古建筑群落废墟，这些有待发掘整理的不同遗址散落各个角落，是何等令人震撼的古文明丰富遗产啊！我们又到园区内的博物馆参观，临时温习了一番特奥蒂瓦坎群落来龙去脉的历史，馆内图像、实物与模型布置还原出古遗址当年的景象。这个古代特奥蒂瓦坎人建成的中美洲地区最独特的建筑群希乌达德拉（Ciudadela），据称在公元300—500 年已有 8.5 万人口，俨然是发达的一座大城。其中的主建筑羽蛇神金字塔，与太阳金字塔和月亮金字塔共同构成了城市的仪式中心，为特奥蒂瓦坎全盛时期的象征。博物馆展示的资料称，特奥蒂瓦坎是世界上游客到访率为第二的考古遗址，遗址的博大亘古和三大金字塔的壮丽雄伟吸引了慕名而至的各国游客。

当我们接近太阳金字塔时，越发感觉到这座古建筑的气势恢宏，这是特奥蒂瓦坎遗址中体积最大也是最高的金字塔，高 64.5 米、四周每边宽约 228 米，共有 248 层阶梯，以约 300 万吨的巨石堆砌而成，在陡峭中益显巍峨雄壮，透出深沉威严。太阳金字塔顶端原有辉煌的神庙，供奉着镶有金银饰片的太阳神巨像，正对东方升腾而起的太阳，璀璨斑斓，耀目壮观——这是 18 世纪西班牙历史学家波多里尼的记述，纵然今天那雕像和神庙已渺无踪影，也带给登顶眺望的人们多少遐思！有资料称该金字塔在全世界排名第三，象征着太阳升起的地方。太阳金字塔始建于公元 1 世纪，即使在今天可以借助先进发达的机械设备来运输石料、构造搭建，无疑也是一项不可思议且浩繁复杂的工程。从底部仰望乌泱泱黑石块垒起的巨大太阳金字塔，仅仅想到这一点，也不免令人肃然起敬。

我们又转到"亡灵大道"，向北端的月亮金字塔走去。这条大道宽约 40 米，长 2500 米，漫步其上俨然置身于一座空旷的条形大广场，大道两旁分布了 12 个祭台，据说代表了特奥蒂瓦坎历法里一年"12 + 1"个周期。旅游资料还介绍道，当地每年 3 月会举行热气球节活动迎接春分，游客坐上巨型热气球的吊篮，飘浮在空中俯瞰整个古迹遗址，可以清晰地看到三大金字塔和其他数十座金字塔以及上千组建筑遗址在"亡灵大道"两边排列，星罗棋布，呈现极有规律的构造图形。事实上，"亡灵大道"就是特奥蒂瓦坎的中轴线。据考古学家研究考证，构成特奥蒂瓦坎这些古建筑的不仅包含建筑学，还有复杂的数学和天文学知识。从空中俯瞰，特奥蒂瓦坎遗址不仅拥有现代化的城市布局，其平面分列甚至宛似当今高科技电脑的电路板，三大金字塔就像三块处理器芯片。研究人员还发现，这里和距离 7000 英里之外的埃及金字塔存在大量相似相关之处：埃及吉萨胡夫大金字塔和特奥蒂瓦坎太阳金字塔的基座周长都是 228 米（约

750 英尺），太阳金字塔的高度正好是吉萨胡夫大金字塔的一半，太阳金字塔、月亮金字塔和羽蛇神金字塔的位置都与猎户座腰带对应，而埃及吉萨的三座金字塔也是如此。这么惊人的巧合该如何解释呢？难怪一千年以后，美洲更新一代文明的缔造者阿兹特克人将特奥蒂瓦坎当成了朝拜与祭祀太阳神最重要的场所。他们相信只有神才能建造如此规模的城市，特奥蒂瓦坎就是众神缔造的传奇之城。

走近"亡灵大道"尽头的 40 米高金字塔，基座平面呈现为长方形（120 米 × 150 米），这是当年特奥蒂瓦坎人祭祀月神的台庙，如今依然吸引熙熙攘攘的来往游客，不免更加感叹古迹遗址的魅力。面对特奥蒂瓦坎这座已然荒芜却又蕴含了无限生机的古城，无论是登临高高的金字塔还是徜徉于那些衰败散落的废墟之间，似乎都会心生怀古尊崇，更产生对种种奇异景象和那几乎无处不在的神奇力量的叩拜与叹服！地球文明的历史，正是由不同民族的先辈创造谱写的华章，冥冥之中仿佛又有上苍超能的力量在主宰。

不可思议的是，位于墨西哥城郊的特奥蒂瓦坎在其鼎盛期，对千里之遥的危地马拉的玛雅重镇蒂卡尔（Tikal）及其周边城市居然也能大权在握。公元 378 年初，特奥蒂瓦坎的 Siyaj K'ak'（"Born of Fire"）抵达蒂卡尔，导演了一场武力接管大戏。同一天，蒂卡尔国王 Chak Tok Ich'aak I 去世。一年后，身为特奥蒂瓦坎贵族的新国王 Yax Nuun Ahiin I 即位，蒂卡尔随后崛起为中部低地最强盛的城邦。

探寻苏南图里奇遗迹

造访特奥蒂瓦坎的次日，我们搭机从墨西哥城飞往东北部海港小城切图玛尔（Chetumal），就在那袖珍型的机场接洽租车事宜，耗时一个多小时，一辆银灰色大众高尔夫型汽车就成了我们未来六天

162

的座驾了（租金 172 美元）。出机场在路边加油站加满汽油，随即驶往几公里外的墨西哥与伯利兹（Belize）交界处。边境左侧那座小小的平房前竖着卡通画形式的欢迎牌，那就是伯利兹海关了。办妥相关手续，我们随即驾车驶上穿越伯利兹腹地的公路。

伯利兹系英联邦成员，是中美洲唯一以英语为官方语言的国家，其货币伯利兹元直接与美元挂钩，两伯利兹元等于一美元，境内通用美元，这给我们后面几天的旅行带来很大方便。

浏览从海关索取的伯利兹地图，这个面积 22963 平方公里、人口约 30 万的袖珍小国，基本只有一条公路由北往南且折向西，一路向前驶去，心旷神怡，感觉租车跨国自驾游的行程太好了。沿途所见都是原野、树林、牧场，大片大片的原生态风物从车窗外掠过，道路两旁触目皆是椰子树、甘蔗林或其他热带植物，也有零零星星的牛马羊群闲散地踯躅在草坪上。沿途看到的村民以黑人或者混血人种居多，路过村庄、小镇、学校，所见几乎都是一层的平房。大约在夜幕下驾驶三小时，我们抵达了伯利兹西部临近危地马拉边境的圣伊格纳西奥（San Ignacio）小城，这是一个知名的旅游集散地，距离邻国危地马拉边境仅 8 英里，寻访玛雅遗址的游客几乎都会把这儿当作一个落脚点。

次日下午，我们就去造访距度假村几公里外的著名玛雅古迹——修建于公元前 600 年左右的苏南图里奇（Xunantunich），与公路隔着一条河（Mopan River），一个小小的渡口，也就 60~70 米宽的河流，等候载着旅客和汽车、马匹的摆渡驳轮从对面靠近。我们的汽车也缓缓驶上甲板。两位当地土著用手转动绞盘，凭借两条钢丝缆绳推动驳轮渡到对岸，完全不依靠任何燃油或蒸汽驱动，相当环保且没有污染。河水清澈礁石耸立，两岸自然风景原始风貌般洗净铅华，恍若仙境。但见当地居民大人小孩正在河里游泳嬉戏，远离尘埃，无忧无虑，让人羡慕。也就三四分钟的光景抵达对岸，驾车下了驳轮，沿着丛林间的山坡前行不到两公里，就到了古迹前的停车场。我们先在左侧的小博物馆浏览，再往山坡上跨过多级石阶，赫然见到开阔的广场与耸立的阶梯形平顶金字塔，以及古村落般的建筑群，形状与色彩和在墨西哥见过的特奥蒂瓦坎几乎如出一辙般古朴而有质感。黑色的巨石块堆砌成的阶梯形金字塔分成上下几部分，有凹凸不一的各种雕刻点缀其间，或者形象丰满，或者斑驳一片，或者沾满青苔，留下了岁月沧桑的痕迹。

伯利兹的玛雅遗迹大多分布在西部茂密热带雨林覆盖的丘陵地带（Maya Mountain），掩藏在原始丛林间的苏南图里奇玛雅遗迹虽然不是伯利兹最大的玛雅遗址，却是当年重要的皇家祭奠仪式举行地。包括中央宫殿卡斯蒂洛（El Castillo）在内的所有宫殿、寺庙等建筑都形态生动鲜明，于晦暗的石块间绽放出神秘的色彩，在众多玛雅遗迹中，以其主建筑一侧立体的石雕浮雕尤为耀眼。

伯利兹和中美洲一带迄今发现的几百座玛雅金字塔种类繁多，阶梯形、平台形，并且每每在金字塔结构上搭建宫殿、庙宇或者其他祭祀的场所，因此造型、用途都繁复多样，各有擅长，各具规模。苏南图里奇是仅次于拉科尔的伯利兹第二个最重要的玛雅遗址，置身于丛林间深处相对平坦舒展的原野之上，建筑大小种类各异，结构奇妙，布局规范，环境优美，端的是当年玛雅族的一方宝地。资料显示，2011 年英国的哈里王子代表女王造访伯利兹，也特意到苏南图里奇玛雅遗址参观，并欣赏了当地民众的传统歌舞表演。可以想见那一刻这片古迹遗址是何等地生气勃勃。土著原住民以特有的热情和基于远古历史的自豪，欢迎来自远方的王室成员。

其时（4月底）正是伯利兹的夏季，一年里最热的季节，当地人说过了6月雨季后会凉爽很多。酷热出汗之际我们先到一侧的凉亭避暑，见到两名荷枪实弹的士兵也在那儿歇息，他们的枪与子弹袋都摊开在大木桌上。想起前一天开车路上也遇到过两次军人设卡截停盘查，后来才知是查毒品。又据称伯利兹和邻国危地马拉关系紧张，后者始终把前者视为自己的领土，但伯利兹在英联邦的旗号下亲近英国和美国，让外族忌惮而难以染指。

我们攀登了这个遗址群落中的主殿金字塔，也即被称为卡斯蒂洛城堡（El Castillo）的当地最大金字塔，因为设计为王室成员等居住、祭祀等功能，该金字塔在苏南图里奇的金字塔群里是最巍峨壮观的一座，高度据称是40米，远没有特奥蒂瓦坎的太阳金字塔高，但攀爬之际还是颇具层层上升的高空感。或许是为了保护遗迹，塔的一侧临时支架起木板阶梯，坡度较缓，攀爬起来也不太费力。攀爬到塔顶远眺，也足以把数英里之外的圣伊格纳西奥市郊风物尽收眼底，苍绿葱翠的原始雨林风光赏心悦目，感慨几千年前的玛雅人何以能选中这样雨水丰沛的环境建国立业，又何以有超群的勇毅和智慧搭建起迄今仍令人叹为观止的城堡般的神殿金字塔！那两个士兵也尾随着我们登上了塔顶，他们或许已经不知登了多少遍这儿的金字塔，但看他们快乐的神情、喜悦的肢体动作，可知他们是多么喜欢自己的家园。问及哪一边是危地马拉的国土，他们指向一侧，风光与伯利兹这边无异，也看不到明显的区隔，毕竟都是同样的热带雨林环境，一样的原生态，那是我们计划中次日要造访的天地。

整个园区不算特别大，草坪、丛林、小丘、缓坡几乎无缝衔接，各种古建筑错落有致，相比墨西哥的特奥蒂瓦坎，益显精致钟灵。在凉亭的一侧还有两端斜坡相对的整片区域，保留完整，仔细端详、实测了一番，正是我们之前在墨西哥国家人类学博物馆玛雅文明馆里见识到的远古玛雅人玩耍的球场。它的面积比现代篮球场大，又小于现代足球场，据说当时玛雅人球赛不单单是竞技游戏，更具有祭祀意义。球员既不能用手触碰球，也不能用脚踢球，而只可用胯部、膝盖、臀部击打那种用当地橡胶制成的实心球，球的直径为25~30厘米，重4~6斤。比赛双方（每队7人）都争先恐后地接触橡胶球，在各自身躯之间击打或弹打在两边石壁上，不能落地；在球场两侧石壁数米高处镶有石环，也就是球戏竞技中须得让球穿过石环为进球，难度相当大，以至于比赛往往耗时数天才能决出胜负。球戏结束后，依据赛前占卦的结果，胜方的队长要被斩首血祭，这个规则似乎不合逻辑与常理，然而玛雅人的世界观是以向神明奉献生命为至高无上的荣誉，人祭是向神灵致以最崇高的敬礼，献祭人的生命是最高级的祭祀仪式，并且要奉献最杰出的生命，得以在阴间仍可与死神搏斗。另有传说是球戏比赛往往由当地贵族一方获胜，而由战俘组成的一方则失败，其队长的头颅则被割下祭祀神灵。甚至也有人说是败方队长被剖挖心脏当作祭品，头骨被用作新球的球心……抑或胜负双方的队长都要被当众砍下头颅，以慰神明。这等以残忍彰显荣耀的"活祭"游戏不知持续了多少年，看看一旁金字塔神殿壁上镶嵌着排排人像骷髅雕刻，就是当年被血祭的球员队长的石像，诡异中依然透出抹不掉的残忍与恐怖。在玛雅人心中，"球戏"绝不仅仅是竞技运动，而且是一种不可违逆的宗教仪式。据悉，几乎每座玛雅遗址都有类似的球场，供"球戏""活祭"专用，多年后到访墨西哥著名的奇琴伊察玛雅遗址，类似的球场有8座之多，规模更宏大，足见举行这种宗教仪式的频繁密集。其实，玛雅人最初的祭祀传统只是奉献牲畜，后来受到其他部族影响，渐渐开始用活人祭祀，剖心祭天，割头求雨，遂成就了令人毛骨悚然的残酷陋习。或许，正是这等匪夷所思的"活祭"，久而久之埋下了民族沦丧走向没落的恶果。

告别这块充满远古人类智慧又掺杂着杀戮血腥的玛雅遗迹，再次站在渡口看到画一般的风景和小孩在水里嬉戏的景象时，我仿佛觉得岁月既如河流哗哗般匆匆逝去，也如这丛林以及由巨石块堆砌而成的古金字塔群落般凝固，仿佛警醒当代的人们：这就是历史，这就是生活。

深入"玛雅文化心脏地带"

次日清晨，我们在度假村前等来了一辆面包（厢型）车，车上已经坐了两拨团友，一对来自美国纽约的夫妇带两男一女三个小孩，另外一对年轻情侣来自得克萨斯州，女的是美国白人，男的持韩国护照。胖墩墩的司机兼导游驾车十几分钟就到了伯利兹——危地马拉边境，几分钟就到了另一个国度，有点儿惊悚和奇异的感觉。再换乘当地旅行社的一辆厢型车，由当地司机驾驶，我们的导游就坐在副驾驶位置。一路前行，沿路风光与伯利兹差不多。

途中在一家旅游客栈休息再登车上路，很快接近蒂卡尔古迹保护区路况优质的森林大道，绿荫遮天扑面清爽，沿途不断有注意各种动物的警示牌，让我想起三年前开车进入美国华盛顿州雷尼尔雪山国家公园的路，近乎原始环境的景象竟是如此似曾相识。

蒂卡尔作为前哥伦布时期玛雅文明的都市中心，现在被规划为国家公园，1979 年被联合国教科文组织以文化和自然遗产列入《世界遗产名录》，有"玛雅文化的心脏地带"之誉，是玛雅文明中保存最完整、规模最大的城郭遗址之一，也是危地马拉最著名的旅游资源。进入蒂卡尔古迹保护区，下车后跟随导游顺着小路步行，沿途大树参天，鸟鸣声声，间有类似小村落的遗迹静静地卧在一旁。大约步行20分钟后，眼前豁然开朗，大片的绿色草坪周围散布着巍峨的金字塔以及古建筑群，形状类似前一天在伯利兹苏南图里奇（Xunantunich）玛雅遗迹看到的，古朴苍凉，悠然雅致。这处大广场（Great Plaza）是蒂卡尔的重要标志地，东西两侧的巍峨金字塔默默相对，分别是高38米的1号金字塔和高47米的2号金字塔，中间一侧则是其他相对低矮的建筑群。那些雕刻图像的纪念碑和祭坛，和金字塔群一起撰写下蒂卡尔帝国城邦的皇皇历史。考古文献记载，公元900年间当地居住约15万玛雅人。还听导游说，巧克力就是玛雅人发明创造的，当时就有多种口味，是从当地一种树中提炼。想想世间的事物真是奇妙，现代人的一些享受都得益于先人啊！

蒂卡尔的金字塔群集散耸立在莽莽丛林之间，多为公元7世纪末到9世纪初的巅峰时期所建造。这些石块构筑的金字塔不全是平顶建筑，掩映在热带雨林之中，高低错落有致，威武庄严，沧桑无限。蒂卡尔金字塔塔身斜度（坡度）达70度，外观奇崛峻峭，有如欧洲哥特式教堂般奇峭，因而也被称为"丛林大教堂"，令人叹为观止。蒂卡尔现存金字塔城中还可辨识古代皇宫的遗迹，最壮观的建筑为六座顶上筑有神庙的阶梯形金字塔，另有众多小型金字塔、宫殿、居所、石碑和球场散布各处。早年的探险家、考古学家已经为主要金字塔编号，最高的是高70米的4号金字塔，系迄今发现的美洲玛雅人修建的最高建筑物。1、2、3号如今都开放供游人观赏乃至攀登，其余一些还未完全发掘或者正在开发之中，侧面路过时从不同的角度观察，可以望见那隐隐显露头顶或者轮廓的金字塔，透露出远古文明的信号与轨迹，等待着考古工作者不断去发掘去整理。

大广场入口人流穿梭甚多，好在遗址面积阔达深广，游客们休憩之余，便都消散于各自钟爱的处处古迹群里，并无嘈杂之感。加之森林繁茂覆盖，草地绿茵葱茏，鸟类众多，有各种小动物出没，我当时曾亲眼看见一群孩童在大广场一侧草坡上围观一只类似狸猫的奇特动物，而这"狸猫"似也早已习惯于这等被围观的阵势，优哉游哉地慢慢踱步，在众人手机相机的咔咔声中渐渐隐入林间坡丛之中。

在大广场边缘的树荫下稍息片刻后，我们先后一口气攀登了1号、3号两座金字塔。1号金字塔又称大美洲豹神庙，高51米，其夹角为70度，与埃及金字塔或特奥蒂瓦坎的太阳金字塔约40度夹角的造型平稳浑厚迥异，予人陡峭俊美之感。当然，这也给攀缘者增加难度，石阶陡峻，令人晕眩，拾级而上，步步惊心，却也于忽闪忽闪的惊悚感中获得征服感和成就感的快慰。塔间各层所见环绕分布一些古代玛雅人的居所——冬暖夏凉的洞穴。在金字塔的台阶或者平顶上眺望四周的风景，依然是那么神秘，那么深不可测。居高临下遥望周围残垣断壁的古迹，都掩藏在深山老林里，或隐或显。蒂卡尔遗址的金字塔群与苏南图里奇等玛雅遗址的金字塔群都告诉今人，建筑学与天文学的融会贯通，造型布局与天文观测的有机结合，正是玛雅文明的高超创造之一。

稍稍比较一下玛雅金字塔与埃及金字塔，后者的塔顶几乎都是尖的（锥形），而玛雅金字塔都是平顶，塔体呈方形，层层叠叠。塔顶平台上一般建有庙宇，这就区别了与埃及金字塔的不同用途与功能：埃及金字塔是法老的陵墓，而玛雅金字塔以举行祭祀典礼或观察天象为主，宛若一个大祭坛，只有个别的做陵寝之用。玛雅金字塔的高度虽然不及埃及金字塔，但数量远远超过埃及金字塔，仅在墨西哥境内已被发现的金字塔就不下10万座。此外，玛雅金字塔的天文方位计算精确度超过埃及金字塔。例如玛雅金字塔的设计建造，居然能让天狼星的光线穿越南墙上的气流通道，直射到长眠于厅堂中的法老头部；北极星的光线通过北墙的气流通道，径直射进下面的厅堂。匪夷所思的是，在望远镜、星盘、计算机远远没有问世，甚至没有雏形的远古时代，玛雅人如何能够精准计算到这一切？他们又是如何能够观测到那些肉眼观测不到的行星运动轨迹？从这个意义上说，玛雅金字塔更是一种奇迹般的"天文建筑"。玛雅人依据自己的历法建造金字塔，实际上都是具备祭祀神灵并兼顾观测天象功能的天文台。玛雅人超乎寻常的数学与天文学功力，使得他们的金字塔建筑展现出无与伦比的设计。

据称美洲豹系玛雅文化中重要的神灵之一，各地的现存玛雅遗址金字塔或纪念碑都能见到这个象征图案，是玛雅时期统治者权力的象征。蒂卡尔早期的几任国王也曾冠名"美洲豹"。譬如公元292年即位的 Balam Ajaw 称为"被装饰的美洲豹"（Decorated Jaguar），公元317年即位的"美洲豹女王"（Queen Jaguar）Ix Une'B'alam等。蒂卡尔遗址的主要金字塔兼具神庙的功能，顶端装饰着高耸的"冠冕"，有的雕饰着美洲虎的图腾。想象当年的玛雅祭司——通常就是玛雅王——缓步攀登到金字塔塔顶的神庙，恍若登堂入室直达天庭，沐浴在神秘的圣灵之中，仿佛打通神明的脉搏，获取超然世俗的法力！遥想玛雅文明的种种远古仪式与创造，太阳的崇拜、星象的观测、精确的历法、独特的象形文字、精美的雕塑绘画……仿佛都在神庙的祭祀仪式中获得灵感，神人合一，天赋异禀，达臻辉煌与完美……

漫步海滨玛雅文化遗址

当天下午我们返回伯利兹圣伊格纳西奥，休整一夜。次日（4月
29日）全天驾车530公里，日夜兼程，穿越伯利兹到墨西哥东部图
伦（Tulun），合共13小时，途中在伯利兹首都贝尔莫潘（Belmopan）
及海滨城市伯利兹城稍稍停留，逛了贝尔莫潘的跳蚤市场，尝了西
瓜，饮了现剖的椰子汁。

再一日（5月1日），我们去了图伦的玛雅古迹保护区——海滨
玛雅（Riviera Maya），约13世纪至15世纪玛雅人的群居地，傍海，
环境、风光极佳，游客络绎不绝。从入园口的步道走向海滨的各个
遗址古建筑群落，沿途不断看到众多青草绿色的壮硕型蜥蜴，或爬
行于草地或攀缘于树根，憨态十足，吸引游客纷纷驻足观赏。到了
遗址园区内，更是随处可见这些可爱的蜥蜴，依附在不同景观的
树下坡上，爬行穿梭，姿态各异，成为这古老遗址中的生动鲜活的
景致。

墨西哥的原始土著文化历经大航海时期，迎来了玛雅文明和阿
兹特克文明，在这片国土上，辉煌的金字塔群拔地而起。太阳崇拜、
祭祀等一系列宗教仪式，也环绕着金字塔隆重推行。迄今散落在各
地的神秘遗址不可胜数。图伦就是墨西哥的尤卡坦半岛三处著名的
玛雅文化遗址之一（另外两处分别是 Chichen Itza：奇琴伊察，Coba：
科巴），也是唯一建立在大海之滨的玛雅遗址，规模虽然比另外两处
小，却因为紧傍加勒比海，看上去极其开阔，景色尤其漂亮。图伦
的历史最短，也是保存最好的玛雅遗址之一，园区内散布着几十栋
遗址建筑，都是由大小石块堆砌而成，著名的卡斯蒂略（Castillo）
古城大神殿屹立于海滨悬崖之上。登上最高处的瞭望台遗址，俯瞰

蔚蓝波涛，遥望澄碧云天，静思岁月流年，即使没有颇有气势的神殿群的残垣断壁的衬托，纯粹作为现代海滨度假村也是很有规模和气派的。图伦没有其他玛雅遗址所有的高耸金字塔，这里可能是相对年轻的玛雅文化遗迹（建于 13—15 世纪，距今仅数百年光景），却因为有湛蓝色的加勒比海的波涛为伴，这海天一色的废墟之美为玛雅遗址增添一抹色彩。

图伦曾经是玛雅时代的港口城市，如今也是许多加勒比海邮轮的到访之处。玛雅遗迹屹立于湛蓝色的加勒比海边的科兹美岛，紧邻加勒比海。而遗址内的城郭则分布于绿地丛中，那几十座古朴的石头建筑静静地安卧在绿茵覆盖的小丘之间。神殿、城堡似的楼宇、村落以及空留十几根石头柱子的遗址散布各处，成为游人眺望、摄影的景点。尤以紧挨着海滨悬崖上的卡斯蒂略神殿遗迹最为壮观，神殿本身高度仅约 10 米，近海一侧筑有带平台和观景台的围墙，临海远眺勾勒出宽广的视野，吸引最多游客悠游留影。

我们在这个颇具观赏性的玛雅古城区域盘桓约 3 小时，到了不得不离开的时刻。我们又连续驱车 3 小时跑了 240 公里，回到 6 天前租车的海港城市恰图玛尔（Chetumai），入住 canpital plaza hotel，稍稍休息后，缓缓踱步大约一里地就走到海滨，气氛热闹而闲适。这个 15 万人口的海滨小城干净、美观，玛雅文明痕迹散布，更巧的是，我们下榻的酒店对面就是玛雅文明博物馆，朱红色的色彩和奇特的造型呼应远古文明的信号，恰好给我们这次玛雅文明之旅画上一个圆满的句号。

（3/6/2021 二稿，3/17/2022 修订）

致敬航海家们

一

夜幕降临之际，我们搭乘的旅游大巴穿过巴塞罗那市区，来到海滨，环绕一个很大的街心广场，看到了广场中心高高竖起的纪念碑。虽然还没亮灯，但黝黑的纪念碑顶端耸立的雕像依稀可见，导游告知大家：这就是哥伦布纪念碑。

大巴停在老码头区附近的一条僻静街道旁，我就近沿着横穿码头的迷人步行道，踏上那座波浪形的木制吊桥，欣赏迷人的海滨夜景，港湾停泊的帆影幢幢，远近灯光闪烁。少顷，返回海滨这头的夜市，穿过那些热闹凌乱的摊位，又到了哥伦布纪念碑所在的和平广场街头，仰望那已然一派晶莹璀璨的纪念碑，看到高高的哥伦布全身青铜雕像站立在半球形顶端，凝神眺望。他的右手潇洒地指向远方——据说哥伦布手指的方向是非洲北部国家阿尔及利亚，这也是西班牙境内唯一一尊哥伦布的手没有指向美洲大陆方向的雕像。

出生于意大利的哥伦布（西班牙语：Cristóbal Colón；意大利语：Cristoforo Colombo；1451 年 10 月 31 日—1506 年 5 月 20 日），西班牙为什么有那么多哥伦布的纪念碑和雕像？一生从事航海活动，哥伦布曾经先后向葡萄牙、西班牙、英国、法国等国君主请求资助，以实现他远航直达东方国家的计划，但都被拒绝了，甚至被那些权贵阶层视为"疯子"。直到 1492 年，西班牙双王之一的女王伊莎贝拉一世领悟到海洋远航对未来的巨大好处，并说服了费尔南多二世国王。在西班牙君主倾力资助下，哥伦布得以先后四次出海远航（1492—1493 年，1493—1496 年，1498—1500 年，1502—1504 年），他在横渡大西洋到美洲的浩瀚海洋上闯出了一条航线，首次登上美洲大陆。凭借西班牙的资助，哥伦布实现了自己的远航梦想。西班牙也依靠哥伦布船队的远航获益匪浅，不仅占据了美洲大片殖民地，拓展了疆土，还源源不断运回无数财宝，成为大航海时代的世界强国。

隔着车水马龙的大道，我驻足眺望被不同光晕笼罩的哥伦布纪念碑，神思纷飞，感叹这座哥伦布纪念碑所在的位置，正是 500 多年前哥伦布第一次远航返回西班牙的地点，西班牙天主教双王伊莎贝尔一世和费尔南多二世就在这儿欢迎航海家的凯旋。很多年之后，乘着迎接 1888 年举办万国博览会之东风，也为了纪念哥伦布首航归来，巴塞罗那于 1886 年建造了这座高 60 米的圆柱形纪念碑。这是多位建筑师、雕塑师等艺术家共同奉献的杰作，成了巴塞罗那的重要市标之一，也是世界上最高最大的哥伦布塑像。纪念碑的底座有西班牙天主教双王等不同人物的雕像，还设计了八只巨狮雕塑拱卫在周围；柱体中部有五个凌空飞舞的女神雕像，再往上就是一柱冲天顶起了探险家、航海家哥伦布的立像……这些层次分明各有寓意的设计和造型，赋予了哥伦布纪念碑极其丰厚的历史意涵和神话特色。

几天以后，旅游大巴载我们一行抵达西班牙南方历史名城——塞维尔（或译塞尔维亚，西班牙语：Sevilla，英语：Seville）。这是西班牙境内唯一有内河港口的城市，是 15 世纪大航海时代最重要的港口。哥伦布和麦哲伦都曾经从这里起航，随后两个世纪的海上航线畅通无阻。美洲的咖啡、烟草和白银，非洲的黄金、可可，亚洲的丝绸、香料和陶瓷，源源不断地在这儿集散，流向欧洲各地。在这座瓜达尔基维尔河穿城而过极富灵气的城市，我们见识到它曾经辉煌迄今依然令人震撼的历史风貌。那座屹立河畔的十二等边形黄金塔高大又敦实，古时其外壁曾铺上金砖，见证了从新大陆运回欧洲的无数财富及当年塞维尔的无比繁华。在老城区，古罗马帝国的恢宏气概、摩尔人的豪奢风气、基督运动兴旺的象征一一对应，无所不在。在观光马车的马蹄嗒嗒声中，汇聚了三大世界文化历史遗产——塞维尔大教堂、城堡（宛若浓缩的阿尔罕布拉宫）及西印度群岛档案馆——的古迹建筑群在我眼前无缝掠过，令人叹为观止。这三座建筑构成了无与伦比的塞维尔历史中心区，城堡的建筑满溢着阿拉伯情调，足以追溯到 1248 年至公元 16 世纪间摩尔人收复领土时期的痕迹。西印度群岛档案馆的原址是古老的集市，改建于一个交易所拍卖厅，如今珍藏了美洲殖民时期的宝贵文献，其中最珍贵的就是有关发现、征服新大陆的文献，展出的哥伦布、麦哲伦等航海探险家的日记、手稿，以及标有防御设施的西班牙、美洲殖民地图和城市规划等弥足珍贵，时间跨度从 15 世纪到 19 世纪末，文献数量超过 8000 万页。如果你想寻访大航海时代的知名人物与惊险故事的蛛丝马迹，拜访这座档案馆绝不会空手而归。

体量庞大的塞维尔大教堂堪称世界第三、西班牙第一大教堂，规模仅次于梵蒂冈圣彼得大教堂和伦敦圣保罗教堂，也是世界最大的哥特式教堂建筑。这座在 7 世纪大清真寺基础上建立的基督教堂，保留了著名的吉拉尔达尖塔，其建筑经历了穆德哈尔、哥特、文艺复兴、巴洛克、新古典主义学院派等各个时期，以及最后试图结束上述所有风格的简单纯净建筑期。据《吉尼斯世界纪录大全》，其主教堂长 126.18 公尺、宽 82.60 公尺、高 30.48 公尺，是诸多已故西班牙国王、主教等名流安葬之所。在几乎看不到边际的大教堂外，我惊讶于建筑的伟岸高阔，只能叹息个人的渺小。

大教堂共有五个大殿，主要有王室座堂、主座堂、珍藏馆等，存放哥伦布棺墓的大殿是一大亮点。哥伦布的棺椁被四位高大武士般的人物雕像抬着，位于教堂的中央，仿佛哥伦布的灵柩还在缓慢行进中，即将被送往大教堂的墓室……金黄色的棺椁和四角同样金黄色的抬棺人物雕像，在高耸宽阔的金黄色大厅内透出了富贵、庄重之气。四位抬棺者正是当年西班牙早期四古国的君主——阿拉贡（Aragon）、卡斯蒂利亚（Castile）、里昂（Leon）和纳瓦拉（Navarre）国王。其中包括赞助哥伦布航海壮举的伊莎贝拉一世和费尔南多二世，他们正是开创西班牙帝国的君主。四座雕像衣襟上的花纹分别是象征卡斯蒂利亚的皇冠，瓦伦西亚的蝙蝠，格拉纳达的石榴和纳瓦拉的锁链——凸显了各自的尊贵身份与领地特征。

1506 年，哥伦布病逝于西班牙，他的遗体也历经远航般的流浪、折腾，先后运往他远航岁月发现的多米尼克和古巴，又在 1898 年运回塞维尔。尽管哥伦布遗体安葬于塞维尔大教堂内还有争议，当然西班牙人都相信哥伦布的遗骸就在塞维尔大教堂，况且 DNA 分析也证实了这一点，却没能平息争议。这涉及哥伦布远航抵达过的北美洲多米尼加，当地人相信他们的首都圣多明各大教堂内存放的才是哥伦布遗骸。早在哥伦布航海发现南美洲后，塞维尔和圣多明各这两个远隔重洋的城市就被一根财富的纽带紧紧地绑在两头了。西班牙人沿着哥伦布开辟的新航线潮水般涌向物产丰富的南美洲，黄金便如潮流一般源源不断地流回西班牙。当西班牙帝国船队满载着金银，犹如一座漂浮在茫茫大海上的流动金库，多米尼加正是加勒比海这条财宝运输线的一个重要关隘。与此同时，西班牙人在天然良港塞维尔开设贸易中心，装满各种货物的货轮也从这里起航驶向美洲新大陆，返回的船队满载金银财宝也源源不断从塞维尔运上岸。塞维尔不仅有欧洲最古老的造船厂，甚至设立了造币厂，把从南美运来的金银铸造成货币。一度富得流油的塞维尔，15世纪、16世纪成为西班牙当之无愧的最富庶繁华之都，以至于诞生了一句西班牙谚语："没有去过塞维尔的人就是没有见过世面的人。"

呵！一座城，一座古建筑群，叙说着大航海时代的往昔，和航海家探险家与时代的命运纠葛。

二

发祥于15世纪的迢迢世界航海路，成就了多位出类拔萃的航海家，中国明代的郑和下西洋（1405—1433年）连续七次大规模远洋航海，跨越东亚地区、印度次大陆、阿拉伯半岛以及东非各地，被认为是当时世界上规模最大的远洋航海项目，总航程达7万多海里，相当于地球圆周三倍多长。意大利人哥伦布发现新大陆（1492—1502年），四次出海横渡大西洋，成功抵达美洲大陆。他的一系列航行以及建立永久居民点的实践，奠定了西方拓殖美洲大陆的基石，也使得美洲大陆近现代的人类文明接轨。葡萄牙人达·伽马（1498年起）绕过地中海沿岸及阿拉伯半岛，成为人类历史上第一位从欧洲远航到印度之人，是当时全程最长的航程（比沿赤道绕地球一圈的距离更长），为日后葡萄牙对外的殖民扩张铺平道路。葡萄牙人麦哲伦（1480年10月17日—1521年4月27日）1519年至1522年9

月间，率领船队完成环球航行，以实践证实了"地球是圆的"。麦哲伦在环球途中在菲律宾死于部落冲突，他的船队仍然继续向西航行，回到欧洲，并完成了人类首次环球航行。这是有史以来最漫长的跨洋远航，比哥伦布西渡大西洋、达·伽马斜渡印度洋都远得多，在三个多月百余天里至少航行了 17000 多海里才横渡了太平洋到达亚洲菲律宾群岛边沿。

除了这几位顶尖的航海家，还有谁能够在世界航海史上留下芳名？离开塞维尔后抵达葡萄牙首都里斯本，先后造访了大石角、大航海纪念碑，我又获得了新知。

位于里斯本市郊外的大石角（也称罗卡角，Cabo da Roca）是一处毗邻大西洋的海角，尖窄的悬崖仿佛挂在海滨，凌风翘首，是葡萄牙的最西端，也是整个欧亚大陆最西的尽头。纪录片《大国崛起》如此描述大石角："这里是欧洲的'天涯海角'，是远航的水手们对陆地的最后记忆。"那天阳光明媚，波澜不惊，远望大西洋的尽头，海平线被波光水影衬托得格外柔润。俯瞰近海崖坡低洼绿茵葱葱，点缀朵朵小花，黄的红的，生机勃勃，眺望山崖上那座红色灯塔，艳丽夺目。贴身近处则有一个十字架附身石碑顶端面向大洋，石碑上镌刻着葡萄牙著名诗人卡蒙斯的诗句（葡萄牙文）："陆止于此，海始于斯。"恰似大石角的写照。大石角虽是偏僻一隅，但游人、大巴往来不绝，曾被网评为"全球最值得去的 50 个地方"之一。

告别大石角，驶向里斯本，在贝伦塔附近的太加斯河畔，我走近那座气势非凡如一艘帆船昂然启航的发现者纪念碑（Padrao dos Descobrimentos），其外形就像一艘张开帆的巨轮船首，迎风破浪。发现者纪念碑正是葡萄牙纪念 15—16 世纪大航海时代的一个著名地标，在纪念葡萄牙著名航海家、航海事业的重要推手亨利克王子逝世 500 周年之际，于 1960 年正式竖立于出海口。纪念碑前端，以亨利克王子为首，左右两侧分别排列了 32 位人物雕像，皆为当年出海的航海家及葡萄牙史上不可或缺的科学家、导航员、将军、传教士。纪念碑最先于 1940 年葡萄牙世界博览会首度展示，20 年后重建，位置正好在当年葡萄牙航海家扬帆出海的河埠口。纪念碑上的碑文写道：献给亨利克和发现海上之路的英雄。

亨利克王子（Infante D. Henrique，1394—1460），是葡萄牙国王若昂一世的第三个王子，自幼聪慧，博览群书，爱好钻研，又沉静踏实，从小学习战略战术、外交艺术、国家管理等知识方略。他对政治不感兴趣，志在海洋航行，肩负葡萄牙早期开发勘探和海上贸易事业大任，敏锐地认定欧洲大陆正处在一个全新的大航海时代。亨利克王子不仅自己系统研究航海科学和技术，为培养航海人才，他趁着在远离政治中心里斯本的葡萄牙最南部省阿加维任总督之际，定居于靠近圣维森特角的一个小村庄萨格里什，那儿成了他以后几十年中推动航海探险的策源地。他在萨格里什建立了葡萄牙第一所国立航海学校，也是全世界首所航海学校，培养本国水手提高航海技艺。他设立天文台、图书馆、港口及船厂，网罗各国地理学家、天文学家、地图绘制家、数学家，广泛收集、整理地理、气象、信风、海流、造船、航海等种种文献资料，共同研究制订发展计划。他赞助、研发了葡萄牙多桅快帆船，并改进了航海仪器和地图绘制法，通过系统勘探西非和大西洋岛屿寻找新的航路，资助海员组织船队沿非洲西海岸航行探险，为葡萄牙日后成为海上霸主夯实了基础。因此，亨利克王子本人虽然仅有四次短距离海域航行经历，并未出海远航，却仍然被尊称为"航海家亨利克（葡萄牙语：Henriqueo navigator）。他无暇随船出征游历，旨在国家航海探险事业的战略布局、发展，堪称开启欧洲航海大发掘时代的核心人物，是葡萄牙航海探险事业的赞助人和奠基人，是发现人才，指导葡萄牙船队开辟航路的伟大推手。1836年，萨格里什发掘出土了一个石碑，上面刻写着："伟大的亨利克王子在此建立了一座宫殿、著名的航海学校、一座天文台和海军兵工厂。"2007年，葡萄牙媒体发起举国票选"最伟大的葡萄牙人"，亨利克王子名列第七。

三

在葡萄牙诗人卡蒙斯倾力创作的长篇史诗《卢济塔尼亚人之歌》中，不乏豪迈地放歌："英勇的水手，威武的船队……远涉迄今无人航行的海洋，历经艰险，奋力作战，超越了常人力量的极限，在遥远的异域建立新的王国，发扬光大，名满天下。……他们的丰功伟绩，替他们赢得不朽美名……"这一唱三叹的歌咏，恰是赞美葡萄牙航海家达·伽马远航的伟业，更是礼赞亨利克王子及其推动的航海探险事业。

效力于亨利克王子麾下的早期航海家吉尔·埃阿尼什（葡萄牙语：Gil Eannes）率领的船队，1433年从大石角启航，沿非洲大陆海岸一直航行到了加那利群岛。1434年，他的船队成功穿越非洲西岸危险的"死亡之角"——博哈多尔角（Cape Bojador）并顺利返回。开拓穿越博哈多尔角的航线标志着欧洲人渡过了地理大发现航海大时代之路上的一大难关，是葡萄牙对非洲大陆探险的全面开始，葡萄牙也因此在南大西洋的殖民开拓中取得先机。亨利克王子组织持久而系统的航行，将探险、殖民与贸易结合，不仅使王室得到可观的收益，还在非洲大陆开疆辟壤；也激发起私人勇于冒险竞相奔赴海外发财的浪潮，每年都有25艘以上的大帆船驶向非洲海岸。随着亨利克王子 40 多年推动组织航海探险行动，葡萄牙王室把发展远航探险事业视为国策战略，推动一批又一批远航船队劈波斩浪，探索未知的远方，巩固拓展更多的殖民地。

1487 年，航海家迪亚士（Bartolomeu Dias）率领探险船从里斯本出发，探索绕过非洲大陆最南端通往印度的航路，寻找一条通往马可·波罗所描述东方"黄金乐土"的海上通道。当船队航至大西洋和印度洋交界水域时，狂风大作，整个船队几乎覆没。幸存的船只最终被风浪推到一个岬角，迪亚士一行发现了这个位于非洲西南端的突兀海角，等同发现了一个新的世界，迪亚士将其命名为"风暴角"。1497 年 11 月，葡萄牙探险家达·伽马率船队经"风暴角"驶向印度洋。1498 年 5 月 20 日驶抵印度西海岸重镇卡利库特，一年多后满载黄金、丝绸回到葡萄牙。随后葡萄牙国王约翰二世将"风暴角"更名为"好望角"，寓意"美好希望的海角"，从此成为欧洲人进入印度洋的海岸指标，迪亚士也有了"好望角之父"的声誉。开风气之先的葡萄牙庞大的船队年年岁岁乘风破浪远航，掌握了精湛的造船技术，培养了一大批专业航海家、探险家，成为欧洲的航海圣地。葡萄牙人犹如新时代的十字军，持续冲决未知海域，逐渐登顶为全世界海上霸主。

如今，屹立于葡萄牙海旁广场的发现者纪念碑（Padrão dos Descobrimentos）已成为葡萄牙的象征，堪为大航海时代的一枚勋章。这座高 52 米、以巨大的帆船造型外部镶贴大理石建筑物气势非凡。纪念碑东西两边分别雕有葡萄牙方形盾徽，纪念碑北面（背向塔霍河的一面）刻着一把大剑。亨利克王子站在纪念碑的船首位置，右手捧一座帆船模型在怀里，目光如炬直视远方。他的东西两侧均排列各 16 名早期葡萄牙的航海家、导航员、传教士等，这些都是在地理大发现时代具有影响的葡萄牙人，其中包括达·伽马、麦哲伦、迪亚士、埃阿尼什等知名航海家、探险家，还有著名诗人卡蒙斯。

　　纪念碑上排列的航海家们全是葡萄牙人，没有哥伦布。事实上，"发现新大陆"的哥伦布并不受葡萄牙人推崇，因为他毕竟是一位外国航海者，况且是获得西班牙王室资助完成远航壮举的航海家。相比哥伦布，葡萄牙籍航海家麦哲伦（1480 年 10 月 17 日—1521 年 4 月 27 日）才更为葡萄牙人所看重。麦哲伦率领的船队达成了环球航行的目标，证明了地球是一个"球体"。而在纪念碑上紧随亨利克王子身后的，却是名声及不上麦哲伦与哥伦布的航海家达·伽马（约 1469 年—1524 年 12 月 24 日），这其中当然还是"葡萄牙人情结"起到了重要作用。虽然麦哲伦和达·伽马都是葡萄牙籍的航海者，他们的航海探险经历各有千秋，成就也都旷世绝代，但麦哲伦远航的资助方和哥伦布一样是西班牙王室，他俩的远航任务与目标都服从于西班牙王室。而达·伽马则是生于葡萄牙并为葡萄牙服务、奋斗一生的航海家，也是人类历史上第一位从欧洲远航到印度的航海家。自 1498 年开始，达·伽马的海上探险路线绕过地中海沿岸及阿拉伯半岛，系当时全程最长的航程（比沿赤道绕地球一圈的距离更长），为日后葡国对外的殖民扩张铺平道路。因此他的声誉要高于麦哲伦和哥伦布，也便容易理解了。

　　发现者纪念碑下的广场设计也别具大航海时代特色，由马赛克和大理石铺有序铺设而成，正中是一个直径超过 10 米的航海罗盘。在罗盘中央铺设了一幅世界航海图，标示了葡萄牙人在航海时代首次到达之地的路线及年份，其中就包括中国的澳门，还有亚速尔群岛、圣多美和普林西比、安哥拉、马达加斯加、帝汶岛，等等。

　　这座纪念碑和大石角，其实昭示了葡萄牙这个欧洲最西部的国度是如何从一个弱国成为海上强国的，当然还有不可或缺的人的因素——如亨利克王子是具有远见卓识的航海谋划者、组织者，以及达·伽马、麦哲伦、迪亚士、埃阿尼什等知名航海家、探险家的前赴后继……迪亚士、埃阿尼什等航海家在亨利克王子规划组织下出海远航，比受西班牙王室资助远航的哥伦布、麦哲伦都要早好多年。迪亚士是非洲大陆最南端好望角的第一位发现者（1487 年）。

诚然，哥伦布和达·伽马、麦哲伦、迪亚士、埃阿尼什等航海家都为航海探险事业做出了无可替代的巨大贡献，但世界航海史认为，葡萄牙人是世界地理大发现的先锋，哥伦布和麦哲伦等为西班牙效力的航海家只是后继者。世界航海史也认为最早由国家层面组织的大规模跨洋航海活动的是明朝郑和船队，但开创整个大航海时代的国家却是葡萄牙以及西班牙。位于欧洲大陆尽头的里斯本今天或许是最容易被忽视的欧洲首都了。但回溯到 15 世纪、16 世纪，里斯本是一个大航海时代的策源地，是世界的中心。

在发现者纪念碑旁，我眺望不远处的贝伦塔，还有隔一条马路相望的热罗尼莫斯修道院，可以叠印起多少历史和时代的轨迹啊！贝伦塔与热罗尼莫斯修道院这两处世界文化遗产，正是葡萄牙登上大航海时代巅峰时的产物，那洋溢着典型曼努埃尔风格、哥特式风格，随处可见贝壳、船锚等图案细节的建筑，无不见证了葡萄牙七八个世纪前的高光时刻。传说当年达·伽马出航前夕，在热罗尼莫斯修道院的旧址——一个小修道院做祈祷，祈祷能够获得神的荫庇。后来，为纪念达·伽马顺利到达印度开辟新航路，征服了好望角与印度洋，为葡萄牙开辟了新天地的达·伽马被安葬于热罗尼莫斯修道院。航海家的起点与终点都重合在这儿，这个里斯本的海旁出海口，仿佛象征着航海家对这片土地与港口的眷恋。

呵！一座纪念碑，一座欧洲大陆尽头的首都，即使它历经了从辉煌到没落，它的天涯海角依然宣示——"陆止于此，海始于斯"。它的发现者纪念碑为航海先驱们献上永恒的褒奖，也对大航海时代做出了巨大的贡献。

叩访一座古风犹存的城市，叩访它角角落落都溢满的航海遗迹；叩访一座又一座纪念碑，缅怀大航海时代曾经奔腾冲刷的每一股潮流、每一朵浪花，就是致敬一个时代，致敬航海家们！

（初稿于 12/31/2022—2023 元旦凌晨）

在马六甲，遇见郑和……

那年夏季，去了马来西亚槟城，领略了郁达夫笔下"东方花县"槟榔屿的闲适安逸之后，我便决意再到马六甲去看看。这个与槟城首府乔治市同时并列为联合国世界历史文化名城名录的马六甲，单单是这个耳熟却不能详的地名，就早已吸引我的目光了。

走近马六甲城，站在流贯老城区的马六甲河桥头眺望，两岸大多是一二层的屋舍，粉墙彩瓦投影绿波微澜，韵味盎然；近在咫尺的几爿墙壁涂着大小不一的艳丽色块，有的整面墙就是一幅大壁画，视觉冲击感极强。周边巷陌纵横错落，蕴含多少前世今生的人间烟火。清幽蜿蜒的河水波澜不惊，缓缓地流向远方的海峡……

走向马六甲河一侧的唐人街——鸡场街，宛若进入一个中国人的天地。长不足一里的鸡场街（Jonker Street）（不知这中文名号由何而来，一说源自福建话"街场街"的发音），也被当地人称为马六甲文化街、古董街、会馆街，以及马六甲荷兰街（据悉 Jonker 一词源自荷兰语 Jonkvrouw，意为荷兰贵族，所以又被直呼为"荷兰贵族街"），是马六甲最出名、最热闹的街市，迄今已有 300 多年历史了。不太宽的街道两侧各色店铺林立，大多是浸染了百年沧桑的岭南风格两层骑楼，古色古香，以礼品店、古董铺、风味餐馆、茶室、咖啡店为多，烟火气生活味极浓郁。店招和诸如鸡饭粒、娘惹肉粽、咖喱鱼蛋、菜头糕、肉骨茶、榴梿泡芙等南洋特色餐点广告和菜单，常有中文和马来文乃至英文并列，各种美食迎来人声鼎沸。

鳞次栉比的老屋建筑群汇聚了众多华人宗祠会馆：福建会馆、广东会馆、海南会馆、雷州会馆……各家门面张挂横匾对联，里面进深豁达，宅院阔朗，陈列八仙桌条案柜架等明清老式家具，雅致质朴，都是披载了几个世纪日月星辰的文物啊，可以摩挲出早期华人生活的地气况味。看着那供桌壁挂上的各种族谱名人画像，就像走进了前朝岁月里，令人肃然也让人亲切。看那筑于1801年的福建会馆，龙脊置顶，龙柱绕门，两侧墙壁虎踞龙盘，气势非凡。馆内供奉妈祖，香火旺盛，延续着跨越时空的生命之气脉……

穿行于鸡场街及周遭小巷，总能与那些以"郑和"为名号的店家馆舍不期而遇：郑和客栈、郑和茶馆、郑和养生馆……犹如他乡遇故知般情不自禁地心动起来。那个熟悉而又遥远的中国人的名字出现了，那个好比航标般引领庞大船队，劈波斩浪于15世纪海上丝绸之路的中国人，那个回民之子的一生，叠印出中华传统文明的传奇。是呵！正是有过600多年前奔波于马六甲海峡的这位中国人，小城的角角落落今天才会飘荡如许琐细繁多的郑和元素。中华传统和郑和文化的印记才会一并烙在马六甲的记忆深处，百世景仰。

遥想当年，年仅30余岁的郑和，统领240多艘海船、近28000人马，从东海刘家港集结，至闽江口长乐太平港驻泊，樯桅毗连，伺风启航，云帆高张，昼夜星驰，浩浩荡荡远渡重洋。他道义在肩，意气风发，手执航海图卷，拨正前进的罗盘，把稳意志的舵桨……披星戴月廿八载，浪急风骤十万里，他把毕生抱负一腔热血都献给了七下西洋的远航伟业，也把中华文明的种子撒遍海上丝绸之路沿途。

距离郑和1405年首次下西洋之后87年，哥伦布刚从西班牙巴罗斯港扬帆初航；92年后，达·伽马的船才驶出里斯本；114年后，麦哲伦才预备妥当出海。滔滔大海和流光岁月做证，郑和下西洋堪为"大航海时代"先驱第一人；鲸波浩渺，凌越万里，一个民族的英雄船队乘风破浪，开创了史无前例的跨洋探险壮举。

据《明史·郑和传》记载，郑和航海船队中宝船共 63 艘，最大的长 44 丈 4 尺，宽 18 丈，载重量 800 吨，体式巍然，巨无匹敌，是当时世界最大的海船，折合现今长度单位为长 151.18 米，宽 61.6 米。船有四层，船上 9 桅可挂 12 张帆，锚重几千斤，要动用 200 人才能起航。《明史·兵志》又记："宝船高大如楼，底尖上阔，可容千人。"

郑和下西洋的船队共有五种类型的船舶。除宝船外，还有马船，长 37 丈，宽 15 丈；粮船，长 28 丈，宽 12 丈；坐船，长 24 丈，宽 9 丈 4 尺；战船，长 18 丈，宽 6 丈 8 尺。这些不同船舶分别用于载货、运粮、作战或居住，分工细致，种类较多，是一支以宝船为主体，以辅助船只组成的规模宏大的混编船队。

对比一下，哥伦布第一次远航的船队只有 3 艘帆船，共 87 名水手，包括载重量约 100 吨，长 24.5 米、宽 6 米的"圣玛利亚"号（船上配置 39 名职员和水手），载重量在 50 吨左右的平塔号（26 名船员）和"尼尼亚"号（22 名船员）。达·伽马的远航之旅，随员也仅 100 名，分乘 4 艘帆船。麦哲伦的船队有 5 艘帆船，265 名水手，最后回到西班牙只剩下 1 艘和 18 人，麦哲伦本人也死于菲律宾群岛的部落冲突之中。可见当年这些西方航海先驱的远洋船队，无论规模与实力与郑和船队根本不在一个层次上。即使放眼今天，也不曾再现过哪个国家独力组织起几百艘舰船、两三万人编队的庞大船师，长期在地球上任何一个海域劈波斩浪啊！

郑和下西洋曾五次（也有说六次甚至七次）驻节马六甲（古称

满剌加，Malacca），随郑和下西洋到过马六甲的通事（翻译官）马欢，在其《瀛涯胜览》一书中记载了亲历见闻："凡中国宝船到彼，则立排栅，如城垣，设四门、更鼓楼，夜则提铃巡警……盖造库藏仓廒，一应钱粮顿在其内，去各国船只回到此处取齐，打整番货，装载船内……"马欢的《纪行诗》也咏道："使节勤劳恐迟暮，时值南风指归路。"可知郑和下西洋，以马六甲为船运物资中转站（临时后勤基地），整顿治安，建造仓库储存钱粮百货，还须操劳安顿船队往来休整，等候信风归国。这一切，仅是漫漫海上历程的短暂片段，亦折射出郑和具备何等强大干练的统率执行力，而谙熟"过洋牵星"导航技术的郑和，周围又云集了多少天文、地理、气象海洋等知识人才啊！

走走看看，遐思万千，不觉又踱到了鸡场街尽头，遇见一座门柱、门楣及门墙都漆成故宫般红色的传统中式建筑，那是马来西亚与新加坡华人共同集资盖起的"郑和文化馆"——一个民间自愿自主发扬光大郑和史迹的文化平台，一座追昔抚今继往开来的人文纪念碑！馆内展出郑和宝船、官仓模型、元明瓷器珍藏等，逼真地再现了郑和船队扬帆踏浪行的壮阔场面，还原了随船能工巧匠教导土著民众农业、渔业、造船业等各领域先进技术的生动情景，彰显中国"国民气象之伟大"（梁启超语）。是啊，煌煌人类海洋史须得大书特书这一篇章：郑和七下西洋，给沿途各国（包括马六甲）岛民带去了丝绸、瓷器、茶叶乃至金银财宝，带去了明代先进科技，带去了古老东方的文明和华夏民族的友谊祝福，而不是像后世的葡萄牙、荷兰征服者那样，带给马六甲的只有血与火的屠杀、掠夺。

马欢还记载了郑和第三次下西洋（1409 年，即永乐七年）代表朝廷所做的亲善举动，当时马六甲"属暹罗所辖，岁输金四十两，否则差人征伐。永乐七年己丑，上命正使太监郑和等统宝船赏诏敕，赐头目双台银印冠带袍服，建碑封城，遂名满剌加国，是后暹罗莫敢侵扰。其头目蒙恩为王，挈妻子赴京朝谢，贡进方物，朝廷又赐予海船回国守土。其国王亦自采办方物，挈妻子带领头目驾船跟随宝船赴阙进贡"。这里所述及的是郑和奉旨"敕诏"（命令）册封当地头目为"满剌加"国王。早在1403年，立国不久的马六甲迫于四周强邻窥伺欺凌，求助中国保护，其苏丹王被明成祖册封为"满剌加国王"。明成祖亲自命笔颁赐的"镇国山碑"，1409年由郑和护送到马六甲。郑和积极调停邻国兵力侵犯，护送马六甲苏丹祖孙三代朝贡往返中国京城，为增进邦谊、巩固马六甲王朝夯实了基础。

在郑和文化馆内的蜡像馆内，看到高大魁梧的郑和站在居中而坐的永乐皇帝（明成祖）朱棣左侧，摊开双手仿佛在讲述什么，永乐皇帝右侧为马六甲国王苏丹。这个情景还原了郑和带马六甲国王回京城，觐见明朝皇帝朱棣的历史画面，不啻是郑和下西洋在马六甲亲善外交的成果之一。

竖立于马六甲博物馆庭院间的郑和石雕像，身披官服，腰佩宝剑，器宇轩昂，目光炯炯，深邃而坚毅，威严而不失亲善。据悉这座石像高3米、重3吨，是马六甲中华工商总会到中国福建特别定制的，以纪念郑和与马六甲的历史渊源。陈列室内也立有一尊约1米高的黑色郑和石雕像，该雕像郑和的穿着及姿态与院落的大雕像相似，不过除左手向后腰部握剑柄，右手还握一长卷，应该是航海图吧。陈列室中玻璃柜里另有一尊彩塑郑和身着朝服像，面相敦厚谦和，右手向前摊开，左手握航海图卷轴，似与人交谈状，很有航海家的气度。

在第七次下西洋归途中，带棺出海、年逾六旬的郑和为远洋大业耗尽了青春年华与心血，终因染疾不治而鞠躬尽瘁，他以悲怆的方式殉职海上，谱写下明朝拓展海上丝绸之路大使命的最后一笔。七下西洋举世无双盛事，促成了海上丝绸之路太平畅达，也使郑和鼎力推动商贸交流的马六甲王朝繁荣兴盛了一个世纪。

历史的轮回无情地鄙薄耻笑那些后世的侵略者。

如今辟为马六甲博物馆的"荷兰红屋"，就坐落于当年葡萄牙占领军用钢渣山石浇筑而成的要塞废墟之下。这座荷兰殖民时期的总督府建筑群，一片的赭红色，看上去美艳夺目，几百年来衍变为名闻遐迩的"马六甲红"。可是，褪去岁月的帷幕，穿越历史的肌体，我分明看到这晦暗的铁锈红过于矫饰且透出无情，恍如西方殖民者炮火剑光下的溅血般触目惊心。

比西欧列强至少早一个世纪驶向远洋的郑和船队，经马六甲海峡中转后继续巡游各国，远及阿拉伯、东非沿海诸国，一路恪守和平使者的职责，推行"宣德化而柔远人"、播扬中华文明的外交使命，每到一地必"入国问禁入境问俗"，通商和好，广受各国朝野喝彩，以至于"天书到处多欢声，蛮魁酋长争相迎"（马欢《纪行诗》）。沿途应各国敦请调停纷争，在马六甲海峡等区域扫荡海盗，震慑倭寇，保障航道安全，不啻是600年前中国积极参与海外的"维和"行动。七下西洋前路茫茫、波诡云谲，每遇邦交商贸突兀势态或人祸天灾，亟须临机立断，凸显出郑和恢宏壮阔的大局观和大智大勇的英雄本色。这位来自神州的伟大航海家、杰出外交家，回族的精英是中国人的骄傲，他赢得各国敬重，只缘坚守一条底线：七下西洋往返迢迢海域，历尽千难万险，只为以德睦邻兼济天下，播撒大爱。船队"多赉金币"，激活贸易，促进交流，惠及各国，从没有侵占任何国家一寸土地，没有据守任何一国殖民扩张，更没有构造要塞和炮台，唯留下不知多少善举义举和文明佳话，在马六甲及其他各国流传了几世纪。

走进马六甲，就走近了郑和，走近了历史。当地民间流传各种关于郑和的传说：三宝山、三宝庙、三宝井……还有纪念他的"郑和将军路"，郑和的名字和传奇几乎家喻户晓，郑和的记忆与精神深入民心，视郑和为先人、为英雄的景仰民俗蔚然成风。郑和下西洋影响催生了福建、广东人前赴后继的移民潮，繁荣了当地的经济与文化。

我来到马六甲城郊三宝山脚下，浏览那座建于 1673 年的宝山亭（民间俗称三宝庙），红柱白墙黛瓦，飞檐翘角斗拱，中国传统民族建筑风格浓郁，飞檐上塑刻彩龙戏珠，颇有三保公驾飞舟破白浪扬帆远航的意象。周围大树遮阴，亭内一侧院落也立有一尊约 1 米多高的郑和石雕像，也是佩剑挺立目光直视远方的姿态。亭内有一副对联："五百年前留圣迹，四方界内显英灵。"堪为郑和下西洋壮举闻名遐迩的写照。院内还有一口硕大的古井，盖了硬铁丝网封罩以防污染，另外还有一口小井，相传都是郑和命手下凿的。据传，郑和驻扎马六甲郊外山丘时，夜观天象，发现"七星坠地"，命人就地挖掘七口井，供将士饮用。除现存这两口古"三宝井"，其余五口古井已被填平，了无踪迹。三宝井水被当地人视作圣水，冲凉能消灾祛病。到访三宝亭的游人络绎不绝，赞叹声声。

三宝山马来文名 Bukit China，意为"中国山"。据传郑和 1406年第二次下西洋途经马六甲时，曾驻扎于郊外地势毓秀山峰起伏的山丘，并常在山径散步，因此得名"三保（宝）山"。如今山上共留存 1 万多座坟墓，是中国本土之外的最大华人坟山，是华人数百年来在异乡落地生根的见证。

据传，三宝山数百年来都是当地青年男女喜欢的约会佳地，遥想这个风俗或传统蔚成风气，便是起始于当年郑和手下的年轻官兵与土著女子的浪漫之夜吧。这大概是马六甲等南洋区域有规模华人移民的肇始，带动了后世一波又一波的移民潮，逐渐形成社会群体性强、民族特色鲜明的当地华侨社会，并成为祖籍国与当地土著社会之间的纽带之一。马六甲三宝山上那上万座陵墓下的灵魂，最早的墓碑记载可以追溯到明代，应该就是郑和下西洋促成别样移民群体及其后代的归宿。

这座涤荡几百年岁月风云的古墓义山，蕴含着华裔先贤在马六甲落地生根的历史意义。殡葬仪式、墓道碑刻、邻近居民生活方式，无不闪烁着华人文化坚忍的生命之光。如今，三宝山不仅是马六甲一处历史古迹，更是大马华人文化的发祥地。每年马来西亚全国"华人文化节"的薪火都在三宝山点燃，再传至其他州，成为举国瞩目之宝地。

临别马六甲，我漫步在古城的母亲河——马六甲河岸，夕晖洒照，晚霞漫天，波光粼粼，间或有小船游弋水上，映衬河畔房舍和繁花绿茵如画，好一派醉人的南国风情。暑气退去，几分惬意，浏览几幅凝注了历史文化真谛和马来浪漫气息的老屋壁画，又见到了那个灵魂渗入马六甲及茫茫大海的中国人画像——是的，那就是郑和。看悠悠河水流入海洋，脑海叠映出此前在海滨见到的一座长方形石碑，上面分别用英文、马来文、阿拉伯文和中文四种文字铭刻排列了一句话："马六甲海峡：世界最长暨最繁忙之海峡。"石碑后的大海一望无际，就是通航已2000年的世界海洋运输生命线——马六甲海峡。

走进马六甲，走近郑和，仿佛走进了海上丝路的昨天、今天和明天……

（3/31/2022 修订）

槟城记忆：“华侨是革命之母”

因缘际会，2016 年的 8 月盛夏，有了一趟难忘的马来西亚槟城之旅。对于槟城，曾经是陌生的、遥远的。

感谢马来西亚槟城州华人大会堂文学组的精心策划，筹办了以“拾中山事迹，览槟屿风光”为主题的“世界华文作家访槟城”活动。而槟城这座世界文化遗产之城果然也没有让我们一行失望，市井风情，巷陌踪影，滨海涛光，椰风蕉雨，美景扑面而来，令人目不暇接。四天四夜的短暂旅行，让我收获了满满的旅行惊喜。我发现这里居然与中国、与中国近代革命有着千丝万缕的纽带般的联系。而此地的华人社区，仿佛一如数百年前的移民先驱，勤勉而谦卑，勤劳而智慧，安心且安逸地在异国他乡做生活的主人。但是只要地球村一有动静，只要故国有所召唤，他们就不会沉寂，不会耽于自我的闲适。就如当年槟榔屿的侨民先辈，感动于孙逸仙宣讲的三民主义，便义无反顾地典卖身家，率先为之捐款筹款；就如当年槟榔屿的青年才俊乃至养尊处优的富家子弟，争相投入黄花岗起义的战火中，成为九曲十八弯的崎岖山路抗击日寇侵略的南侨机工一分子。今天，槟榔屿的华人，不仅为马来西亚的经济文化发展、为马来西亚与中国的贸易来往贡献了巨大的力量，也面临“一带一路”的机遇与挑战，正在努力构建两地共同促进人文发展、建设文化合作架构的平台。

　　小小的槟城，在风云激荡的历史中写下了大大的惊叹号；这个恍如世外桃源般的悠闲岛屿，曾经奏响了改变中国变革进程的世纪旋律。从 1905 年到 1911 年，孙中山先生至少五次踏足槟城，并于 1910 年在这里策划了广州黄花岗起义，从而掀开了辛亥革命的序幕。

　　难能可贵的是，当孙中山在欧美等地甚至新加坡鼓吹革命，发动民众筹款遭遇挫折之际，马来西亚尤其是槟城的华人最大限度地接纳了他，支持了他。自 1905 年起，孙中山的足迹遍及马来西亚芙蓉、吉隆坡、马六甲、槟城、太平、江沙、和丰、怡保、务边、九洞等地的矿场、橡胶园和街市，冒着被捕杀的危险奋不顾身地宣扬革命理念并组织同盟会。"九次革命，五到槟城"。孙中山的革命足迹与槟城结下不解之缘。1906 年，广州新军起义失败后，他将海外革命基地从新加坡移至槟城，并于 1910 年 11 月 13 日在槟城举行了策动广州"三·二九之役"（黄花岗起义）、影响中国革命之巨的同盟会秘密会议，史称"庇能会议"（Pinang，槟城旧称的音译）。

　　那个阳光璀璨的下午，我们终于走进了那座二层楼的白色建筑，那座门口还悬挂着蓝底白字的"槟城阅书报社"牌匾的小洋房，这块牌匾上面同样为蓝底白字的"槟城孙中山纪念馆"。楼前的小广场竖立着孙中山和当地华侨吴世荣、黄金庆的三人黝黑色铜雕像，坚毅的目光、无畏的姿态和奋勇当先的瞬间惟妙惟肖，再现了革命先驱当年在槟城发动策划革命的情景。这是全球各地难得一见的孙中山群雕像，也是把槟城华侨革命先驱的身影和伟绩与孙中山紧密融合的历史回眸，令人瞩目，遐思联翩。

　　这栋如今辟为"槟城孙中山纪念馆"（Penang Sun Yat Sen Centre）的小白楼，就是孙中山先生等辛亥革命先驱在槟城运筹帷幄的地方，是孙中山先生第一次踏足槟城演讲动员民众的地方。当年孙中山在槟城成立同盟会的同时，也在槟城成立了"阅书报社"，为其革命活动做掩护及宣传革命理念。1910年，孙中山深感"非设立报馆，无以唤醒民众"，遂在槟城创办了华文报纸《光华日报》。该报取"光我华夏"之意，孙中山亲书报头，迄今仍然每天出报，是马来西亚北部最畅销、历史最悠久的华文日报之一。

阅书报社原址是富豪俱乐部小兰亭，1906年，孙先生在这里认识了槟城华人吴世荣、黄金庆。他们二人感于孙中山热血沸腾的演讲和义无反顾的行动，成为孙中山发起革命的重要支持者，并且与孙中山一起建立报社，使槟城成为革命志士在南洋的活动中心。

孙中山因长年在海外奔波为革命筹款，早已名声在外，却也多次被许多国家拒绝入境，甚至遭到追杀。自第一次广州之役后，不仅香港拒绝他入境，新加坡、安南、暹罗、日本政府也逼迫他离境，而孙中山辗转来到马来西亚，最后将革命基地转移到槟城，则与在槟榔屿遇到了吴世荣、黄金庆等当地坚定不移的华侨支持者息息相关。

据悉，孙中山于1906年初从新加坡乘船抵达吉隆坡，在巴生港上岸，意图向当地的大矿主寻求经济援助而未果。同年，孙中山再到怡保，因富甲一方的大矿业主胡子春放风说要干掉他，而不得不连夜撤走。孙中山后来抵达槟城募款，原本打算要见的一些富商都避而不见。吴世荣、黄金庆、熊玉珊、陈新政、邱明昶等华侨在小兰亭俱乐部设宴款待，赴会者七至八人。孙中山即席演讲后还受到个别保守商人攻击，指斥他"无父无君"，是大逆不道的"造反"。可见孙中山初到槟城宣扬革命、为革命筹款的过程并不顺利，但他锲而不舍，从未放弃初衷，也因为获得了吴世荣、黄金庆等当地开明人士的支持和资助，更加坚定了把槟城当作革命基地的信心。

　　这栋小白楼如今辟为孙中山纪念馆，展馆面积虽然不大甚至略感局促，却用精心设计的塑像和史料图片相结合的形式，将孙中山等辛亥革命先贤当年的业绩一一再现，那些塑像人物和场景无不栩栩如生，尤其是将孙中山发动十次起义的来龙去脉和结局都条分缕析地一一呈现，让参观者既领略到全景式的历史脉络，又感悟到局部细节的真实。大厅四壁悬挂的孙中山等先辈书写的条幅、对联和正中的孙中山先生遗像，则都是弥足珍贵的历史文物，令人观之肃然起敬。馆内厅堂一侧的墙上还有醒目的《槟城孙中山史迹巡礼》导览路线图，其中槟城每一栋与孙中山有关的建筑都挂上了孙中山肖像及历史介绍标志牌。这是槟城民间团体"槟城古迹信托会"在当地政府支持下，根据与孙中山及其支持者有关的历史遗迹所绘制的，让曾经沉寂的历史鲜活起来。

　　参观孙中山纪念馆的次日上午，槟城下起了阵阵细雨，凉风洗刷了酷热，我们穿越槟城乔治城世界文化遗产区的历史街区，很快便来到了打铜仔街120号的孙中山槟城基地纪念馆（Sun Yat Sen Museum Penang）。这座坐落于古街区的二层楼，夹在一排老楼之间，倘若不是大门左侧放着一张印有孙中山像并且标明"孙中山槟城基地"的纸木板招贴，很难想象这是一个与孙中山有关联的所在。大门上的门匾是从右到左的三个字"庄荣裕"，显示出这座楼宇过去的主人是当年的庄姓华侨。

　　古色古香、镶嵌着金色图案的两扇门内，古朴的窗棂依旧如昔，精致的木雕屏风和神台依旧，神台上安放着孙中山先生的遗像。后厅堂中间那张很长的长方形桌子也依旧如昔。基地纪念馆的接待员告知，当年孙中山就是在这里召开"庇能会议"，发动部署黄花岗起义并为之筹款；今天纪念馆屋内的摆设和家具基本按照原状布置，可以看到精致的木雕屏风和神台，以及斑驳的牌匾，在神台上还放有孙中山先生的遗像。据说当年孙中山演讲时声情并茂、声泪俱下，在场人士无不动容，即席筹得 8000 余元。这笔当时筹得的巨款为黄花岗起义和辛亥革命的最终胜利奠定了关键性基石。

事实上，这座建于 1875 年、隐蔽于槟城众多老楼间的房子，在1909 年至 1911 年成为孙中山及其同盟会（前身为"洪门会"）成员聚首之地，自然也成了孙中山策划革命的大本营。孙中山先生在此曾经住过好几个月。由于要严防清政府联络当地衙门的追捕，选择在这座楼宇也极有深意。举行会议的厅堂后面是一个有点儿狭窄的天井，透过二楼四壁的房间通向天际的那一方天空，仿佛再次凝固了时空。想象那个凄风苦雨的岁月，孙中山及其革命伙伴身处异国他乡的亡命生涯，心底的革命火种在晦暗无望中依然闪烁不熄。而穿过天井，厨房的后面有扇极不显眼的小门，传说当年一有异常动静，孙中山就会从这后门遁去，隐藏于市声之中。而当年槟城华侨腾出这座楼房并被同盟会选中，既成为孙中山的海外栖身之地，又是策划革命基地所在，实在与这座房子的隐蔽结构不无关系。

这处老屋原为槟城庄氏家族的庄清意女士拥有，当她及其家人得知这里曾经是庇能会议的举办地之后，都同意将老屋改作孙中山槟城基地纪念馆并对外开放，与公众共同缅怀这位伟大的革命先驱者。2001 年，时任马来西亚总理马哈蒂尔亲自参加了纪念馆的揭幕仪式。2002 年 4 月 25 日，时任中国国家副主席胡锦涛也到此参观。记录当年情景的照片，现在也陈列在老屋内，成为历史的延续记忆。

在这座老屋里，参观者不仅可以设身处地地遥想当年革命先驱在此地纵论革命、发起筹款、部署起义的情景，也可想象孙中山先生及其家眷在此处清贫的家居生活。那些一如当年摆设的家具、那些孙中山先生的墨宝、那些革命党人的文件报章等，历历在目，令人睹物思人，不胜感慨。

在这座老屋里，还陈列着电影《夜·明》的海报与相关资料。这部由深圳电影制片厂和珠江电影制片厂联合摄制于2007年、讲述孙中山1910年在槟城的电影，从头至尾在槟城取景，那些市政厅、观音亭、阅书报社、海记栈、蓝屋等槟城标志性建筑都在电影中出现。当然，这座打铜仔街120号的孙中山槟城基地纪念馆的老屋，更是主要的拍摄现场之一。时任槟城首席部长的许子根大力支持这部电影的拍摄，主创人员中也有不少马来西亚演艺界人士。因此，《夜·明》也可说是首部由马中两国合作拍摄的电影。该片中孙中山的饰演者为台湾演员赵文瑄，马来西亚著名华裔女星李心洁饰演南洋富商小姐，扮演孙中山伴侣陈粹芬的是内地著名演员吴越，而剧本策划、副导演、灯光、摄影、机械等都有大量马来西亚人士参与。

孙中山先生凭借自己对共和理想的执着，凭借自己谙熟天下变革大势而高瞻远瞩的情怀，凭借自己对革命事业充满激情的热爱，为策划起义运筹帷幄，为革命起步戮力筹款，在槟城多个场所做过多场激越人心的慷慨演讲，其中不仅包括阅书报社、打铜仔街120号这样被他和同盟会视为革命基地的场所，也在当地的华人社区公开演讲。包括在平章会馆成立之际发表"欲救中国必先推倒清政府"的演讲，当时还通过平章会馆章程，选举首届职员，吴世荣、黄金庆当选正副社长，择定柑仔园94号（94，Dato Keramat Road）举行正式开幕礼，各界来宾济济一堂。据槟城孙中山先生博物馆研究中心主席叶丹林撰文披露："自是以后，凡（同盟会）党员同志到槟城，无不到社演说，而每月定期举行演说会，至少有数次。诸同志晚间到社讨论者，月无虚夕，目所染者，革命之书籍，口所言者，救国之言论，团结救国之精神，实为当时黑暗社会之明灯。"平章会馆的旧址，如今屹立起一座十层楼高的大厦，就是今天槟城华裔民间社团的龙头老大、最高代表槟州华人大会堂（简称华堂）。我们此次在槟榔屿的访问就是由华堂统筹安排，我们在槟城的第一天正式访问也以华堂为起始点，并且在那儿聆听了一场"孙中山在槟城"讲解会，初步熟悉了孙中山当年在槟城发起革命活动的足迹线索。在华堂，我们看到也体会到槟城的华侨华人正一脉相承，对推翻帝制的革命先贤何等敬仰，对祖籍国发生的天翻地覆般的变化是何等关切。华堂礼堂的进门背后，悬挂着晚清名臣张之洞题的金底黑字匾额"赤县同春"，仿佛还在诉说着往昔时光。

槟城华侨华人 100 多年前对孙中山等辛亥革命先驱的支持，无论是金钱资助还是理念认同、精神响应乃至行动参与，在海外都是难能可贵，甚至首屈一指的。1905 年秋天，孙中山先生首度到槟城，住宿于中路 65 号（65，Macalister Road）的小兰亭俱乐部（后来的阅书报社，今天的槟城孙中山纪念馆），与吴世荣、黄金庆两位槟城侨界人士成为知己。两君极其感佩孙中山先生言行，积极资助孙中山革命，哪怕倾家荡产沦为贫困也不顾。1906 年，孙中山偕黄兴、胡汉民、汪精卫再到槟城，仍寓居小兰亭俱乐部，其间孙中山也曾在黄金庆家小住。

据史料介绍，吴世荣自 1905 年认识孙中山以后，前后经过孙中山发起的十次起义，他次次都慷慨解囊积极捐款筹款，以至于自己从一方富豪沦为倾家荡产的境地。吴世荣的妻弟谢松山曾经回忆说："由于他专心一志为革命事业而奔走，差不多把父亲遗下来的各项生意逐渐荒废了，但他仍然不以为意；相反的，苟因革命事业有所急需，他不惜向人举债应付，甚至宁可将自己的产业一块一块地卖去，而不愿坐视革命党人的困难。"吴世荣身为富商，为资助孙中山革命事业，不惜毁家荡产，有资料披露："1907 年除自己的瑞福园外，连其岳父谢德顺所遗留之红毛路（Northern Road）五层楼大厦，都悉数变卖充革命党军饷。"他自己家徒四壁，淡泊如常，"门前每日悬挂青天白日党旗，日出而升，日落始收，人穷志不穷，对党之忠贞，谁能及之？"饮水不忘掘井人，辛亥革命胜利后的 1912 年元旦，吴世荣作为南洋各埠同盟会总代表，应邀回国出席"开国大典"。媒体披露当时孙中山亲自到上海码头迎接，轮船抵岸，吴世荣在军乐声中下船，孙中山箭步上前，紧紧拥抱吴世荣，随后发表演说，其中就提到后来史家和海外侨界都津津乐道的名言"华侨是革命之母"。这是孙中山先生的亲身真切体验，是其当年流亡海外尤其是在槟城获得华侨鼎力支持资助有感而发的肺腑之言，也道出了当年海外华侨拥戴革命支持革命功不可没的事实。黄花岗起义中牺牲的七十二烈士中就有四人来自槟城。抗战时期，槟城华侨捐款居全马来西亚之冠，大批槟城机工放弃安定生活，前赴后继赶往滇缅公路协助运输国际援华物资，煌煌壮举，日月同辉。壮哉！"华侨是革命之母"，仅仅槟城一地便已诠释净尽啊！

小城故事多，槟城记忆长。一百年岁月转瞬逝去，孙中山及其同盟会成员和槟城华侨先贤的史迹却将更多地被发掘出来，他们的足迹和声音构成了百年历史的主旋律，为今天的文学艺术创作提供了极其丰富而生动的素材，因此，仅仅有一部反映当年孙中山在槟城革命岁月的电影《夜·明》是远远不够的。电影《夜·明》其实也是树立在前方的标杆，期许着更多划时代意义的文学艺术作品去超越。槟城记忆就是一座永无止境的生活艺术深井，呼唤作家艺术家们前来发现发掘。只要是充满深情地投入和发掘，只要有时代历史的共鸣和关切，就必定会有不断的发现和收获，激励作家艺术家们的无限激情与灵感。

（2016 年 10 月 15 日完稿，2017 年 2 月 22 日修订）

拥挤在《蒙娜丽莎》面前……

2022 年 10 月的巴黎之行，印象至深的是参观卢浮宫博物馆（Louvre Museum）的一幕，常设展馆一层的入口就有醒目的路牌指引名画《蒙娜丽莎》展厅的方向，于是就想先睹为快，随着指引标志走向德农馆（Denon）的 711 展厅（原议政厅），这是卢浮宫博物馆内最大的展厅，1966 年开始陈列这幅画。但见门口转弯沿墙一带已排起长队，队伍曲里拐弯地向挂在里面墙上的《蒙娜丽莎》慢慢移动，嗡嗡的声音嘈杂，众人的眼睛都盯着同一个方向——蒙娜丽莎的微笑——由远及近，急切的、激动的、淡然的，甚或失望的心情，都从每人不同的表情中显露出来。即使是排队移动到了《蒙娜丽莎》的面前，也被木制的弧形围栏和外层的隔离带拦在三米开外，也只能被允许盯二三秒钟，就被人流挤走。《蒙娜丽莎》显得那么远，那么小，画长 77 厘米、宽 53 厘米，即使加了画框，挂在宽大高阔的墙壁上还是小得可怜，这大概是我和不少观众失望的直观感觉吧。因为不可能贴近、仔细地欣赏整个画面和不同局部及细节，匆匆的掠影，其实只是"到此一游"般的聊以自慰罢了。有资料说达·芬奇当年创作这幅画是直接画在一块杨木板上（而不是画布），久而久之，木板上出现了一条条裂纹，但我在现场看这幅画的真迹，也根本无法瞧清楚画面各种纹理变异，倒是在后来的画册与视频介绍中得以一窥放大的蒙娜丽莎，她的面部布满裂纹……

几乎是被人流裹挟着挤出了这个展厅，回首抬眼才发觉展厅的其他三面墙上也挂满了别的画作，只是众人互相挤压着、遮挡着，又被争睹《蒙娜丽莎》的真容而忽视了别的画作。作为展厅的议政厅在19世纪法兰西第二帝国时期是举行大型立法会议的场所，当年装潢设计富丽堂皇，彩绘穹顶炫耀着帝国的辉煌。我想，绝大多数观众和我差不多，被人流挤出这个展厅时，对《蒙娜丽莎》这幅世界名画实际上没有留下清晰印象，更对其他三面墙壁上的威尼斯画派画作一无所知。后来通过导览文字得知，《蒙娜丽莎》对面几乎布满整面墙的巨幅绘画，就是威尼斯画派大师委罗内塞的不朽之作——《加纳的婚礼》，这是卢浮宫内最大的一幅画，高6米多，长约10米，描绘出130多人赴宴的热闹场面，色彩绚丽，人物形象和风格各具特色。其他如提香的《田园合奏》和《戴手套的人》，丁托列托的《圣母加冕》（又名《天堂》），委罗内塞的肖像画《威尼斯的贵族女人》（又名《美女纳尼》），无不彰显威尼斯大师画作的色彩斑斓，光影交错，闪烁出威尼斯文艺复兴时代的精神火花。我想再折回711展厅看看，但是被大排长龙的阵势打消了念头。

倒是在近旁的700展厅我看到了法国名画《自由引导人民》，这幅高2.6米、长3.25米的油画是法国浪漫主义画家欧仁·德拉克洛瓦为纪念1830年法国七月革命而创作，以浪漫主义的手法巧妙地结合写意和写实，加之丰富炽烈的色彩和明暗对比，动态逼真地展示了七月革命关键时刻紧张、激昂的巷战场面与氛围：高举三色旗、象征自由神的年轻女子形象唯美，丰满而健康、美丽而坚毅，引领着工人、知识分子的队伍奋勇前进，堪为自由和法兰西民族精神的标志。这幅画据悉还多次出现在法国邮票画面上。

我溜达到附近的703展厅，在德农馆台阶的显赫位置上，看到了古希腊著名雕像《萨莫色雷斯的奈基神》(Winged Victory of Samothrace / Nike of Samothrace)，系古希腊神话中胜利女神奈基的雕塑，这是公元前 2 世纪的文物，世界上最著名的雕塑之一，也是现存为数不多的希腊原始雕像。尽管它原是 1863 年于爱琴海北部萨姆特拉斯岛发掘的原始雕塑碎片，仍然被奉为稀世珍宝加以修复，迄今无头部，但还是位居卢浮宫三大镇馆之宝之列，而且几乎可以零距离观赏、拍照。之后我又到下面 0 层展厅的 345 展位，寻觅到了卢浮宫另外一件镇馆之宝——古希腊大理石雕塑《断臂的维纳斯》(又称《米洛斯的维纳斯》《米洛斯的阿芙洛蒂忒》)雕像，尽管断臂而"身残"，但她那拥有黄金分割的身材比例，凸显了集爱与美于一身的女神形象。《断臂的维纳斯》周围仅有一圈低矮围栏，游客并不多，参观者近距离前后左右欣赏，毫无违和感，比看《蒙娜丽莎》方便多了。

　　观赏了上面这些藏品和其他更多展品之后，我脑子里就想，为什么那么多观众要蜂拥而来争看《蒙娜丽莎》这么一幅小画呢？为什么小小的画作《蒙娜丽莎》就成了卢浮宫博物馆的镇馆之宝，而且还在三大镇馆之宝居首？

　　自从 16 世纪 30 年代《蒙娜丽莎》在法国国王弗朗索瓦一世最喜欢的行宫——枫丹白露城堡首次对外展示，6 个世纪以来，蒙娜丽莎的神秘微笑成为世界画坛的传奇，被世人争睹和传颂。当年 64 岁的达·芬奇于 1516 年受刚刚登基的 22 岁的弗朗索瓦一世之邀，住进了国王幼年时曾居住过的克洛·吕斯城堡，在那儿度过了生命的最后三年幸福时光。达·芬奇把文艺复兴的种子和成果带到了法兰西，包括在那儿创作的这幅旷世巨作——《蒙娜丽莎》。1519 年大师逝世前，他将《蒙娜丽莎》传给了弗朗索瓦一世——也是他的朋友和艺术赞助人——并一直被挂在国王的宫殿里。1789 年至 1799 年的法国大革命之后，皇室拥有的大部分艺术品都由公共机构接管，《蒙娜丽莎》于 1804 年开始被安装在卢浮宫的大画廊展墙之上，直到今天。

这就是为什么意大利画家达·芬奇绘制的《蒙娜丽莎》会留存在法国，且成为卢浮宫博物馆藏品之一的来历。那么为什么《蒙娜丽莎》被公认为世界级的顶尖杰作呢？画中年轻女子实有其人，据悉是委托大师绘画的佛罗伦萨布商弗朗切斯科·戴尔·乔孔多的妻子丽莎·盖拉尔迪尼，而意大利语"乔孔多"的阴性化称谓"乔孔达"（"Gioconda"）的意思是"幸福""快乐"。在蒙娜丽莎的神秘微笑和身后，是一片伸展的柔和秀丽自然风景，山水幽深茫茫，蜿蜒曲折的小路，延伸到地平线。达·芬奇捕捉到蒙娜丽莎的微笑及体态，富有生命活力的动感，也不乏"幸福""快乐"的象征。除了构图布局富有创意之外，艺术鉴赏家还认为，达·芬奇在创作《蒙娜丽莎》时采用了几乎失传的高超绘画技巧——"晕涂法"，绘画油漆以薄层形式涂抹，涂一层油漆，等它干燥后再涂一层油漆在上面。层层叠加复合，淋漓尽致地发挥了画家奇特的烟雾状"无界渐变着色法"笔法，逐渐营造出柔化朦胧的轮廓，最终才获得唯美迷人的效果。这种渲染的"晕涂法"是一个极其缓慢的创作过程，达·芬奇花了三年多才完成《蒙娜丽莎》。迄今在意大利语中，《蒙娜丽莎》的昵称正是"Gioconda"。

从创意、画面布局到绘画技法、效果，《蒙娜丽莎》奠定了它作为世界级杰作的地位，自然是无价之宝。然而，出于保险之需，1962年《蒙娜丽莎》被评估为 100 亿美元，吉尼斯世界纪录将《蒙娜丽莎》列为有史以来一幅画的最高保险价。考虑到通货膨胀的因素，这幅画在今天、将来会是什么数字的估价呢？

　　事实上，世界各大博物馆的镇馆之宝几乎都有"三大""十大"甚至"二十大"之说，直白地说就是珍品太多了，稀世之宝不少，观众不一定拘泥于何种评价乃至定论，喜欢就好，不错过珍稀之品就好。即使在卢浮宫内，除了《蒙娜丽莎》之外，也有达·芬奇的其他多幅画作，包括现存达·芬奇最完好的三大代表作之一的《岩间圣母》，被认为是西方艺术最珍贵的杰作之一的《圣母子与圣安娜》，被认为是达·芬奇最后一幅绘画作品的《施洗者圣约翰》；还有达·芬奇的早期作品《美丽的费隆妮叶夫人》（也称《无名女士的肖像》），还有达·芬奇传世油画作品之一的《酒神巴卡斯》。如果有兴趣有时间，把这些画作和《蒙娜丽莎》都看了，观摩比较一番，应该会对大师的创作进程加深了解吧。

　　其实，举世瞩目的万宝之宫卢浮宫真大，藏品太多，哪里看得了全部，人们选择先寻觅、浏览名画名雕塑及珍稀文物，自然也是人之常情，但我还是觉得，被拥挤的人流移动着扫描几眼《蒙娜丽莎》，就被匆匆地挤出了展厅，对于欣赏一幅名画而言，时间、关注力都远远不够，而因此忽略、错过了其他精品那就更遗憾甚至不值了。

　　何况，作为昔日皇室宫殿的卢浮宫，其建筑本身就是一件博大精深的艺术品，还有前庭地面的金字塔——现在进入卢浮宫的进口之一——华裔建筑师贝聿铭的传世之作，也堪可玩味品鉴。

（1/20/2023）

徜徉于
神秘的
金字塔之间

邂逅大师

海明威钟情的斗牛圣地

——龙达古城掠影

  2022 年深秋季节在西班牙的一段七天跟团游的经历，给予我不少意外与惊喜。这一趟从西班牙首都马德里启程的旅程，途经萨拉戈莎（Zaragoza）、巴塞罗拿（Barcelona）、华伦西亚（Valencia）、格拉纳达（Granada）、塞维尔（Seville）等多个历史名城，参观了十数个世界级历史文化遗迹和名胜景点，但让我印象最深刻、最留恋的却是从格拉那达前往塞维尔途中邂逅的龙达（Ronda）古城。

  那是一个阴沉沉的上午，约两小时的大巴车程带我们抵达龙达古城，导游引领我们步行十多分钟，路过圣玛利亚主教堂，就是龙达小城的主街。落脚在一座白色的圆形建筑的侧门前，原来这是一座斗牛场，而且是西班牙最古老的斗牛场之一。门前有两尊斗牛士的铜雕像，是西班牙斗牛史上的传奇人物——土生土长于龙达的奥多涅斯父子俩，也是龙达历史上出现的两个辉煌的斗牛士家族之一。另外一个斗牛士传奇家族就是 18 世纪的罗梅罗家族，其家族三代都是当时最杰出的斗牛士，其中最名闻遐迩、令人肃然起敬的传奇斗牛士是佩德罗·罗梅罗（Pedro Romero，1754—1839 年）。传说他一生中共斗杀了 5000 多头公牛，而自己毫发无伤，堪为西班牙南部安达卢西亚龙达家族建立的古典斗牛学派最重要的代表人物。他的勇气、控制力以及英俊的外表都被世人崇拜。佩德罗·罗梅罗曾说过：

"斗牛士不应该依靠脚，而应该依靠手，在面对公牛时，他必须在奔跑或表现出恐惧之前杀死牛或被牛杀死。"他依靠娴熟的技巧和灵活的动作，加上优雅潇洒地挥舞斗篷（披风），用一把剑刺杀掉一头头凶猛的公牛。他的祖父弗朗西斯科·罗梅罗是率先使用披风与牛周旋的斗牛士，被视为现代职业化斗牛的鼻祖。摈弃、替代原先传统的骑马斗牛，徒步斗牛士以闪动不息、上下左右挥舞的鲜红披风（斗篷）挑逗、刺激公牛，从而使斗牛的风险性大为增加，也大大增强了斗牛的刺激性。

继而转到斗牛场的正门外，一围盛开粉红色小花的花坛中央平台底座上挺立着一具硕大的铜牛塑像，双角高竖，前蹄腾空，后尾甩动，英姿勃发，栩栩如生，和斗牛场一起成为龙达的显著地标。这家1785年问世、耗时六年建造的斗牛场，全用石头打造修筑，两层看台由136根石柱支撑起5000多个座位的半圆形黄色拱门回廊，辉映那金黄色的沙场，置身其间俨然是一圈嘶喊、声声震天的斗牛世界。传奇斗牛士佩德罗·罗梅罗等是该斗牛场落成后最先也是最活跃的斗牛表演者。遗憾的是我们错过了当地9月的斗牛季，无缘亲历一场活生生的斗牛竞技。如今，两层楼高的外墙那雅致的白色似乎要冲淡斗牛的血腥，赋予今天游客的观感更多是岁月的印痕……

不远处是一座郁郁葱葱的小型公园，进门左侧竖立着一具石碑，上面有一尊不算大却醒目的浮雕像，竟然是美国文豪海明威的纪念碑。这让我大为惊讶，依据导游的介绍，以及后来查阅了更多资料，知晓古城龙达是西班牙斗牛的发祥地之一，也进而得知龙达与美国文豪海明威的渊源。酷爱斗牛运动的海明威，自1923年5月第一次在西班牙首都马德里观看斗牛比赛以后，他观赏斗牛比赛的足迹遍及西班牙北部、中部和西南部，前后总共看过300多场斗牛比赛，目睹了上千头公牛被斗牛士的利剑刺杀的一瞬间。海明威不仅迷上了有奔牛节活动的北方城市潘普洛纳（Pamplona），更对产生了两大斗牛士传奇家族的龙达情有独钟，并且多次旅居龙达古城，和斗牛士奥多涅斯父子成为朋友，成为斗牛士们叱咤斗牛场的狂热拥趸。海明威与第一任妻子伊丽莎白·哈德丽·理查森（Elizabeth Hadley Richardson）在龙达居住期间，卡耶塔诺·奥多涅斯（父亲，Cayetano Ordóñez y Aguilera，1904—1961 年）曾经割下自己刚刚杀死的一头牛的牛耳，当作战利品献给海明威的妻子。海明威与安东尼奥·奥多涅斯（儿子，Antonio Ordóñez，1932—1998 年）是一对忘年交，甚至还跟他学过斗牛技巧。

海明威纪念碑的右面，则是 26 岁即自编自导自演《公民凯恩》而成名的电影导演奥逊·威尔斯（Orson Welles，1915—1985 年）的纪念碑，他和海明威一样喜爱龙达古城，迷恋于斗牛运动。

沿着公园的步道很快走到尽头，凭栏俯瞰深深的葱绿山谷，露出褐色的陡峭山体，险峻异常，眺望远处尽是杂色斑驳别样耀目的洼地……原来我此刻身处的公园，身后的小广场、斗牛场，乃至整座龙达城竟然都是横卧在近千米之高的悬崖之上。环形的观景平台突兀伸展，还凸出一小段平展的天台云梯凌空峭立，供两三人迈得更远些观望奇景，却足以吓退诸多患有"恐高症"的游客，好在还有座多边形小凉亭可供缓劲、歇息。沿着悬崖边继续往左徐徐前行，折转的步道上有几段分别被命名为"海明威小径""威尔斯小径"，连接在一起几乎就是一座凌空飞掠峭壁的长而曲折的观景台。对面的悬崖上挺立着一排排错落有致的白色楼宇，几分钟前逗留的小凉亭及凸出的观景平台，也成了遥遥相对的特异景观，青山之巅与万丈深渊的落差对比，震撼人心。眺望小径的尽头，一座奇崛壮美的多孔石桥横跨在峡谷两端，甚至桥体的两端也与嶙峋的巨石岩壁紧紧咬合在一起，鬼斧神工般浑然一体。高高的桥墩屹立于百丈深渊，桥梁本身也成了龙达城峻峭的风景。这座建成于 1735 年、高达 120 米的桥被称为"新桥"（Puente Nuevo），当年施工期逾 40 年，是人类精湛匠工与万仞峭壁天险契合融汇的结晶。相对于 1616 年建成的龙达"老桥"（Puente Viejo），迄今业已接近 300 岁的褐黄色新桥挺拔伟岸，飞越天堑，举世无双，在白色建筑居多的整座龙达城里，是人工建筑与天然峡谷崖壁融为一体的经典，是连接新旧龙达城的枢纽，也是龙达古城变迁发展的见证。

龙达位于西班牙南部安达卢西亚自治区腹地，距离历史名城塞维尔和毕加索的故乡——海滨城市马拉加（Málaga）都仅 100 余公里，区区几万常住人口，遗世独立般的自然环境，造就了这座当今名列"全球最美六大小镇"的传奇城镇。相传龙达最早诞生于 3000 多年前的古罗马帝国时代。最初，一群躲避战乱的人千辛万苦爬上了位于安达卢西亚地区埃尔塔霍峡谷高深莫测的悬崖峭壁时，惊讶于这儿峻险的地势，森林茂密、植物充沛、河水滔滔，乃是上苍赐予的宜居之地。他们在这儿安营扎寨，耕作、渔猎，繁衍起一代又一代子嗣，衍生了一片又一片白色的居所……历经摩尔人的数百年占领、统治，历经近现代无妄之灾般的战乱，深居于峡谷的龙达古城却浴火重生般越发清新脱俗，收获了诸如"天空之城""梦中之城""建在云端的城市""悬崖上的白色小镇""西班牙现代斗牛运动发源地"等美誉，吸引了国内外无数旅人的目光。

天空开始下起了蒙蒙细雨，走在新桥上远眺刚刚走过的观景台一带，那绿丛遮蔽石壁上的土黄色环形观景台连同小凉亭，恰似一幅寂寥空旷的山水画。往老城一端走去，触目所见都是古色古香的中世纪建筑，有的住宅窗台口还立着身披 18 世纪、19 世纪服饰的绅士雕像，端着望远镜或是猎枪瞄准前方，再现当年的民俗风情。又看到一幅楼宇墙壁前的彩色磁釉壁画，描绘的是以龙达新桥为主体展开的新旧城镇风貌。返回新桥，踏在雨水打湿的由小石头砌成的桥面路上，碧净发亮，眺望北端新城，桥头左侧的一座黄色楼宇，是由原市议会大厦改建的古堡酒店，走近去，酒店外檐的骑墙正好为我们避雨挡风。面前是精巧的西班牙广场，依然车来人往，忍不住冒雨在发亮的街头漫步，横向的一条街市非常热闹，各种店铺顾客盈门人声鼎沸，炖牛尾等小吃美食香气四溢。回到古堡酒店，进去在大堂沙发上休憩片刻，被四面墙上挂的各种画吸引。虽然这是一栋建于 1761 年的楼宇，外观沧桑而大气，内部修缮精良，这家饭店的许多层房间，开窗即是新桥、悬崖和峡谷的英姿美景，可惜无暇在此多逗留一夜，留下了几丝遗憾。

告别龙达前，又路过那弧线优雅、白色洁净的古老斗牛场，再度瞻仰了那门前左右两侧的传奇父子斗牛士铜雕像，领悟到倔强不羁的斗牛士风范，与气势非凡的悬崖峭壁和新桥绝美壮景，正是龙达古城并驾齐驱的两大标志。龙达的这两大标志，古往今来吸引了多少人为之倾倒，为之疯狂。原居住印度的吉卜赛人 15 世纪千里迢迢来到龙达，陶醉于风情万种的浓郁西班牙气质，融合印度风格舞蹈，创造了弗拉明戈舞，成为西班牙的国粹，风靡西班牙各地尤其是南部城镇。龙达也是根据法国作家梅里美同名小说改编的电影《卡门》的外景地，《卡门》的故事就发生在 19 世纪 30 年代的西班牙塞维尔一带，涵括了附近的龙达古城，故事描写了凄美的爱情，也再现了惊心动魄的斗牛场景。美国传奇歌手麦当娜 1994 年曾专门到龙达，只为她的抒情佳作《Take A Bow》拍摄 MV。在 MV 中她扮演一位爱上斗牛士的西班牙贵妇。当然，龙达吸引的名人，或者说让龙达更加闻名于世的名人还是海明威。

自从 22 岁时与第一任妻子新婚来到龙达度蜜月后，海明威后半生多次往返龙达，甚至他生命最后一年的生日也是在龙达度过。他对龙达不是一般的喜欢，而是深深的迷恋，不仅是龙达遗世独立般的"天空之城"的壮美呼唤他，也有与传奇斗牛士的深厚情谊，还有对斗牛运动刻骨铭心的热爱。斗牛是海明威终身酷爱的运动，在他心目中，斗牛既是一种最危险、最优美的运动，更是一种艺术，是一种"绝无仅有的艺术家处于生命危险之中的艺术"，龙达就是他的"斗牛圣地"。海明威 1932 年出版了一本跨文体"斗牛专书"——《死在午后》，就是他旅居龙达在一家旅舍写成的，不啻是一曲献给斗牛士的赞歌。书中对斗牛运动的刻画详尽、深入而形象，他强调斗牛场上斗牛士演绎的生死较量"能使人陶醉，能让人有不朽之感……"并且感悟："人生就像是斗牛，不是牛被人杀死，就是人被牛挑死。"写作《死在午后》之前，海明威特意到龙达居住了较长一段时间，实地考察斗牛士的生活，交上了斗牛士甚至公牛饲养员等朋友，也因此创作出了这部以西班牙斗牛文化为背景，讲述斗牛文化起源和斗牛运动残忍血腥的小说杰作。海明威随后多年沉浸在斗牛的世界里，经常去西班牙观摩斗牛节，迷上了斗牛杂志，交了许多顶尖斗牛士朋友，在斗牛技术及斗牛运动观赏领域俨然自成一家。美国斗牛士西德尼·富兰克林曾经评价说，很少有人能比得上海明威对斗牛的激情和斗牛方面的知识。

事实上，海明威创作的三部小说《丧钟为谁而鸣》《太阳照常升起》《死在午后》的故事背景都是以龙达为斗牛运动发祥地，斗牛士的勇毅强悍、私奔的情人、革命者……都与龙达古城息息相关，魅力无限。1937 年，海明威加入国际纵队又来到西班牙，也深入了解到西班牙内战时期的状况。14 世纪时龙达城成为穆斯林和基督徒厮杀的战场，海明威后来写的《丧钟为谁而鸣》就是以龙达为背景。该书有关人们把法西斯同情者推下悬崖的细节，其实就是取材于发生在当地 14 世纪的真实故事——双方激烈交战后，战败的一方不论生死都被抛下悬崖，窥视他们的是峡谷中盘旋的乌鸦……

虽然海明威在《死在午后》这部关于斗牛的纪实著作里，力透纸背般描述了西班牙艳阳高照下的死亡仪式，碧血黄沙，残酷凄惨，那些倒下的牛马，还有斗牛士，都淹没在狂欢的观众呼叫声中……但海明威同样毫不吝惜抒写龙达的绝世之美和别样风情，他写在《死在午后》的一段话："如果你想要去西班牙度蜜月或者跟人私奔的话，龙达是最合适的地方，整个城市目之所及都是浪漫的风景……"正是海明威的这句话，让藏在深谷僻野的龙达古城风靡了全世界，不仅无数崇尚斗牛运动的刚烈之士欣然前来朝圣，更多追求浪漫爱情、期许美景良辰的男男女女都纷至沓来，梦寐以求在悬崖之巅的龙达古城遭逢一场艳遇，或者在壮美瑰丽的新桥崖壁之上来一场轰轰烈烈的爱情宣言……

悠悠古城，美哉龙达，你是斗牛士精神贯穿的"天空之城"，你是旷达美艳的"梦中之城"，文豪海明威一生钟情于你，邂逅龙达，也邂逅了一代文豪海明威的豪情侠骨，也让龙达的两大标志定格在 21 世纪更美好的时空。愿龙达城的悬崖不再成为抛尸的深渊，那壮美无比的新桥、古朴优雅的斗牛场，不仅是你恒久的象征，更成为今天人们憧憬的爱巢……

（12/7/2022 初稿，1/8/2023 修订）

寻访斯坦贝克的故乡

2022 年是美国著名作家、诺贝尔文学奖获得者约翰·斯坦贝克（John Steinbeck，1902 年 2 月 27 日—1968 年 12 月 20 日）诞生 120 周年，前不久我又路过斯坦贝克的故乡莎琳娜斯（Salinas），到镇上和斯坦贝克中心都绕行了几圈，仿佛再度寻访他的人生、创作足迹，对这位很早就描写中国移民生活的美国作家，不禁再度生出向往和敬重之情，几年前造访莎琳娜斯的情景又不断在脑海里翻涌、迭现……

距离硅谷以南约两小时车程的加州小镇莎琳娜斯，是美国著名作家、诺贝尔文学奖获得者约翰·斯坦贝克的故乡。很多年前大学修外国文学史时，我对几位美国文豪印象深刻，其中斯坦贝克的成名作《愤怒的葡萄》（英文：The Grapes of Wrath）我还特地找了中译本来读。这部小说 1940 年获得美国国家图书奖与普利策奖，是斯坦贝克擅长以富有同情心的幽默和敏锐的观察描写现实生活的典范之一。《北美人评论》称："凭借这部小说，斯坦贝克得以迅速和霍桑、梅尔维尔……平起平坐。"

早些年偶翻资料，才清楚他的故乡就在离我居住的硅谷不太远的莎琳娜斯，那附近的蒙特雷湾 17 里风景胜地是我几乎每年都会去赏玩散心的地方，开车从 101 号高速公路往洛杉矶也是必经之地。可我旅居旧金山湾区前十多年从未去造访过斯坦贝克的故居，真是失敬得很。据悉斯坦贝克也曾在属于硅谷地区的洛斯阿托斯居住过，这样说来我们旅居湾区硅谷的居民，与他也算是前后近邻了。但今天美国芸芸众生里还有多少人记得甚或知道曾经有这么一位杰出的作家，为美国赢得了不朽荣誉吗？

那年盛夏之际终于应约"专程"赴莎琳娜斯寻访斯坦贝克的故乡足迹，因缘际会是赶第30届斯坦贝克艺术节（30th Annual Steinbeck Festival）的场。以文豪命名的艺术节于2010年8月初在当地的国家斯坦贝克中心（National Steinbeck Center）连续举行四天，吸引来自加州和全国各地读者、研究者和民众出席。该届艺术节的主题为"旅程：斯坦贝克环游世界"（Journeys：Steinbeck Around the World），这实在是个很吸引人的标题。

这是我第一次驾车进入莎琳娜斯镇内，马上有了几丝怀旧的情结。我去赶场赴会的那天是一个星期六上午，阵阵鼓乐声将包括我在内的游客引导到位于莎琳娜斯老镇主街尽头的斯坦贝克中心。该中心是非营利性机构，造型简洁的楼宇在周遭西部风情浓郁的古朴粗犷建筑物中显得别致而又现代。门厅前的小广场（露台）早已围聚起不少民众，正在观看印第安土著祭奠仪式及舞蹈，以及富有当地特色的民间舞。

步入中心大厅，参观访问者们分别可以细细鉴赏不同的展品，一对纽约夫妇捐献的斯坦贝克生前用过的沙发、地球仪也陈列其中。大厅环墙布置起各种与斯坦贝克生前旅行足迹所到之处相关的图片。配有中文"戏院"字标的小电影院内循环放映着介绍斯坦贝克生平及其故乡莎琳娜斯历史风光的影片。

在另外一侧纵深曲折的展厅，展出了关于斯坦贝克生平的各种图片、实物。一幅斯坦贝克1962年在诺贝尔奖领奖现场的巨幅照片格外夺目。他以小说《我们不满的冬天》（又译《烦恼的冬天》，英文：The Winter of Our Discontent）荣获 1962 年的诺贝尔文学奖。

展厅一角陈列了斯坦贝克当年带着爱犬一起环游美国的房车（复制品）及其旅行路线图。斯坦贝克 1962 年曾经自驾房车带着爱犬查理开启了横跨美国之旅（从东北新英格兰到西部老家加州）。一路的见闻、观察和思考，后来他写成了一部生动随笔《斯坦贝克携犬横越美国》，风行一时。

在《横越美国》这部纪实游记作品里，斯坦贝克叙述了他在善解人意的爱犬法国鬈毛狗查理的陪伴下，展开美国各地将近 1 万英里的自驾旅行。他驾驶的那辆精心改造过的设备齐全的露营房车，特别取了个与堂吉诃德坐骑相同的名字——"驽骍难得"，历经了从美国东北部缅因州最北角驱车到西部加利福尼亚州蒙特雷半岛的难忘行程。为了不受任何干扰或干扰外界，确保客观的观察，斯坦贝克制订的这趟旅行计划："我必须把自己的名字和身份留在家里。我必须成为一对四处巡游的眼睛与耳朵，成为一种活动的照相感光版。我不能到饭店登记住宿、不能跟认识的人见面、不能访问其他人，甚至不能询问尖锐的问题。更有甚者，两人或更多人的同行，就会妨碍一个区域的生态。所以我必须单独行动，必须像把房子背在背上的随性乌龟一样自给自足。"

斯坦贝克就这般自驾穿梭在州际公路和乡间小路上，领略大城小镇与瑰丽原野的别样风情，自由自在地与路上的陌生人闲聊，和卡车司机们一起聚堆用餐。他以幽默而审视的眼光观察美国和美国人，看到的是一个物产丰盛却又孤寂、个人的国度。他甚至不无忧虑地写道："我们真是一种奇怪的物种。上帝和大自然送给我们所有的东西，我们都可以应付自如，却对丰足束手无策。如果我想毁灭一个国家，我就会给它过多的物质，让这个国家臣服于物质之下，变得可悲、贪婪、不健全。"就如他之前看到推土机把西雅图的翠绿森林夷为平地，为狂热扩张的摩天大楼和住宅区腾出空间时，他不无悲情地感叹道："我不知道为什么进步经常看起来像是毁灭！"

难怪美国当代作家和学者杰伊·帕里尼（Jay Parini）评析说："这是近一万英里环游美国的公路旅行，也是斯坦贝克为即将失去的世界所咏唱的挽歌。"他认为，在美国文学史上，"鲜少有像斯坦贝克这样的作家，固执地关切自己国家的特质与命运。……从第一本小说选集《天堂牧场》之后，斯坦贝克在一部部著作中，勾起了他的同胞对国家自然环境与居住地的难忘梦想。"

展厅不同的角落也在放映根据斯坦贝克小说改编的电影，或者展出 20 世纪 40 年代的相关电影海报，以及世界各国出版的斯坦贝克各种版本作品集，其中包括介绍他的早期小说《愤怒的葡萄》（1939 年），曾获普利策奖，堪称 20 世纪美国文学的经典。

会议厅里，当天上下午都相继安排了多种讲座、报告会，包括"与斯坦贝克一起旅行"（Travels with Stainbeck）专题系列。女主持人介绍、引出研究斯坦贝克环游美国 50 年来美国各地变化的作家、研究者 Greg Zeigler，概述自己沿着斯坦贝克环游美国足迹的考察心得。据悉，当天斯坦贝克艺术节活动，同时也在美国东部一些城市和墨西哥城、阿姆斯特丹、巴黎、柏林等世界不同城市举行。

美国新大陆的历史很短，但其文学成就与其经济、科技的发达同样昂首阔步于世界之林，这得益于包括霍桑、惠特曼、马克·吐温、辛克莱·刘易斯、爱伦·坡、杰克·伦敦、福克纳、海明威、欧·亨利、斯坦贝克、索尔·贝娄等大作家、大诗人的巨大贡献。斯坦贝克创作于 1939 年的长篇小说《愤怒的葡萄》奠定了他在文坛的世界级地位，比他获诺贝尔文学奖的小说似乎更著称于世。1962年颁发他诺贝尔文学奖的评审委员会给出的理由是："由于他那现实主义的、富于想象力的写作，把蕴含同情的幽默和对社会的敏感结合起来。"斯坦贝克1961年出版的小说《我们不满的冬天》"……达到了他在《愤怒的葡萄》中设定的标准。他再次坚持自己的立场，作为一个独立解释真理的人，对真正的美国人，不管是好是坏，都有着公正的本能"。瑞典学院常务秘书安德斯·奥斯特林在授奖仪式上致辞说："斯坦贝克在地位和成就上都不只是独立自主的。他身上有一种冷酷的幽默，这在一定程度上救赎了他常常残忍和粗俗的图案。他的同情总是向被压迫者、不合时宜的人和苦恼的人伸出援手；他喜欢把生活中简单的快乐和对金钱的残酷和愤世嫉俗的渴望作对比。"在斯坦贝克身上，"我们发现美国人的气质也在于他对大自然、耕种土壤、荒地、山脉和海岸的巨大感情，这些都为斯坦贝克在人类世界中和更远的地方带来了取之不尽的灵感"。斯坦贝克曾发表演说回应道："作家的职责，自古至今都没有改变。大家交相指责作家揭发了太多人类严重的错误与失败，并把许多冒改善之名而产生的阴暗与危险梦想，挖出来摊在阳光底下。""文学的传播，不靠评论界苍白贫乏的说教者……"多年来斯坦贝克执拗地毫不掩饰地与批评家们的分歧较量。

斯坦贝克生长于莎琳娜斯一个面粉厂主的家庭，母亲是教师，自幼感受父母的严苛管教，而父母的文化教养也对他影响至深，从小就接触了不少古典文学名著，流露出写作的天分。自幼长期生活的小镇、乡野、牧场的自然环境熏陶，使他对家乡的风土人情熟谙在心；细腻敏锐的洞察力，使他描绘清贫困苦物质环境下人类各种生存状态得心应手。他读大学时修文学外还研读过海洋动物学。在小说《愤怒的葡萄》中，他描写从俄克拉何马州迁移加州的失业寻梦者如何千辛万苦地奔向梦想中的"黄金的西部"，就像"群体动物"似的为求生的本能所驱使。这个"群体动物"之喻应该是来自他海洋动物学知识的启示。大学毕业后，斯坦贝克相继在牧场、筑路队、制糖厂和建筑工地打工。这些经历折射在他的写作中，便是更多地关注下层劳动人民的生活与命运，充满对小人物的同情和宽泛的人道主义精神，刻画底层小人物的善良、质朴的品性，创造了"斯坦贝克式的英雄"形象。同时，他的小说将写实风格与幻想风格糅合起来，艺术造诣自成一体，对后来的美国文学尤其是西部文学的发展产生了重大的影响。

美国作家戈尔·维达尔评价斯坦贝克时说："斯坦贝克从日常生活琐事和当下局势中获得灵感。他从不'虚构'故事，而是'发现'故事。"经济大萧条时期的美国社会天天发生形形色色的故事，这些具有"人类生存困境"寓言意味的故事，足以牵动任何置身于时代的作家的思考。斯坦贝克极其关注社会现实和环境，他用文学触碰现实，自始至终都是一位严肃又不乏幽默的现实主义文学大师。斯坦贝克写于1944年的长篇小说《制罐巷》（又译《罐头厂街》，英文：Cannery Row）和1955年创作的《伊甸之东》，在幽默诙谐中隐含着对美国物质文明的批判之际，还提及中国人的勤劳耐苦和慷慨、忠厚，这大概是他在家乡接触到中国移民的直接印象。他小说中写到的李昌杂货店便是"克隆"自莎琳娜斯当年的"荣昌行"。事实上华裔移民很早就在当地聚居了，那儿的中华会馆1934年还在离斯坦贝克故居不远处建了"孔教会"。我那次观摩斯坦贝克艺术节时，在西部风情浓郁的小镇上浏览，顺便到传说中的"中国城"寻迹访古，看见了"孔教会"的建筑及其牌匾孤零零地坐落于那条没落萧条的街区。

与斯坦贝克有约，认识斯坦贝克，寻访斯坦贝克，就从那时开始了。这些年，读他的书，访文豪的故居，参观"斯坦贝克图书馆"，仿佛亦是认识美国社会、生活，积累常识的途径之一。

事实上，热爱文学的人们与斯坦贝克有约，还可以追溯到更早的岁月。早在2002年启动"纪念斯坦贝克百年诞辰"系列活动以来，他的家乡即成立了"斯坦贝克图书馆"和"斯坦贝克中心"（www.steibeckcenter.org）。加州人文科学委员会和加州图书中心当年策划并发起了全州146个图书馆分别举行"加州的故事：朗读《愤怒的葡萄》"专题活动，旧金山中国城图书馆是极少数用中文（汉语）来交流此项节目的图书馆之一，由知名作家分别引导读者用汉语朗读这本20世纪30年代美国文学的扛鼎之作，体验斯坦贝克"蕴含同情的幽默"与"对社会的敏感"。想一想，这样亲近文豪的怀旧也很别致。

（8/19/2022 修订）

皇村，飘浮着普希金的诗魂

大巴穿越圣彼得堡城直奔郊外，窗外掠过一排排白杨林，我们被告知第一个目的地就是叶卡捷琳娜宫，那便是"皇村"也被称作"普希金城"的所在。下车走过一段林荫道，接近叶卡捷琳娜宫一侧入口处的道路旁，耳畔忽然响起《义勇军进行曲》的旋律，我大为惊讶之际，一看原来有五六位身穿军乐队装饰的中老年人，各自操一把铜管乐器，那耳熟能详的旋律正是从他们这儿传出来的。一曲终了，又奏响一曲曲《红莓花儿开》《三套车》等俄罗斯歌曲的旋律。短短几分钟内，《义勇军进行曲》的旋律再度奏响，飘忽在林荫道和叶卡捷琳娜宫之间。我发现在门口排队等候入场的游客差不多有一半是中国人，除了少数是从邮轮下来的，更多的是另外组团来此地参观的旅客，众人在异国他乡听闻那慷慨激昂的熟悉旋律，难免感慨，甚或还有些许奇妙、朦胧的感觉。

排队参观叶卡捷琳娜宫的游人太多，虽然早已预约，但是等候时间仍然不短，我先折到紧邻宫墙一边的花园去，庆幸获得了一段额外的游历见识。

春末夏初的圣彼得堡还是有丝丝凉意，林荫道的植被披着深色的绿袍，倒是花园内的树丛、草坪显露出嫩嫩的浅绿……中心花坛上方，我惊奇地看到了一尊拱起在暗红色大理石底座上的黑色雕像，啊！那正是伟大的俄罗斯民族诗人——普希金，只见身披风衣一头卷发的普希金坐在宽宽的椅子上，左手随意搭在椅背上，右手撑着头微微朝后靠着，不乏忧郁的目光注视前下方，默默沉思，仿佛在酝酿一首新诗……

我在普希金雕像前默默地伫立、遐想，感慨万端，幸亏参观叶卡捷琳娜宫前的候场，让我抓住了这十几分钟宝贵时间，使得我与心仪的诗坛偶像普希金没有失之交臂。尽管参观叶卡捷琳娜宫前的功课来不及细做，但我对普希金曾经度过六年时光的皇村史迹还是略有所闻，先前以为两天圣彼得堡的行程没有参观皇村的安排，实在太遗憾，尽管叶卡捷琳娜宫就在皇村，如今一般的旅行社安排，参观叶卡捷琳娜宫几乎就是在皇村"到此一游"，而我内心深处的普希金情结让我从前一晚直到下邮轮之后都心有不甘。此时此刻、此地此景实在意外又美妙，置身于坐拥普希金雕像的花园，想到毗连的那座四层楼建筑就是当年普希金就读的皇村中学校舍，我倍感欣慰，一扫先前的怅惘，犹如近距离触及了两百年前的历史与文化，纵然时间短暂，也让我仿佛亲聆普希金朗诵着他的诗作《皇村》，仿佛沐浴一抹"俄罗斯诗歌太阳"的光芒……

来不及进入已辟为博物馆的原皇村中学内部了，但在普希金雕像花园外一侧瞥见一座屋顶竖立尖尖塔顶的两层小屋，原来是保持当年原貌的"圣母显灵教堂"。建筑前的一块牌匾居然印着中文介绍："皇村最古老的建筑，同时也是皇村第一座石头建筑。""普希金在皇村学习期间曾在这个圣殿里祈祷。"介绍文字还提到诗人莱蒙托夫、元帅朱可夫乃至奥地利作曲家施特劳斯都曾到此教堂祈祷过，真是值得追念的文物古迹啊。

因为 18 世纪初至中晚期渐次构建的沙俄两大消夏行宫——叶卡捷琳娜宫和亚历山大宫——形成了偌大的皇家园林，成为沙俄皇朝的新领地，便有了"皇村"的称号。1788年后，当皇宫北翼竖起一座古典主义风格的四层建筑，并于1811年辟为皇村中学后，相继有不少贵族子弟进入了这所著名的帝国学苑，也有不少社会精英从这儿出发名震俄罗斯乃至世界。12岁的普希金正是这所学校的首批30名学生之一，且是成长于这所学校的最著名校友。今天，皇村连同这所中学也都以普希金冠名。

在普希金短暂的38年生涯里，他在皇村度过了将近六分之一的时光（就读皇村中学六年），从少年迈向青年的这六年光阴，不仅是普希金知识积累、文学创作的一段关键岁月，也给他的人生观打下深深的烙印。就读皇村中学时期，恰逢俄罗斯爆发1812年抵抗拿破仑侵略的"卫国战争"，加之其家族中一直有人从军报国，因而点亮了普希金的爱国心（其曾外祖父曾是俄罗斯军队的非洲裔将军，其身为御林军侍卫的曾祖父则在沙俄时代获最高荣誉），也根植下他后来写下许多彰显爱国主义精神诗篇的种子。1815年，普希金在一次中学考试中朗诵了自己创作的《皇村回忆》。这首诗布局雄浑、想象奇诵，语言精湛，饱含了少年诗人对皇村美景独特印象，也洋溢着他对祖国和人民的爱戴之情，以及为战胜侵略者的欢呼。

"睡意蒙眬的苍穹上／挂起了阴沉的夜幕／万籁俱寂，空谷和丛林都安睡了／远方的树林笼罩着白雾／小溪潺潺，流入丛林的浓荫／微风徐徐，已在树梢上入梦／娴静的月亮好像富丽的天鹅／飘浮在银白色的云朵中。"少年诗人笔下的皇村景致是普希金刻骨铭心般眷恋的圣地，又岂能任凭侵略者染指！"这不是皇村花园——／美丽的北国天堂／俄罗斯的雄鹰战胜狮子／长眠在这和平安乐的地方……／幸福的俄罗斯威名赫赫／安定，繁荣兴旺！"普希金的诗歌借雄鹰与狮子的比喻，暗示俄罗斯打败了拿破仑法兰西帝国的伟大战争。

这首长达 100 多行的诗歌，倾注了少年诗人的才华激情，歌颂了皇村和俄罗斯山川的壮美，描绘了军民抗击侵略者的意志及严酷战争场面……当时担任主考官的诗坛巨擘杰尔查文听到普希金的颂诗大为惊叹，赞赏不已，预言普希金是未来真正的诗人，将成为自己的继承人。这次考试场景后来被著名画家列宾描绘成油画《普希金在皇村学校考试》，迄今仍挂在皇村中学博物馆的陈列室里。

除了这首《皇村回忆》成名作之外，普希金还写了十几首涉及皇村主题的诗，堪为"皇村组诗"，包括《致同学们》（1817 年）、《题普欣纪念册》（1817 年）、《皇村》（1819 年）、《皇村雕像》（1830 年）、《我记得早年的学校生活》（1830 年）、《回首往昔：我们青春的节庆……》（1836 年）等等，吟咏他心目中曼妙美好的皇村："无论命运把我们抛向何方 / 无论幸福把我们指引何处 / 对于我们 / 整个世界都是异乡 / 对于我们 / 母国——只有皇村。"

整整六年的皇村岁月，是普希金内心不可替代不能抹去的充实印象，而皇村当然不仅仅局限在他就读的学校建筑，那一大片融合了大自然和皇家辉煌建筑的园林，是他青涩少年时代放飞身心的阔大舞台，是他灵魂释放闪烁光芒的天然领地。在皇村，普希金不仅挥斥八极激扬文字，开始了进军、复兴俄罗斯文坛的雄健步伐，也熏陶、酝酿、生成了民主、自由的萌芽。他交往密切的同学中有后来成为十二月党人以及参与起义的军官，因此毕业后供职政府机构的普希金也曾秘密参与十二月党人活动，并写下不少抨击沙皇的诗篇，最后遭沙皇判处两次流放。

我的普希金情结源自初中阶段学习过两年的俄语课，尽管那点儿零星的俄语词汇早就还给了老师，但俄语荒废了，早期接触到的少数俄罗斯文学印象却不会"荒废"，反而印记更深，以至于"文革"时期偶然借到几本外国文学译本如获至宝。首先抄录的就是普希金的诗歌，其中就有传颂于无数人口耳之间的《自由颂》《致大海》，当然还有《假如生活欺骗了你》："假如生活欺骗了你，不要忧郁，也不要愤慨！不顺心时暂且克制自己，相信吧，快乐之日就会到来。我们的心儿憧憬着未来，现今总是令人悲哀：一切都是暂时的，转瞬即逝，而那逝去的将变为可爱。"

我匆匆告别普希金雕像、教堂及皇村中学建筑，再去随大溜般地参观叶卡捷琳娜宫及皇村园林，那金碧辉煌的宫殿内外装饰及价值连城的种种古玩名画，还有那被德军洗劫一空后又重新耗费重金恢复的"琥珀屋"，无不竭尽奢侈奢华，让今人参观唏嘘之际，徒生暴殄天物的叹息！倒是那湖泊掩映绿树簇簇、芳草萋萋繁花似锦的园林风景，没有沾染太多的宫廷习气。我想象少年普希金和他的伙伴当年嬉戏游走于这片风光境地，会是何等地逍遥自在，我的耳畔仿佛想起少年普希金朗诵歌咏皇村诗作的声声音节："瀑布从嶙峋的山石上／像碎玉河直泻而下／在平静的湖水里／女神们泼弄着微微荡漾的浪花／远处，宏伟的殿堂悄然无声／凭借拱顶，直上云端／这里不是世上神仙享乐的所在吗／这不是俄国密涅瓦的宫殿？""在那里／我得到大自然和幻象的抚养／懂得了诗歌、欢乐和安详……"原来这才是本色的皇村，是闪烁着诗意精灵的领地，是飘浮着普希金诗魂的福地。

呵！皇村，这才是你延续至今魅力犹存的真谛，这才是你又被称为普希金城的奥秘！两百余年再回首，当年翩翩韶华诗兴勃发的普希金，赋予你崭新的生命意义——"俄罗斯诗歌的太阳"从这儿冉冉升起，你成为俄罗斯文学的中兴腹地，在诗人心目中你的意义超越了莫斯科（普希金的出生地），你是诗人倾诉情怀与抱负的对象，你是激励诗人精神动力的发祥地，你是飘浮着普希金诗魂的圣地！

（1/12/2022 初稿，7/11 修订）

爱因斯坦的小屋

在华屋豪宅无数、绿茵似锦的南加州帕萨迪那（Pasadena），这一栋小屋并不起眼甚至还略显简陋、寒酸，但它坐落在著名的加州理工学院（California Institute of Technology，简称 Caltech）校区周边，便可能具备某些超凡脱俗的特质或令人景仰的历史内涵。

加州理工学院的校园不大，周围的一些民居也被收购纳入，派作各种用途，几乎便注定会有一段不寻常的故事。事实上，迄今拥有 76 名诺贝尔奖得主、获奖密度为世界之最的加州理工学院，著名物理学家爱因斯坦、费曼、霍金、玻尔、密立根、盖尔曼，著名天文学家哈雷、遗传学鼻祖摩尔根、火箭专家冯·卡门都曾执教于此。毕业于加州理工学院的著名校友还有英特尔公司的创始人戈登·摩尔，登月宇航员哈里森·施密特，中国导弹专家钱学森等。曾经有如此众多的科学天才在这个精英院校抛掷了宝贵光阴，它的每一栋楼宇、每一间小屋，都几乎蕴含了科研的人文的逸事趣闻。

而我说的这一栋不起眼的小屋正是 20 世纪科学天才爱因斯坦曾经生活并写过研究论文的小屋。这间小屋紧挨着加州理工学院的校园，和周围整条街上排列的其他屋宇相比显得小些，却很符合加州理工学院"袖珍型"校园的风格。走过校园的这个街区，很容易忽略这栋两层楼小屋。尽管造型还算优雅古朴，在周遭豪宅林立的环境中被淹没也是正常的事，毕竟没有其他吸引"眼球"的亮点。唯有葱绿的草坪上竖立的一块小牌，才可能让漫不经心或者刻意寻觅的人止步观望。

我就是在不经意的漫步之间看到了这块小牌，见上面写着两行英文字：Einstein Papers Project（或可译作：爱因斯坦论文研究计划），才停下来注视这栋小屋，不禁肃然起敬。虽然我很早就知道爱因斯坦曾经在加州理工学院待过些日子，但近几年出入学院多回却并未刻意寻访过大师的遗迹，想不到这一次偶然遇上，可谓是"得来全不费功夫"。可惜小屋当时没有对外开放，只能向它、向大师行注目礼。

查阅爱因斯坦年谱，1930 年 12 月 11 日至 1931 年 3 月 4 日，爱因斯坦第二次访问美国，主要在加州理工学院讲学，这栋小屋应该是他当时的居住、研究之所。年谱还记载，1931 年 12 月，爱因斯坦再度赴加州讲学。爱因斯坦在加州理工学院待的时间不长（他后来定居美国，主要在东部普林斯顿），但这栋小屋却因他而倍添历史、人文价值。加州理工学院将此屋辟作纪念馆，自然是本着科学的精神，也吻合美国各地重视名人、史迹的传统。

在 2005 年爱因斯坦逝世 50 周年，也是以"狭义相对论"为标志的"爱因斯坦奇迹年"100 周年之际，联合国将当年定为"世界物理年"，以纪念这位跨世纪的伟大科学家。著名物理学家李政道那年在纪念爱因斯坦的文章中提到：1931 年，爱因斯坦在美国遇见喜剧大师卓别林，卓别林对爱因斯坦说："我们俩都是名人，可是我们出名的原因不一样。我出名，是因为随便哪个人都知道我在做什么；而你出名是因为没有人知道你在做什么。"李政道指出，当然，这是卓别林的幽默。"爱因斯坦的成功是因为他了解自然界的规律，他的理论也符合整个自然界的演变。爱因斯坦对 20 世纪的科学有极大的影响。很可能，他对 21 世纪的科学也有同样或更大的影响。"李政道还指出：我们的地球在太阳系是一个不大的行星，而我们的太阳在整个银河星云系 4000 亿颗恒星中也好像不是怎么出奇的星球，而整个银河星云系在宇宙中也是非常渺小的。"可是，因为爱因斯坦在我们这个小小的地球上生活过，我们这颗蓝色的地球就比宇宙其他的部分有特色，有智慧，有人的道德。"

　　今天，看到了爱因斯坦曾经居住过的小屋，甚至走在加州理工学院的校园，我的心里就荡漾起温馨的暖流，荡漾起要向科学与科学大师顶礼膜拜的冲动。我的脑海间闪现出那幅独特的形象：蓬松浓密的白发、庞杂下垂的胡须，爱因斯坦硕大的头颅——简直就是举世无双的天才标志！

（1/5/2023 修订）

闲适的人生

十来年间两度游台湾，风物依旧，记忆犹新，感触万千。2003年仲夏，平生第一回游历台湾，虽然只是匆匆的掠影，但是台北的夜市、淡水的渔人码头、野柳的烛台奇石、太鲁阁峡谷的风光、北投的温泉……都一一点化浸染在我的记忆里。2015年晚秋，环游台岛，日月潭逐波、阿里山观"神木"、高雄夜市的徘徊寻味，垦丁海天一线的韵律、故宫再赏"白菜青玉"的叹为观止……也浓缩于我的思绪中，但印象最深并不时令我魂牵梦绕的，还是去参观一代文学大师林语堂的故居之行，了却我多年的夙愿。

坐落于阳明山腰的林语堂故居，白粉墙、蓝琉璃瓦的素洁色调，又镶嵌那紫色的圆角窗棂线，勾勒出奇异而悦目赏心的视觉效果。故居建筑以中国四合院的方位架构，搭配西班牙式的设计风格，天井回廊，圆柱盘旋，古意欧风，东西合璧，融古典与现代于一体。中庭花园精致可爱，遍植翠竹、枫香、苍蕨、藤萝等植物，兼有造型各异的石头打造出一隅鱼池；林木葱翠的后院曲径通幽，景色宜人。这座东西方韵味的建筑由林语堂亲自设计督造，充满温馨迷人的情调，如今对外开放，各方旅人徜徉其间，坐拥远离市嚣的林山绿海，追怀大师的身影足迹。

在二楼的阳台静坐片刻，眺望远山近坡的满目翠绿，再漫步于后院的石径草坪，面对长卧于此的大师简朴的陵墓，想象这座令人发思古之幽情又恰似移栽"世外桃源"梦境的院落建成后，大师在这儿度过了他生命长河中最后的数载春秋，想必那也是让他最舒心、最淡定、最神定气闲的岁月。

林语堂曾经描绘自己晚年的这座居所道："宅中有园，园中有屋，屋中有院，院中有树，树上见天，天中有月。不亦快哉！"这是他仿金圣叹记述生平快意之事的《三十三不亦快哉》文体记下《来台后二十四快事》中的一则"快意之事"，另有一则快事称："黄昏时候，工作完，饭罢，既吃西瓜，一人坐在阳台上独自乘凉，口衔烟斗，若吃糖，若不吃烟。看前山慢慢沉入夜色的朦胧里，下面天母灯光闪烁，清风徐来，若有所思，若无所思。不亦快哉！"足见这阳台是他心仪而喜欢盘桓之所，每每晚餐之后，林语堂先生就会离开取名为"有不为斋"的餐厅兼客厅，踱步到阳台，心定气闲地坐在藤椅上，口含烟斗，欣赏夕照沉降于天际山谷，遐思万千。这种种"不亦快哉"便是他隐居于阳明山宅邸的生活状况，返璞归真，心无旁骛，何等闲适，何等淡泊，何等惬意，何等自得其乐，又何等让人景仰艳羡！

身为读书人，林语堂晚年居所中的书房自然也别具一格举足轻重，比卧室略为宽敞的书房两侧，齐齐地竖立起整排大书橱，直顶到天花板，颇具书城天地宽的气势，又使整个屋子弥漫起无穷的书卷气。书房内居中摆放着一座长沙发和两个单人沙发，小茶几上则似不经意地摆着座青铜小鼎，另外有一只小鼎摆在长沙发后的条案上，据说这两个堪为文物的物件原是林语堂先生当年用过的，一个用作烟灰缸，另一个当作糖果罐，真是随意而为，举重若轻的生活经典！

结束三十载旅美漂泊生涯回到台湾定居，是林语堂晚年的生活选择，可以说是这位讲究"生活的艺术"的文化人当时最理想的归宿；而阳明山麓的这座住宅及其涵盖的天地，便不啻成为他"生活的艺术"的终极体验。

林语堂赴台定居前曾经填八首《乐隐词》，向海外朋友透露了他对乡居生活的偏爱与憧憬。其三写道："水竹之居／吾爱吾庐／石磷磷乱砌阶除／轩窗随意／小巧规模／却也清幽／也潇洒／也宽舒"，"短短横墙／矮矮疏窗／屹楂儿小小池塘／高低叠嶂／绿水旁边／也有些风／有些月／有些凉"，"懒散无拘／此等何如／倚阑干临水观鱼／风花雪月／盈得工夫／好烧些香／说些话／读些书"。以他赴台后建于阳明山麓的这座宅第的环境、品位看来，无不透露出他的这种意境与心境。

参观林语堂先生故居，客厅、书房、卧室、庭院，处处朴实无华，雅意盎然；极目远眺，风光无限，缥缈若仙。睹物思人，大师风范，唯闲适二字当之。

林语堂先生虽然学贯中西，在东西方文化的"酱缸"里都彻头彻尾浸泡了个遍，但骨子里其实还是个中国文人，而且是古风犹存、疏放豁达的中国文人；在名利圈中打了个滚，也便更懂得人生的价值、生活的内涵之弥足珍贵。他在《生活的艺术》中感慨道："生活的智慧在于逐渐澄清滤除那些不重要的杂质，而保留最重要的部分——享受家庭、生活文化与自然的乐趣。"那些才思横溢又会享受生活的中国古代文人，即使不拘小节如陶渊明、王维、李白、苏东坡、袁宏道、李笠翁、金圣叹等等，都是他相当喜欢甚或激赏崇仰的。"静念园林好，人间良可辞。""结庐在人境，而无车马喧。""独坐幽篁里，弹琴复长啸。""时倚檐前树，远看原上村。""寂寞掩柴扉，苍茫对落晖。""醉起步溪月，鸟还人亦稀。""茅檐长扫净无苔，花木成畦手自栽。""枕上诗书闲处好，门前风景雨来佳。""草色人心相与闲，是非名利有无间。"……这些古人古诗的意境，与林语堂先生的心境志趣何其吻合，他的人生态度、生活品位追求的不正是那些早已被现代文明所冲击而几乎荡然无存的逸趣雅兴吗？

林语堂的晚年是值得庆幸的，他有幸在台北阳明山麓寻觅到了这一块属于自己的领地，又有机缘、财力自行设计督造一座理想的家园。这栋小楼这座庭院便成了一位倡导"生活的艺术"的文学大师理想园地。他在这儿度过了自己一生中最后一段随心所欲、逍遥自在的光阴，他一定是没有遗憾地离开尘世，又遂了心愿长眠在这儿。迄今，各方游客依然络绎不绝，观摩林语堂先生的故居，观摩他晚年的家居生活，也观摩了他的人生理念和态度。漫步在故居各个屋子和周遭，若有暇坐在"有不为斋"小餐桌前，或者在斋外阳台的藤椅上小坐片刻，品茗一壶清茶，或者细饮一杯咖啡，遥想当年这故居主人及其相遇来往的人与事，何其快哉！而这故居的格局、风格及每一个角落细细流淌出的韵律，无不述说着历史与故人的细节。

以闲适的文笔成名，以闲适的生活谢世。说林语堂堪为20世纪最负盛名的闲适文人，也许并不为过，但那闲适的情状境界却绝不是人人都能效仿追慕的。

闲云野鹤，无拘无束，无忧无虑，似乎是一种极致的状态，在快节奏高竞争速淘汰的当代社会更几乎是"不可能的任务"，但也更令人遥想追思。淡泊的志趣、闲适的生活，虽不容易，却也容易。体味林语堂先生阳明山故居所弥漫出来的一切气息，回忆他那绅士般的音容笑貌，或许能领悟到闲适的点滴真谛。也许，先自具备了闲适淡逸的胸怀，才会沉浸于闲适飘逸的生活。

（2/21/2016 元宵节改定）

在拉雪兹神父公墓的遇见

　　东西方传统观念的差异之大，或许体现在生活、文化乃至景观等领域的方方面面。你难以设想，招待一两位来自东方的朋友去参观一处墓地，是否符合他们的意愿，乃至触犯忌讳？或者旅行社干脆把陵园当作一日游的目的地之一推荐给来自中国的旅行团，会得到怎样的反馈？当我在那个秋末，在巴黎数日的最后一天下午，选择去位于城东 20 区的拉雪兹神父公墓，心中有些感慨。

　　我并非由于想突破东西方观念差异而执意去那儿的，完全是冲着心目中的几位文化名人——巴尔扎克、肖邦、缪塞等而去拜访拉雪兹神父公墓。漫步于草木葱茏、繁花点缀，且雕像、纪念碑林立的墓园之间，刹那之间会感觉犹如闲逛于一处庞大公园甚或私家园林，踏足于落英缤纷的小径之上，感觉不到凄凉、伤感、没落，体察品味的是静谧安详，还有永恒、希望……

　　1804 年开放的拉雪兹神父公墓，以法国神父拉雪兹（Françoisde la Chaise，1624—1709 年）之名命名，正式名称是"东部公墓"。这里曾是深得"太阳王"路易十四（1643—1715 年在位）宠信的忏悔神父——耶稣会士拉雪兹的豪华别墅所在。这是巴黎第一个花园和市政公墓，但在开放之初并不被巴黎人青睐，直到当局大张旗鼓地引入法国作家拉封丹和戏剧家莫里哀的遗体或衣冠冢后，寻求并期冀墓葬此地的各阶层民众蜂拥而来。历年多次扩展至今，目前公墓占地面积 44 公顷，分门别类划为 97 个区，200 多年来已安葬了几十万人（一说 7 万多人，也有估计在 30 万～100 万人），其中包括 100 多位各界名人，是吸引远来祭奠崇仰者的核心墓葬。尽管陵园对所有人开放，但今天想要安葬于拉雪兹神父公墓需得排队申请，已然一穴难求。作为被推荐的巴黎十大观光胜地之一，每年到这儿浏览的观光者超过 350 万人次。

除了家族祭奠者，每天来到这儿的更多是无数大自然的爱好者——此处绵延起伏的山丘坡道，万千种树木花卉，星罗棋布的小路，实在是让人来了还想再来的娴静休憩之所；也是无数文化艺术名流的崇敬者，或者仅仅只是某一位艺术明星——譬如 27 岁就酗酒而亡的美国摇滚歌手莫里森（Jim Morrison，1943 年 12 月 8 日—1971 年 7 月 3 日）、意外死亡于法国尼斯的美国舞蹈家邓肯（Isadora Duncan，1877—1927）——的粉丝。当然，拉雪兹神父公墓也犹如一座时空交错的大型生活舞台，无休无止地飘逸出无数逝者的逸事逸闻传奇，上演着逝者与生者之间种种可能发生的故事。

从拉雪兹神父公墓狭小简朴的边门进去，偌大的空间，一侧坡上花团锦簇林深树茂，一侧是笔直伸展的大道，两旁皆是高树护卫着座座雕塑、纪念碑的陵园。一块空地栽满花草，后面的楼宇是骨灰存放室，那儿也栖息了无数安静或不安的灵魂，譬如邓肯……我的目标是要拜访巴尔扎克等大师，先在入口处的服务亭浏览墙上的墓地分区图，逐一查阅、找出了巴尔扎克、肖邦、缪塞、王尔德、普鲁斯特、莫里哀等几位墓地所在的分区号，用笔记在随身带的纸上。哪知走过笔直的大道，走过几处棋盘式的分区，即使看到了那些区号的标记，前后左右依然是很大的范围，无数的墓碑、碑石掩映在雕像甚至塔楼、牌坊等建筑之下，实在是没法儿下脚去寻觅。

大概在墓区间徘徊了一个多小时，我走出了几处墓区的尽头，道路稍宽的前方隐约看到有人群围观，直觉上感到他们肯定在瞻仰哪位名人吧，顾不上核对区号就迎上前去，大喜过望也大开眼界，果然是一座气派非凡的名人墓地，正是英国作家王尔德（Oscar Wilde，1854—1900 年）的长眠之所。这是一座非常奇特又壮观的墓棺，矩形墓碑上端是一尊展翅飞翔的裸体男子的雕像，这座仿佛融合古埃及与印度风格的雕像，或许可称为"恶魔天使"，由美国出生的英国雕塑家雅各布·爱泼斯坦（Sir Jacob Epstein）创作于 1912 年。据说灵感和形象取自王尔德的作品《没有秘密的斯芬克斯》。约 3 米高的雕像连同墓葬基石，成为爱泼斯坦的重要传世雕塑作品。今天的人们在王尔德墓地祭奠时，都会惊叹这座天使雕像的造型奇异，或者会揣摩雕像的寓意以及与逝者的关联。我站在王尔德墓碑前左右端详，除了叹息墓棺的高大、雕像的奇异外，还诧异那罩在墓棺外的大片有机玻璃盖，透明的有机玻璃可以清晰地看到正面乃至左右侧面都抹遍了无数鲜红色的唇印——没错，那是无数个瞻仰者和游客且必定以女性居多留下的口红唇印，是她们对自己心目中的偶像献上的亲吻与追念。传闻自 20 世纪 90 年代开始，无数的少男少女在王尔德墓碑前必须排队，才能为他留下一个鲜红的唇印。长此以往，不仅外观越来越"惨不忍睹"，口红所含的油腻物质渗入墓碑石，更有持久破坏性。2011 年，法国文物保护机构遂为王尔德墓碑石添加了高大宽阔的有机玻璃罩，防止墓碑再被口红污染……当然，眼前被当作替代物的有机玻璃罩上仍然留下了一串串鲜红色唇印，那是王尔德的崇拜者们前赴后继生生不息表达爱意的杰作。据悉，以扮演王尔德剧作成名的英国演员罗伯特·艾芙莱特（Rupert Everett）曾说过："王尔德生前一直都十分注重外表，总是穿戴得体，所以我想他一定不会愿意待在一个受到损坏的坟墓，即便是被口红唇印损坏的。"

王尔德是 19 世纪 90 年代初期伦敦最受欢迎的剧作家之一，文坛"唯美主义"流派的倡导者和践行者。他的文学造诣出类拔萃，写作擅长警句（英语：Epigram），常常金句迭出，扣人心弦，风靡一时，至今不衰，有"金句王子"之誉，常被引用的金句包括："我们都在阴沟里，但仍有人仰望星空。""爱自己是终身浪漫的开始。"……而他在当年"第一批名人审判之一"中因自愿同性恋行为引来牢狱之灾，也使他生前死后备受争议。

王尔德的墓碑大概是全世界"被亲吻最多"的墓碑了，一个多世纪前放荡不羁的"唯美主义王子"，死后又被冠上"被吻得体无完肤的男人"称号，不知是对他的尊崇还是亵渎？王尔德生前曾经说过："一个吻可以摧毁一个人。"如今葬于墓棺内的他该如何面对那些源源不断的热吻？

告别王尔德墓地，我想继续尝试按图（号）索骥寻访巴尔扎克、肖邦等名人之墓，无奈墓地太多分区庞杂，还是茫然无序很难准确找到目标方位。沿着曲折的坡道，我步入那个标记有肖邦墓的分区，正在失望之际，忽然发现一条小径的深处有人群簇拥，却不嘈杂，跟过去细看，果然是享誉全球的波兰籍钢琴诗人肖邦（Fryderyk Franciszek Chopin，1810—1849 年）的墓地。众人伫立墓地前静静瞻仰，墓碑下方堆满了鲜花，还有位貌似亚裔的中年女子蹲在墓的右侧清理杂草杂物，想必是肖邦的尊崇者以这种方式向偶像表达敬意，希望钢琴诗人的安眠之处始终保持整洁、宁静。

肖邦的墓位于一处丘陵地形的区域，占地不大，左侧就是攀上小丘的石阶梯，高约 2 米的墓碑墓棺被黑铸铁栅栏围着，长方形的底座墓碑正面有肖邦的侧面浮雕头像，顶部是一位低头哭泣的忧伤少女怀抱一把小提琴的乳白色大理石雕像，那是音乐的缪斯在哀恸，寄寓了世人对艺术大师英年早逝的致敬、追思和惋惜。据悉，肖邦遗体中的心脏，遵照肖邦临终遗言被送回他的祖国，安放在华沙圣十字教堂内的立柱中，而他的血肉躯体则留在了爆发钢琴诗人创作力的巴黎这块土地上。20岁的肖邦踏足文艺黄金时代的巴黎贵族沙龙之际，经早于他成名的作曲家、钢琴家、指挥家、浪漫主义大师李斯特介绍，结识了藐视世俗特立独行的法国女作家乔治·桑，俩人的相遇使肖邦度过了他一生最快乐的时光，也激发出他无穷的激情快意，赋予他音乐创作的惊人创造力。十多年后两人关系破裂，肖邦忧郁而终，其间再也没有创作出重量级的音乐作品。据传他临终前曾吐露心声："我真想再见她一面。"毕竟，乔治·桑不仅给予了他甜蜜且痛苦的爱情，更点亮他的灵感之光。

寻访巴尔扎克的墓地比较顺利些，这个分区的地域相对平缓，越过一片草坪和一个矗立着高大雕像的街心广场，仿佛进入一处静谧的街区。稍远处正好有几位访客停留，走近一瞧，规整朴实的墓碑上是巴尔扎克的法文名字 Honoré de Balzac，名字上方刻着一个十字架，墓碑的顶上是人们熟悉的青铜半身雕像，披着长发的大师头颅硕大，目光深邃而邈远，仿佛依然扫描着他看不尽写不尽的"人间喜剧"。而墓碑下的底部基座上，有一个黑色的羽毛笔浮雕，寓意巴尔扎克生前每天笔耕不休的写作状态。

巴尔扎克长眠在拉雪兹神父公墓，应该相当符合他生前的喜好和意愿。据说巴尔扎克在每天长达十几小时的写作之余，常常会就近到公墓的林荫道散步消遣，借此解乏放松心情，并激发无边无际的想象力。这位在其百科全书式系列长篇小说《人间喜剧》中塑造了 2700 多个人物形象的文学大师，他小说中一些人物的取名，据传也源自（借用）安葬于公墓里的一些逝者之名，有人曾举证指称《高老头》中的拉斯迪尼亚克（Rastignac）这个名字，就是这样信手拈来的。

还在巴尔扎克 34 岁（1833 年）时，他就曾传神地描述过拉雪兹神父公墓，称它是一个按影子、亡灵、死者的尺度缩小了的微型巴黎，一个除了虚荣之外无任何伟大可言的人类眼中的巴黎。可见拉雪兹神父公墓在 19 世纪是一个社会炫耀的舞台，一面映照逝者及其家庭财富、声誉、社会地位的镜子，一座城中之城。

1850 年 8 月 20 日黄昏时分，巴黎天气阴晦，细雨霏霏，三天前因病逝世的巴尔扎克的葬礼在拉雪兹神父公墓举行，巴尔扎克的挚友、文豪雨果（Victor Hugo）面对送葬的公众，演说了一通充满辩证思想光芒、诗情飞扬、文采斐然的话语。雨果说："他的一生是短促的，然而也是饱满的，作品比岁月还多。""在他进入坟墓的这一天，他同时也步入了荣誉的宫殿。从今以后，他将和祖国的星星一起，熠熠闪耀于我们上空的云层之上。""这不是黑夜，而是光明！这不是结束，而是开始！这不是虚无，而是永恒！……生前凡是天才的人，死后就不可能不化作灵魂！"

路过一处草坪、花坛，间隔有序地分布着不少靠背座椅，不少走累的祭奠者、观光客都在这儿歇息，或者漫步花草间汲取大自然的光泽。高地上是一座小教堂般的建筑，十多级台阶直达门口；低矮处是葱茏树木遮掩下广袤的片片墓区，一望无边。我坐在花草间的椅子上小憩，俯瞰眼前的景物，想到刚刚拜谒过的几位大师墓地，感叹雨果当年诗化般的语句，可不是嘛，这不是黑夜，而是光明！这不是结束，而是开始！这不是虚无，而是永恒！

继而想去寻觅莫里哀、拉封丹等大师的墓穴，但上上下下几个不同阶梯区位，还是难以访到，走过台阶低处一片道路宽阔平坦两端皆是高大雕塑、墓碑的区域，只想欣赏那些风格各异的雕像、牌坊了，却意外地遇见了法国 19 世纪浪漫主义杰出诗人缪塞（Alfred de Musset）的墓地，灰黄色的墓碑上用石架子托着白色大理石缪塞胸像，诗人的眼神忧郁而伤感。1833 年 6 月，23 岁的缪塞与 29 岁的乔治·桑相识，旋即卷入热恋之中，但不久去意大利威尼斯旅行期间，在缪塞卧病之际，乔治·桑与他的医生发生了暧昧关系，两人随后陷入一连串的争吵、分居、和解、再争吵的循环。到 1835 年末两人彻底缘尽情断。缪塞后来写下了一部自传体小说《一个世纪儿的忏悔》，其中就不乏自己和乔治·桑恋爱及争执的悲剧影子，该小说由于动人的爱情描写和细腻的心理刻画而成为缪塞的代表作。读者更因此知晓了一生恋爱不断、出轨不断的乔治·桑，也知晓了缪塞与肖邦名义上的交集——他俩是乔治·桑的先后情人。这让人难免会觉得"贵圈真乱"，甚至当时的艺术界就有不少人为肖邦认识乔治·桑而感到不值。

意识流文学先驱和大师普鲁斯特的安眠之所，可说是寻访最不曲折、得来全不费工夫的一处墓区。这是一座低矮的黑色大理石墓棺，静静地躺在一片平坦区域的碑林雕像之间，肃穆庄重间透出优雅，光泽透亮的黑色大理石面上散放着些许鲜花，墓碑侧面刻着普鲁斯特的名字及生卒年：Marcel Proust 1871—1922。

自幼体质孱弱、生性敏感、禀赋早熟的普鲁斯特家境富裕，中学时代就写诗，发表报纸专栏文章。在他 51 年的生命里，最后五分之一多的光阴几乎都只能在卧榻上度过，而他在病中也倾尽心血，在最后时光写下了长达 200 多万字、七大卷鸿篇巨制《追忆似水年

华》。由于体量巨大，且小说三分之一的句子超过 10 行，最长句子
竟有 394 个法文词、2417 个字母，迄今可能大部分读者都难以坚持
读完。大概，除却阅读审美疲劳，正如一位评论家所言，普鲁斯特
小说不仅挑战了传统的叙事方式，更挑战了读者的阅读习惯。连诺
贝尔文学奖得主、法国作家法朗士也感叹道："人生太短，普鲁斯特
太长。"不过普鲁斯特生前自信满满地说："一位作家作品的深度，由
穿透作家心灵痛苦的深度来决定。"这部小说问世后从难以卒读的
"犯困文学"，到被誉为 20 世纪世界文学史上最伟大的小说之一，恐
怕不是一个简单的颠覆。此刻，普鲁斯特的墓穴如此低调地居于拉
雪兹神父公墓无数高大堂皇的墓碑墓穴之间，那么简洁，那么清雅，
让我感觉他的灵魂早已注入《追忆似水年华》长卷的字里行间，他
的躯体也就没有必要奢求什么豪奢高阔的居所了。

　　继续放松心情，我开始漫无目标地在纵横交错的墓区梭巡。在
一处街心花园般的交界处，我看到一位妙龄女郎站在树荫下专注地
写生，一会儿抬眼看几下对面的雕像、墓区，旋即低头在手上的写
生簿描画几笔，无视周围的人群掠过。这真是一幅动人的画图，是
迷恋于那些雕像、碑刻的仰慕者的谦卑的致敬，抑或是生者与逝者
的别样对话，令人动容。偶或，也看到几处华人的墓穴，有的墓碑
墓棺建得极其气派，墓碑上的记载和遗像显露那是来自中国浙江等
地的华侨先辈，已然在异国他乡打拼出自己的一片天地，无须再叶
落归根而四海为家了，他或她谋求葬在拉雪兹神父公墓，不再仅仅
是传统意义上的入土为安，而是与诸多伟大的灵魂做伴，何其心安，
何其荣耀。正如世事洞明的文豪雨果在其小说《悲惨世界》里的一
句话："葬身于拉雪兹神父公墓就好像拥有桃花心木家具一样，那雅
劲儿不言自明。"

霞光熹微，松柏矗立，清风轻拂，花卉飘香。置身于这座传闻中的"活人城中的死人城"，漫步于拉雪兹神父公墓的石径小道，就已然徜徉于巴黎的历史、文化、艺术的人文天地。这座"城中之城"因为安置了诸多伟大的灵魂，凸显出无穷的诗意、浪漫和崇仰，而淡化了忧伤、悲痛与哀愁。与其说拉雪兹神父公墓是巴黎市一座最大的墓地，不如说它是一座满目树荫花草的巨大公园，一座令人目不暇接的庞大露天博物馆——不仅仅是西方墓葬文化博物馆，也是雕塑艺术博物馆、一个庞大的户外艺术馆。各种墓葬、建筑、装饰艺术风格应有尽有，从奥斯曼式穹顶、哥特式陵墓、古董陵墓到神殿造型、新古典雕塑……当然，更令人目不暇接且陷入沉思的，是那些永生的非凡的灵魂，正是那些变革、造福、充盈了这个世界，赋予世界更多活力、魅力、创作力。这座"城中之城"乃至整座巴黎城也日益生动，灵气毕现，底蕴深深……

（2/18/2023 初稿）

徜徉于神秘的金字塔之间

美洲纪行

巴拿马，俯瞰运河的沧桑春秋

从加州旧金山出发，于 2016 年平安夜的深夜时分抵达巴拿马城（Panama city）机场。一下飞机，立马就感受到中美洲热带海洋风情的气息扑面而来，由此开启了一趟难忘的全家圣诞假期巴拿马之旅。夜幕下的巴拿马市区，高楼与平房交错，传统与现代化交融，灯光稀疏，宁静幽雅。

1903 年从原西班牙殖民地独立出来的巴拿马共和国，是中美洲最南部的国家，西接哥斯达黎加，北临加勒比海，国土呈"S"形连接北美洲和南美洲，总面积为 75517 平方千米，总人口约 400 万，首都巴拿马城。发达的金融、转口贸易和旅游业支撑起巴拿马经济，是美洲现代化程度较高的国家之一。巴拿马中央沟通大西洋与太平洋的巴拿马运河，是南、北美洲的分界线，堪称巴拿马的生命线，战略地位和经济效益显著。巴拿马运河由美国建造完成，1914 年开始通航。1999 年 12 月 31 日，美国将巴拿马运河所有土地、建筑、基础设施和管理权都交还给巴拿马。

巴拿马城和全国值得游览的景点不少，但巴拿马运河无疑是第一亮点，也是我们此次游程的首选。有"世界第七奇迹"之誉的巴拿马运河，也被誉为"世界的桥梁""地球的心脏"。自 1914 年正式通航以来，到 2014 年一百周年之际，已经有超过一百万艘大型船只从巴拿马运河通过，承担了全球 5% 的航运量。而历时 9 年，耗资

52 亿多美元的运河扩建工程也于 2016 年 6 月竣工，改变了 100 年前建造的运河水道相对狭小、无法通过现代超大型邮轮和巨型货柜船的历史。如今，全球 96% 的船只可以在巴拿马运河的新工程渠道畅通无阻，预计每年货物吞吐量将从此前的 3 亿吨翻倍为 6 亿吨。

参观巴拿马运河，其实就是参观运河博物馆及运河枢纽工程，并在那儿观赏巨轮通过运河船闸的壮观情景。或者说，近距离观察巴拿马运河的非凡气概，熟悉巴拿马运河的前世今生，犹如俯瞰运河的沧桑春秋。

到达运河博物馆的时候，下起了阵雨，冲刷了暑气，顿觉凉爽。走进这栋四层楼的楼馆，进门是一棵装点了各种装饰物的巨型圣诞树，节庆气氛浓郁。先循例到后面室外右侧的小电影院，观看关于巴拿马运河构建历史的纪录片，约 15 分钟，游客们借此对运河轮廓有个大致的了解。博物馆紧邻通闸渠道，渠道对面是一栋白色的百年小楼，与我们在纪录片里见到的一样，那是掌控运河闸门的机房，外墙上清晰可见"1913"的字样，显示这座机房已经守护、管理运河通闸百余年了。

巴拿马运河连接贯通大西洋与太平洋，由于大西洋海面高于太平洋海面，开挖运河若没有闸门，两大洋的海面落差将导致运河水快速流动，极容易导致在运河中航行的船只晃荡颠簸发生事故。因此当年设计巴拿马运河工程时，利用巴拿马长达半年雨季的雨水以及加通湖（巴拿马运河系之一部分的长形人工湖，系在湖北端拦截查格雷斯河及其较小支流而成，确保运河通畅和在旱季向运河水闸供水）调节升降，采取了用船闸建造梯级运河的方案。施工的重点就是要克服水位落差，建造水闸室，船进了闸室后关门、放水，像层层阶梯一样让船先上升，通过加通湖后再下阶梯回到海平面。

　　通船渠道整个区域不算大，被两旁的绿地围住看似狭窄的通渠，虽然看上去没有想象中那般壮观，好像一座低调的大型水利工程。不过，随后在博物馆内不同展厅浏览各种史料介绍和实物、模型、图片，则越发理解百年前的这项智慧工程之伟大艰辛。

　　巴拿马运河横穿巴拿马地峡，总长 82 公里，连接太平洋和大西洋，是世界上最重要的两条航运水道之一，极大地缩短了美洲东西海岸间的航程，比绕道南美洲底端的合恩角缩短了 14800 公里。因此，尽管通过运河的船只按吨位、吃水量要缴纳数十万美元不等的"买路钱"，但节省了那么多航程还是值了。一条大集装箱货船从太平洋通往大西洋，如果绕道南美洲的合恩角需耗时两星期，耗费成本 200 万美元；而经巴拿马运河通行，仅需 8~10 小时，成本仅为 30 万美元左右。巴拿马运河也大大缩短了亚洲与欧洲之间的航程，通过纪录片和参观运河博物馆陈列的各种资料、图片及实物得知，这条沟通太平洋和大西洋的"水之桥"，目前每年约有 15000 艘大型船只通过，相当于全球 5% 的海上贸易运输量，美国与亚洲之间 23% 的贸易货运量都需要通过巴拿马运河。

　　运河博物馆中一个展厅里的图板资料直观而形象地介绍道："很有可能，你家里的一些物品，如你用的电器、你穿的衣服、驾驶的汽车，甚至你吃的东西或喝的饮料，都是经过巴拿马运河到你手上的。你在纽约品尝的智利葡萄酒或在西班牙吃的厄瓜多尔香蕉，一定是通过巴拿马运河运去的。"巴拿马运河这一人类创造的奇迹般的工程，百年来造福人类的经济实惠和方便真是难以计算。

　　博物馆的史料还记载，整个巴拿马运河工程的修建前后共集聚了 55 个国家 4 万余名劳工，其中也有中国人的贡献。1854 年，首批 705 名华工搭乘"海巫"号船抵达巴拿马，他们大都投入巴拿马运河的前期配套工程——巴拿马地峡铁路的建设，是最早抵达巴拿马的一批"契约华工"。后来几十年间共有上万名华工和工程师加入巴拿马运河工程建设中。

今天，当我们在丛林青翠、波平水碧、闸道横贯的运河枢纽区徜徉之际，不能不对百年前参与修筑巴拿马运河的数万名劳工心怀深深的敬意。"世界第七奇迹"从他们的手中诞生，他们中有些人甚至付出了生命的代价，使得今天地球村的数十亿民众得享各种便利。

耳畔传来广播播报，近距离观赏巨轮过闸的时候快到了。

向前方望去，白色水闸控制机房后侧，已经有一艘巨大的货轮缓缓在 2016 年 6 月竣工的新闸道里移动，仿佛给这栋白色机房小楼增添了一道壮丽的背景，与后面的山峰浑然一体。再向右看，运河区太平洋一侧已见两艘巨轮缓缓驶近，前一艘驶近闸区时清晰可见——是艘满载游客的巨型邮轮，各层甲板上挤满了游客。越来越近时更见到船上的游客都在向我们这边挥手致意。我们这边的游客也纷纷挥手，呼唤声此起彼伏。

这是一艘荷美邮轮（Holland America cruise），当它驶近放满水的闸门，船舷边几乎快贴近水闸渠道的边缘，依靠两侧轨道上的钢索牵引车慢慢平衡推进，过了白色机房左侧的水道，宛如上了一个台阶，原先浸没在水中的邮轮最底部也显露出来，整个邮轮顿时显得更加巍峨高耸。相距十余米的船上游客和我们在博物馆这边观礼的游客都不约而同地欢呼、挥手，一起见证相聚在巴拿马运河的欢乐时刻，一起见证巴拿马运河阶梯形水闸助力巨轮克服太平洋和大西洋海平面的落差，开启节省时间、资源和缩减距离的奇妙之旅……

返回巴拿马城的途中，刚才在运河水闸旁观光情景的回眸和思绪挥之不去，脑海中回荡起那些岁月数万劳工开凿巴拿马运河工程的艰苦卓绝，是他们的全身心付出才终于圆了人类的一个梦想，造就了地球上最伟大的奇迹，也让一代代的地球村村民们络绎不绝地朝圣般地走近巴拿马运河。不单单是观光，更是亲近，是历史、地理、文化、科技、工程诸领域的学习和体验。因为在这里不仅仅可以了解到奇迹是怎样在那个岁月里诞生的，更在近距离观摩巨轮过闸中领略运河工程的伟大奇特，感悟到先辈们的智慧与奉献精神。

（1/8/2020 修订，原稿曾刊于《清风》杂志 2020 年第 3 期）

月光日照下的巴拿马老城

　　巴拿马城和全国值得游览的景点不少，巴拿马城的风光也极其赏心悦目。在市区海滨大道极目眺望，椰林蕉风下的海湾碧波蓝空水天一色，城市所在的半岛延伸到海湾深处一带高楼群矗立，甚是壮观。出租车司机告诉我，那海湾尽头的高楼群中一座半扇形的大楼，是美国总统特朗普早些年在当地盖的楼盘"特朗普大厦"。看来，这位美国总统无论在世界哪个角落都是一个"热点"。汽车沿着整洁宽敞美观的大道往城东方向前行，防波堤般的大道内侧便是老城区，是我们晚上和白天都去了还想再去的景区。

　　那天游了巴拿马湾的塔沃加岛（西班牙语：Isla Taboga）后回到市区下榻的酒店，稍事休息后已近傍晚，决定按原定的观光计划去老城区（Casco Viejo）走走看看。打车接近那儿时，灯光闪烁，车水马龙，路上早已水泄不通，知悉老城区区域只隔了条街，我们便弃车步行，很快踏上了这块世界遗产保护区（2003 年被联合国教科文组织列入世界文化遗产名录），颇生出几分走进世界遗迹的朝圣心情。旅行除了观赏各地独特的自然风景外，领略风情迥异的地域人文风光，几乎更能满足游客的好奇心，巴拿马真是个集自然风景与人文风情之大成的旅行目的地啊！

　　巴拿马城分为古城、老城和新城三部分，各个部分几乎都展现了风华绝代的时代特色和历史风情。当晚造访的老城，史载即是

16 世纪西班牙帝国一手建造的巴拿马城在 1671 年遭英国大海盗亨利·摩根（Henry Morgan）武力洗劫，纵火将之焚为废墟（现存遗址被称为古城）后，1673 年西班牙人又在古城废址以西约 8 公里处重建巴拿马城，也就是现在被称为老城的这块区域。西班牙式、法国式和新古典式的各色建筑分布云集，胡同巷陌间的楼宇无不透露出几个世纪的沧桑，吸引探究巴拿马历史渊源、寻访当年遗址风韵的世界各地考古学者和喜欢云游世界的游客争相光顾。

夜幕笼罩下的老城，月光皎洁，淡泊空灵。纵横交错的街道上充斥熙熙攘攘的车流人潮，有尽职的警察在多个街口指挥调度。那些月光灯光下的石板路辉映出岁月的不朽痕迹和斑斑光影，在仅仅只能挤下一辆车的宽度中接纳了无数的热情和礼拜。迎着一侧珠帘般铺满半空的灯火阑珊处走去，才晓得那就是知名的独立广场（Plaza de la Catedral，又称大教堂广场，前身据悉是个斗牛场）。1821 年和 1903 年巴拿马人都是在这里宣布独立的，前者是脱离西班牙，后者是脱离哥伦比亚。独立与自由的宝贵，深深为巴拿马人民所珍惜。如今每逢国家独立日，巴拿马人倾城而出拥向老城这里庆祝狂欢。放眼四望，只见周围的建筑物和雕塑、亭阁、树枝上，都布满了白色晶莹的灯珠串串，游人或穿梭于广场之间戏耍观摩，或静坐于四面环嵌于林阴暗处的长椅休憩低语，一派寓热闹于娴静的情景迷幻诱人。而那一侧重新翻建后营业的中央酒店灯火通明，是老城一处历史意味和现代感相融合的酒店，住宿用餐的游客络绎不绝。

漫步在那灯光或明或暗的几个街区，又走到另外一个热闹的场所——玻利瓦尔广场（Plaza Bolivar），其最早的名称是圣弗朗西斯科广场，1883 年因纪念拉丁美洲独立英雄西蒙·玻利瓦尔而更名为玻利瓦尔广场。这里的灯光更明亮些，伟岸的纪念碑在夜空里仿佛更加挺拔。闲适的游人三五成群，或聚谈或围观，广场一侧的酒吧餐馆也是宾客盈座，欢声笑语不绝。继续漫步在那些明暗相间的街巷，看到沿街两侧一些在修缮的房舍还搭着脚手架，楼上那一个个幽暗的窗户仿佛在诉说昨天的故事……走出老城，从海湾另一角回望，在朦胧的夜色中那一排依稀呈现橙红色光谱的建筑群露出白色的穹顶。据说那就是原西班牙殖民时代的总督府"苍鹭宫"，现在则为巴拿马总统府的所在。巴拿马老城，这个承载着历史并连接明天的老城，正闪耀出迷人的光彩，吸引着世人的眼光。

三天后的下午，我们从巴拿马中部山区雨林地带返回巴拿马城稍事休息后，又自下榻之所出发，徒步穿行海滨大道，再次造访老城，沐浴在中美洲明丽的骄阳日照下，更清晰地观察这方深深打上17世纪西班牙殖民地印记的沧桑区域，细细体味这座铭刻着巴拿马人民争取自由迈向独立印记的老城风貌。

夜色朦胧下的老城，透过车水马龙的热闹表象，耳畔飘来奔放的音乐，会慢慢地让人陶醉；而惬意地漫步在阳光下的老城，窄窄的街道，相拥紧挨的楼宇，把太阳的光线切割出一个个不同的叠影，移步换景，景随步移，恰似一幅幅意境独特的城市风情画。那些古堡式或是西班牙式的风格建筑，那些优雅法国风格和早期美国式建筑的房舍，那些纵横交错的小巷石板道路，那些修葺一新的知名建筑物譬如国家大剧院、大教堂，那些餐馆咖啡馆礼品店，似乎都闪烁出无法抹去的历史沧桑感，令人叹为观止。而独立广场四周林立的双塔高耸的天主大教堂、典雅的中央酒店、辉煌的国家大剧院以及国家邮电总局等等，无不让游人们近距离领略当年巴拿马市文化、行政和商业中心的完整格局，领略到一座老城的优雅风貌与现代化功能的巧妙融合。

玻利瓦尔广场中央的纪念碑，在阳光下越发显示出它的巍峨壮观，那些栩栩如生的青铜色雕塑和浮雕无不闪烁出悠远恒久的光泽。纪念碑顶上神鹰体形硕大，昂首冲天，居中的"拉美解放者"西蒙·玻利瓦尔雕像英姿飒爽，右手持风衣极目眺望，注视着巴拿马这片热土。

老城另外一角街区的圣荷西大教堂，因其内的金色祭坛（据说这乃是古城被加勒比海盗洗劫一空后的仅存硕果）而闻名遐迩。步入里面，参观和膜拜的人群摩肩接踵，不仅前方中央的祭坛金光闪闪，四周围墙上的窗棂、壁画也无不镶金涂色。老城的教堂不少且各具特色，比圣荷西教堂更大门面更富丽堂皇的也有，独立广场附近的天主教大教堂虽然还在维修未开放，但是仍然吸引四方游客驻足，观察遐想，领略不一样的历史与文化。

不知不觉中走近一排残存的暗红色建筑，那是17世纪修建的修道院遗址，依然显得那么壮观雄伟，一砖一石砌起的院墙和门窗透出当年建筑的精致。虽然大半是断壁残垣，却由于那沉浸了岁月年轮和独特色彩的旧痕古韵，在太阳的余晖光谱下显露出非同寻常的历史残缺美。因为已过了进入里面参观的时间，铁栏栅大门刚刚被工作人员锁住了，我只能在铁门前向里张望。里面并不狭小的空间四周都是精致的院墙，空阔的石砖地错落不平，显露出不一般的颓墙废园的残缺之美，令人驻足遐想，连同刚刚造访、路过的那些教堂，仿佛巡游在一座宗教博物馆，沉浸于历史文化的长河中。

再逛老城，曾经漫步过的街区、广场又折进去一遍，看了又看，依然触目皆是新鲜的历史感，依然仿佛走进了光和影切割组合的三百年岁月老房子的图案格局里，更像是走在一个巨大的迷宫里，需要用心去寻觅每一条路线的密码，需用用灵魂去感悟那每一座建筑的脉络。再度走到老城的水岸防波堤边，但见一排老城墙的废墟，一座古建筑的废墟，与路对面整修一新的典雅建筑相映成趣，共同诉说着老城的昨天与今天。隔海远眺，新城区海岸线天际线耸起的建筑群错落有致，一一扑入眼帘，不能不令人感叹一个巴拿马城的新与旧是如此近距离的呼应，宛若生命共同体互相依傍在一起，共同支撑起巴拿马城的活力与未来。

（12/1/2017 修订）

废墟里叠显大航海时代的古老和繁华

——漫步在巴拿马古城

在巴拿马城的第三天，也就是夜游老城的翌日，我们拜访了巴拿马古城（Panama Viejo），又一处令人怀旧叹息并且虔敬瞻仰的古迹。

搭乘出租车从市中心出发，司机熟练地穿越十多条大道小弄，十几分钟后便停在一处几乎未加修饰的绿茵地外围，这就是四个多世纪前的巴拿马古城的遗址所在了。简陋的售票房一侧摆放了几个景点标记牌，介绍古城的历史及建筑遗迹的方位。排队在十来个游人后买了票（15美元／人，老年人9美元／人），进场却没有门栏也无人检票，直接就面对了一大片空旷的芳草地和古建筑的废墟，右侧则是一株冠盖硕大的巨树，垂下的树枝线条别有生气和韵味。

大航海时代的1513年，传说西班牙航海家、冒险家巴尔博亚从大西洋一侧登陆美洲中部大陆，在攀登一座山顶时忽然在望远镜里看见了太平洋，于是星夜兼程横跨巴拿马海峡，抵达了太平洋畔一个濒临海湾的渔村，并且以印第安语"巴拿马"（也就是"渔村"之意）来称呼它。1519年，西班牙王朝派遣一支由十艘帆船组成的舰队到巴拿马，率领这支舰队的贵族佩德罗·阿里亚斯·达维拉（1440—1531）成为巴拿马的第一位总督。他倚仗西班牙帝国的巨大财力和扩张野心，在当地大兴土木，把这个渔村迅速扩建成颇具规模的城池。教堂、修道院、监狱、公园、商店、医院等设施一应齐全，那就是 16 世纪的巴拿马城，也就是如今的"巴拿马古城"。

这块城郭成为西班牙乃至欧洲殖民者在美洲太平洋地区最早的定居地，成为西班牙占领者在美洲掠夺和搜刮财富的中心。他们把从秘鲁、哥伦比亚等地抢掠而来的金银珠宝源源不断地由太平洋水运到巴拿马，再装船经大西洋运回西班牙。这条活跃了约 200 年的海上运输线被称为"皇家之路"，是当时世界上最繁忙的一条商路。凭借美洲殖民地的扩张巩固，以及日复一日运回的无数黄金白银，奠定了西班牙在此后百余年间称霸世界的地位，巴拿马和拉丁美洲也由此打上了西班牙语言文字文化的烙印。前后两个世纪的岁月里，巴拿马城作为"皇家之路"的首站，亲身体察、承载了船运商贸往来的繁忙，也成为中美洲最繁华的城市之一。到了 1671 年，出生于威尔士的大海盗亨利·摩根（Henry Morgan）觊觎上这块富庶宝地，他率领手下攻克巴拿马城，在掠夺无数财宝洗劫一空后又放火焚烧全城。这场毁灭性的掠夺烧杀将整个巴拿马城化为片片废墟、堆堆瓦砾，只余下一座 16 世纪欧洲建筑风格的方柱形天主教堂钟楼未被彻底焚毁。摩根后来被英国当局罗致为英国驻牙买加的总督，成为以牙买加为基地、横行加勒比海海域最著名的海盗头目。

随意漫步于阳光下的草地和古城的废墟之间，透过片片低矮的断墙残壁，那一头的钟楼依然高耸，仿佛是早先攻城略地霸占巴拿马的西班牙人对后来遭遇英国海盗洗劫心有不甘的象征。一部欧美发展史几乎就是海盗式血腥杀戮史，在辉煌的文明中隐含了历史的讽喻。

巴拿马古城总体设计可以视为早期殖民城市的样板，不乏严谨的城市景观规划，几乎完全遵照中世纪欧洲人理想的城市建设规划。巴拿马古城当年的总体设计趋于网状，分布极其开阔，道路网也是东西南北横平竖直为90°交叉角的，在今天的古城区域内可见石灰石路面替代了当年的公路。钟楼附近石灰路一侧已然竣工的一栋房舍露出新容——那是新盖的博物馆，但被工作人员告知内部还未布置完毕暂不开放，于是我们先搭乘古城内的摆渡车，到了两三公里外的老博物馆参观。

博物馆外有一尊半身雕像，就是巴拿马城的缔造者佩德罗·阿里亚斯·达维拉的雕像。还有西班牙女王伊莎贝尔一世的半身雕像，据称她在位期间力排众议支持并赞助了哥伦布的航海计划，开启了人类大航海时代。而伸向外侧的古城入口处，草坪中央的石板基座上，竖立着一座高大的全身铜像，是鼓吹独立运动的领袖、历史学家和巴拿马古城保护的先驱者塞缪尔·刘易斯（Samuel Lewis，1871—1939年）的雕像，可见他在巴拿马人民心中的地位。

古城博物馆展示了各种图表、图片、历史照片和实物等，不同的史料无不指向巴拿马古城当年的规范与壮观，是近代中美洲完全依据欧洲西班牙风格建立起来的城市。医院、教堂、法院、市政中心、社区中心等各种设施应有尽有，光是修道院就有五六所之多，显示出当年的繁华和宗教的兴盛。对照博物馆里的历史图片，站在每一处古迹前，尽管面对的是片片废墟，断壁残垣，依然不能不令人遥想起当年古城宏伟气派的模样。

古城有座名为圣·弗朗西斯科（San Francisco）的修道院，这个名字让从旧金山来或者到过旧金山的游客倍感熟悉、亲切，因为这个英文名也就是被华人称为旧金山或者三藩市（San Francisco 音译）的名字。原来这儿的出处与旧金山同出一辙，都是源于一位 12 世纪的意大利富家子弟圣·弗朗西斯科（San Francisco）。他在参加第四次十字军东征途中悟透了天主教的教义，毅然回到老家阿西西，四处宣扬教义，后来获罗马教皇批准，成立了面向底层百姓的"圣方济各修会"（意大利文名 San Francesco di Assisi，英文名 Saint Francis of Assisi），被天主教尊为圣人。如今，这个当年名闻遐迩的修道院旧址只空留几根残柱几堆颓壁，面对星辰日月倾诉着巴拿马光阴更迭的故事。

我们搭乘摆渡车返回钟楼所在的大草坪前，一步步走近钟楼，仿佛一步步走在当年的教堂路上，不免有些肃穆庄严之感。钟楼旁的废墟正是早年大教堂的地盘，可以一窥其当年宏大的规模。钟楼也是古城这一大片废墟里硕果仅存的建筑物，虽然据史载当年海盗洗劫时一把大火遍及古城每一个角落，钟楼的木结构楼顶也被焚烧得几无完肤，所幸钟楼的四壁墙砖基石还算硬朗，因此整个架构总算近乎完整地保存至今。后世加盖的楼顶，大致也与钟楼的本色和结构匹配，外观看起来依然是端庄挺拔，古朴敦实。登临钟楼，凭借早几年巴拿马当局修缮时新搭建的中央楼梯层层拾级而上，毫无促窄逼仄感，楼梯和各层的平面地板也铺得极好。每上一层，挨次在四面的洞窗口朝外望去，宛如面对一幅幅画框，远近风景尽收眼底；或俯瞰或远眺，古城的那些曾经的建筑废墟、那些不乏规模的院墙轮廓，那些青青草坪黛绿树冠，还有那蓝色海湾、现代化的高楼，历史感与现代感在瞬间交汇融合，令人百感交集。

…………

邂逅巴拿马，2016 年末的这趟中美洲之旅，原是一趟没有计划说走就走的旅程，却充满了惊喜和奇异的不期而遇。逗留巴拿马期间，除中间两天去中部山区雨林探索一番，其余几天都围绕巴拿马城的特色景点转。不仅仅是那些海滨风情，那些树影婆娑下的迷人夜晚，那些现代化与传统融合无间的城市生活，让我体验到与中国、美国不同的风土人情；更有那历史感与时尚感既不突兀又如此和谐地挥洒在巴拿马城的上空，挥洒在那些不同年代、不同风格的建筑之上。无论是阳光灿烂的白昼还是灯火璀璨或阑珊的夜晚，都无不予人妩媚旖旎的感觉。巴拿马城就像是镶嵌在巴拿马运河太平洋端入口的一颗珍珠，透着明丽的光彩。

（2/14/2017 初稿，10/9/2017 修订，原稿曾刊于《青年参考》2017 年 12 月 6 日）

拿骚的两极视觉冲击

加勒比海西印度群岛最北部的巴哈马首都和最大港口城市拿骚（Nassau），是航海家哥伦布早在 1492 年踏足的美洲大陆第一块陆地。曾经沦为英国人的殖民地，当年英国国王将巴哈马群岛授封给几位英国贵族，其中一位英国亲王拿骚（Nassau）的名字，在 1690 年就成了首都的新命名。

在我看来，距离美国迈阿密仅仅不到 300 公里的拿骚，作为加勒比海的一处旅游目的地，其吸引游人之处全在于两极的视觉冲击：一处为老城区的古朴街区和各种历史遗址，岁月无痕，满目沧桑；另一处为天堂岛（Paradise Island）的超现代化亚特兰蒂斯度假酒店（Atlantis），极尽奢华靡迷之相。

拿骚是加勒比海区域广受欢迎的邮轮停靠港，港口外的海湾街（Bay Street）长约一公里，堪称拿骚最繁华的市中心。各种浅黄淡绿淡蓝色木板铺设的两三层店铺、楼宇，迤逦排列在大街两侧，仿佛还原了英国乔治国王时代的历史感，色彩宜人，错落有致，十分养眼。咖啡馆、酒吧宾客盈门，各式服装店、礼品店、糖果店也门庭若市。一些店家门前或二楼露台上摆设的雕塑及招贴标志，多为舞刀弄枪、张牙舞爪的海盗形象。17 世纪纵横加勒比海盛行海盗，市区还设有专门的海盗博物馆，为其树碑立传。

搭乘出租车穿过跨海大桥，三四美元的车资，十几分钟就抵达天堂岛那橙红色的亚特兰蒂斯度假酒店，穿过金碧辉煌的赌场大厅，水上世界（Atlantis Waterscape）触目可及，全球最大的玻璃水族馆、人工瀑布、漂流等设施俱全，偌大一座游乐场的各种景观应有尽有，游乐戏水项目繁多，游客海豚一起嬉戏游泳，可与海豚、热带鱼零距离对话。虽然票价不菲，不过你若是亚特兰蒂斯度假酒店的住客，那就有免费畅玩的"特权"。当然，号称7星级的亚特兰蒂斯度假酒店房价高昂，不是一般平民可以负担的。这栋有塔桥连接的亚特兰蒂斯度假酒店（Atlantis），塔桥中间是总统套房，每晚25000美元，位列全球最贵套房前茅。据说酒店落成之初，流行音乐天王迈克尔·杰克逊是第一个入住的嘉宾。

天堂岛及亚特兰蒂斯度假酒店当然给拿骚平添了奢华，须知互为姐妹酒店的另一座同类星级亚特兰蒂斯度假酒店坐落在迪拜的棕榈岛，都是富得流油的玩家入住。这儿曾经是007系列电影的外景地，在天堂岛上"独一无二"海洋俱乐部（"One &Only Ocean Club"）拍摄的《大战皇家赌场》，视詹姆斯·邦德为偶像的影迷们就是最忠诚的打卡族了。

有资料介绍说，拿骚还是国际金融中心之一，岛上云集了250多家外国银行。但搭乘出租车驶过市区，沿途所见，低矮、陈旧的民舍与略显萧条的街道远远多于亮眼的建筑，这使得我对国际金融中心的说法难以置信。即使总督府、海盗博物馆等历史遗址，诉说着拿骚的种种旧闻逸事或者辉煌，却没有透露任何曾经的金融家发迹的信息，有的只是当年殖民者或者"海盗从良者"向新大陆偷运走私违禁物资的斑斑劣迹。不过，当我见识了天堂岛上亚特兰蒂斯度假村的华贵骄奢，我似乎愿意相信拿骚吸引众多资本、富豪的存在价值了。或许，天使岛使得咫尺之遥的拿骚增添了国际都会的魅力，当地的热带旖旎风光与亚特兰蒂斯天际线般的画面意境，确实也让世界各地的访客无法拒绝这方"海盗天堂"的巨大诱惑。

天堂岛及亚特兰蒂斯度假酒店的设施豪华令人咋舌，予人奢靡辉煌的视觉冲击，却难以成为普通游人心目中的度假胜地，那是富翁们、资本投机家们习以为常的疆场和庆功宴现场……还是拿骚老城区及各种历史遗迹的格调、风物更亲民，更多些融入感、怀旧感。肖恩·康纳利时代的早期 007 电影曾两度在这里的英国殖民酒店（British Colonial Hotel）取景，丝毫不逊于亚特兰蒂斯的超现代气息。

离开天堂岛，我们去了拿骚最古老的城堡——芬卡斯尔堡（Fort Fincastle）。先抵达一处林荫遮蔽的凉爽空间，两面是石灰岩绝壁，头顶恍惚只剩下"一线天"般的天庭，漫步其间，有一种挣脱加勒比海艳阳暴晒后的舒服。前方是一道陡峭的石头阶梯，原来正是著名的女王阶梯（Queen's Staircase），长 31 米、共 66 级，是 18 世纪晚期当局征用 600 多位奴隶，耗时两年，凭借简陋的工具和人力在此 Bennet 山丘的坚硬花岗岩上开凿而成。

女王阶梯与芬卡斯尔堡其实是合二为一的一组建筑群，是拿骚著名的地标。女王阶梯的构建当初原是当作从芬卡斯尔堡快速进出的通道，后来命名为女王阶梯，以此向结束奴隶制的维多利亚女王致敬，巧的是，女王阶梯有 66 级台阶而女王在位 66 年。阶梯虽然陡峭却很宽敞，让人感叹甚至惊异当年奴隶工匠们艰难繁重的手工开凿，以及设计的超前与工艺的精湛。缓缓攀登阶梯丝毫不觉得吃力，到了顶部豁然开朗，右侧几十米便是芬卡斯尔堡。

坐落于拿骚岛最高点班纳特山（Bennet Hill）上的芬卡斯尔堡建造于 1793 年，目的是阻击海盗入侵，系当年主持建堡的拿骚总督邓莫尔勋爵（Lord Dunmore）以自己另一个头衔——芬卡斯尔子爵

（Viscount Fincastle）命名的。不乏讽刺意味的是堡垒的造型就像一艘海盗船。曾经的拿骚原是海盗天堂，巴哈马甚至被海盗宣称为"海盗共和国"，船形的芬卡斯尔堡算是"以毒攻毒"吗？绕着外壁煤灰色斑驳点点的芬卡斯尔堡走一圈，三角形的船头突兀朝前，确实有点儿乘风破浪向前航行的感觉。城堡上配备了六七门小型火炮，这是我漫游加勒比海或者地中海沿岸所见古堡遗迹中最小的一座堡垒，火炮的规格及数量也最小最少，大概当时的统治者觉得对付散兵游勇般的海盗已然绰绰有余，要是遭遇其他海上强国的军舰进攻，只怕难以抵御了。据悉拿骚以西的小高地上还有一座巴哈马群岛的最大堡垒——夏洛特堡（Fort Charlotte），建成于 1819 年，也是殖民时代英国抵御海盗入侵的最大据点。居高临下的夏洛特堡配备 42 门大炮，共构筑了三道工事，外加一道护城河，凭借吊桥进出，堡垒内如同迷宫般，地下洞室、通道、拱顶等一应俱全，应该是当年抵御外敌的最坚固工事了。可惜时间不允许，没法儿去那儿亲身观光体验一番。

在芬卡斯尔堡城堡上远眺近望，不同角度的拿骚城市区和天使岛亚特兰蒂斯建筑天际线尽收眼底，停泊于海湾码头的几艘高楼般的大邮轮格外光彩夺目。环顾堡垒周遭的苍凉古意，历史与今天形成了鲜明的对比，令人不胜感慨。

返回海湾街，行走在那鳞次栉比的殖民风格建筑的骑楼之下，欣赏拿骚最具生活气息的画面，那感觉是愉悦轻松的，有一种自然的融入感，内心涌动起由衷的喜欢。这种感觉在我漫步天堂岛亚特兰蒂斯度假村时是绝对没有出现过的，在那儿会生起些微格格不入的情绪，甚或会产生一丝匆匆过客的卑微。毕竟那儿不是生活的常态，会感到与生活现实脱节的牵强。

　　是的，我不会为亚特兰蒂斯的纸醉金迷所晕眩，也不喜欢人工痕迹过于浓郁的水上世界，拿骚自有天然旖旎的金色海滩等你去海钓，去冲浪，去潜泳，足以让游人忘我玩耍；更有海湾街摇曳生辉五光十色的夜生活，丰俭由人，在摊贩那儿来一碗新鲜美味的海螺沙拉，何其爽口！

　　夜晚，坐在酒吧二楼凭窗俯瞰流动的街景，在留声机播放的流行音乐声中看古色古香的马车载客嗒嗒踟蹰而行，忘却时光流逝，不知身在何处，亦能兀自陶醉，心安即是吾乡，哪怕歇息片刻的异域风景胜地……

（5/20/2022）

老城、古堡、总统像……
——圣胡安一瞥

海风吹拂，惊涛拍岸，海滩诱人，细沙如金，这儿是加勒比海的一块"飞地"，是美利坚名副其实的后花园，这儿就是波多黎各（Puerto Rico）的首府圣胡安（San Juan）。

圣胡安的海滨堪比迈阿密的养眼，在西班牙式的热情浪漫中弥散开浓浓的古朴及浪漫；圣胡安海滩不乏现代化的度假村，比墨西哥度假胜地坎昆的享乐更令人乐不思归……

当每年百万游客搭乘嘉年华、挪威人、皇家加勒比等庞然大物般的邮轮拥来圣胡安湾，他们瞬间就融入近在咫尺的老城，穿越科隆广场（Plaza Colón）到圣胡安门，踏足在坡道起伏、纵横交错的鹅卵石小巷，触目皆是精致小巧的殖民风格楼宇。这些连绵成片的二三层小楼被粉色、黄色、赭色、天蓝色、青灰色诸般色彩尽情涂抹，一片温馨。站在街巷高坡处回望低处，透过狭窄街巷两边彩色屋墙门面，与波光粼粼的海滨构成何其美幻的热带风情画。路过那些小巷边上的餐饮店、酒吧，有最地道的波多黎各美食和芳香浓郁的咖啡，当然还有爽口的朗姆酒……

走出星罗棋布的狭窄街巷，掠过西班牙式建筑，拐上蜿蜒曲折的公路，果然别有洞天，那是更亮眼的惊艳和沧桑——那是一座又一座古堡，这便是圣胡安国家历史遗址（La Fortaleza and San Juan National Historic Site），一方可圈可点的领地，一段可细嚼慢咽的史诗。

路过公路右侧高高的埃尔莫罗城堡（El Morro Fortress），少顷左转，就看见一大片绿茵，远处就是那圣克里斯多巴城堡（Castillo San Cristobal），多么悦目赏心的绿茵地啊！让我想起了加利福尼亚州1号公路旁17号风景线鹅卵石海滩的高尔夫球场，比之那儿的优雅宁静，这边两大古堡之间的大片绿茵地更辽阔更多层次，透出些许海岸高地的豪放豁达。走近去看，画面更丰富了，原来不单单是整片的绿茵，中间还有一大块凹下去的洼地，却是一片不寻常的墓地，不是加州常见墓地一眼望去埋着骨灰盒的那种，而是排列有序却又大小高低不一的一座座白色大理石棺椁及竖起的墓碑，中间凸起一座圆心般的建筑，环绕起一圈十几个拱门，红色的圆顶相当耀眼。临海一侧挺立着一座黄色的牌楼，当年那些西班牙将士长眠于此，是他们在异国他乡最后的归宿。

我把有限的时间倾斜给埃尔莫罗城堡。波多黎各16世纪为当年的海上帝国西班牙所辖，1511年在圣胡安西部海岸角修建埃尔莫罗要塞，波多黎各岛就成为护卫西印度群岛和帝国军事基地的重要关隘。随后，为了加强防务，西班牙人于1533年在圣胡安港口边修筑了福塔莱萨要塞。1539年又在靠北端的岸边建成了圣克里斯托巴城堡要塞。连接一体的圣胡安要塞防御体系在后来几个世纪中不断加强，成为据守加勒比海的关键要塞。在这块被多方强敌觊觎的殖民地上，为抵御英国、荷兰等列强不时的侵犯，围绕坚实的城堡、炮台，西班牙殖民者前后花费300多年修筑了规模宏大的护城墙，城墙厚达6米多、高达42米，合共30公顷的规模。在以冷兵器为主的时代，那是多么坚不可摧的牢固阵地，圣胡安老城在这城墙、要塞的护卫下可以高枕无忧。18 世纪末，要塞城堡共安置了 400 多门大炮，足以阻挡加勒比海盗的袭扰。曾几何时，英国人攻克了城堡，占领了圣胡安数十天，荷兰人的舰队炮火也曾经危及圣胡安，直到 1898 年美国—西班牙战争（Spanish–American War）爆发，新兴的强国美军舰队势不可当，瞄准要塞城堡开火，摧毁了高耸的灯塔，仅仅两三小时就打垮了西班牙守军，占领圣胡安乃至波多黎各全岛如囊中取物，从此波多黎各割让给美国。几经波折和动乱，直到 1952 年波多黎各颁布宪法，确立成为美国在加勒比海地区的一个自治邦。圣胡安的城墙、要塞等诸般遗迹，历经战火摧残又多次重建，成为今天隶属美国国家公园管理局管辖的古堡和圣胡安国家历史遗址主体。

埃尔莫罗城堡是西班牙殖民者在当地建造的第一座堡垒，还曾经充当过当年西班牙殖民政府的府邸。它是那么巍峨庞大，雄踞在圣胡安湾入口，居高临下。

进入这座圣胡安经典地标般的城堡，实地感受它的古老、幽深及雄壮。这是个多层次的多功能建筑，湛蓝的天庭下阳光洒满一地，使这瘢痕累累的砖石围廊也亮堂起来。循着周围廊下的一个个房间察看过去，士兵的宿舍、军械室、军官办公室、军火库、禁闭室，都散发着掺杂了西班牙风情的岁月气息。遥想当年，让人琢磨那些西班牙斗牛士或他们的兄弟是如何甘愿在此军营要塞挥洒青春。城堡的布局光是看这底层就不一般，庭院也是操练场，四周便是 24 小时全天候警戒、内务、休整循环作息场所。城堡内有暗道、陷阱等设施，功能齐全，管辖严谨。

循着斜斜的石阶拾级登顶，直接到了城堡的最高端，顿感格局恢宏，气势非凡。偌大的露天平台延伸到大海那头，且被一个个巨石连接的炮眼围起来，俨然是固若金汤的御敌阵地，大有一夫当关万夫莫开之势。走进尽头那峻峭的圆顶瞭望哨，陡峭的崖壁下涛急波涌，海风天罡，仿佛铁马金戈沓沓而至。

平台一边如今辟为观景台，停歇在码头那高楼似的邮轮上，隐约可见一些未上岸的游客簇拥在甲板上，也在眺望圣胡安老城，抑或遥指我此刻游兴正浓的古堡一角……再走向平台的另一端，远眺那一抹清嫩的绿茵地和远处的瞭望哨，正是圣克里斯多巴城堡所在，依然是那么清丽，风光无限，让人心底升腾起在傍海高地上打一场高尔夫球的冲动。

有资料介绍道，1983 年波多黎各的古堡与圣胡安历史遗址被作为文化遗产列入《世界遗产名录》。联合国教科文组织世界遗产委员会的评价是："公元 15 世纪至 19 世纪，在加勒比海的战略要地上建起了一系列防御工事用于保护圣胡安城和圣胡安海湾。这些建筑很好地展示了欧洲军事建筑与美洲大陆港口实际情况相结合后产生的和谐效果。"正因有了这个"和谐效果"，才有了今古奇观的这方历史文化名胜存世，让今人后人大饱眼福，不得不叹息历史的悠远厚重！

告别巍峨的埃尔莫罗古堡和灰白斑驳的古城墙，我们搭乘巴士去新城区海滨转悠一圈，那儿有媲美全球最好酒店的度假村和海滩，展现出一座现代化时尚都市的风貌。大巴又把我们一行载到一座宏伟的大理石建筑前，这座壮观的波多黎各议会大厦（El Capitolio Puerto Rico）对面街边排列着七位真人大小的美国总统铜像，阳光穿过树荫洒在这些明晃晃的铜像上，形成了迷幻般的艺术效果。细细端详，这些姿态各异形神皆备的美国总统铜像，分别是老罗斯福总统、小罗斯福总统、杜鲁门总统、艾森豪威尔总统、肯尼迪总统、福特总统，以及奥巴马总统。

据说当地安置这七位总统塑像，无一不是为波多黎各做出过贡献的总统，以资纪念，并非纯粹以名气排列。诸如位居美国总统历史排名前列的华盛顿、林肯、里根都没有得到波多黎各人民的青睐。老罗斯福总统被视为主导美西战争胜利的英雄，他在任期里开始规划波多黎各议会建筑。杜鲁门总统上榜，应该是他任内于二战后确立了波多黎各的自治地位。福特总统是美国历史上唯一一位未经选举上台的总统，虽然其政绩乏善可陈，但他任内把世界经济峰会放在圣胡安召开，使圣胡安成为全世界聚焦的中心，也提升了波多黎各的国际地位和形象，波多黎各人民因此感恩福特总统，塑铜像铭记不忘。

说起来，波多黎各人的美国情结一个多世纪来挥之不去。自1898 年开始成为美国的领地以来，波多黎各尽管也曾有过独立运动，但经过人民投票，还是选择作为自治的美属领地继续留在美国。虽然 2017 年之前对是否成为美国第 51 个州有过 5 次全民公投，后两次投票有 61% 以上的民众支持成为美国第 51 个州，尚需美国国会通过的程序仍然复杂绵长，波多黎各的现状短时间内仍难改变。其实，保持自治邦的地位是最明智的选择。所有波多黎各人都持有美国护照，享受美国人的大多数权利待遇，甚至移居美国其他各州就有选举权；遭遇任何自然灾害或严重状况，自有联邦政府出手援助，纵然没有国防权和外交权，也省却了不少烦恼和开支，一切皆由美国联邦政府顶着，波多黎各人就在这"富裕港湾"（在西班牙语里波多黎各即意为"富裕海港"）过自己的逍遥日子，何其乐哉！这儿有名列世界前茅的潜水胜地，有世界上最亮的荧光湖，有美国国家森林系统唯一的热带雨林——厄尔尼诺云雀国家森林公园……

　　返回到老城的海港大道，各种时尚精品店迤逦排列，与不远处贩卖各种工艺品的摊贩相映成趣。再走一遭那些高低起伏的鹅卵石街巷，看不厌那些色彩斑斓的加勒比风情小屋，偶遇几尊形态各异的街头雕塑，写实、抽象、夸张、卡通……也都吸人眼球。远眺埃尔莫罗古堡的角楼，忽然会心一笑，圣胡安的可爱之处，不就是这些憨态可掬或意趣无穷的街头雕像吗？自然，还有那不可或缺的七位总统塑像……

（3/25/2022）

那个冬夜萌发的憧憬

　　很多年前的一个隆冬之夜，西子湖畔的一家影院正在放映一部进口片，当时的惯例是正片之前加映纪录片，当晚播映的纪录片是《夏威夷风情》。那些风光明媚的岛屿、海滩，那些载歌载舞的欢乐人群，那些鲜艳夺目的土著裙装，在阳光灿烂的时空里一一展现……这是一个如此让人着迷的国度，这是一个色彩何等丰富的世界啊！电影散场了，我步出影院，记不清那部正片的内容和人物，脑海里满是夏威夷的异国风情画……黑夜里飘洒起片片白絮似的雪花，我忽然想起了雪莱的诗句：如果冬天来了，春天还会远吗？

　　很多年后的一个仲春正午，我自加利福尼亚的硅谷搭乘夏威夷航空的班机，航班降临夏威夷首府火奴鲁鲁（檀香山）之前，就开始感受到这个岛屿天地的热烈与激情——夏威夷，你好！我来了，我来领略你的色彩与温度了！机舱内，来回走动送饮料的空姐就是一道夏威夷的风景线，她们笑容可掬一口一声阿罗哈（Aloha），那是热情如火的问候语，夏威夷特有的语汇，仿佛也充盈了色彩与温度的元素。直到我一周之间环夏威夷几个主要岛屿畅游之际，阿罗哈的问候语竟不绝于耳，让我完全置身于夏威夷的多姿多彩世界之中，内心情不自禁地被这些激情如夏温煦如春的色彩填满、融化……

　　行走在火奴鲁鲁（檀香山）的海傍大街，绚烂的海岛风光与满街众多身着阿罗哈衬衫的游客与居民，共同点染出特有的色彩氛围，鲜艳、浓郁、奔放……当地人介绍说，阿罗哈也是一种精神，一种积极乐观的人生精神。色彩鲜艳的夏威夷衬衫名字即阿罗哈衬衫，如同阿罗哈的问候语一样寓意丰富。阿罗哈衬衫款式多样、颜色丰富，鲜花般璀璨的波利尼西亚图案，阳光、沙滩、棕榈树、热带鸡尾酒、花环、蔚蓝的海……宛若浓缩了一个七彩的岛屿风光。

春天的夏威夷多雨，漫步于檀香山著名的威基基海滩（waikiki beach），刚刚站立在那精细洁白的沙滩上，眺望远处的帆船和冲浪滑板腾跃于波涛之间，瞬间就有瓢泼大雨倾盆而下，赶紧躲到近滩的遮阳棚下避雨。十几分钟后雨歇风止，天上挂起了圆弧形的彩虹，辉映出更加澄净的蓝天碧海，岸边一排排碧绿的椰子树摇曳生姿，煞是悦目怡情。那碧波荡漾的大海，亭亭玉立的椰子树、七彩纷呈的雨后之虹，就是一幅动静有致的人间画境，在我心里定格，久久未能褪去。

去夏威夷皇宫观光，也是全新的体验，我感受不到任何张狂的气派，没有那些世俗的奢侈，唯有静谧的氛围，唯有历史积淀的底蕴，还有豁达的气质。看那精致建筑的周围植被环绕，刚好又被雨水洗过了一遍，凸显出森然欲滴的墨绿色，绿得令人心醉；连那高高的挺拔的棕榈树，也是一抹抹寂寥孤傲的黛绿，冲上云天，绿得沁人心脾；还有那据悉超过几百岁的硕大联排树，挤满了皇宫的花园，从地上的根部到伸展向天空的枝丫，都连成了一片深深的绿色，显示出旺盛的生命力，壮观得令人惊叹。这座位于檀香山皇帝街的伊奥兰尼皇宫（Iolani Palace），在夏威夷成为美国第50个州之后，使得从来没有皇族的美国从此也拥有了唯一的皇宫，一座英国西敏寺式样的建筑，庄严而不奢华，典雅而不轻浮。皇宫供游客观赏的自然有它内部陈列的各种器皿、文玩、艺术品，诉说着当年夏威夷皇朝曾经的辉煌。皇宫外，也有卡美哈美哈王一世（King Kamehameha Ⅰ Statue）威猛的铜像，还有护卫室、音乐台等其他建筑可以近距离观赏。但最打动我的，依然是那周遭与大自然相谐相亲的环境，那些鲜活的大树和草木，那触目可及浓得化不开的深绿。

离开檀香山所在的欧胡岛（Oahu），仰仗邮轮的环岛逐日停靠之便利（登上邮轮时每位游客又获得一个夏威夷阿罗哈花环，是用紫色粉色小花卉编织的花环，可以戴在颈上，也可挂在床头欣赏），我得以相继浏览了火奴鲁鲁之外的其他几个主要岛屿，且也有了相对充裕的时间去踏寻体味不同岛上的景致风韵。

在大岛（Big Island）逗留的第一日，先租车自驾造访了夏威夷火山国家公园（Hawaii Volcanoes National Park）。沿途可见无尽的熔岩及其喷发留下的痕迹，宛然如大片山体建筑的废墟，乌黑乌黑的，令人叹为观止之余还有点儿令人惊心。沿途遇见的各色观景点和通道，还有各色说明牌指示不同火山口的海拔。接着便沿公路南下，直奔几十公里之外的黑沙滩［普纳鲁吾海滨公园（Punaluu Black Sand Beach Park）］，这儿是夏威夷岛最受瞩目的海岸景色之一，也是特殊的火山景观之一，堪为火山毁灭与创造的杰出代表作。由于夏威夷大岛上火山频繁喷发，炙热的熔岩流涌入海，在海水冷却下熔岩的外壳迅速结块变硬，海水则受热产生了大量的蒸汽。当熔岩流的外壳承受不住内部蒸汽的胀力，分崩离析后散落堆积在海岸边，又历经海浪无休止的侵蚀、破碎，就被研磨成熔岩碎片以至细粒。因为熔岩碎片的主要成分是磁铁矿（四氧化三铁）、辉长岩之类富含铁的镁铁矿物，呈现黑色，最终形成了罕见的黑沙滩。

离开大岛的当晚，随着邮轮上广播的观察信息播报，我和众游客攀上顶层甲板，在漆黑的海天之际寻觅那远处岛上的一抹亮点。

倏忽间人群一阵骚动，不同的手臂挥舞，遥指岛上烟雾朦胧的一处，忽闪忽闪的似乎泛起了丝丝红光，众人道那就是火山在喷发，岩浆在涌动，可惜太远了，仅见些微之火光，而邮轮已然驶离这片较近的观察区。

而在茂宜岛（Maui Island）哈纳公路（Hana Road）的自驾游，又是另外一个天地的奇妙体验。这条曾经被美国《国家地理》杂志评选为"全美最美丽的公路"之一的哈纳公路，有"天堂公路（Road to Heaven）"之誉，是穿行"魔幻之岛"探寻美妙自然风光的绝佳自驾游路线，沿途还不乏类似电影《侏罗纪公园》取景地那般魔幻的景色。这条短短几十英里的海岸公路，曲折蜿蜒，号称有600多个弯道，这样令人刺激的公路让我这个驾车族感到前所未有的挑战。因为之前有过不下十次加州1号公路的自驾经历，我驾车行驶于这条"天堂公路"之际，无论视觉上的美感还是驾驶的快感，内心就不时会与1号公路的美妙相比较，这两条公路风光各异亦各有绝妙。1号公路多数路段距离海岸仅仅咫尺之遥，视野相对开阔，一边是悬崖下的白浪滔天，一边是绿茵如毯的牧场风光，既刺激又逍遥。而哈纳公路距离海岸相对较远，多数路段是在热带雨林中穿行，而它的妙处恰恰又是雨林风光与600多个弯道的结合，几乎每一个弯道之后都会显现别样的雨林景致——黛绿色的联排大树，如屏障般屹立在道路之侧；碧绿色的瀑布垂下，送来阵阵清凉；各种不知名的热带植物，花团锦簇般地像一个个大盆景，接受旅行者的巡礼；偶或遇上一处大海湾，便可在崖头稍稍驻足，俯瞰太平洋的波涛……因为你不清楚每一个弯道后面会是什么境况，会是怎样的风光，这条公路也带给驾驶者更多的神秘之感，也因此会获得更多的惊喜与惊叹。犹记得在一个弯道之后，突然出现一个岔出去的上坡道，探险般地驶上去，里面却是一处私家植物园，所幸植物园主人好客而热情，邀我们这车不速之客一起下来溜达，观赏园内放养的十几只孔雀。恰恰遇见孔雀开屏了，硕大的碧蓝翅膀底色上是一圈圈金色的小环，熠熠发光，给这繁花似锦的植物园增添了独特的色彩与活力……这一路的自驾旅程，原以为回程会因为雷同而乏味，却不料依然是各种神秘，因为那一个又一个弯道后的景致依然难以预测而倍感刺激。回眸这一路风光，雨林、瀑布、花木、孔雀、海崖……视觉冲击的景色各异，美不胜收，但那最令我心动的色彩，依然是那深不可测的一抹抹黛绿，还有那镶上了金色圆环的孔雀蓝。

次日凌晨我们搭乘出租车前往珍珠港遗址。夏威夷土著人称珍珠港为"Wai Momi"，意指盛产珍珠的水，"珍珠港（Pearl Harbor）"之称呼实非浪得虚名。珍珠港在 1941 年 12 月 7 日以前，只是作为夏威夷最大的一个天然港口存在，而在遭遇日军空袭击后，它成为写入世界历史上非常重要的一章，成为世人瞩目的珍珠港历史景区（Pearl Harbor Historic Sites），包括阿利桑那号战舰纪念馆（USS Arizona Memorial）、密苏里号战舰纪念馆（Battleship Missouri Memorial）、波芬号潜艇博物馆和公园（USS Bowfin Submarine Museum & Park）和太平洋航空博物馆（Pacific Aviation Museum Pearl Harbor）等。

进入游客中心浏览，沿海岸眺望可以看到不远处一个醒目的海上白色建筑物，那就是当年被日军击沉的阿利桑那号战舰，现在辟为纪念馆。当我们登上素雅洁净的白色阿利桑那号战舰纪念馆——白色的镂空的长方形建筑，有点儿像一个马鞍横跨在阿利桑那号战舰残骸之上，与之交叉构建成为一座海上的巨型十字架。白色纪念馆上方及左右两侧各镂空为 7 个格子，从镂空的窗格子仰望，那蓝天白云被一个个窗格子切割，衬托着一面面迎风飘扬的星条旗，透出了蓝白红相间的画图，分外壮观而肃穆。

纪念馆的尾端辟出一处纪念园区（Remembrance Circle），整面墙上铭刻着珍珠港事件当天阿利桑那号战舰 1177 名美军罹难者姓名，犹如 1177 个壮烈的灵魂，依然在与昨天和今天对话。

从白色纪念馆一侧的镂空格子俯瞰海底，阿利桑那号战舰的残骸隐隐约约尚可辨认，唯有一座炮塔的基座浮现在水面，披一身厚厚的暗黄色锈蚀。再望向周边水域，清澈的海水之间漂浮着一个个浑浊昏暗的污油残迹小圈。呵！ 70 多年光阴流逝，阿利桑那号战舰舰体残留的燃油还在渗漏，还在痛泣，因此被称为"阿利桑那号之泪"，真是传神之极的比喻！这些漂浮于海水间的浑浊的油污，连同那暗黄色锈蚀的影像，和那洁白的阿利桑那号纪念馆，以及蓝天、白云、碧海诸般色彩交错汇合，恍如战争与和平、邪恶与正义的符号，在我的眼帘与脑海里晃动出一幅幅奇特的画图，铭刻下了深深的记忆。

呵！珍珠港、檀香山、夏威夷，你的色彩岂止赤橙黄绿青蓝紫，难忘的是你的色彩之深邃之纯真，红的如火，绿的如水，蓝的如海天，黑的如大地，白的渗透生命，仿佛都在点燃激情叩问灵魂……

惜别珍珠港的日子，也是我惜别檀香山、惜别夏威夷的日子，但是，这个春天的夏威夷给予我太多视觉震撼，更让我感受到夏威夷的阿罗哈精神——充满色彩与乐观，充满生活的希望！……我想到了很多年前那个冬夜萌发的憧憬，现在我终于捕捉到了这个异域别样的春色！

（12/19–20/2019 初稿，原稿曾刊于香港《文综》杂志 2020 年春季号）

紫沙滩·黑沙滩

　　见惯了寻常的白沙滩、黄沙滩，起初听到亲友告知奇特的大自然还有色彩斑斓的各种彩色沙滩时，我毫不惊讶，因为相信大自然本来就是鬼斧神工般，没有什么不可能的。不过当我那年（2018 年）两度遇见远隔大洋的两处不同色彩的沙滩后，仍然讶异不已，感叹大自然竟会有如此别具一格的丰富色彩。

　　2018 年 1 月中旬的一天，我们下午从居住的加州硅谷启程，驾车驰骋于沿太平洋海岸延伸的 1 号公路，就仿佛穿行在变化多端的风景线里。掠过蒙特雷海湾，掠过卡梅尔小镇，径往大苏尔（Big Sur）奔去，在已然到过多次的标志性景观比克斯比大桥（Bixby Bridge）等景点稍作逗留观赏后，便继续往南行驶，不多远就在公路右侧一处遇到形似锐角的导出口，这就是通往紫沙滩的途径，于是我们小心翼翼地折入这条仅容一辆车通行的狭窄小路，约莫前行两英里后，抵达了一处收费（10 美元）停车站。这处名为 pfeiffer beach 的紫沙滩，隐匿在偏离 1 号公路的海湾深处，路边没有明显的指示牌，也不归州或市县地方政府管理，属于私家领地，真是"养在深闺人未识"呢。

　　从停车场经一条小道步行，两侧山崖老树纵横，雕像般的枝干千姿百态，再向前行几步便看到了波光闪闪的海滩，右侧的黄沙石坡显现出不规则的片片紫色。跨过被浅水隔断的滩涂，迈向海边，逐渐可见淡的浓的大块小块紫色蔓延开去，宛若大自然神奇的画笔点染了片片沙滩，构成了这一大片海滩的主色调。乍一看去并非全部海滩都是一色的紫，但在晚霞夕晖照耀和水波映衬下，闪烁起满眼的粼粼紫光，分外迷人。湿漉漉的沙滩连接到海面的一处巨大礁石堡，上面怪石嶙峋，仿佛也呈现暗幽幽的紫色一片。礁石堡中间有一天然镂空的洞穴，被涌潮浪花撞击出声声轰响，扣人心弦，那溅起的阵阵浪花从洞口喷涌而出的刹那，也极为壮观。冲浪的力度和那轰隆轰隆的音响追随着晚潮的力度上下，我退回沙滩腹部，从稍远的角度观望这大礁石堡，恰恰看到浑圆的落日正好停在那洞穴的空中，悦目的橘红色是那么祥和，一时间仿佛浪花的冲击声也隐去了，唯有那一圈光晕的橘红色衬照在一片片紫色之上，在海天之际呈现出无可描摹也无可复制的美幻，令人忍不住伫立沉思……

俯身抚摸这闪耀着紫色金属光泽的香芋色沙滩，那沙是如此细腻柔和，景观是那么超然脱俗。据传附近山坡深埋着锰矿床，是紫色石榴石的故乡。亿万年间的地壳运动，狂风骤浪的不断冲刷扫荡，日月风雨的无休止侵蚀沉积，这片海岸上的紫色石榴石矿脉逐渐被击碎、分裂、剥落，隐没在大海里面。又被海水的涌动反复撞击、冲刷、研磨，渐渐形成了极为细腻的紫色沙粒，在海岸上堆积起来，逐渐形成了方圆上万平方米的新天地。一处紫光粼粼的"宝石沙滩"，一处大自然造化神奇的标志，赐予美国西海岸独一无二的自然景观，令人流连忘返。

到了 5 月下旬，我们又开启一趟夏威夷邮轮之旅。妙不可言的是邮轮在几个外岛港口都分别停留一二夜，便有相对充裕的时间去踏寻体味岛上的景致风韵。那是在大岛（Big Island）逗留的第一日，我们先租车代步造访夏威夷火山国家公园（Hawaii Volcanoes National

Park），虽然没有等到地球上最活跃的基拉韦厄火山（Kilauea Volcano）喷发的壮观瞬间，却也领略到火山毁灭和创造并存的种种遗迹奇观。我们接着便驱车南下，直奔几十公里之外的黑沙滩。抵达这处黑沙滩的野餐区，但见铺展连接到海边的沙滩黑压压、乌泱泱的一大片，完全颠覆了普通沙滩的概念。游人大多躺在彩色遮阳伞下的沙滩椅上，逍遥自在。我稍作休憩后，脱了鞋赤脚走向沙滩，细细的、软软的，微微有点儿烫脚。走走停停，双脚仿佛在这微烫的黑沙滩里沐足。近海边的礁石大小不一，清一色的乌黑，突兀张狂，奇形怪状。也有大人小孩踩踏在嶙峋的黑礁石上，探身朝下观望，原来是想看看栖息在礁石海水之间的海龟。据悉海龟本是黑沙滩的一景，可惜当天无缘见到（所幸后来在可爱岛的一处景区海滨，见到了众多黑色的海龟，它们或自在漂游于蓝海，或潜伏礁石之下，状态憨然）。

深邃的蓝色海洋蕴藏着无穷的威力，不时涌起凶猛的海浪，拍击海岸溅起高高的水花，拍击那黑礁石迸发出阵阵吼声，那气势磅礴的威力也不时震慑了站在礁石上拍照的游人……我把镜头对准这一幕幕风景，对准这一片黑沙滩礁石，心里叹道，真是前所未见的黑色世界啊！想不到这乌黑乌黑的一片，也能构成一道迷幻的风景！真是造物主的特异作品啊！

紫沙滩，黑沙滩，天下奇观，一睹为快，而我在短短不到三个月里，一而再再而三地遇见了如许美景，实在是上苍的眷顾。那大岛上的基拉韦厄火山（Kilauea Volcano）是全世界活动力最旺盛的活火山，包含世界上最大和最壮观的火山口，从1983年开始就没有停止过喷发。那些不断喷流而出的炽热岩浆彰显了自然界的神奇力量。想象那温度近1100摄氏度的火山熔岩浆一次次地不断喷发，在海水不断的冷却包容下，在海浪持续侵蚀冲击下，多少年后又会诞生一处又一处新的黑沙滩，大自然的毁灭与创造，真是共生共荣，生生不息啊！

（2/1/2022 修订，原稿曾刊于《北京晚报》副刊）

丹麦村·德国镇

在居住的家园移植异国他乡的景物，不是一件简单的事。欧美一些国家常见的韩国城、日本城、意大利城、中国城（唐人街），不外都是移民聚居、构造的梦想家园，在建筑风格、生活方式等方面与自己的祖国有着千丝万缕的联系。而我曾经造访过美国两处这样的他国之城。

一处是坐落于佐治亚州亚特兰大东北端的巴伐利亚风情的德国小镇——海伦（Helen），另一处是位于加利福尼亚州海滨城市圣塔芭芭拉东北端约 30 英里处谷地平原上的丹麦村索尔万（Solvang）。

一

从亚特兰大驾车北上，山谷风光迎面而来，不到一个半小时，就看到小路的右侧出现一大片红瓦尖屋顶的彩色屋群，那就是小镇海伦了。再往前行驶片刻，公路两侧都是令人目不暇接的彩色小屋，连同屋前房侧的小块大或大片的粉白、橙红、橘黄各色鲜艳欲滴的花圃，在低矮山坡、山涧溪流旁展现出耀眼动人的姿态。停车后，就在两条一长一短交叉如十字架般的主街上逛游，好似一头扎进了色彩鲜明的异域风情画中。沿街尽是各种店铺，精巧可爱的一两层小屋鳞次栉比地排列着，红屋顶下的门面装饰着各种亮丽的斑斓色彩、菱形尖尖的线条，极其养眼，活脱脱一个童话世界！在一座桥上凭栏眺望，远处是黛绿的山林，近处是哗哗作响的溪流，看到不少成人小孩都争相跳进一个个橡皮小筏子，顺着激流打旋的涡流漂去。溪流旁竖起的一座吊脚楼似的餐馆兼酒吧，坐满了悠闲自得的食客，一边品尝德国啤酒和美食，一边看看窗外的别样风景……

我觉得，这就是德国小镇海伦的情调了。小镇的导览简介说，这是一座巴伐利亚风格的纯德国式小城镇。何谓巴伐利亚风格？巴伐利亚本是德国南部的一个联邦州，也是德国最大的一个州，而尖尖的屋顶塔顶、多姿多彩绚烂迷人的门饰窗棂，或许就是巴伐利亚风格的传承。海伦小镇呈现在世人面前的恰是如此，浓郁的德国巴伐利亚风情，在美国南方的佐治亚州遗世独立般地存在。传说海伦镇附近曾经是吸引远近无数淘金者的金矿，两百多年前的淘金者里不乏千里迢迢到来的德裔巴伐利亚矿工。19世纪以失败告终的淘金热退去后，又兴起短暂旺盛的20世纪初伐木业及木材加工业。到了20世纪中期已然衰落，当地商人和政府联手吸引投资，发掘历代德国裔移民硕果仅存的建筑遗址和文化遗迹，犹如复活《格林童话》中"姜饼小屋"那样玲珑有致的屋宇，彻底改造海伦，使其脱胎换骨为一个中世纪巴伐利亚风格的德国小镇。可以说，德国人的巴伐利亚形象拯救了一个行将颓废、没落的美国南方小镇。从此，海伦镇历经推介声名鹊起，一句"不用护照就能出国旅游"的口号，吸引无数游客竞相慕名来到这处"巴伐利亚朝圣地"，成为远来近悦的特色旅游小镇。海伦的名字成为佐治亚州地图上亮眼的标记，不过人们口耳相传更多的还是"德国小镇"的俗称。

漫步于海伦这个浓缩版的德国袖珍小镇，除了沉溺于那些迷人的巴伐利亚风格的建筑群之间，除了随便驻足一个酒吧饮一杯德国啤酒之外，我不知道此时此地还有什么更惬意的享受。虽然，简介文字说海伦镇附近散布不少酒庄，每年不同季节镇上都会举行盛大的美食葡萄酒节，还有人气很旺的热气球节，郊外则流行很刺激的山谷丛林高空滑索等游玩项目，这些已然推动海伦成为遐迩闻名的观光、度假小镇，各地游客纷至沓来。我虽然没有遇上那些节日，也无暇漂流、滑索一番，就这么静静地在那些尖顶的彩色小屋群之间徜徉，悦目赏心，实在很舒服。

二

从南加州洛杉矶沿着 101 高速公路并转 1 号公路北上，大约行驶 100 英里，就是洁白色西班牙建筑风格的海滨城市圣塔巴巴拉（Santa Barbara），再转支线公路穿越山谷林海约 30 英里，眼前开始显现芳草如茵的开阔平原，转瞬即进入了一座名为索尔万（Solvang）的小镇，正是大名鼎鼎的"丹麦村"所在。

"丹麦村"号称为"村"，范围却比南方的德国小镇海伦大多了，纵横十数条街道，部分主街的宽度堪比大城市的马路。从外围的停车场步入"丹麦村"，触目所及，无论街角还是某栋建筑物的屋顶或圆塔旁，巨大的风车堪为醒目的独特标志，昭示游人这儿便是"丹麦的境界"。行走两个街口，遇到了临街的一座美人鱼喷泉。小美人鱼铜像大约只是丹麦哥本哈根海湾边上那座本尊的一半大小，但造型、神态完全一样，布满绿色的锈斑，却依然透露出历经沧桑的美感。

各条街道两侧皆是丹麦复古风格的建筑物，店铺、酒店、民舍、教堂、作坊、城堡……尖尖的人字形斜坡屋顶，装点各类色彩、图案，仿佛神来之笔的板条、线条间隔出外墙的一个个菱形、方形、三角形图案，呈现浓郁的魔幻风格，置身其间犹如穿越时空，来到了数百年前的丹麦，沉浸于丹麦童话的故事里。主街一侧的街心花园旁，一尊半身铜雕像宛似"镇村之宝"稳稳地立着，那正是享誉世界的丹麦童话大师安徒生。距离安徒生雕像不远的一座古色古香砖木结构两层小屋，则是袖珍型的安徒生博物馆，楼下厅堂排满了一个个书架，可见各种文字的精美插图出版物，《卖火柴的小女孩》《小美人鱼》《丑小鸭》《冰雪女王》《豌豆公主》等一应俱全。各种礼品店、钟表店、糖果店……迤逦排列在各条街道的两侧，各式礼品也多以安徒生童话主题打造，穿着丹麦民族服装的姑娘、大婶雍容自在地应对游客的询问和购物……马路对面的餐饮店门前院内座无虚席，即使在疫情防控期间游人也不放弃品尝丹麦美食的雅兴，哪怕排长队也挡不住。餐饮店几乎都是纯粹的丹麦风味，丹麦的传统球状松饼，新鲜出炉的丹麦脆饼、面包、饼干，丹麦曲奇饼、葡萄酒以及北欧传统自助餐都极受欢迎。

在几条纵横街道之间缓缓漫步，仿佛周游一个袖珍的丹麦国，又好像穿行在一座浓缩的丹麦城，那氛围那景致，实在令人流连忘返。童话般的丹麦风格小屋窗前门边，摆满或种植了各种娇艳欲滴的花卉，格外招人怜爱。街道旁的屋宇、树干、街灯上都张挂起美国和丹麦的国旗，交互辉映，宁静和谐。忽然，耳畔传来"笃笃笃"的马蹄声声，只见两匹高头洋马牵拉着一列载满游客的车厢，悠闲地逛遍整个"村庄"，牵动多少游客的目光。

传说早在 1903 年，五位丹麦籍移民买下了这块大约面积2.43 平方英里（6.3 平方公里）的土地，取名"索尔万"（丹麦语：Solvang），意思是阳光之地，阳光灿烂的田园。1911 年，美国中西部等地的丹麦移民开始"抱团"群居于此，他们开垦、放牧、兴建各种家乡丹麦风格的建筑，要让此地成为自己在异国他乡的第二家园。

据悉，早期的索尔万创建者们曾立下规矩：保持丹麦传统、传承丹麦文化。不仅所有的建筑都以丹麦风格构建，日常应用的食品及服装、工艺品等也遵循丹麦或北欧风格，诸如麦当劳、肯德基、星巴克之类的美式餐饮，在这儿完全绝迹；还把每年9月第3个周末定为"丹麦节"。百年日月如梭，光阴似箭，索尔万如今大多是丹麦移民后裔，形成了一座"比丹麦更丹麦"的"丹麦村"，每年吸引各地游客上百万人。名声在外，难怪当年丹麦国王偕王后访问美国，也要特意到"丹麦村"巡游一圈。

我在2022年1月中旬第二度造访"丹麦村"，只见沿街一排排灯柱上悬挂着"100周年节庆"的彩旗，小字标明是1921—2021年，系去年由索尔万商会（chamber of commerce）组织的庆祝活动。原来当地的丹麦人商会业已组建100年了，可见他们是多么抱团，多么热爱自己的新家园，多么具备凝聚力。那一排排迎风招展的彩旗，不啻给"丹麦村"加添了又一道风景，难怪即使在疫情期间，仍然有那么多游客接踵而至。

（3/11/2022初稿，3/29/2022修订）

一半是清幽一半是喧哗

——棕榈泉记游

棕榈泉（Palm Springs）之名多年前从东部来到加州后便已"耳闻目睹"，闻自然是听人说起，睹则是于图书照片资料所见，只知道那是个富人度假的所在，一般的加州人提起来都很来劲，便颇有些神往。

那年春季，因陪同儿子南下洛杉矶体验他即将就读的加州理工学院向新生开放（"Open House"），浮生偷得半日闲，与妻子相当默契地商定何不往棕榈泉一窥真容。午餐后即驱车上了10号高速公路，直奔距离洛杉矶东面不到100英里的棕榈泉而去。车行约一个半小时，拐进了111号支线公路，景观仿佛如去拉斯维加斯的途中，车道两旁尽是沙砾岩石，杂以沙漠地带特有的那种蓬松灰黄的大草团，予人落寞荒凉之感。片刻间，眼前又已一派葱绿，知道接近这棕榈泉城镇了，在公路与市区交口处的旅游信息中心逗留，取了相关的信息资料浏览，一大堆高尔夫球场、矿泉浴、酒店设施的介绍之外，才知此地最著名的观光点却是郊外山岭的空中缆车游。于是又折入一条崎岖小路往深山坳里驶去，蜿蜒前行，尽头便是海拔2600多英尺的缆车站，名为"谷地车站"，傍岩峰而建，绿荫遮天，顿觉丝丝凉意。进得站内，售票、候车都在一个大厅，敞亮宽阔，比美国一般城市的灰狗巴士车站要气派得多。将近 30 元的缆车票直追好莱坞影城、迪士尼乐园的门票，但购票者仍源源不断，登缆车还需排队等候。参观者绝大多数是平民，而极少富翁，可见棕榈泉虽是富人的度假胜地，但对于中产阶级和平民的吸引力也越来越强，尤其这名声遐迩的空中缆车更是老少咸宜。据资料介绍得知，这座号称世界最长的空中索道缆车始建于 1961 年，耗时两年多，开放于 1963 年 9 月，迄今已逾几十载春秋。从山麓底端的谷地车站到山顶的"山峰车站"，缆车索道全长 12800 英尺，当年建设时，因人员和材料无法攀缘登顶，一切运输都由直升机承担，先后共动用了两万多架次直升机上上下下，才换来如今平均 18 分钟一次单程缆车观光的便捷。

进了缆车，又发现这个可容纳 80 人的环形车厢设计新颖、安全可靠，中间环绕大柱一小圈座椅是固定的，外围大圈则是可转动的，有助于 360°观景，配有廊柱、座凳，进满 80 位游客也不觉得挤迫逼仄。缆车启动后，扶摇而上，穿梭于万仞绝壁之间，四面望去远近都是悬崖峭壁，或褶皱如刀削斧劈，或苍绿似水墨丹青。造物主鬼斧神工般的大自然杰作以如此冷峻、清洌的质感显现，让缆车中的游客都叹为观止。大呼小叫兴奋莫名者有之，默默细察心潮澎湃者有之，胆战心惊花容失色者也有之，都因凌空凭虚的缆车飞行和外部景观的缥缈幻移而潜移默化情随景变，不知不觉中，缆车已轻盈如凌波仙子般驾临终点"山峰车站"。

建于海拔 5873 英尺高的山顶车站堪称绝壁崖顶的庞然大物，设休息厅、餐厅、咖啡厅、小卖部，并有一间专门放映此地山脉风光影片的袖珍电影厅，依山体地形融为一体的建筑，人性化的设施，真可谓替游人想得周到。身处其间浑然不觉是在远隔尘世的深山老林，但见楼阁高台坚固伟岸，遥想近半世纪前开拓建设者从平地载运材料施工的艰辛，不胜唏嘘。

迈出楼阁后面是一个大平台，舒展平坦，回望车站，却如恰如其分地镶嵌于巨岩丛林之间，没有丝毫突兀之感，那外观与色彩仿佛融于自然回归自然，让人信服当年建筑设计师的用心良苦，不曾给这近乎原始的山林涂抹上邋遢臃肿或自以为是的败笔，再严峻的环境保护主义者恐怕也无可挑剔了。有一铭牌标示这儿名为"圣约辛托州立公园"（San Jacinto State Park），想必是有了空中缆车后才立的。

平台边缘有舒缓的石阶小路盘旋而下，轻轻顺阶缓步，但觉空气格外清新、稀薄而又凉爽，单薄的夹克已然不能御寒，好在我们都披了加厚的旅行外套。台阶下放眼望去，是一大片原始坡谷，林木森森芳草萋萋，踩在土地上草皮上都是松松软软的感觉，想不到这崇山峻岭之顶竟有如此平坦柔润的景色风光。文献记载这一片坡顶公园面积广达 13000 英亩，多亏了空中缆车的功能，让逃离市嚣的芸芸丛生得以领略这世间绝不多见的空中林海幽境，却也仅仅触摸到它春光乍露的一角。加州的阳光穿透那参天古树的枝杈茂叶洒落下来，道道光束迤逦迷人，朦胧若诗，灿然如画，却全然没了在洛杉矶灼灼热火的威力，而多了些梦幻和煦的意味。时序仲春，犹有凉意，在那盛夏之际更是避暑胜地了；到了冬天白雪皑皑，则又是滑雪爱好者的天堂吧！

返回车站台阁，再攀到右前侧的山头观景台极目眺望，又是另一番壮美景色——四周群峰壁立，险状环生。山下棕榈泉市镇一片棋盘式的规整建筑群尽收眼底，小如微型积木玩具，色彩鲜明地凸立于沙漠之中。倚绝顶栏杆凭空而视，原始与现代的对比越发分明，岁月沧桑人世渺茫之感顿生，珍惜生命享受大自然馈赠的感悟也随风飘来……

一溜下山的缆车于我这等有恐高症的俗客更觉惊险万分，纵然明知缆车的安全性不成问题，但在缆车里或站或坐，我的眼睛只敢平视或向上远眺，偶或朝下一看，那空谷葱郁刹那间竟化作晕乎乎的眩目。倒是妻子全无惧色，一味地贴窗贪婪四望，美美地消受扑面而至的美景，却也感染我迅即取出照相机为她摄下这缆车内的美景。

已是傍晚时分，本无在此地留宿的打算，准备打道回洛杉矶前忽然寻思这棕榈泉之泉出处何在，便驱车往市区遛遛，但也只是在外围边角转悠一小圈。放眼那些挺拔的棕榈树排排而立，上端的叶子在夕晖照耀下绿得发蓝发亮。红瓦粉墙的民舍、气派舒适的度假酒店和高尔夫草地球场一一掠过，赏心悦目，但泉在何处，何处有泉？终无所获。棕榈泉，实在是个极富诗意予人想象的地名。

转眼到了8月中旬，从我居住的旧金山湾区飞往洛杉矶出席一个业务会议，报到后方知开会的具体地点是棕榈泉，心里一阵窃喜，想及终可再续前缘，细窥棕榈泉了。

次日星期六，一干人马移师东行，空调大巴士照例行驶在111号小路接近棕榈泉时，已感到车窗外的酷热与太阳的火辣，到目的地绕了半个城郭也见识了市镇的繁华和游人如织，才转到我们下榻的那家四星级度假酒店。

折进屋内，翻看酒店和棕榈泉的介绍资料，才晓得这酒店以及全城每个自来水管流出的都是温泉水，但泉源何在仍不甚了了，想必这周遭地下一大片都是温泉的源头，取之不尽用之不竭。我们会议的组织者和那些不畏酷暑的游客不去海滨山区避暑，却一窝蜂似的挤进这"桑拿"城，最终还是为了享受那温泉的酣畅淋漓吧。

傍晚，出酒店朝仅隔两条街的市中心踱去，依然是一派燥热，微风也是烫烫的，空气里弥漫着一股热辣劲。那条主街上摩肩接踵的人潮川流不息，是美国大多数小城难得一见的景象。沿街两旁的各国风味餐馆、小吃店、咖啡店接踵铺排，座无虚席。靠步行道的门廊或天井上空飘来细蒙蒙的水点，那是降温的水帘喷出的雾状水滴，更像氤氲水汽，洒在身上清凉舒畅，是酷暑里降温的一法，也成了这闹市的一景。各种古玩店、礼品店、小百货店、体育运动品店、玩具店鳞次栉比，应有尽有，那消费档次确乎也比一般市集高得多，正对应了这度假区何况又是富人区的特色。如凯悦（Hyatt）之类五星级的连锁酒店也都在这个区域占领了重要位置，豪华汽车进进出出，显示出不寻常的繁忙。

前方拐角处高高矗立的一块大广告牌却是某某赌场的招牌。这赌场也是一家大酒店，有大小两厅，规模虽逊于隔邻内华达州拉斯维加斯、雷诺的超级赌场，但让我惊讶的是里面居然也有占据了五分之四以上地盘的吃角子老虎机和 21 点即黑杰克的牌桌。在我的印象里加州一直是禁止这种赌具赌法的，北加州一带的几家赌场就没有这样的玩意儿。我也隐约知道加州的印第安部落与州政府早在 2000 年世纪之交就达成引进赌场的协议。谁都明白，吃角子老虎机是最能吸引游客，也是最能为赌场赚取利润的，除非有禁令，赌场经营者是绝不会拒之于门外的，这里人头攒动的数百台老虎机应该是合法的。赌场内的规矩看来也和拉斯维加斯一样，照例有推车换筹码、硬币的侍应生，也有着装暴露的女侍者端着装满饮料的托盘来回穿梭。而在牌桌上与庄家厮杀斗智斗运气的赌客，不是久经沙场的玩家便是钱袋殷实的款爷富婆，因为那起点为至少 25 美元甚至

100 美元的牌桌，并非囊中羞涩者能够染指。我试着用 25 美分（夸脱）的硬币与老虎机搏斗了一二小时，互有胜负，数数装在塑料杯里的硬币总算没有少下去便见好就收。

走出赌场回酒店，夜幕下的棕榈泉还是热得烫人，回望隔几条街区的尽头，那白昼看去近在咫尺，如皱纹般苍劲的黛山峭壁更像一堵高高的围墙，立在这小城的边际，添了些许静穆安宁。

在棕榈泉的两天两夜，白天开会务虚，夜晚就这样在街上漫游几遍，或折进赌场看几回"西洋景"，人生百态尽在其中。在旅游度假胜地开设赌场（据悉棕榈泉除城里外，近机场处还有另一家赌场，我看到说明牌公告两家赌场之间有定期班车来往接送），是商家谋利的良策，也使这富人区掺和了浓浓的平民气息，却也扼杀了棕榈泉的原始美与优雅气质。

现代人的度假休闲方式早没了定数，就如这棕榈泉，慕名而来投去匆匆一瞥的也算缘分，登空中缆车直上云霄堪称稀罕体验，泡温泉冲淋浴是一种享受，进赌场碰碰老虎机的把杆或按钮也是另类选择，但那情怀却大同小异，都是现代生活压力下的心情释放。

棕榈泉，一半是清幽一半是喧哗，一半是超凡脱俗一半是红尘滚滚。耐人寻味的棕榈泉呵！现代美国的别样风情画，堆砌出美式文化的骄奢与纵情，也蕴含了美式文化的惬意和轻松。

（8/18/2022 修订，原稿曾刊于《世界日报》副刊）

旅途"抛锚"记

随遇而安是人生的一种智慧，一种哲学，我想它最能够从旅行的经历中获得感悟与提炼。

在美国得天独厚、高速公路四通八达的环境中，我最醉心又时时有新鲜感的莫过于自己驾车旅行，无论是一马平川的旷野，还是蜿蜒曲折的山道，驱车奔驰在大地的感觉踏实而又亲切，总是令我有不同的发现、感悟，回味无穷。

第一次长途驾车旅行，是 20 多年前的春季，从美国东北部宾夕法尼亚州一个叫印第安纳的小城启程，开始由东向西穿越美国腹地的行旅。怀揣几天前才考到手的驾驶执照，异常兴奋却又有点儿惴惴不安地开动那辆才买两个月的福特牌二手汽车跑上了公路，沿途小心翼翼地过长桥、穿隧洞，跨市越州，轮动景移，风光无限。待上了宽阔平坦的 70 号国道直向西部进发时，握方向盘的双手也渐渐从容自如，两眼便更贪婪地捕捉车窗外快速掠过的景致，美不胜收，心内便荡漾起阵阵快意。

车过科罗拉多州丹佛市，山势变得突兀峻峭，这一美国境内平均海拔最高的高原州的盘山公路显示出它的威势，考验我的车技，更考验我的座驾。只见四道车线的公路在雄奇苍翠的山腰间绕行，虽然没有太明显的坡度，汽车前行却越来越吃力了，换挡，使劲踩油门，汽车依然如老牛破车般徐徐而行。一侧是深不可测的涧渊林海，一侧是咄咄逼人的陡壁悬崖，彼时彼地我大气不敢出，紧紧握着方向盘贴着离深渊最远的车道徐行，却又被峭壁挤逼得不敢偏离半寸。黄昏时分的车外景观险象环生，让我领略什么是触目惊心，却又忍不住想要多看几眼。

穿越科罗拉多州境内洛矶山脉的这段旅程，无疑是我初识并熟悉西部风光的阶段。那巍峨无尽的森林、葱郁旖旎的植被和布满怪石峭壁的深谷，那民风淳朴、古意盎然的印第安人部落保留地，无不透出深邃或神秘的超自然色彩，不时牵动我停车驻足，细细观赏，静静遐想。

那一日，密林中的公路因修砌改道而堵车，原本车少人稀的公路上排起了长龙，一时难以移行，静谧的林间也因此喧哗起来。我坐在车内却丝毫没有往常碰到类似被塞车耽误时间的烦躁，因这意外的逗留也获得了意外的闲适，索性静静观赏起车窗外的风景，被突兀高耸的山峰与遮天蔽日的森林包围，感受到一种前所未有的博大浑然。

片刻间，天降起雪来，一片片一团团越下越大，越紧越密，一会儿工夫窗外已是一片白茫茫的世界。少顷，公路畅通了，车流缓缓移动又渐渐拉开距离疾驶，好一阵子才驱离那动人心弦、高深莫测的林海雪原，心头却留下了刻骨铭心的冰凉清洌的美感。

一路意气风发而又遐想万千，驾车前行数小时，汽车却突然出了故障，无可奈何地"抛锚"在路旁了。那一瞬间令我回忆起前一天在丹佛郊外翻山越岭时的车子状况，后来在路旁一座加油站歇息时问起店主，怎么这车道驶来特吃力特费劲啊？店主笑笑说，都这样，海拔高地势高，再好的车也跑不快。我原先担忧车子出毛病的心才放下，没想到这回在下坡的路上却真的闹病了。既来之，则安之，只好打开了车子的紧急闪亮灯等待"救星"。没多久，对面驶来的一辆警车看到了，绕回到我的车旁，彬彬有礼的巡警帮忙捣弄了几下，还是动弹不得，他判断是哪一个零件坏了，不修理不行，于是用电话呼来了一辆牵引车，嘱咐那司机将我连人带车拖到十几里外的一个小镇汽车修理铺。修理工一检查，说是连着发动机轴杆的一侧轴瓦裂了，需要拆装换配。时近黄昏，修理需待次日，那两位修理技工也彬彬有礼地嘱我当晚在镇上的汽车旅馆住下，次日中午前便可来取车。

我得知配轴瓦还得到别处去订购，技工让我次日上午取车已是很高的效率了，再想想这时候汽车抛锚又何尝不是"天意"，修好了后面的旅程才能放心无虞，何况这几天一路驾车临晚了都得在路旁找家汽车旅馆歇息，住哪家旅店还不一样，这回可真是逮到个随遇而安的机会，乐得观察体验一下这个如今已记不起名字的西部高原的袖珍型小镇风情。

夜晚得闲漫步小镇街头，路灯幽幽，连一二家亮着灯火的快餐店、酒吧间也格外安宁。迎面走来三两个正宗"牛仔"，活像西部电影中常见的侠客枪手，裤帽靴子腰带等行头一应俱全，不过粗犷豪爽中却不失敦厚。我有意搭腔问路，引来他们热心的指点。

一条街的拐角处赫然见到一家饰有枪套与牛仔帽招贴的商店，折进去一看，俨然是一个不小的武器仓库，原来这正是一家枪械专卖店。全部用厚重原木制成的门面、房梁、地板与商柜框架，使周遭弥散出一派原始森林的气息和西部古朴风味。林林总总的各式枪械弹药整齐均匀地布满了四壁的柜架橱窗，包括电影中、现实中牛仔或其他人用的各种手枪、步枪和猎枪、子弹、弹匣、枪套、皮腰带、牛仔帽等应有尽有。店堂的中央则摆着一架与真马一般大小的木马，形象逼真，马鞍、马镫等器具皆披挂在身。这个我到美国后第一次撞见的枪械店，将美国"枪文化"与西部传奇故事融会贯通地陈列出来，让远道而遇的过客收获几分惊讶、几分赞叹。

次日晨起，再去镇上几条主要街头走了一遭，发现那家枪械专卖店的规模在这镇上的商家中数一数二，隔一条街对面的邮政局、杂货便利店的建筑，门面竟与西部电影中见到的房屋格局几无二致，除了平坦整洁的水泥马路外，这真是一个可以现成拍西部电影的典型西部小镇。

按时去汽车修理铺，技工已从外镇购来了所需要置换的零件，片刻中安装调试后，我的座驾又活了。付账、道谢后，我又坐进汽车，告别这高原小镇绝尘而去。

直到今天，我对那个当年因车障而偶然邂逅的西部小镇依然深深怀念，虽然有一丝忘却了它名字的遗憾，但小镇的容貌气质宛在，时时在我读报刊新闻、看西部电影期间跳将出来，仿佛要诉说并提醒我一段真正的西部故事。

我对美国"枪文化"的认识、理解也无疑是源于那个小镇上的枪店。尽管我后来几乎没有再特意去美国大小城市的枪店转转，我却依然能体察到美国枪械的无处不在。美国几乎天天报道的枪杀案令人见怪不怪，也让我常常想起那个枪店的存在。犹记得 1999 年 4 月，在离那个小镇不远的丹佛市郊中学发生两个少年一口气枪杀了十余位师生的世纪大血案后，那小镇枪店的印象使我与整个美国社会的现实又有了更密切的联想。枪成了最残酷的凶案工具，让人无法接受。

无论如何，我还是难忘并感谢那次长途旅行的经历，尤其是因汽车抛锚而被动滞留在那个西部小镇的见闻。旅行的目标纵然再明晰，偶发事件时的随遇而安，却也是旅行的另一种体验。

（8/18/2022 修订）

黄石公园见闻录

2016 年是美国国家公园建园一百周年，全美各个国家公园都举行相应的庆祝活动。我早就向往且列入规划的美国自驾游，也就把围绕黄石、大提顿、拱门等国家公园展开的行程列入优先路线。6月11日，我租了辆动感十足动力也还不错的克莱斯勒 200 汽车，便和两位友人上路了。从加州硅谷启程，穿越多个州的地界，领略不一样的"异域"风情和大自然的浩瀚博大之美，每天都有惊喜和震撼；所到的几个国家公园都展现了前所未见的绮丽壮美、粗犷的风光。

我和友人自驾游抵达黄石公园游玩的第一天，我们从南门进公园，直奔知名的老忠实泉景区，幸运地只等待十来分钟便目睹了老忠实泉的激情喷发，随后我们在周围的间歇泉景区慢慢游览。这一带的景观与黄石公园其他一些区域的温泉或间歇泉一样，都是世界闻名的地热景观，各种间歇泉、喷气孔之类的自然景观散布，游人只能在木板步道上观看。我也亲眼看到有游客或许拍照心切，或许头上戴的帽子被风吹到了温泉边上，便迫不及待地跨过木板路，踩到那些有温泉水印或者看上去很松脆甚至透明的石灰阶上，这时耳边响起了喊叫声："请不要越界！请回到木板路来！"顷刻间，一位中年白人妇女走到那位拍照越界的游客身边，告诉他不能离开木板路。那位游客也赶快回到木板路上，并且心虚地向那妇女道歉。我发现，她和随后遇到的几位公园义工一样，都披着统一制式的马褂，一手提着个塑料袋，一手提着根带钩的杆子。那位白人妇女义工对被劝阻越界的游客说，走在木板路上游览观赏，既安全，也是为了保护生态环境。她的态度优雅声音柔和，赢得周围游客齐声鼓掌。后来我还看到她主动给一位坐在轮椅上的游客及其家人拍照，温馨体贴的一幕，大家都其乐融融。

在后一段的游览行程中，我又见到另外一男一女两位亚裔老年义工，分别用钩杆去钩捡景区内的一个塑料水瓶，随手放到垃圾袋内；又看到他俩在一段木板路上驻足，试图用手中的杆子去钩一顶被风刮到间歇泉边缘的帽子，由于距离远杆子够不着，最后只好作罢，绝没有一丝要迈出步子踩到地岩表层去取的意图。

离开黄石公园两天后，也就是 6 月 16 日，美联社的一则新闻引发了社会大众的聚焦，也引起了我的关注，因为巧得很，新闻中事件的发生地正是黄石国家公园，时间则是我们游园离去的次日。报道称黄石公园 6 月 15 日对一名中国男游客处罚 1000 美元，因为他擅自走下游客木板路，踩过岩层去灌温泉水，而且踩破了温泉周围易碎的岩石地壳。事件发生于公园北端知名景点之一的 Mammoth Hot Springs（猛犸象温泉）。这个景区和老忠实泉同属珍稀的地热景观。公园发言人说，之所以重罚这名游客，是因为"温泉地貌具有不可替代性"，公园生态环境不容破坏。

读到这则新闻，我马上想起了两天前在黄石公园遇到的那些可敬的义工，他们为了游客的安全和景区环境的完好，日复一日地巡逻在他们早已司空见惯的景区，用自己的言行耐心地和蔼可亲地向游客们传输正确的理念，那些容易被人轻视的细枝末节般的常识。

事实上，游客从驾车驶入黄石公园的一刻起，就会收到收费员递交给你的公园地图与指南，其中就有关于游览须知方面的提示。这在美国任何一个国家公园都不例外，好奇心强或者细心的游客不仅急于搜寻各种景点信息，也会留意到那些具体的规定和禁忌。由于近年来中国游客激增，黄石公园甚至备有中文的游览指南，其中注明了一些须知事项，在"被禁止"活动中列明：禁止在地热区离开栈道或指定的步道观光，禁止往地热景观投掷任何物品，禁止移动或带走自然或文化景观资源（例如野花、鹿角、石头、箭头），等等。还有"最需要知道的 10 件事"，包括给野生动物让路、请勿给任何野生动物喂食等。细读这些介绍和规定，看到那些年迈的公园义工们的一举一动，不能不让人体认到公园管理部门的周到细致，也在无形中学习分享到了极其生动又规范的环保理念。那位中国游客被严厉处罚，或许不单单是素养的问题，也是他自己吃了没有认真阅读公园指南的亏。当然，我相信经历这一番教训，他以及更多的游客会渐渐养成自觉遵守公共场所规范的习惯。面对那些温泉周边泛出蓝色光彩的薄薄的石灰表层，面对那些不可能再生的珍稀自然景观，谁能够忍心去践踏呢？！

除了官方的规范与公民的自觉外，在美国游览所到之处留给我的深刻印象，还有美国人在细节方面展现的环保意识。无论是在黄石公园、大提顿公园等国家公园，还是高速公路旁的休息区（REST AREA），或者城镇街道边，各地各州设立的各种垃圾回收箱虽然形状大小不一，但对不同垃圾分门别类地细分如出一辙。不仅有瓶子（Bottles）、罐头（Cans）、玻璃（Glass）、塑料（Plastics）等回收分类，有些场所还有铝质（Aluminum）、可堆肥（Compostables）等之分，绝大多数游客或行人也是自觉按照要求分类，把自己的垃圾按回收分类扔进相关的回收箱。这大概就是为什么美国包括公园在内的各类公共场所基本上都相当整洁、予人舒服感觉的原因吧。

旅游，不仅仅是涉猎那山那水绮丽之美，也是体验生态环境之美，更是切实感受文明提升境界之旅。

（7/12/2016）

陌路相逢热心人

很多年前那个冬季的一天，我和家人驾车从宾夕法尼亚州的一个小镇前往纽约州的水牛城。刚刚下过几天大雪，高速公路两侧的肩道连同沿途景色都被皑皑白雪掩盖。公路上车辆稀少，阴暗的天空又飘起了雪花，我小心翼翼地在那依然有一摊摊薄冰雪未消的公路上驾驶，却不料还是不慎溜出了公路，右后侧车轮斜倾在肩道边深陷于积雪之中，汽车不能动弹了。天寒风骤，我们尝试重新发动引擎，两人下车在后面推车，终究无济于事。几声叹息，又扛不住冷，只能都缩回汽车，心里积聚起不知如何、何时才能脱离困境的焦虑与困惑。

这样困顿的时刻纵然很短也极其愁人，正在我们束手无策唯在内心祈求有警车路过的片刻，忽然听到一阵刹车的声响，但见一辆白色轿车在我们的车面前停了下来，驾驶座内走出一位中年美国人，到我们车前询问状况，了解到是车子陷住之后，他说了句"没问题"，就回到自己的车旁打开后厢盖，取出了一小捆绳子再返回。那是很结实的双股尼龙绳，两端都连接了钢制的弯钩。他熟练地把尼龙绳的一端扣上我们车子前挡板下的钩杆（幸好有挂钩的地方），再回到自己的车发动后倒退贴近到我们车前，并把另一端的两股尼龙绳挂连到他自己车的后部下方，然后嘱咐我坐到车内放开手刹、排挡按到空位再握好方向盘，他则去发动自己的汽车。一阵踩油门后的马达声声，我的车就被他的车牵引到了公路肩道的平地上。顷刻间，我们的座驾恢复原状可以驱动了。

一阵兴奋，我忙下车向他致谢，他麻利地解脱勾连在两辆汽车上的尼龙绳，掸掸上身衣服的雪花，微笑着说了声"不客气"和"祝（你们）好运"（Good luck！），就挥挥手驱车前去了。

前后不到十分钟，我们解困了，也才转过神来，而那位悄然而至伸手相助的"援兵"却已经远去，忘了问他的姓名，也不知住在哪儿，要去哪儿，只看清他是一位中年白人，模样儒雅，彬彬有礼，行动敏捷。"幸亏遇上了美国的雷锋啊！"我们几个旅伴一阵感慨唏嘘，又继续行程。

这件事一直浮现在我脑海里，久久不忘，后来驱车在外无论天气晴好还是刮风下雨，几乎常常会不期然显现那难忘的一幕。陌路相逢的热心肠美国人啊，"助人为乐"似乎不是一种义务、一种美德需要特别宣扬，其实更像是他或她与生俱来的一种本能，一种在崇尚博爱人文环境中长期熏陶而培植起来的与人相处、与人为善的本能。

2016年夏天，我在几段美西自驾游的行程中，也相继遇上了几位普通美国人，他们或在我们迷路的时候，或在我和伙伴探究景致名称之际，以各自的方式给予指点，不约而同地展现出贴心的服务精神和尽心尽力的态度，让我感慨不已。

那是在进入科罗拉多州丹佛市的下午，我们在寻找前一天网上预订的民宿时，忽然发现这个居住点所在的街道在市中心的一隅突然截断了，前方忽然成了岔路，即使按 GPS 定位系统寻找也失去方向，实在有点儿诡异。无奈之下，只好到一旁空置地暂时停车，我走到街上，周围没有店家可问，两侧停满了车，只见到一白一黑两位中年妇女站在一辆 SUV 车旁聊天，我仿佛见到了"救兵"便上前问路。她俩都慈眉善目，问明缘由后也用手机上的定位系统查找，居然也搜寻不到我们要去的目的地。折腾了一小会儿，黑人女士说她就住在附近，可以带我们去找找这条街的另外一头。我们一阵欣喜，相信有当地居民带路总会方便些。那位白人女士则说她有事要先走就不陪了。我们的车就紧紧跟在那黑人女士驾驶的黑色 SUV后，前后绕了好几条街，发现白人女士开的凌志 SUV 车也紧跟在我们车后。寻路过程依然不顺利，再次停车时，那白人女士说她不放心，还是跟上来看看。黑人女士则有点儿羞愧地说，不好意思一时还找不到，真是怪了。我们连声向她俩道谢，请她们不必再带路了，我们可另外问问警察或者出租车司机，而黑人女士执意要再带我们去找一下，仿佛是她自己的事那般牵肠挂肚，好像帮不了这个忙就对不起我们，大有锲而不舍之慷慨意气。不容我们推辞，她的车又往前引导，我们赶紧跟上，继续绕了几个街口，居然折回要找的街，发现预订民居的房子门牌号就在一侧了。如释重负之际，我们赶紧先下车向这两位女士道谢，她俩各自挥挥手，说"欢迎来到丹佛"，再道一声"祝你们好运"，就驱车驶离了。这一刻，我又想起了多年前在雪地里为我们汽车解困的那位儒雅的白人男士，也想起了他祝我们好运的话，时光仿佛凝固在一起连接在一起，弥漫起阵阵"好运""好人"的祝福。

美国独立日假期的前一天（7 月 3 日），我们一行四人驱车抵达俄勒冈州的火山口湖国家公园（Crater Lake National Park）。这个因亿万年前火山喷发形成洼陷、数千万年来积蓄雨雪汇成的湖泊是美国最深的湖泊，湖水湛蓝深邃，风光令人叫绝。沿湖有众多观景点，我们在一处观景点停留细看说明牌时，正为说明文字里的一些术语感到迷惑时，耳畔忽然响起一阵悦耳的纯正汉语普通话，解说这火山口湖千百年来的名称变迁。侧头一看，居然是一位中年白人女士在说话。我们不禁好奇，询问她何以能够说一口汉语的来历。原来她是俄勒冈州波特兰市人，却在台湾居住了二十余年，也到过北京等地，一直做推广美好家庭生活的义工，因此练就了一口几乎听不出外国人口音的汉语普通话。她去停车场叫来了她的丈夫和我们认识，说他们对这儿的风景比较熟悉，欢迎来俄勒冈游玩，有什么不清楚的细节尽管问，毫不见外的亲切热情溢于言表。道别时，她告诉我们，她的中文名字是"包舒婷"，特地说了每一个字，包公的包，舒服的舒，亭亭玉立的亭加个女字旁的婷。好一个包公！好一个舒婷！这个老美把中国古代清官和当代知名女诗人的姓和名字都用上了。

还有些更轻松更偶然的相遇，也令人难忘。在穿越犹他州一条乡间公路前往布莱斯峡谷国家公园（Bryce Canyon National Park）的途中，车窗外掠过一派乡野的宁静风光，马匹或牛懒散地在绿茵般的嫩草坡上，坐落在田野中的民居房舍色彩不一，却与周围的风光和谐相宜，组成了一幅幅赏心悦目的画图。

一路车辆极少，舍不得错过如此美好的田野风光，我们的车放慢速度，尽情浏览小路两侧的景色，渐渐被一处放牧马匹的草地栏杆旁的景象吸引住了。那是两位白人小姑娘，大的六七岁，小的仅三四岁，她俩各自戴着顶网球帽坐在自家屋前的沿路草坪上，身前一张小平桌子上摆着几个深红色的大塑料杯子，前面立着一块大黑板（绿色），上面写着稚嫩的彩色粉笔大字——Lemonade（柠檬汽水），原来小姐妹俩在练摊卖自制的饮料呢，大字下面写着 $1.00（1美元），还画了红、黄、蓝几色的柠檬切片。我们正好也口渴了，虽然车子上还有瓶装水，却更想尝尝乡村小女孩自制的柠檬汽水，就先后给那姐姐递去三个一美元的硬币。那小妹妹熟练地从桌旁的罐子里向杯子里倒柠檬水，又从桌下的小冰柜里舀出冰块倒进杯里，姐姐再递给我们几个分别品饮，清爽可口，很是过瘾。趁喝柠檬水的间歇，我问两姐妹这是你们家吗，旁边的马是你们家的吗？答是邻居家的。爸爸妈妈在吗？答说妈妈在屋里。她们家的房子离路边至少还有三四十米的距离，妈妈就放手让两个小女儿自己对付自己的事了。我以前见过城市里的孩子常在家门前或者跳蚤市场卖自制的糖果糕点或者汽水饮料什么的，知道那是美国家庭让小孩从小锻炼接触社会的途径之一，并不完全是"勤工俭学"意义上的义务，有些还是为了替慈善事业募款，用自己的手和心意，一点一滴地做些奉献。我不经意地问这两姐妹为什么要练摊？大女孩回答说"好玩"，小妹妹也说"有趣"。看到她俩白里透红的脸上洋溢的笑意和坦诚，看到她俩落落大方的谈吐和动作，看到她俩与城里孩子毫无二致的穿戴和自信，我不需要寻求答案了。在那个几乎希望能够定格的时空里，我体会到寻常美国人浓浓的质朴与乐观，感受到美国孩童的童真童趣、活泼可爱，也体认到她俩的父母如此放心让孩子自行其是的初心，这美好的乡野不仅环境宁静安逸，连人心也都那么实在纯净。

再见了！我们和两位小女孩依依不舍地道别，她们也不停地挥挥手，耳畔又传来脆脆的祝福声："祝你们好运！"（Good luck！）

润物细无声。谢谢你们！那些在旅途中陌路相逢的寻常美国人，那些偶然相遇中的温馨亲切，让我体味到寻常美国人别样的质朴、乐观，以及孩童的纯真可爱，给我留下久远的记忆和思索。

（2/2/2017 修订）

美国国家公园百年历史启示录

随着 2016 年 8 月 25 日国家公园百年庆典日的临近，这一年，美国各地包括 59 个国家公园在内的 400 多个国家级公园、自然和历史遗迹保护地，相继开展了丰富多彩的庆祝活动。其中 4 月 16 日到 24 日设立的每年一度"国家公园周"期间，所有国家公园全部免费开放，更多游客得以奔赴众多国家公园，亲近自然风光、野生动植物和历史遗迹。

准确地说，庆典是为纪念美国国家公园管理局（NPS）设立 100 周年而开展。1916 年，美国国会通过管理构成法设立国家公园管理局，并获时任总统威尔逊签署，国家公园管理局成为美国自然资源的守护者，其使命正如同年颁布的《美国国家公园管理法》所宣称的那样："保护自然风光、野生动植物和历史遗迹，为人们提供休闲享受，同时保护这些场所不受破坏，留传给子孙后代。"

美国的第一个国家公园，是由格兰特总统于 1872 年签署法令成立的黄石国家公园，其后为 1875 年设立的麦基诺国家公园（于 1895 年取消国家公园地位），1890 年又设立了美洲杉国家公园和优胜美地国家公园。当威尔逊总统设立国家公园管理局时，美国已经有 35 个国家公园和古迹遗址。美国是世界上首个划拨特异自然资源领地保护自然状态并开放让民众欣赏的国家，从壮丽的荒原到巍峨的山脉，从幽美清冽的冰川湖泊到浩瀚的历史文化遗迹。今天，包括近年新增加设立的国家公园及古迹遗址遍布美国 50 个州，隶属内政部的国家公园管理局目前负责管理 63 个国家公园以及约 350 处历史公园、历史遗址、纪念碑、保护区等，总面积约 34 万平方公里，为社会提供近 24 万个就业机会。2020 年设立的纽河峡谷是美国最年轻的国家公园。全美各州拥有国家公园数量的排行榜，以加利福尼亚州的 9 个居首，阿拉斯加州以 8 个位居第二，接下来则是犹他州（5 个）和科罗拉多州（4 个）。阿拉斯加州的兰格尔－圣伊莱亚斯国家公园占地面积超过 32000 平方公里，是最大的国家公园，甚至大于美国面积最小的 9 个州。密苏里州的杰斐逊国家扩张纪念公园占地面积不足 0.2 平方公里，是最小的国家公园。截至 2014 年，美国已有 14 个国家公园入选世界遗产。每年，四季不同风光的国家公园，吸引全美和全球各地的数亿游客到访。

在国家公园管理局百年庆典之际，全美各个公园随处可见"寻找你的公园"标志，时任美国内政部部长萨莉·朱厄尔（Sally Jewell）早先在纽约市启动的这一项目已经遍地开花。该项目呼吁公众在"寻找你的公园"网站上分享自己的经历和回忆。这一互动网站可以帮助人们找到自家附近的公园。

朱厄尔表示，到户外去，对当今这个被计算机驱动的世界里的成人和儿童都有帮助。她说："在这个快节奏的社会里，我们轻点指尖就能获得即时信息，各种事情分散了我们大脑的注意力，却没有什么来吸引我们身心的注意力。这就是公园和开放空间变得一年比一年重要的原因。每个公园和遗迹都有自己的故事，当你开始寻访这些遗迹各自代表什么，它就会描绘出我们的历史和文化的丰富多彩。"

朱厄尔集合了不少美国名流一起推广周年活动。时为美国第一夫人米歇尔·奥巴马及前第一夫人劳拉·布什欣然出任美国国家公园百年庆典的名誉联席主席,她们分享了在一家"国家公园"生活的经历——白宫也是美国独特的国家公园之一。

奥巴马夫人在一份声明中表示,她期待着庆祝美国国家公园管理局设立 100 周年,并且"鼓励美国各地的人们发现自己的公园,无论是自家后院,还是自己的家乡,抑或是某家美丽的国家公园"。这是一种相当接地气的说法。换言之,我们每位居民都可以寻找、发现自己心目中的公园,并且拥有自己的公园。

1864 年 6 月 30 日,林肯总统签署法律,将马里波萨县(Mariposa)包括优胜美地峡谷和玛丽坡萨林(也译作蝴蝶林)定为"不可剥夺的公共财产",划为予以保护的地区,设立为美国第一个州立公园。这是美国联邦政府第一次将自然风景区定为供民众观赏的保护区。被视为现代自然保护运动发祥地的优胜美地位于美国西部加利福尼亚州,内华达山脉西麓,峡谷内有默塞德河流过。优胜美地被认为是整个北美西部山地中最耀眼的一道风景,是世界上保存完好、最具震撼力的冰川遗迹之一,在 1984 年被赋予联合国教科文组织世界"自然遗产"地位。其壮观的花岗岩峭壁、美妙的瀑布、清澈的溪流、巨型红杉林和多样性生物的生态环境与风光享誉全世界。

奥巴马总统于 2016 年 6 月 18 日带领全家前往加州优胜美地国家公园(Yosemite National Park),沐浴在大自然的环抱里,分享自己的感受。奥巴马与美国国家地理频道《探险家》栏目主持人理查德·贝肯一同徒步穿过一片耸立着黑橡树和美国黄松的森林。这片区域正是百年前最先燃起早期自然主义和环保运动的所在。美国早期自然主义者和环保运动领袖约翰·缪尔(John Muir,1838 年 4 月 21 日—1914 年 12 月 24 日)帮助保护了优胜美地山谷等荒原,并创建了美国最重要的环保组织——塞拉俱乐部。他是美国总统西奥多·罗斯福（Theodore Roosevelt）一生的朋友。1903 年，他与罗斯福总统相约来到优胜美地，纵马驰骋于丛林溪流之间，好不快活。他俩在原始森林中的千年大红杉树下野营，燃起熊熊的篝火，交换对大自然的热爱和保护的看法，探讨优胜美地和国家公园的未来……

缪尔的大自然探险文字，特别是关于加利福尼亚的内华达山脉的随笔散文被广为流传。缪尔以自己善待自然的价值观，感染并帮助人们善待自然、亲近自然、珍爱自然。他在文学造诣上与《瓦尔登湖》作者梭罗和思想家爱默生齐名。他的理念与罗斯福总统不遗余力的支持，促使"国家公园"这一美国有史以来最好的保护自然的构想成为现实。缪尔对优胜美地山谷（Yosemite valley）的喜欢和亲近发自他对自然的无比热情，也是他常常流连在那儿的原因。他曾经写道："没有任何一个人造的建筑物可以与优胜美地相提并论，优胜美地岩壁墙上的每一块石头似乎都在散发着光芒。""一切都在流动，这里的水、岩石、动物都在流动着变化着。"

奥巴马说，据他所知，老罗斯福总统非常亲近大自然，即使在总统任期内也经常抽空钻进森林，为保护美国野生资源发挥了身先士卒的作用。奥巴马也提及，100 多年前，罗斯福曾和缪尔在优胜美地冰川点附近的山谷露营，为这里的庄严静谧而倾倒。奥巴马还诙谐地提及，他坚持挂在白宫西翼大厅的优胜美地风光画所展示的"青春瀑布"和"半圆顶"景观，比起实景还是略逊一筹。他赞同罗斯福总统把优胜美地比作"神圣殿堂"，称"没有什么比这些树木更让人舒心的了"。他也笑称国家公园里的工作人员绝对算得上是最幸福的一群人，并叹息自己溜入野外的难度远远大过罗斯福总统。

1904 年 3 月 14 日，西奥多·罗斯福总统在佛罗里达设立了第一个国家鸟类保护区，形成国家野生动物庇护系统的雏形。1905 年，他敦促国会成立美国林业服务局，管理国有森林和土地。从长远的观点推动环境保护。罗斯福推动、签署设立的国家公园和自然保护区的面积比前任总统所设总和都多，闻名遐迩的大峡谷国家公园也是在他任内设立。今天，坐落于美国南达科他州的拉什莫尔山国家纪念公园（Mount Rushmore National Memorial，中文俗称美国总统山）的四位美国历史上最伟大前总统雕像中，就有一位是老罗斯福。不仅如此，西奥多·罗斯福早年曾经青睐并且购下北达科他州一块旷野之地，并在那儿度过两年放牧、渔猎的生活。他的日记披露这段时光使他全身心拥抱大自然，也是影响他未来成为总统的重要历练。壮美旷达的环境鼓舞他日后制定了一系列至今仍使国家受益的保护政策。这块 285 平方公里的腹地遍布形态各异的五彩岩石、险峻的峡谷以及广袤的平原，生态系统多元，是麋鹿、草原土拨鼠和野牛、叉角羚、大角羊、野马、野生火鸡的栖息地，后来先后被划为野生动物保留区和国家纪念公园，最后在 1978 年被设立为罗斯福总统国家公园（Theodore Roosevelt National Park），其中还留存了罗斯福故居房子的地基。这是美国和美国人对一位毕生推动水土保护的总统的最佳纪念，也是美国唯一以总统名字命名的国家公园。

奥巴马与贝肯交谈时，反复提及国家公园的养心疗效，就像减压装置一样适合每一个家庭的聚会，适合任何人亲近大自然。他认为，国家公园理应成为美国人引以为豪的符号，它蕴藏着这颗蓝色星球的自然之美与历史积淀，每一个美国人都应该保护它们免遭气候变化的侵害。

徒步在葱郁的山谷，仰望高耸的花岗岩峭壁和北美最高的瀑布，奥巴马向在公园游览的民众表示，这些国家公园如何激发人们的创新思维，促进家庭和谐，提醒人们应对气候变化的影响。他回忆分享了自己童年时跟随母亲和祖母游览美国大陆，其中包括游览优胜美地和黄石国家公园的经历，多年后他仍坚信那是影响一生的重要旅行。他笑着说："我至今都不曾忘记第一眼看到驼鹿的场景，还有一群野牛、一群麋鹿，甚至还有一头熊……试想一下，当你年幼时涉足此地，被它的魅力倾倒，并影响一生，这是何等地意义非凡……待到成家生子，把自己的孩子带到这里，接受这份洗礼。它叫我们懂得人需要遵循一种秩序，并希望这种理念一代代传承下去。"

6 月中旬，白宫在脸谱网上通过视频列举了多处陆地古迹和海洋区域，总统利用《古物法案》将它们抢救了下来。奥巴马称："我们正在积极修复脆弱的生态系统，例如这里的马里波萨巨型红杉林。"

如今，美国历史中的重要人物和重要事件发生地也都相继设立了保护区。奥巴马指出："很多历史时刻和伟人值得我们铭记，为他们设立保护区和历史遗迹顺理成章，例如凯撒·查韦斯、芝加哥的普尔曼搬运工等。"他也坦承，"当然，我们还有很多土地、文化和历史方面的保护工作需要落实。"

目前，美国国家公园体系涵盖 400 多个各种自然景观和历史遗迹，其中有不少被联合国教科文组织列为世界自然遗产。与此同时，诸多国家公园也面临越来越严峻的挑战：从交通拥堵、环境破坏，建筑无度、物种入侵到基础建设不足等。因此，"寻找你的公园"项目的推广，不仅仅是促进人们走向大自然，更包含了珍爱大自然的现实意义。毕竟，除了政府机构的重视和保护外，国家公园作为美国人民的公共财富，人人都有分享它珍视它疼惜它的权利和责任。

2016 年 1 月的美国《国家地理》刊发了一篇题为《国家公园如何讲述我们的故事，及指出我们是谁》（*How National Parks Tell Our Story – and Show Who We Are*）的文章，分析指出国家公园起到了界定"美国性"（Americanness）的作用——在那里，自然风光为公民提供民族想象的物理空间和素材。与此同时，诸如登山、游泳、极限运动、探险、烤肉等与国家公园配合出现的活动也被视为美国精神和传统文化的一部分。正如黄石国家公园、优胜美地国家公园和大峡谷国家公园这些美国明信片上的"明星"，都向游客提供了想象美国的途径。即使如苹果公司以优胜美地和优胜美地中的著名景点酋长岩（El Capitan）命名其操作系统，客观上将这些风景照片传播到世界各地，也产生相同的作用。

美国国家公园的百年历史正是人类得益于大自然，与大自然共存的历史与现实写照，也是了解美国、体验美国精神的最生动的多元化教科书。

（2016 年 8 月 10 日初稿，2023 年 1 月修订，原稿曾载于《青年参考》）

跋

这本集子里，大多是我近年来写下的游记、随笔，是陆续游历了海外不同区域、胜迹后的所见所闻所感所悟的文字。集子内各辑的分类不是很严谨，或按游历的地域排列，或以内容取向归类，还有的被赋予史地、人文意涵，看似各有偏重，其实自己写作时并没有预先进行谋篇布局，完全是顺乎游历途中那一景观一遗迹一事物的本源而生发开去的观感，因此也体察到游记写作的难或易，几乎全在于是否能收放自如。

歌德说过："人之所以爱旅行，不是为了抵达目的地，而是为了享受旅途中的种种乐趣。"旅行，不论是跋涉山水林泉之途，还是流连城垣遗址之中，哪怕迷恋都市风情甚或乡村僻野，自有倾心观察与无穷趣味。暂别家园，踏足异域，那种寄情山水、物我两忘的感觉真好；浪迹天涯、御风而行、天马行空的名人游踪，虽不能至，也心向往之。世间名胜、古迹、文物、遗存的种种呈现屡屡让我着迷，心灵在旅行中不断遭遇新鲜事物的触碰，无不兴味盎然意趣绵长。

培根的《论旅行》不厌其烦地提供旅行的建议，从旅行中观察到写日记，这与其说是他的观点，不如说是他赋予旅行者的一种方法。他说："在旅行一地时，要注意观察下列事物：政治与外交，法律与实施情况，宗教、教堂与寺庙、城堡，港口与交通，文物与古迹，文化设施，如图书馆、学校、会议、演说（如果碰上的话），船舶与舰队，雄伟的建筑与优美的公园，军事设施与兵工厂，经济设施，体育，甚至骑术、剑术、体操，等等，以及剧院、艺术品和工艺品之类。……"我也尝试在旅途期间勤观察、写日记，渐渐养成习惯，不管多累多晚，记下零星点滴，哪怕是松散零碎的，但由于记下了当时当地的见闻及感触，哪怕多年之后翻阅碎片式的旅行日记，彼时彼地的各种场景情境也能一一毕现，在我想要写游记时不至于失忆、盲目。这也让我想起读中学时一位语文老师说过的话——"好记性不如烂笔头"。

旅行是愉悦的发现和求知，是扩展视野与思维的征途，也是人生阅历的沉淀积累。行旅观感的文字记录，也即游记的写作正是被旅行的起始转圜所激发，记叙、描摹、陶情遣兴，托兴抒怀，乃至咏物言志，只要率真、自然、不乏激情，能引发读者共鸣为佳。我自知离那样的标杆还有距离，始终在努力追赶，希望自己的这些文字能渐次达标。诚然，游记写作要向文学靠拢，是书写者的自觉，更需要书写者的文字淬炼。游记写作，或者说旅行文学尤其需要个人化的感性与激情，一旦旅行的观察感知与山水景物、文化魅力、史地内涵碰撞、交融，旅行文学的书写就有可能萌发个性化的生动灵感，这是一个更高的标杆，一个上乘的境界，我须得不懈追索奔走。

感谢中国华侨出版社总编辑郭岭松先生的认可与责任编辑老师的费心阅正，让我这些杂散的游记文字有机会辑录成集问世。感谢"腹有诗书气自华"的资深外交家袁南生先生拨冗阅读书稿并写序，给予殷切鞭策与鼓励。希望读到本书的读者喜欢，并给予教正，而我，将继续迈向地球村不同角落的步履，继续书写我的观感。

阙维杭

2023 年 11 月 5 日于加州